成一文集

短篇小说集·绿色的山冈

成一◎著

山西出版传媒集团
北岳文艺出版社·太原

图书在版编目（CIP）数据

绿色的山冈 / 成一著. — 太原：北岳文艺出版社，2019.1
（成一文集）
ISBN 978-7-5378-5656-0

Ⅰ. ①绿… Ⅱ. ①成… Ⅲ. ①短篇小说 – 小说集 – 中国 – 当代 Ⅳ. ① I247.7

中国版本图书馆 CIP 数据核字 (2018) 第 189402 号

书名：绿色的山冈
著者：成一
出 版 人：续小强
责任编辑：李向丽
书籍设计：张永文
印装监制：巩　璠

出版发行：山西出版传媒集团 · 北岳文艺出版社
地址：山西省太原市并州南路 57 号　邮编：030012
电话：0351-5628696（发行部）　0351-5628688（总编室）
传真：0351-5628680
网址：http://www.bywy.com
E-mail：bywycbs@163.com
经销商：新华书店
印刷装订：山西人民印刷有限责任公司

开本：787mm × 1092mm　1/16
总字数：3886 千字　总印张：271
版次：2019 年 1 月　第 1 版
印次：2019 年 1 月山西　第 1 次印刷
书号：ISBN 978-7-5378-5656-0
总定价：698.00 元（全 12 卷）

1979年冬作者（后排右六）参加全国第四次文代会，与山西作家代表团合影。前排左起依次为作家束为、郑笃、西戎、马烽、孙谦，后排右起为胡正、王玉堂等

1982年作者与作家西戎（右二）、周宗奇（左一）、马力研讨创作

1979年3月作者（后排左十二）获首届全国优秀短篇小说奖时合影。前排为评委唐弢（左四）、严文井（左五）、李季（左七）、周扬（左八）、冰心（右七）、草明（右六）等，后排为获奖者王蒙（右三）、张洁（右二）、宗璞（右六）、陆文夫（右七）、张承志（右九）、贾大山（右十）、李陀（左一）、贾平凹（左五）、刘心武（右八）、邓友梅（左十）等

短篇小说《远天远地》（山西人民出版社1982年版）与《外面的世界》（天津百花文艺出版社1984版）书影

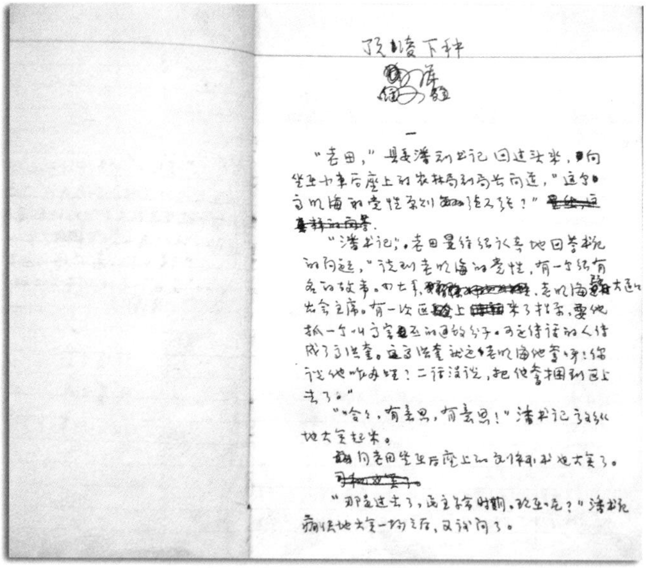

《顶凌下种》草稿

目　录

顶凌下种 …… / 001
七月二十二 …… / 019
柳主任 …… / 029
连襟 …… / 044
五月鲜 …… / 060
四嫂 …… / 070
扬花时节 …… / 083
滴滴清明雨 …… / 096
绿色的山冈 …… / 107
卸了装才美 …… / 123
远天远地 …… / 130
人样儿 …… / 141
仲夏的爆竹 …… / 155
门面 …… / 166
铰辫子 …… / 178
请放宽心 …… / 188

诱人的枣花香气 …………………………………………………… / 199
正月里 ………………………………………………………………… / 214
本家主任 ……………………………………………………………… / 229
滋味 …………………………………………………………………… / 244
外面的世界 …………………………………………………………… / 256
蓝色的童岭 …………………………………………………………… / 266
今天在春天 …………………………………………………………… / 282
迷乱的街市 …………………………………………………………… / 295
陈家轶事 ……………………………………………………………… / 311
家外的柳堤 …………………………………………………………… / 329
灵芝草 ………………………………………………………………… / 345
前院 …………………………………………………………………… / 363
雪路 …………………………………………………………………… / 377

顶凌下种

一

“老田，”县委潘副书记回过头来，向坐在小车后座上的农林局副局长问道，“这个高明海听话吗？”

“潘书记，”老田显得很认真地回答书记的问题，“高明海是个党性很强的老同志。四七年，老明海就是大道口的农会主席。有一回，区上来了指示，要他抓一个叫高富丕的通敌分子。可是传话的人传成了高洪奎。这高洪奎就是他爹呀！你说他咋办？二话没说，把他亲爹捆到区上去了！”

“哈哈，有意思，有意思！”潘副书记放纵地大笑起来。

同老田一起坐在小车后座上的刘秘书也大笑了。

“那是过去了，民主革命时期。现在呢？”潘副书记痛快地大笑一场之后，又问了。

老田又显得很认真地说明着大道口大队党支部书记高明海的现在，仍然是讲着具体的故事。然而，不知是老明海的新故事有些逊色了，还是潘副书记的思路已经转到了别的方面，老田显然感觉到潘副书记是听得不那么感兴趣了。

吉普车在公路上高速奔驰。公路两旁那高高的白杨，一株接一株飞快地向后闪去。光秃秃的树冠已能依稀望出淡薄的鲜色了。而那一块块、一条条开始返青的麦田更呈现出明显的绿色。田野上，到处都是人群、车辆、牛犋、拖拉机。

潘副书记出神地望着吉普车驰向的前方，看上去心情很好。他大概只有三十七八岁，比老田年轻许多。胖胖的体态，英俊的面目，很是讲究的仪表，使他显出一种不凡的气度。在这个一九七六年的早春，他似乎充满着一种异样的激动。

“到大道口好好干一场！”这句话，潘副书记已经对老田和刘秘书说过许多回了。现在，当吉普车向着大道口奔去的时候，他更有力地重复着这句话，“你们看看近来报纸的版面上覆盖着甚么！铺天盖地！真激动人心啊！”他忽然把大声的感慨变成了神秘的低语，“尤其是省里姚部长来信透露了两校精神，我是再也坐不住了。这回要尽快打开局面，拿出经验，引起轰动，将他们的军！”“他们”两字，他说得很重，充满了很强的自信力。

刘秘书会心地连连附和着甚么。老田则依然显得很认真地聆听着。

“小刘，前年秋天我们一调到这个县，就在贾庄打了一个漂亮仗，半个月就拿出批注经验，引起轰动，省报都登了……”

刘秘书很光彩地又连连附和着甚么。

吉普车仍在高速奔驰。潘副书记英俊的脸上浮出了生动的微笑。显然，他又习惯地沉浸在对自己不凡才能的欣赏之中了。把事情办得很出众，在他看来是极容易的。但要引起轰动，关键就在于时机了。他几乎是在一夜之间，就成了全市有名的“造反派”头目，那就是不凡的才能适逢其时显露了出来。但后来，他未能做成市委常委，那也是时机不好。虽然后来他不得不通过姚部长的关系，暂到这个远郊的县份做一名副书记，但走马到任，就大显才华，那也是碰上了好时机呵。现在，又是多么好的时机！所以，他激动异常；所以，他充满了自信力。他觉得这回只带了小刘和老田下来，已经足够了。老田在大道口蹲过几年点，熟悉那里的一切，这就省去了自己从头“开荒”，有利于尽快出经验。小刘是自己带来的，而且有生花的笔头，这当然不可少。但是，这个高明海……

“小刘，你同大道口联系过了吗?”吉普车就要进大道口村了，讲究仪表的潘副书记习惯地整理起衣着来。

“打过三次电话了，潘书记。末一次是高明海亲自接的。”

然而，当吉普车驶进大道口宽敞的大队部院中停下来，潘副书记从容下车后，却没有看到在他印象中总是老庄户人模样的那个高明海。其他干部也不见出来迎接。只有一个年轻女娃不慌不忙地从挂着广播室牌牌的屋里走出来。

“喂，你们大队的干部呢? 县委潘副书记来了!”

“哎呀，明海叔他们等了一前晌哩，后晌也早早来等着，这才刚刚出去呀!”那女娃娃仍是不慌不忙地说。

刘秘书有些恼火了，大声说了几句甚么。

“快去广播上喊一喊吧!”老田提醒那女娃道。

“哎呀，你看偏又停电了!”

刘秘书急得团团转。他正要冲着那女娃发作，潘副书记却十分和蔼地对那女娃说:“小闺女，你去找找吧，行吗?”

“我去找吧。”很熟悉大道口的老田忙对那女娃说，“你快招呼潘书记进屋歇歇吧。”

老田匆匆走了。但是，潘副书记却没有进屋接受招待。他显得很悠闲地踱出了大队部院，极有兴致地欣赏着这个他第一次来的村子的村貌。不断同紧跟随着他的刘秘书评论房舍的别致，街道的整齐，树木的繁多，空气的新鲜，等等。忽然，他对满街白墙上写着的大字标语，发生了更大的兴趣。

“小刘，你看这仿宋体，写得多漂亮!”

刘秘书又连连应和着，但显然他没有书记那种度量，顾得上欣赏墙上漂亮的美术字。书记愈是从容,他愈是焦急不安。二十多分钟过去了,潘副书记已经重新踱回大队部院中,但是仍不见有大队干部来,老田也不见回来。刘秘书急得团团转,不断地冲那广播女娃发作。后来,那女娃准是不愿受这磨难,也去找大队的干部们去了。

大约又过去了二十多分钟,当刘秘书已经惶恐地从潘副书记英俊的面目上看到了不耐烦时,老田终于匆匆回来了,跟在他身后的果然是一个瘦小的老庄户人。看上去有五十多岁,头发和胡茬儿都有些霜白了,敞着棉袄前襟,埋着头迈着不紧不慢的步子。

"潘书记,支书老明海来啦!"老田一进大队院就忙喊道。

"咦,潘书记来哩!"瘦小的老明海抬起头来,看见从屋里走出来的潘副书记,不紧不慢地说道。

"潘书记等你们一个钟头了!"刘秘书很不高兴地说。

去寻找老明海的老田感到很为难了。他好不容易打听到老明海在离村很远的双榆树地,跑去了,却见老明海汗水淋淋地摇着耧在种春麦。他告他潘书记来了,快回村吧。老明海嘴上说"就去,就去",却依旧专心摇着耧。老田又催他,他说摇到地头就去,依旧走得不紧不慢,而那地畛偏又长得日怪。跟这个老劳模很熟惯的县农林局副局长能有甚么办法呢?只有跟着老汉不紧不慢地走,心不在焉地听老汉说着墨西哥春麦顶凌下种的紧迫。可是,现在怎么向潘副书记说明这一切呢?看来,好心的老田不愿火上浇油。

"潘书记,我们窝在大队,等盼了快一天哩,这才刚刚下地呀。"老明海仍不紧不慢地解释道。

"没事,没事,小刘预先也没有通知来的准确时间嘛!"潘副书记已经握住了老明海那骨节突出的粗糙的手,显得相当和蔼地说。

同高大丰满的潘副书记站在一起,更显出大道口领导人的瘦小。他眯缝起那双深邃的眼睛,皱纹脸上现出了表示敬意的笑容,不紧不慢地同面前这位气度不凡的年轻书记寒暄着热乎话。居高临下的潘书记立即感觉到了这种敬意,有些满意了,但他还是觉得那双眯缝着的眼睛太深邃了,不敢完全相信这敬意。

不久,那个广播女娃也同另一个个儿高挑的年轻女娃一起回来了。

“潘书记,这是他们大队的副支书高春枝。”老田忙介绍道。

“唔——”潘副书记和蔼地点点头,立刻发现这个个儿高挑的女娃生着两只异常秀气的大眼睛,机敏而动人。他像忽然发现了甚么似的,刚才积累起来的不悦,顿时消散了。

“枝枝,快叫人安顿潘书记他们住的家吧。”老明海以长者的口气吩咐春枝道。

“不忙这些。”潘副书记立即制止了,“现在马上开大小队干部紧急会议!”

二

在一般情况下,下乡干部总是晚间召集队干部或社员开会,显然那原因在怕耽误农事。这次紧急会议在后半晌开,又在春耕时节,这本身就很有些异样的紧急气氛。尽管县委潘副书记要来搞教育辩论试点,是预先通知三次,大小队干部们都明了的,但是,当人们被从各个农事岗位上喊叫到大队办公室后,还是很感到突然和好奇。陆续来到的人们,默默地寻找各人喜爱的位置坐下,便埋头抽起小兰花旱烟来,不像往常那样说着笑话,激烈地圪吵着甚么,连女人们也收敛了一贯的嬉笑。总之,那气氛是很异样的。

潘副书记对这非常的气氛却相当满意。所以,虽然时间又过去了一个钟点,虽然瘦小的大道口领导人用很不流利的语句表示了对书记来蹲点的欢迎,平淡地宣布了紧急会的开始,潘副书记的情绪还是很好的。他用相当动听的声音开始了那一向富有理论性的讲话。他从分析形势入手,不断地引述着最近报纸上的段落,很得体地强调着自己的论述。

大道口的大小队领导人们静静地聆听着。大队办公室里，除了弥漫着小兰花旱烟的云雾外，就只有那动听的声音在回响。但是，不久，这气氛发生了变化。当人们听到："教育辩论是二次'文化大革命'的开始，市里已经轰轰烈烈，郊区农村当然不能按兵不动；不要被当前的生产事务缠住，忘了大事，不要担心影响春耕生产，不要陷进唯生产力论的烂泥坑里……"原来静默的气氛很快被破坏了。人们开始骚动了，开始窃窃低语了，咳嗽声、挪动座位的杂音也开始多起来了。以至刘秘书不安地站起来进行了干预，但依然并不见效。

"圪吵甚哩，悄悄听吧！"突然，在前面靠墙蹲着的瘦小的老明海，声音并不高地嘟囔了一句。

随之，气氛立即就又变了：除了那动听的声音，其他杂音顿时消失了。人们的注意力在这瞬息间都集中到自己的领导人身上。他们看到自己瘦小的领导人听得那样认真，但似乎又是那样泰然轻松，眯缝着那双深邃的眼睛，很香甜地一口一口吸着小兰花旱烟，专心地注视着不断喷出又不断散开的烟缕。人们像忽然发现了甚么，明白了甚么，又恢复了原先的静默。但这静默显然已经没有了原先的那种突然感和好奇感，而是变得十分轻松了。后来潘副书记论述到层层揪搞复旧的后台时，风趣地说："比如揪到县委我们这些书记们，也不要怕嘛！揪住我这个书记，我就投降嘛！"人们竟轻松快活地哄笑了。

这种轻松快活的气氛一直持续到紧急会议结束。当刘秘书宣布了晚上照旧都来认真讨论首长的重要讲话，并说书记要亲自参加后，人们熙熙攘攘地散会了。你又可以听到人们在说笑话，在大声圪吵甚么，自然也有女人们那一贯的嬉笑。

晚上，大小队领导人们很快就到齐了。在等候潘副书记来到的时候，气氛仍然是很热闹的。有谁竟吼起梆子戏中黑头唱腔来，惹得人们大声哄笑。

许久，老明海才同老田进来。听不清老明海说了句甚么后，人们静息下来了。

“咱们讨论吧。”老田开始说，“潘书记和刘秘书有事不能来了。”

人们听毕老田的话，也并不感到怎样太失望，那气氛反倒更热烈起来。

“老田，”老明海已经找了合适地方靠墙蹲下，一边装小兰花旱烟，一边不紧不慢地说道，“不知道县种子站还有没有墨西哥春麦籽种？今年原本计划种六百亩春麦，这两天就种得差不多了。进度加快了呀！所以就还想多种它二百亩。你看还不误顶凌下种呀！”

“是呀。”春枝闪动着那异常秀气的大眼睛接着说道，“墨西哥春麦去年我们种了二百亩，亩产上了六百斤，跟冬麦也差不下多少。加上套种的新黄单玉米，一亩少也拿一千二三。今年冬麦、春麦套玉米能搞到一千八百亩，亩产过千就有些把握了。总粮田是二千八，你看快占到三分之二啦！”

“籽种是有。”老田心不在焉地说，“可咱们得先讨论呀！”

“讨论不愁。”生得很愣实的三队队长大声说，“老田，你说去年冬天新平整过的生土，今年一亩多上它六十担农家肥够不够？咱就怕影响产量呀！”

“差不多了。”老田仍心不在焉地说，“多施有机肥，加快生土熟化，不会影响产量。”

“可二柱，”老明海说，“你们的粪送出多少了？”

“明海叔，这不着急哩嘛，牲口都突击种春麦哩。”

“看大队拖拉机能不能帮你们突击几天？”

“顾不上呀，明海叔，”管农机的负责人作难地说，“三十的那台正检修，五十五的铁牛这不日夜拉石头，还供不上防渗渠道用哩！”

“老田，”学校负责人趁机接上说，“我们想请县农科站的老申来给农专班上几堂植保课，你给写个条条吧。”

……

农林局田副局长面临着一股不可阻挡的冲击力。大道口大小队干部们不断提出的一连串问题，都在他本职的业务工作范围之内。他不应当回避。而且，有许多事都是他前几年蹲点时力促实施的。然而，他现在所负的使命，却与这些事多么尖锐地矛盾着呵。他不应回避，却不得不回避。他力图回避，却又无法回避。他又处于很为难之中了。看来，我们的田副局长还是属于那种老派干部，不会沉下脸来，引几句报纸上的大话，把人们喝到讨论的正轨上去。或许，他是同这些大小队干部太熟惯了吧。

“今晚就讨论到这里吧。”大约这样圪吵到十一点钟，老明海平静地宣布道，“明天还得起早出地。我看，天也长了，营生也忙了，从明天起是不是改为早起五点半放出工喇叭？”

人们一致赞成。讨论会熙熙攘攘地散了。

然而，老田许久没有从座位上站立起来。老明海也依然靠墙蹲在那里。人们熙熙攘攘的声音已经消失了，那满屋的小兰花旱烟的云雾也逐渐散尽。大队办公室里变得极清静了。

“老田，”老明海终于打破了沉默，轻声说，“你怕吗？”

也许这问话太突兀了，也许这问话触及了老田的心事，他惊愕着，却无从回答。

“老田，”老明海站起来，坐到老田跟前，还是轻声说，却转了话题，“杨书记最近是在点上，还是在机关？”

“在点上。”提到县委书记杨轩山，老田忽然像有救了似的振奋起来，“怎么，你想去见杨书记？”

“不。去见杨书记诉苦吗？我是想知道你们这次来，是县委决定的，还是……”

“不像是。他弄得很神秘的。”

又是一阵沉默。

“老田，你说潘美人来大道口，是不是因为去年夏天杨书记表扬过我们学生娃们学文化用功？我看，潘美人是一心谋着跟杨书记对着干哩，就是今天会上他吼喊的那些话。”

老田又惊愕了。他还是第一次听到这个自己很熟惯的老党员用绰号称呼上级领导人，而且竟是这样一个可笑的绰号！但他也深深感到了这个老同志对自己的信任。半晌，他才说："我也不大清楚。他们定点时，倒是在杨书记表扬过的那几个队中挑的。"

"我疑心就是。"

他们又沉默了。

突然，老明海那双深邃的眼睛睁大了，发亮了。这是怎样的一双眼睛呵，它有多深沉，多敏锐，它蕴藏着多少力量和智慧，你不能一眼看透。但是，现在又是那样的清澈，那样分明地洋溢着兴奋和热情。

"老田，去年那阵势多叫人高兴呀！杨书记到了大王庄蹲点，呼啦啦就把我们整个水地区的生产带起来啦。"

"可是，"他又眯缝起那双深邃的眼睛了，"潘美人是怎样蹲点法？你看前年收秋时那雨水多得日怪，眼看着到手的庄稼泡在水里，可他在贾庄愣是箍着几十号年轻娃们关住门抄书抄报，搞甚么'批注'，他在报纸上显了脸，可贾庄遭了罪。哼，吹啥经验！"

"可你有甚么办法？"

"是呀，人家举着报纸跟你吼喊！"

"你看大道口又得遭罪吧？"

"老田，回吧，该睡了。"老明海站起来，收拾旱烟具了，"明天我汇报，你不用愁。你还是跟咱愁一愁这亩产过千吧。去冬我亲口向杨书记下了保证，不能欺哄党呀！"

他们走出大队部院，整个村庄都已沉睡了，只有满天的星斗在神秘地闪烁着。远处，隐约传来了拖拉机的轰鸣，也许这就是那台五十五马力的铁牛在连夜赶送石料吧。春夜的寒冷，渐渐向他们袭来。老田不由得打了一个寒噤。

"老田，"老明海在黑暗中轻声说，"你看怪不怪，去年冬天潘美人血压升高了，不能下乡蹲点。现在天暖和了，他倒降下血压，下乡来了。特殊人呀！"

老田笑了。

远处，传来了拖拉机更大的轰鸣，愈加显出暗夜的寂静。

三

正在酣睡的潘书记，突然被一阵高音喇叭所发出的强大声波所惊醒。

他很恼火地看看窗户，还是黑乎乎的，摸出手电筒照亮手表，指示着五点三十分。最近以来他最为熟悉、最为动心的那些报纸上的段落，已经通过扩大了的那个广播女娃的声音，传入他的耳中，达到他的意识里。于是，他渐渐从缠人的睡意中回到了现实世界，他意识到不应当制止这强大的声波。但是，这么早广播给谁听呢？很快，他就听到了外面嘈杂的说话声，不断的脚步声，间或还有女人们尖厉的嬉笑声，人们为甚么这样热闹呢？难道是县里重要领导人来蹲点的消息，已经传遍全村？难道是他昨天的讲话精神已经通过大小队干部达到了群众中？要是这样，就可见群众的革命热情多么高了。但是，也许不会吧，时间还太短呀！很快，他又听到有人进院里来了。

"潘书记还没有起来吧？"这是那个高明海的声音。

"没哩。"唔，房东老汉也起来了。

"那就再来吧，让领导睡吧。我是想汇报昨晚讨论情况。讨论得热烈呀，那就再来吧。"高明海的声音消失了，人也走了。

房东老汉也似乎走了出去。

潘副书记很兴奋了，他相信人们确实动起来了。看来，这个瘦小的民主派人物还是听话的。好玄哩，但凡有点脑筋的人，也要看看眼前是怎样的形势哩。然而，在黑暗中他却又望见了那双过分深邃的眼睛，又不敢完全相信了。那么，那个叫春枝的女娃怎么样呢？春枝，春苗，你看这名字多巧，而且那眼睛也长得多么相似呀！这女娃要真是像春苗，那可就好办了，就可能尽快出经验了。于是，他又想到昨晚同小刘搭起的那个经验材料的架子了。于是，他又习惯地沉浸在对自己不凡才能的欣赏之中了。他一向觉得拿出经验，就要引起轰动；而要能引起轰动，就必须抢在别人前头。只有那些脑筋呆笨或过分老实的领导人，才在取得经验之后再去总结。但总结经验要赶在做的前头，那是需要水平的，尤其是理论水平。于是，他又充满了很强的自信力。想象着报纸上很快登出他的经验之后，将引起怎样的轰动，杨轩山他们将立刻处于怎样被动的困境……然后，就将是铺天盖地的大字报……就……也许是过分的兴奋使他又疲倦了，也许是那高音喇叭强大的声波和嘈杂声、脚步声、嬉笑声又都静息下来，潘副书记渐渐地、渐渐地又离开现实世界回到睡境中去了。

当他再次醒来，窗户已是一片金黄。高音喇叭重新响起，村里又是一片喧闹。很快，他听到高明海和小刘在外屋低声谈论着甚么。他舒服地伸了一个懒腰，大声咳嗽几声，开始起床了。

“呵，你们在谈论甚么？”潘副书记梳妆完毕，舒眉展眼地走了出来。

“我在向刘秘书汇报讨论情况哩。”老明海很快接上说，“潘书记，今天你派在我家吃饭。”

“那好。讨论得怎么样？”

“扯具体生产多，材料上能用的少。”刘秘书说。

“嗯？”潘副书记皱起了眉头。

“潘书记，我们庄户人脑筋转得慢。杨书记说农村啥运动都不能脱离生产呀。”

“嗯？小刘，记上这话了吗？很重要，材料上很有用。可见其流毒之深呵……去吃饭吧……就是要这些东西，要这些能上纲的东西。”他对于自己能够从别人看来是无用的东西中捕捉到重要东西，又感到满意了。

对于老明海准备的丰盛的早饭，潘副书记也是满意的。尤其是由于刘秘书的特别提示，老明海准备了一壶白干。

“哈哈，看你这个老明海，吃点家常饭就行了嘛！”

“潘书记能吃我们几顿哩！”

几盅白干下肚之后，潘副书记的情绪更好转了，话也稠了，尤其是对那双过分深邃的眼睛的警惕，也放松了。

“老明海，县委杨书记对你们大道口很关心呀！”

“县委领导都关心哩。”

“哈哈，你还真会说话。我过去可关心不够！”

听不清老明海嘟囔了句甚么。

“可是，你们在学校搞复旧，谁支持的呀？”

“我们瞎闹哩，庄户人尽瞎闹哩。”

“哈哈，打马虎眼可不行。”

“真个呀，潘书记。上头谁的指示也得听哩。”

“怎么能这样说。要分清正确路线和错误路线，正确领导和错误领导。不能盲从嘛！”

“是哩，明白哩。”

“不能盲从。搞民主革命，像你把亲老子捆到区上那种无条件执行上级指示的精神，是可贵的。现在不同了，再那样盲从，就要为错误路线卖力，就要犯走资派错误。你有民主革命的包袱，要警惕呀！”

“是哩，潘书记这一说，我就明白哩。我还喜愿当走资派吗？”

潘副书记显然对自己的看法、诱导发生了效力感到很满意。他又连连干了几盅，没有多久他就感到头脑有些发昏了。饭毕，他却执意不肯在老明海家中躺一躺，老明海终于把他送出来了。

“对了，你叫春枝抽空到我那里去一趟。”

“嗯，我告她吧。”

“对了，”他走了几步，又站住指着满街的大字标语说，“你赶紧叫人把这些大标语换掉。找小刘拟几条新的。跟上形势嘛！”

“嗯，我安顿人换吧。”

老明海送走潘副书记，也没有回家，就径直走到队里吆上牲口，扛上耧，泰然轻松地向双榆树地不紧不慢地走去，似乎刚才的一切并未发生一般。

直到很晚收了工，吃罢晚饭之后，春枝才奉命来见潘副书记。而潘副书记一见春枝，就立即停止了对刘秘书起草经验的指导，很亲切热情地来接待她。

“春枝，你看过《春苗》这个电影吗？”

“没哩，俺村还没演过哩。”

“是吗？那多可惜。你看春苗那姑娘多厉害！”

春枝没有说话，只闪动那异常秀气的大眼睛，机敏而动人。

“春枝，你们学校的问题不小啊！今天下午我去转了转，发现问题很严重！”

“是吗？”

“相当严重！比如，至今还叫学生写甚么毛笔大楷，还画圈圈打杠杠！至今还搞作业评比，还搞试卷展览！完全是复旧！……问题大啦，问题多啦！”

“唔，是吗？……”

“去年夏天，县里有人跟着刮了一阵风，看来对你们影响不小哇！你清楚吧？”

“不知道呀，去年我上水库去了，不在村。”

“这可是大事啊，你应当关心。那么，去年夏天县上有人表扬过你们的复旧，你听说了吧？……也没有？那就太不应该了。这次辩论，就是要重点搞清这个。重点是查根子，查后台，明白吧？”

“潘书记这一说，我明白哩！”

“很好嘛，我看出你是个灵敏人。很有前途嘛！你看那春苗……”

于是，潘副书记又讲起了春苗的故事。

临走时，潘副书记显得十分信任地交给春枝一项任务，说明天下午要开群众大会进行动员，要她组织几个有水平的代表，按上面的精神，在他动员之后发言表态，特别强调要有火药味。

春枝答应下来,说:“我回去跟明海叔商量着安排吧。”

“不!”潘副书记神秘地说,“就是叫你单独组织。”

“单独?”

“怎么,惊奇吗?告诉你,以后还有更叫你惊奇的呢!春枝同志,还要叫你挑更重的担子呢!”

春枝笑了,闪动着那机敏而动人的大眼睛。

四

一前晌,老田高低找不见春枝。潘副书记忙着指导刘秘书突击经验材料,要赶今天拿出初稿。而且,他还得考虑下午群众大会的动员讲话,忙得很。他要老田检查春枝组织发言的准备情况。然而,老田满村找来找去,高低找不见她。

在他满街找的时候,却发现了一个意外的奇异情况。按照潘副书记的指示,有几个年轻娃们端着墨盆,挥着排笔,在换满街的大字标语。然而,他们并没有刷掉原来那漂亮的美术字,却是在另外空着的白墙上写。那字写得歪歪扭扭,笔画粗细不匀,字体大小不一,这里疏,那里挤,同原先那漂亮的仿宋体美术字形成鲜明对比,显得十分难看。而且,竟有几处错别字,如“辩”写作“辨”,“翻”写作“番”,“风”写作“凤”,等等。老田不禁失笑了:“好个老明海,这摆的甚么阵法?你真不怕?”

果然,那奇异的换标语,使潘副书记大为恼火了。他在下午向群众大会走去的时候,那种高昂情绪,顿时被破坏了。他那英俊的面目,来大道口之后第一次变得这样难看。他不再显得大度宽宏,立即向陪着他去会场的老明海倾泻出愤懑。可是,很有一阵,老明海却十分泰然轻松地承受了这倾泻而来的愤懑,既无恐惧,也无不悦,只是眯缝着那双深邃的眼睛,就像发怒的潘副书记并不存在一般。这更激怒了潘副书记,他发出咄咄逼人的质问。

终于，老明海不紧不慢地说了话："原先那好看的字，是雇人来写的。要是不叫学生娃们练大字，怕连这不中看的字也没人会写哩。"

愤怒的潘副书记被刺了一下，立即盯住了老明海那双过分深邃的眼睛，厉声告诉他，这是对抗运动的严重事件。于是，愤懑的潘副书记奔向了会场。

当春枝宣布了大会的开始，用流利的语句表示了对县领导人来蹲点的欢迎，号召大家鼓掌请首长做动员讲话后，潘副书记的愤怒情绪有些安静下来了。他又从分析形势入手，开始做富有理论性的讲演了。他又开始不断地引述最近报纸上的段落了。

然而，不知是由于他的情绪刚才受到了严重破坏而使讲演效果受损，还是由于室外刮着很大的春风而使扩音器效果不好，会场的秩序从一开始就不佳。人们的交谈声、咳嗽声，女人们的低笑声，小娃们的哭闹声，愈来愈多，愈来愈大。不久，人们站立起来，来回走动的也多起来了。主持会议的春枝，不知一直埋头在看甚么书，也不干预会场秩序。刘秘书又留在家里赶写材料。老田仍然是一本正经地在认真聆听。而那个高明海又不知蹲到哪里去了。他没有办法，只好停下演讲，亲自整顿会场秩序。但是，凡此多次，并不见佳。他渐渐又有些激怒起来了。

于是，他决定提前点出那起严重事件了。谁知，他刚说出几句，就听见老明海不知在哪里高声嘟囔了一句："悄悄听吧，圪吵甚哩！"

顷刻之间，会场安静下来了。人们的眼光，迅速在会场中找到了自己的领导人。他们看到自己瘦小的领导人蹲在他们当中，不断地喷吐着小兰花旱烟，眯缝着那双深邃的眼睛，听得那样认真，但又那样泰然安详。他们像发现了甚么，明白了甚么，也静静地听讲了，也显得泰然轻松了，一直到县领导人讲演结束。

接着就是八个代表的表态发言。会场的秩序更安静了，但也更活跃、热烈了。然而，潘副书记却是越来越愤懑起来。

头一个发言的，就是生得愣实的三队长。他简单地说了两句书记讲话重要之后，就全是说如何抓好春耕生产，如何保证适时种完墨西哥春麦，特别详细地提出了几条措施，保证完成送粪任务。这使潘书记极为恼火。

第二个发言的是农田基本建设专业队的代表，也是说了几句响应首长号召的套话之后，就主要是说如何大干苦干，赶在大秋作物下种前，完成打井、配套、防渗渠道等任务。潘副书记愈为恼火了。

第三个是学校负责人发言。他倒完全是说如何响应动员，搞好教育革命。但只是强调如何学好政治，如何同劳动生产结合，并不提反复旧、查后台。而且，还很说了一通如何为革命学好文化课，如何为农村培养有觉悟有文化的人才。这使潘副书记也大失所望。

接着就是春枝代表支部表态。潘副书记有些振作起来，但很快他就由失望变成更大的愤怒了。春枝甚至开头连那响应动员的套话也没有，劈头就说到如何继续贯彻县委书记杨轩山同志去冬的一次讲话精神，如何打胜春耕战役……

没有等春枝讲完，潘副书记就喊叫上老田，愤懑异常地奔出了会场。他奔进大队办公室，立刻叫老田去把老明海找来。

老田走后，他在办公室里快步来回踱着。室外那很强的春风，时高时低地把扩大了的春枝的声音送进来，充满了这间办公室。他简直无法忍受。一向很有自信力的他，深深感到受了那个瘦小的民主派人物的愚弄。他想到那天刚到时的冷遇，想到那个早上的讨论汇报，想到街上荒诞的换标语，想到现在的大会发言，终于明白了一切。他不得不相信这个瘦小的民主派人物简直像家长一般统治着这个大道口，使他尽快出经验的计划受到可怕的打击。他想到，可贵的时机，在这里要失掉的。这个点选错了。于是，他把更大的愤懑集中到了老明海身上。

老明海不紧不慢地走进来了。

立刻，盛怒的潘副书记就把这更大的愤懑向这个瘦小的民主派人物倾泻下来。他英俊的面目变得更为难看了。他那动听的声音也变为可怕的咆哮了。

“你竟敢这样同党的领导开玩笑！你的党性哪里去了！你过去那种无条件执行上级指示的精神哪里去了！你好大的胆子，竟敢这样对抗二次‘文化革命’！你看你干了些甚么！你狗屎扶不上墙，你不肯改悔，你是顽石……”

不管这倾泻的愤懑是怎样的猛暴，瘦小的大道口领导人却依然是那样处之泰然，既无恐惧，也无不悦，只是眯缝着那深邃的眼睛，喷吐着那香甜的烟缕。这是怎样的人呵！

终于，他又不紧不慢地说出一句话：“潘书记甭火哩。甭嫌众人会上说得不好听哩。庄稼人不说种庄稼，没话哩。”

一向自信力很强的潘副书记，现在完全被剧烈地刺伤了自尊心。他觉得这一顿训斥，对于这个瘦小的老庄户人竟然没有一点威力，竟然丝毫不能动摇他，甚至不能激怒他。他的额头不禁沁出了汗珠，咆哮的声音已嘶哑了。

“潘书记，喝口水吧！”老明海竟若无其事地给潘副书记倒了一杯开水，用非常和气的声音说道。

盛怒的潘副书记现在甚至从老明海那霜白的头发和霜白的胡茬围着的皱纹脸上，看到了前天刚到时所看到的那种似乎表示敬意的笑容。他忽然像终于从老明海那双深邃得可怕的眼睛里看清了甚么，不禁为之一惊。

室外那很强的春风，依然时高时低地把扩大了的使潘副书记愤懑无比的声音送进来，充满了这间办公室。而此刻竟然是老田的十分开朗的声音，在说到要向大道口的干部和贫下中农学习……

“高明海，你等着吧，我要立即发动群众，搬掉你这块顽石！”潘副书记用嘶哑的声音无力地咆哮了一声，奔出了办公室。

黄昏时分，大道口来了一辆吉普车。潘副书记带着刘秘书和那已经赶写出来的经验材料，抛掉农林局副局长老田，不辞而别了。

当老明海、春枝和老田闻讯赶来送别时，只望见公路上吉普车急驰而去所留下的一溜尘烟。

“好你老明海!”老田愉快地说,“你看,连我也丢下不管了。”

春枝笑了,闪动着那异常秀气的大眼睛,机敏而动人。

“可他还叫咱们等着哩。”老明海严肃地说,仍然眯缝着那双深邃的眼睛,望着吉普车驶去的方向。

一九七七年八月

七月二十二

农历七月二十二，是县城大庙会。自然，解放后已改称物资交流大会了。但庄户人进城赶庙会，除了交换产品，展开贸易，却还有红火、娱乐、交际一类的意义在内。因为在农时上，这正值立秋、处暑之际，是夏、秋大忙间农事清淡的时候，人们借此可以休息一番。所以，历来在一般年景都要盛会五到七天。一街两行，排满贸易的棚、帐、摊、车，自不必说。演几台大戏，也是必不可少的。至于那各路名手云集，通宵达旦的传统挠羊摔跤赛，似乎要算这庙会的压阵节目。这就可见县城周围方圆几十里内的庄户人，为甚么几乎要倾村赴会了。这也就可见在被禁十二年后，今年的七月二十二，是怎样吸引人了。

今年虽又遇旱，全县夏粮却超了产。六月，落了透雨。大秋、晚秋的禾苗，都一律是正经气色。夏收预分方案，也兑现得扎实。田里叫人宽心，社员手里又有粮有钱。所以，县上决定统一放假五天，叫群众过一个红红火火的七月二十二，以慰抗旱大干之辛劳。不用说，这是大得民心的。

从七月二十开场，不仅县城里，就是乡下也弥漫着过盛大节日所特有的那种欢畅气氛。到七月二十二，盛会已达高潮。城里的主要街道，十字路口，几个广场，都是人头攒动，簇拥不畅了。

在这万人之中，单说离城五里的柳庄青年小顺。

这天下午，小顺看罢专区北路梆子剧团演的《打金枝》，散场挤出来，同结伴而来的几个后生娃们失散了。他在人流中寻觅多时，也无结果。失散就失散罢，小顺心绪正佳。专区剧团里的几个老名角儿，小电灯啦、九岁红啦、狮子黑啦，今天都登台了。十八岁的小顺，过去当然还不是这些名角儿的崇拜者，就是现在也不见得能领略其独到的艺术风韵。但被禁多年后，这古装戏对他是何等新鲜呀。而且，满场观众看戏时那惬意的神态，狂热的喝彩，也把他完全感染了。他也似乎获得莫大艺术享受，心情异常欢愉。当他独自挤入一家小食摊，吃下几对也是久违的荞面碗脱儿后，那精、凉、香、辣的味道，使他欢愉的情绪更加强了。现在，就单等观看夜晚那精彩的挠羊摔跤赛了。

充分享受着逛会欢愉的小顺，在人流中拥挤了一阵，就决定再到农业展览会内转转去。那里，他也是上午就去转过了。因为那里展览着他们柳庄科研组培育成功的春麦新品种柳春矮十九号的标本，还挂着介绍柳庄科研组事迹的好些放大照片，自然有他小顺的几个镜头。可上午他看来看去，怎么那样走相呀？显得那么滑稽，像故意出洋相似的，一点也不像他们组长那么正经，耐看。多丢人呀，在全县这么多人眼里出洋相！所以，他想独自再去看看，究竟是不是真的那么洋相。

可是，当小顺快挤到展览会入口处的时候，却被一个意外的发现吸引住了。原来，他看见一对男女青年，正在入口处对面的路边热切交语。那女的，二十四五岁，身条蛮秀溜，扎着两根细辫儿，略胖的脸庞，白净，水色，俊气的眉眼间，总透出落落大方的气息。小顺认识她。她是田村科研组的二兰嘛。田村虽与柳庄分属两个公社，却相距不远。二兰是那一带青年娃们瞩目的标致姑娘。今年小麦扬花时节，她还来柳庄科研组，学习了二十多天杂交育种技术呢。小顺跟她很惯熟咧。可那男的，小顺却不认识。他也生得蛮精干，年纪和二兰也相仿佛。看两人谈得多热火，竟然全不把这川流不息的人们放在眼里。

小顺似乎忘记了要去看放大照片的目的了。他退到了离展览会远些的一个百货摊前，隐藏到那里的人堆中，牢牢盯住这一对男女。簇拥着的人流不断挡住他的视线，嘈杂的人声更使他难以听到人家的交语。但他仍牢牢盯住人家。终于，他看到那个精干的男子不知说了句甚么，二兰竟羞涩地笑着低下了头。小顺像受到甚么刺激似的，顿时显得伤心起来。一整天来的欢愉心情全然被破坏了。

必须说明，十八岁的小顺并不是迷恋着那个二十四五岁的标致姑娘。他是在替他们的组长大柱伤心哩。

大柱今年已二十七岁了，还没有结婚。他从学校毕业后，就钻到大队科研组，八九年啦，如痴似呆地侍弄他的小麦育种。现在，当然荣光啦。可前几年，一般青年娃们谁看得起他呀，都嫌他死眉拙眼，没出息。那些年轻女娃们，就更没有人寻他啦。她们尽是眼馋那些会事的，闹钱的，有权的，特别是那些爬升得快的年轻幸运儿。谁像大柱这样死心眼儿学正经本事哩。柳春矮十九号，是从五十来个杂交组合中选出来，培育了八代，才侍弄成功的。不死心眼儿行吗？这两年柳春矮十九号推广开啦，每到麦收后，来柳庄调换种籽的也像赶会似的。大柱的辛苦和心血，顶大事了。可他还是没有对象呀。他照旧成天钻在麦穗穗里，头发乱蓬蓬的；旧布衫上又是汗碱云彩，又是泥水圪浆；叫阳婆晒黑的脸面也老相哩嘛。一般女娃还是嫌他死眉拙眼，没出息。

今年五月，谁就想到田村出名的二兰，会来学杂交育种技术。她跟大柱还是中学同学呢。可大柱傻钻在麦穗穗中的这些年，她是钻在她们公社那脱产的业余宣传队里当名角儿哩。人才出众，嗓子又好，成天在众人前出头露脸，谁都说她眼高得很呢。去年，那脱产的业余宣传队解散了。她回村进了科研组。人们说，那还不是临时图轻快哩，也长不了。都等着看她找个啥样有眉眼的对象，跟上飞哩。可说也怪，今年到柳庄来，竟变得像另一个人了。也不肯打扮了，也不咋娇气了，连话也少了。只是常跟柳庄科研组的娃们说:“前些年白过了,啥本事也没学下,咋办呀?”倒像是一下就沾上大柱那股憨气啦,思谋的就只是杂交育种。啥都想问,见谁都问,也不怕娃们失笑她。有一回,她向小顺请教啥叫正交、反交,小顺说了半晌,她也翻不清楚,惹得娃们大声哄笑。可她也不恼,也不羞,竟和娃们一起笑她自己哩。真像是迷上育种啦,小顺真不敢相信。尤其是她对大柱,倒像是真心那么敬慕,小顺更不敢相信。然而,小顺这个成天跟着大柱的组长尾巴,碰到不少事,终于叫他有些相信了。比如,过去在扬花时节,大柱总是下地最早,回村最晚;小顺呢,总是尽量早去晚归,伴着组长。然而今年二兰一来,小顺不管怎样努力,最早最晚伴着组长的,却总是她了。

还有一天晌午,小顺提早到育种田去,却远远望见大柱和二兰已照例早早在那麦穗丛中了。他忽然灵机一动,便悄然藏到附近的麦地里,想偷听点秘密。谁知半晌,也不过是关于育种技术,一问一答。蹲在初夏正午阳婆暴晒下的麦地里,小顺可真是够受的了。但出来不是,不出来也不是。他正在进退两难的时候,却忽然听到二兰很随便地说:

“我到大渠里洗几件衣裳去。把你那汗腥气的褂儿脱下来,也给你涮涮。”

“你看这,算哩。我日脏惯了。”

“脱了喀,说话就干了。”

“你看这,算哩……”

“脱了喀!”

当小顺估摸着二兰已到了大渠,他才又悄然钻出来。看时,大柱果然只穿着一件红背心。他心里很满足,终于发现了秘密。他也很高兴。二兰还是有眼力哩,看上了他们组长。他们组长有金子一般的心哩,有正经顶用的艺数哩。

后来,当二兰要离开柳庄时,显得那样恋恋不舍,小顺是比他们组长还要敏感几分就看出来了。二兰回田村后,得空就来找大柱请教。那请教之外的意思，小顺自然是明白的。就在放假赶会的第一天，小顺还碰到二兰来柳庄寻大柱求教。大柱偏被冯庄科研组请走了。小顺看她仍是那番平常打扮，与村里一般女娃们逛会前打扮得格外齐楚、花哨，完全不同。他便道：

“二兰姐原是活跃人物，咋也不打扮打扮，逛逛会去？”

“我早红火够了。如今连你顺先生都不如呢，还有那心思！”

但是，眼前这是怎么一回事呀？还说没有心思来逛会！看来这个二兰究竟还是看不上他们组长呀。你看，这个精干的后生穿着的那件雪白的确良衬衫，比大柱那汗腥气的旧布衫真是强多了。这个后生大约也是能歌善跳的角儿吧。你看他跟二兰当着这么多人说亲密话，多自然，多得体。大柱自然差远了，跟二兰说话，愣不自然，还尽是说些育种呀、父本母本呀、千粒重呀，干巴巴。小顺曾经多次用耍笑的话，戏逗过二兰和大柱，二兰总是显得那么大方，从来没有见她这么羞涩过。哼，还说她有眼力！也是俗货！小顺现在对这个不相认的穿雪白衬衫的青年，毫无好感。他竟打扮得这么时髦来逛会，同俗气的二兰在大庭广众下谈情说爱。可他们的组长呢？死活不肯来逛会，他舍不得消闲这五天。一天也舍不得。他把组员们撵来逛会，自己却猫在家里钻研单倍体育种。二兰却看不透这金子一般的心。俗货！小顺甚至感到自己来逛会，也是俗气。为甚么不留下来帮组长的忙呢？

相当沮丧而又愤愤不平的小顺，忽然发现他所监视的目标发生了变化：这两人也像看到了甚么，从对面路边穿过人流，径直向展览会这边挤来。小顺很怕是自己被发现了，连忙朝这边看时却更惊住了。啊呀！这不是他们的组长大柱吗？分明是他从展览会出口处挤出来了！而这时，二兰和那个精干的后生，却已迎上去了。只见二兰对大柱说了句甚么，那后生便很兴奋地握住大柱的手，连连说着甚么，像见到甚么人物似的。大柱立刻有些不好意思起来，连连摇头，摆手。二兰呢，却大方地望着大柱，款款微笑。

这又是怎么一回事呀？大柱怎么竟也来逛会啦？他们三人怎么竟也谈得那样热火呢？不过，小顺很快就进一步发现：他们组长的头发是新理过的，蛮齐楚，精神；那件旧布衫也挺整洁哩；从远处望去，那脸面也并不咋老相，倒跟展览的那些放大照片一般，正经，耐看。特别是小顺很惊异，为甚么现在才发现二兰仍是那一番平常打扮。于是小顺那沮丧而又愤愤不平的情绪就有些变化了。

不久，那个穿雪白衬衫的后生，望望二兰，说了句甚么，大柱便更显得不好意思起来。二兰呢，也竟又羞涩地低下了头。接着，那后生便同大柱、二兰分手了。走出几步后，还转身挥挥手，大声说："说定了，明年扬花时节，我一准去柳庄！"这是小顺监视多时所听清的第一句话。

现在，小顺望见大柱和二兰也厮跟着，挤入人流，顿时有一种心花怒放的感觉，倒像是跟这姑娘逛会的，不是大柱，而是他小顺自己似的。原来这个精干的青年也很敬佩大柱哩，也要来学育种技术哩，冤枉了人家啦。神经过敏！怪不得他小顺死活拉不上大柱来逛会，原来组长等二兰呢。人家跟他小顺来逛会有啥意思呀？这个小傻瓜！现在小顺可又觉得来逛会是应该的了，不俗气了。尤其是他们组长，真应该来歇歇脑筋，看看红火，自然更应该和二兰厮跟着来逛逛。钻研单倍体，也不在这一天半晌嘛。晚上，戏场唱《英台抗婚》和《三岔口》，跤场是精彩的名手交锋。他俩该去看甚么呀？还有那久违的荞面碗脱儿，精、凉、香、辣，他俩也该去吃几对呀。

小顺原来那欢愉的情绪已完全恢复了。他又忽然灵机一动，决定再偷听点新的秘密。好个小顺，敏捷地挤入人流，真的暗暗尾随上大柱和二兰啦。

在这簇拥的人流里，盯梢可不容易。太近了，说不定一阵拥挤，就会撞到被盯者身上。太远了呢，稍一疏忽，目标就丢啦。而且，在这沸沸扬扬之中，众目睽睽之下，很难捕捉到甚么秘密。可小顺却不畏难。他那欢愉的情绪，调皮的劲头，尤其是对他们组长婚事的关切，驱使他兴致勃勃地从事这艰难的秘密工作。他只见，即便在这簇拥的人流中，大柱仍同二兰保持一定距离，在两人之间总隔着几个陌生人。而且，大柱也仍像素常走路那样，匆匆向前挤动，使得二兰很吃力地紧随着往前挤动。她大约也像小顺一样，真怕丢失了目标呀。这么多人，谁认得谁呀，何必这样愣不自然哩，这个大柱！

然而，小顺还没有跟踪多远，就冷不防被一只手从背后揪住。他吃惊不小。回头看时，却是杨村科研组的小凤。

"好我的小顺，喊也喊不应！咋一个人逛哩，大柱没来吗？"

小顺放心下来，眼睛仍盯上自己的目标。但他不能说出那就是大柱。他怕自己的秘密工作被破坏，也不愿让大柱和二兰这次难得的聚会被打扰。他懒懒地说："一个人逛，自在呀！"

"嗬，看你牛气的！就为你这猴精样儿展览出来了，是不是？我有正经事咯。"小凤说时，早已把小顺从人流中拖了出来。

"有啥事呀，偏得这时说！"小顺可是无可奈何极了。

"不是碰上了嘛。我说，你们培育的柳冬六号，能不能调给我们几斤？"

"还没最后鉴定呀。"

"我们是做育种材料用，又不是大田种。"

"我不主事，得问大柱。"

"大柱没来吧？"

"我不知道。"

"你回去先跟大柱说说，过了会，我就去呀。"

小顺应承下来。可这晦气的小凤却愣是扯住他，烦人地说了好一阵话，摆她们的计划啦，要赶超柳庄科研组啦，足足有十来分钟。小顺好歹摆脱了她，重新挤入人流时，却早已丢失了跟踪的目标。真够晦气的了。他懒懒地在人流中拥挤了一阵，决定到附近饭铺吃些东西，然后就去跤场早早占个位置，安心看名手争夺罢。那里一定有不少观众了。

说来也怪，小顺还没有挤到饭铺，却无意中在书店门口发现了他跟踪的目标。只见大柱和二兰抱着一叠书籍，刚从书店拥挤出来。我的天，小顺的眼睛亮了，顿时又有一种心花怒放的感觉。从现在起，必须牢牢盯住他跟踪的目标！

但不久，大柱同二兰却在一个人较少的茶摊前坐了下来。小顺先是暗暗叫苦，但很快就欣喜地发现，与茶摊相邻，是一个拥挤的瓜摊。茶摊和瓜摊都搭有让顾客纳凉的席棚。两摊之间恰有一席相隔。哈，这是多么理想的监听条件呀，真是苍天不负苦心人。小顺立刻格外留神地悄然溜进瓜摊的席棚内，在紧靠茶摊的一席相隔处，挤了下来。为了秘密工作的方便，他胡乱买下半个西瓜。而且，经过这一阵先忧后喜，艰难跟踪的折腾，他也实在又渴又饥了，但这却算不了甚么。现在他是进一步发现，即使仅有一席之隔，在这人声喧嚣的情形下，窃听也是相当困难的。他只得用最大努力，仔细捕捉有价值的声音，那西瓜给予他的味觉享受，是一点也顾不到了。终于他听到了两句有价值的话。

大柱："我一点准备也没有，紧张得很。"

二兰："自己的事，还不好说吗？"

随后，就听不清了。难道谈恋爱就这么紧张吗？还要准备吗？可究竟还是二兰大方，自然呀。小顺真想笑了。但他又听清了甚么，赶忙集中注意力去捕捉。可惜，却没有甚么价值，又是育种呀、父本母本呀、千粒重呀，干巴巴。小顺异常替他们组长着急。接着又听不清了。接着，却又是两句有价值的话。

大柱："我老是心跳得很厉害。"

二兰："我也心跳哩，就像过去头一回上台唱歌之前那样咯。"

哈哈，真够紧张的啦！连一向大方的二兰也紧张起来了。小顺差一点儿笑出声来。他想，下面该是最有价值的话啦。于是，他也有些紧张起来，全神贯注地监听着。然而却又是一阵甚么也听不清。终于，他又听清了。

大柱："找个清静的地方吧，好歹再准备准备。"

二兰："走罢，时间不多了。"

这不是坑人吗？小顺真是焦急极了。而且，没有谈过恋爱的他，越发迷惘起来。找个清静的地方，倒是应该，当着这么多人，怎么好意思呀。可还要准备啥呢？自己的事还不好说吗？同意，或是不同意，不就完了。可还定甚么时间限制呀？真不明白，也许谈恋爱就真的这么复杂罢。不过，小顺还是终于意识到，现在已没有可能，也没有必要继续跟踪下去了。人家到了清静的地方，自己就很难隐蔽啦。而且，再深一步的秘密，他也不应当窃听或偷看了。那是不礼貌的。他小顺虽然常耍笑人，可还是懂得怎样尊重别人的，何况是他所热爱的组长呢。他敢肯定，最后，双方一定都会说：同意。难道他小顺连这一点还看不出来吗？他衷心为他们组长高兴。他衷心赞许二兰的眼力。到了闹房的那个晚上呀，他小顺掌握有最有价值的第一手材料哩。

小顺估计大柱和二兰已经走远后，便轻松地大模大样走出席棚。他的心情更欢愉了。仿佛这庙会的节日气氛变得更醉人了，那无数张陌生的脸面，也一律洋溢着酣畅、欢愉、甜美的情绪。他必须紧赶去吃点东西。太阳落山已有一阵啦。跤场上一定已经挤得人山人海，水泄不通。

当小顺好不容易拥挤着吃完一顿饭后，街市上已是万家灯火。戏场已经敲响开场的紧锣密鼓。跤场则已传来惊天动地的喝彩声。小顺匆忙向跤场赶去。可是，当他又走过农业展览会门前时，却听到正在广播：

“……应广大观众要求，今晚专门邀请柳庄科研组组长大柱同志，介绍小麦育种知识和他们的经验。之后将放映农业科教片专辑。地点在工会礼堂……”

此刻，小顺才顿时明白，大柱为甚么肯来逛会，二兰为甚么仍是那一番平常打扮，特别是他们组长为甚么那么紧张地要准备。是够紧张的啦，是一点准备也没有呀。今早他来逛会前，还不知有此荣光，还拉扯组长同来逛会。组长死活不肯，还在傻钻单倍体育种。组长不惯在众人面前讲话。现在，小顺可是真正替他们组长担心起来。不用说，他更匆忙地向工会礼堂挤去了。戏场的紧锣密鼓啦，跤场的哄然喝彩啦，他全顾不到了。

在工会礼堂门口，小顺看到有那么多人，那么多乡下男女青年娃们，正蜂拥而入。其中就有那个穿雪白衬衫的精干青年、有那个晦气的小凤，还有冯庄科研组的娃们。但小顺却没有声张，他仍然敏捷地悄然挤进去了。因为他又忽然想到，大柱上台讲话，二兰为甚么也心跳呢？他又决定再秘密监视一回，看看在大柱讲话时，二兰是怎样心跳，紧张。他敢肯定，二兰早已进去了，而且肯定她会坐到了前几排！

一九七八年十月

柳主任

一

办公室的柳主任埋着头，正匆匆向甚么部局奔去。忽然，有人拦住了他。

“同志，我问问，咋能见见新调来的于书记呀？”

柳主任抬起头来，一张白皙的圆脸有些倦色，两道很淡的眉毛微锁着。拦住他的是一个拄着拐棍的瘦老汉，黑脸，白发，五月天还披着一件破旧的棉袄。柳主任立刻知道这个黑脸老汉是来告状的，心里便习惯地涌起一股不耐烦来。但他像近来常常所感觉的那样，忽然警觉到甚么，努力舒展开那两道锁着的淡眉毛，在有些倦色的脸上现出略略的笑意来。

“老汉，有啥事，去信访接待处反映好啦。”

柳主任说着的时候，努力略略提高了声音，放慢了语调，而且竟把一只手放到了老汉那破棉袄的肩头上，另一只手指示出信访接待处的所在。它是属他管辖的。

那老汉似乎被柳主任的这种亲热感动了。他仰起黑瘦的皱纹脸，睨着眼，端视柳主任良久，但却没有任何特殊的表情。柳主任更有些不耐烦了，那略略笑意已在消退。就在这时，老汉突然异样地笑了。

“嘀嘀，嘀嘀。你这个同志好，好。不凶，不训唬人，好。你这个同志，可比那个柳主任好……”

柳主任那正在消退的笑意霎时凝固了。他从近来异常烦乱的思绪中挣脱出，认真来对待这个黑脸老汉。

“同志，我说你们那个柳主任算甚么县政府干部！谁不是万般无奈才来麻烦政府呀？老百姓不找政府做主找谁去呀？好那个柳主任，见我们这些告状的，不是撵，就是训。他三四十岁个后生，训我六十几的老汉，跟训儿孙一般！他穿戴得倒齐楚体面，可训人嘴里不干不净！哼，他算甚么政府干部！”

老汉的这一迭声吼骂，使柳主任有一些恼怒了。然而他还是警觉到甚么，没有发作。他开始寻思，自己甚么时候接待过这个黑脸老汉呢？一点印象也没有，一点也记不起来。他的记忆力近来是太差了。而且，他接待的来访群众也是太多了。可这个老汉是真认不得他，还是认得装认不得呢？他近来是有些忙乱、犯愁、显老，他的穿着也是有些不讲究了。可也不至于让认得他的人认不出来吧？

“同志，你说，我见过柳主任四回，也没见他给过我一回你这样的笑脸！他不办事，又死拦住不叫见书记、县长。就像我老汉能把书记、县长吃了似的，哼！”

这老汉见过他柳主任四回？他可实在一点印象也没有。不过，领导认不住群众，群众能认住领导呀。看来这老汉明明认得他，却装认不得，当面骂他！一个刁老汉！可见也不是甚么好人！但柳主任还是警觉到不能发作。

“老汉，甭生这么大气。”柳主任又把一只手放到老汉那破袄的肩头上，并努力现出略略的笑意来，提高声音，放慢语调，说，“县里的作风正在转变哩，打倒‘四人帮’了嘛。有啥事，去信访接待处反映好啦。”

“好我的同志哩，信访上我找过不下十回啦，不办事呀！前几年，不是撵，就是训。这二年，不是调查调查，就是了解了解。不顶事呀！”

“老汉，不是跟你说工作正在转变哩嘛。新书记也调来了嘛。去吧，去吧，先去信访接待处吧。”

“我说同志呀，我就是听说新调来的于书记是青天大老爷，我才来哩。咋能见见于书记呀？”

“于书记今天不在，一早就坐车下乡去哩。”

“我说同志，你咋也跟柳主任一般，尽糊弄人哩？我老汉吃不了书记、县长呀！”

“你这老汉，我哄你做甚呀？我还有事忙哩。”

柳主任丢下这个老汉，匆匆奔走了。他感到心绪更烦乱了几分。而且，他很快发现，自己竟然忘记了原先是为何事，朝哪个部局奔去的。他努力寻思，终于想不起来。他的记忆力近来是太差了。而且，他负责的事务也是太多了。自然，那个黑脸老汉刚才的纠缠，柳主任是并不在意的。这类事他碰得也太多了，过了也就拉倒了。还有更重要的事，需要他费脑筋。但是，他现在是要到哪个部局，办何事呢？柳主任终于还是寻思不起来。

二

新调来的于书记，的确是一早就坐车下去了，到现在还没有回来。五月的夜空，月牙儿早已西沉，星星也很密了。县委大院也早安静下来。所以，大院周围的白杨树那蓊郁的新叶，在微风中清晰地喧哗着。正在盛开的刺槐花，将很浓的芳香散满大院，同庭院中的月季、玫瑰、芍药所散出的香气混成一片，幽然飘进柳主任的办公室。

柳主任照例在等候书记的归来。但他一点也闻不到这一向使他陶醉的香气。刚调走的宋书记是特别喜爱花的。因此，柳主任在前些年亲自组织栽花移木，美化庭院的辛劳中，也无形中爱上了花草，从花的芳香中闻出了特殊的韵味。可是，新书记一来，似乎就很快表示出对花草的淡漠。于书记好像不止一次地对柳主任说过："大院这么多地，育些树苗多好。"由此，柳主任对花香也就不喜爱了，甚而有些害怕了。新书记到来之后，使柳主任担忧、害怕的事越来越多。比如，宋书记搬走家眷后，柳主任将过去亲自精心监造的书记独院，又下功夫重新修整粉饰一遍，请于书记把家眷搬来。于书记却叫把书记院分给几户无房的一般职工家属住了，说他不忙搬家。柳主任害怕了。这不是对他监造书记院的不满吗？于书记家眷未来，就在机关食堂入伙。柳主任特意安顿新书记在食堂小灶吃饭。于书记却总是在大灶排队打饭。柳主任也很不安了。这不是对他办小灶的批评吗？过去，宋书记出门，柳主任是备有专车的：吊了淡绿弹力呢棚顶，罩了猩红大绒座套，暖瓶，茶烟，汗巾，半导体，一应齐全。可新书记出门，却总是自己随便叫一辆就走了。柳主任也忧心忡忡，努力猜测新领导对他设书记专车如何想法。今天早上，新书记就是坐了那辆接送一般客人的旧嘎斯，现在还没有回来，会不会是车出了毛病呢？

柳主任坐在他的办公室里，一边候着新书记，一边伏案审阅着他手下的秀才们为新书记准备的几份情况汇报材料。他一点闻不到庭院里飘进来的花香，也一点看不清材料稿纸上的文字。他像近来常常感觉到的那样，被一种莫名的烦乱所困扰，想这想那，集中不了精力。他当了近十年办公室主任，从来没有像现在这样感到不适应。多年来，不仅是由于工作性质，主要是由于工作能力，他一直居于县委八大部委负责人之首。就是那些常委们，似乎也从不将他低一级看待。事实上，他眼看就要升任常委、副书记了，如果不是宋书记突然调走。而现在，他却愈来愈发现了自己的笨拙，愈来愈从新书记那陌生的脸色中，看到了对自己的某种不满。许多事也是办得不顺当。上午他究竟要到哪个部局办一件甚么事呢？会不会是新书记交办的甚么重要事项呢？他凝望着材料上的字迹，又紧张地寻思着，还是记不起来。后来，他集中精力来审阅秀才们起草的材料了。

这也是他愈来愈感到吃力的差事。如今,新提法太多,变化也太快,报纸上也没有个定准。而且,他也实在没有闲暇看甚么报纸,连党内文件也很难及时看完。看过也记不住甚么。所以,审阅材料就格外生疏,又放心不下。可不审阅不行呀,万一提法上出了错,受到新书记责怪,那不是自己给自己抹黑吗?柳主任努力睁大眼睛,艰难地在满纸字迹行间巡视着。不久,便两目发涩了。

“柳主任!柳主任!”

柳主任终于听清了对自己的呼叫。接着,终于也弄清了自己竟是毫无所知地伏案入睡了,不禁一惊。

“柳主任,于书记回来一阵了。大概没甚事了,该回家了。”

柳主任看清了怯生生地招呼他的,是办公室的小郭。但仍警觉地略思片刻,便向书记办公室奔去。

那里还亮着灯。柳主任轻轻推门而入,蹑手蹑脚地走到一张硬椅前坐下来。这一切都几乎毫无声响。柳主任有这方面的功夫。书记没有被惊扰,仍在伏案看甚么材料。他望着新书记那略略显驼的脊背,怎么也驱不散涌上心头的莫名畏惧。

突然,于书记举手朝案头奋力一击,发出砰然巨响,使本来就处于紧张状态的柳主任猝不及防,猛吃一惊,竟下意识地陡然站立起来。

于书记也愤然站立起来,转过了身。看去,新书记有五十来岁,中等个,斜肩膀,穿着不甚讲究,体格却很壮实。他一转身,那胡子拉碴的大脸就将很重的怒色投向柳主任,仿佛他本来就在场似的。柳主任在惊恐中,只见于书记抓着一份甚么材料,一边跛着一条腿急速地踱起来,一边大声朝他喊道:

“你看看,你看看!哪有这样冤枉人法!一个大字不识的老庄户人,就因为在街上议论了几句他们私宰病牛,便反诬老汉在耕地时打死了牛。一个一辈子扶犁提耧的老庄户人,会在耕地时打死牛?谁信?我就不信!可就因此批斗老汉,打伤老汉,还戴上坏分子帽子!老伴因此气死,两个儿子因此娶不上媳妇！告了四年状，没人理。告一回，回去还斗一回！老柳，听说过这事没有？”

柳主任被新书记骤然爆发的怒气完全吓住了。他只畏惧地瞅住书记那盛怒的脸色，甚么也没有说出来。

“你看看，你看看！四年前说老汉打死的那头牛，去年竟生了犊！哪有这样的冤枉人法？可老汉的儿子今天到公社给我递这份申诉信，还偷偷摸摸，生怕有人看见。怕甚呀？怕整呀！粉碎‘四人帮’都一年多啦！”

“于——老于，办公室派人去调查处理。”

“立即派人去！水村公社，紫庄大队，邢富槐。记住了吗？”

“记住了，记住了。”

“这份申诉信，我先留下再看看。”

于书记终于坐下来了。而且，那胡茬很重的大脸上，竟很快出现了和蔼的笑容，还说：“老柳，都快半夜啦，你还没回家吗？近来你可瘦了！”

柳主任仍有些畏惧地笑了，心里可安稳了几分。他道：“于——老于，您更该早歇着啦。您的身体不同一般，”他考虑多次的一个话题，此时忽然涌到嘴边，脱口而出，“您是老革命啦。您的那条腿，是在部队打仗负的伤吧？”

于书记听毕，却哈哈大笑起来。

“我一直在地方工作。这条拐腿是小时候落下的毛病。前些年，斗我的时候，也有人以这条拐腿，定我是扛过枪的，负过伤的。冤枉，冤枉。哈哈！”

柳主任立刻又很紧张起来。幸好他从书记那爽朗的脸色中，并未怎么看出有讥笑自己的意味，便又复安稳些了。

但接着，于书记就又从案头抓起一份材料来，跳到地上，跛着腿急速地踱起来，同时大声厉色朝他喊道：“你们搞的这个材料不对头！这些天，我在下面发现，缺粮户很不少！好些村，社员成群结伙外出借粮，挑野菜。这是件大事！眼下离麦收还有一个月，是青黄不接的紧要关口。又正是锄苗、定苗的大忙时节，怎么能写这些空话、假话？这是失职，犯罪！是拿群众的肚皮、性命要笑！你看过这个材料吗，老柳？”

柳主任畏惧地瞅住书记发怒的脸色，不知该如何回答。

“立即重新摸底！县委要立即采取措施！”

“是。是。”

“对了，老柳。早上叫你找的数字呢？全县群众来信来访申诉的案件，到底有多少？现已办理完毕的有多少？”

柳主任现在猛然明白了。原来他忘掉、寻思了一整天的，正是这件事。果然是书记交办的！

“于——老于。数字有了，有了，可忘记带来了。我寻思这么晚了，没带来。数字都是现成的，现成。”

三

柳主任坐在他的办公桌前，翻阅着信访接待处挑拣出来的与牛有关的申诉信件。都不像是于书记前日晚上交办的那件事，真晦气极了。书记发了那么大的脾气，指示“立即派人去！”可怎么竟忘记了那个老庄户人的名字！连哪个公社、哪个大队也没记住！唉，那天晚上也是太紧张了。书记突然拍案而起，他怎么竟会以为是冲他来的呢？其实，这件事同他有甚么关系？丝毫没有。他连一点印象也没有嘛。但是，书记那晚发脾气的另外两件事，却分明是对着他的。鬼知道他近来办事竟如此不顺当。

忽然，柳主任办公室的门被缓缓推开了。一个拄着拐棍的瘦老汉走进来，黑脸，白发，五月天还披着一件破旧棉袄。

“同志，我问问，咋能见见新调来的于书记呀？”

柳主任抬头一望，便知又是个告状的。对这个突然扰乱了他紧要思索的告状者，立刻生出了烦恼。但他还是努力舒展开淡眉毛，带出略略的笑意说：“有啥事，先去信访接待处反映好啦。在西一排，一进大门那里。”

“我说同志，于书记也这么难见呀？我老汉吃不了书记呀！”

“去吧，去吧，去找信访吧。都找书记还行吗？”

“我的状子递给于书记啦，想见见，问问。”

“那就回去等着吧，县政府也不是光为你一个老汉办事嘛。你看看，这都是急办的事！”柳主任用力拍了拍案头那一叠同牛有关的申诉信件。

“可我都告了四年啦。”

“去吧，去吧。于书记不在。”

“啥时回来呀？我等。”

“去吧，去吧。于书记也不是光给你一个老汉当书记！”

“唉！我说同志，那把我的冤枉跟你说说，你向于书记再反映反映。我叫……”

“去吧，去吧！你不看我这还忙得头晕哩！”

“说不了几句。我叫……”

“算哩！算哩！去信访吧！”

“哼！你这个同志，怎么跟那个柳主任一般？还像甚么县政府干部！笑脸也是装出来的……”

老汉说着，拄着拐棍愤愤地走了。

柳主任忽然觉得老汉这几句话似乎在哪里听过。进而一想，这老汉也似乎在哪里见过。但寻思片刻，终于很模糊，也就拉倒了。他又重新集中思维，努力寻思于书记交办的那个申诉案的细节：老庄户人叫甚么名字？牛是怎么回事？那盛开的刺槐花，同月季、玫瑰、芍药所一齐散发出来的香气，混成一片，仍不断幽然飘进柳主任的办公室来。只是柳主任此刻是一点也闻不到了。

四

于书记吃饭的速度异常之快。他端着大灶的粗瓷碗，同机关里没带家眷的干部们一块蹲在饭厅门口的树荫下，一边说笑着甚么，不到十分钟，便吃完一顿午饭了。

柳主任虽有家眷在部长院内，但此刻却还空着肚，坐在饭厅对面的总务处静候书记用餐。由于忘记了书记交办的那件申诉案，前两天，柳主任总是躲着于书记。到今天上午，他忽然警觉到：越拖越要吃辣的！但又别无他法，只得去接近书记，或许书记会无意中再说到那个庄户人的名字。就是专门询问到此案的办理情况，也会提到有关细节的呀。可一上午，书记都在听农、林、水、机等几个局的汇报。而下午，书记又要下去了。柳主任急切地抓住晌午时间，来碰一碰。现在，他看见于书记已跛着腿，匆匆离开饭厅，便悄然走出来，跟随其后。他已做了充分准备，万一书记查问此案的办理情况，他就从容相告："已派人下去了！"。

看来，于书记又没有午休的意思，一进屋，便匆忙收拾起案头的文件材料来，拣了一些装入挎包。

"于——老于，热红晌，就歇歇吧。铁打的身子，也禁不住这样……"

"老柳啊，你吃饭比我还快。"

"下惯乡的人，都是这个赖习惯，不会细嚼慢咽，嘀嘀。您还是歇歇晌吧……"

"对了，老柳。"于书记又突然转过身来，厉色问道："是你派车去给我家送了一篓杏吗？"

"也不是专门派车去送的，顺路捎的。嘀嘀，门屯杏，有名哩。市面上买不到，外贸上包购啦。叫娃们尝尝鲜呗，也不值甚么。"

"老柳！"于书记更加严厉地说道，"以后再不准搞这类事！那篓杏，明天有人捎回来，退归原主；损伤的，我包赔。"

"是，是。"柳主任望着于书记严厉的脸色，又相当紧张了，"我说领导不收，他们非得留下……"

"我们有吃有喝，还尝甚么鲜！乡下有多少户已断了粮，吃苜蓿、野菜。老柳，全县缺粮的底数，重新摸清了没有？"

“正在抓紧摸。农工部和粮食局正在抓紧摸。快哩，快哩。”

“明天下午开常委会，研究先放一批救济粮！办公室要把实在的底数拿出来。”

“是，是。恐怕还是西山的社队问题大，那里是老缺粮区……”

“不对！”于书记突然又相当愤怒了，“实际上倒是平川产粮社队缺粮严重！这些年，老是鞭打快牛，产得多，挖得更多！不执行政策！还要虚报加水分！”

柳主任的额头不禁冒出细密的汗珠。

“对了，老柳。这些数字不对头！我每天就收到十来份申诉信，全县申诉案件仅有七十九件？倒是有整有零，可根本不对！这个数字怎么来的？”

“我看也不对头，他们偏说没错。我亲自重新统计，重新统计。”

柳主任是愈发紧张了。他现在可是异常惧怕书记询问那个老庄户人的申诉案了。在异常的紧张中，他竟一点也不自觉地尾随书记走到了院中停着的一辆小车旁。多晦气！竟又是那辆破嘎斯。但柳主任已来不及去叫那辆书记专车了。于书记已把司机喊叫来，入车而去了。

柳主任松了一口气。待冷静片刻后，他才又惋惜起来。书记竟没有提到那件申诉案！

然而，到了下午，局面有了重大突破。

下午上班之后，柳主任立即给农工部和粮食局打了电话，厉声通知他们：书记发了火！必须迅速将缺粮底数报来！接着，又厉色斥责了信访接待处，亲自重新分析估计出有关新数字。之后，他便又加紧寻思那老庄户人和牛甚么的。

不久，坐办公室的小郭怯生生地来见他。

“柳主任。我可有些抵挡不住啦。这些时，告状的人尽是往办公室拥，愣是要见于书记，劝不走，撵不动。水村公社有个坏分子，也见天来，喊冤叫屈……”

"这还像话！坏分子还整治不了！"

"唉，柳主任。训他，也不怕。撵他，也不走。愣是说他没有打死牛，定他坏分子是冤枉哩……"

"甚么，甚么？打死牛？"柳主任猛然省悟，立刻站立起来，大声急问道，"小郭，你说这人是哪个公社，哪个大队的？"

"水村公社，紫庄大队呀。"

"叫啥名字？"

"邢富槐呀。"

"好，好！水村公社，紫庄大队，邢富槐，打死牛，坏分子。对，对。"

小郭只见柳主任拍着额头，在屋里转圈子，完全莫名其妙了。他不知自己犯了怎样的错误，喃喃道："柳主任，我训他，撵他，他都不怕呀……"

"好，好！就是他！小郭，这人见天来，你咋说不知道呢？我问了你几回：听说过一个老庄户人有关牛的申诉没有？你都说不知道，没听说！"

"柳主任，你看，你是问老庄户人，我咋敢想阶级敌人呀……"

"你先去吧，去吧，去吧。"

小郭出去了。柳主任又在屋里转了几圈，顿有如释重负之感。他长长地舒了几口气之后，便立刻给公安局打去电话：速调坏分子邢富槐的定案材料。公安局不久便回话说，全县备案的坏分子中并无此人。柳主任沉思片刻，又给水村公社打去电话，询问邢富槐的定案情况。公社不久也回答说，无此人定案材料。柳主任于是愤怒起来，不禁也拍案而起。好呀，好呀，定坏分子，不经公安局，连公社也不知晓！像甚么话！可见是冤枉，可见是有鬼，可见是于书记目光尖锐！立即派人去查处！但很快，柳主任便产生了一个新的想法：自己亲自去查处，抓这个典型！

就在柳主任很愤怒又很兴奋的时候，小郭又怯生生地进来见他。

"柳主任，我想起来了，就是这个坏分子，前年咱们办公室出的运动简报上，还点过他的名。我不该……"

"甚么，甚么？"柳主任的神色顿时大变了。

“我也记不太真，好像是。”

“你去查查简报底稿！快去，立即查！”

小郭去了。不久，果然查到了：前年第五期简报，标题是《农村阶级斗争二十例》，其中第十七例便是“紫庄大队坏分子邢富槐，仇恨社会主义，打死集体耕牛……”更糟的是，这一期简报偏偏是柳主任签发的。

柳主任留下简报底稿，很快打发走小郭后，便又拍着额头，紧锁双眉，在屋里转起圈儿来。怎么办呢？书记发了那么大脾气，拍了桌子。万一要抓典型，万一要知道了他柳主任签发过这份简报，万一……怎么办呢？但他终于想不出好的对策来。他只能希望于书记也能淡忘此案，不再过问，拖下去。今日晌午，书记不就没有过问吗？书记也是太忙碌了。

五

第二天，柳主任又照例提前上班来。一来就特别指示那辆书记专车早早开到书记办公室门前。上午，书记还要下去。

柳主任俟书记匆匆吃过早饭，便又跟随其后，悄然走进书记办公室。他还没有找到恰当的话头，书记办公室的门却被缓缓推开了。接着，便进来一个拄着拐棍的瘦老汉，黑脸，白发，五月天还披着一件破旧棉袄。

“我说同志，新调来的于书记是在这里办公吗？”

柳主任一望便知是个告状的。他有些恼火了：竟然闯到书记办公室来！他正要去撵这个老汉，于书记却闻声迎了过去。

“我就是于振山。进来，进来。坐下，坐下。”说时，已把老汉扶到一把软椅上。胡子拉碴的大脸上，笑意热切。

老汉显然被新书记的热切感动了。他仰脸睨视着书记的胡碴脸，喃喃了半天，终于道：“啊喃喃，于书记！想见见你，可真难呀！我也知道领导忙哩，我也不愿麻烦领导，我是万般无奈呀……”

“哈哈，老人家，你这是批评我呢！”于书记爽快地笑道。

这时,柳主任已给这老汉倒了一杯水,送过去。他忽然觉得这黑脸老汉似乎在哪里见过。但努力寻思,终没有真切的印象。

“于书记,我叫邢富槐……”

于书记和柳主任同时都意外地怔住了。柳主任霎时感到浑身的血都骤然涌到脑际,急跳着的心也紧缩了。

于书记却很快奔到邢老汉跟前,一把扶起他,声调沉重地说:“你就是邢富槐?你的冤枉,我知道了。老人家,你受委屈了……”

邢老汉被这突如其来的清明之声,暖热之语,猛地惊住了。站起来良久,才从那昏花的老眼中涌出一股热泪来,颤颤地喃喃道:“于书记,我老汉,到底,到底找见青天老爷啦!跑了四年,四年啦!”

“坐下,坐下。我昨天后晌顺路去过你们紫庄了。在饲养院坐了小半晌哩。说你不在村。”

“于书记!我又好几天没回村了。见不着你,我不死心呀!四年了!就因为我老汉多了几句嘴,就栽赃害我,批了斗了,打伤我的腰,给我戴了帽,还不许告!娃他娘天性心强,活活气死了。两个儿,都三十几了,因背了这个黑锅,娶不上媳妇!我不告,死也咽不了气呀……”

到这时,柳主任终于从邢老汉那破旧棉袄的肩头上,忽然想起了那个装不认识,当面骂他的黑脸刁老汉来。对了,就是他!柳主任额头上不禁沁出细密的汗珠来。

“都知道了,都知道了。”于书记又走到邢老汉跟前,俯身问道,“老人家,你的腰,要不要去医院检查检查?”

“于书记,出了这口气,我老汉还能扶犁提耧!”

“县委很快就派人去调查处理!”

柳主任预感到书记立刻就要询问他了:为甚么还没有派人去!但书记却意外地没有问他。他有些庆幸昨天没有机会向书记说谎。否则,明明没派人,却说已派去人了,不是更糟吗?但是,现在是应当有所表示了。说甚么呢?他终于说:

“邢——老人家,办公室对你的冤案已做了初步调查。他们定你坏分子,竟然不经公安局批,连公社也不经过,像甚么话！可见是冤枉你,可见是有鬼,可见于——老于眼光尖锐！非抓他们典型不可,非好好处理他们不可!”

“于书记,不是我老汉心软。也不能全怪罪村干部。是这十来年把他们教坏了,惯坏了。他们就是抓了我这块典型……”

于书记登时相当激动地站起来,望着邢老汉,良久不语。柳主任却对于书记这异常的激动大为诧异了。他紧张地猜测,书记是在不满意他吗?是因为刚才说的话?还是由于未及时派人下去查处此案?

“于书记,我老汉还要多说一句。”

柳主任看到,邢老汉似乎若有所思地望了他一眼。这老汉会不会跟书记诉说他柳主任过去对他的怠慢呢?他想到这一点,更忐忑不安了。

“村里,缺粮的不是少数几家呀！不知道县上知道不知道。说起来,平川水地缺粮,真没人信。”

柳主任稍稍松了一口气。但于书记却更加激动地对邢老汉说:“知道,知道了。要很快采取措施。因你上访,他们扣下你的口粮,我已叫公社催促尽快补发你。”

“不是我一户缺粮。于书记知道了,我就不说了,不说了,走了。于书记你忙哩,我走了。”

“走,一起走吧。搭我的车,顺路送你回村。”

“不用,不用!”

“走吧,走吧。”

于书记又忙去收拾文件材料了。就在这时,柳主任忙抢上前去,扶着邢老汉出去了。到了书记专车前,柳主任又抢先拉开车门,带着很亲热的笑意,把邢老汉扶进了淡绿弹力呢吊顶的车棚内,坐到猩红大绒座套上。

邢老汉看来又很感动了。他对柳主任说:“柳主任,我老汉这几年也多麻烦了你哩,也说过不受用的粗话。那也是万般无奈呀,甭同我老汉一般见识。”

柳主任仍担心着老汉会不会在车上向书记说他的坏话，所以也很想同邢老汉说几句热乎话，只是一时不知该如何措辞。临走，书记只很平常地对柳主任说：“下午开常委会。记住！”

书记专车开走很久，柳主任还在细细寻思：刚才的一切，会使新书记怎样看他呢？近来为甚么总是这样不顺当呢？这个邢老汉会不会在车上向书记说他的坏话呢？……

小车开出很久，于书记仍在沉思。的确，是这些年把他们教坏了，惯坏了。可应当怎么办呢？

一九七九年四月

连　襟

一

天麻阴阴地阴了半日，到后晌渐渐晴开了。但日头在落山前一直是淡白颜色，叫人感觉不到多少暖意。而且，到收工时分，又起风了，寡飕飕的。

所以，骑在垄背上的五队队长白万顺，很快就觉得一身热汗已化作阵阵冰凉了。但他仍专心拨拉着垄眼里的湿土，寻到几颗高粱籽儿，放到手心里看看：更胀大了，却仍没有萌破。用拇指和食指捻捻，有的还好，有的却被捻成一泡粉浆水水。他又拨拉了几处，都一样，徒然捻了一手粉浆水水。他骑在垄背上，不停地搓着手上的湿土，一脸晦气，盯着垄眼出神。

"队长。我，我想请几天假，行不？"

白万顺扭头看看，见是富农子弟石秉中，垂着两手，恭敬地呆立在他背后。他感到更有些晦气，扭转头，又盯住垄眼。他请假做甚去呀？队长立刻就想到了石秉中的手艺。

"行不？队长。"

"行，行！哪怕你去外流哩！也不想想个人刚改变了出身！"

石秉中慌忙诺诺地说:“不请了,不请了,队长。我也知道咱队里正忙呢,不请咧。”说罢,怯怯地望了望队长的脊背,小心地走开了。

白万顺觉着石秉中走了,才站立起来。他个头不低,却很细瘦,略长的脸盘也很清瘦。所以,叫人觉得满张脸上就只有一对大眼珠在不停地转动。他望望四周地里差不多已空空如也了,只有不远处有两三个六队的老汉,仍在悠闲自在地耙磨地。那种悠闲的劲气,似乎也像有意使他不快。白万顺转身向地头踱去了。他望见地头大道两旁的杨树枝叶,仍是翠嫩的淡绿色,也有些烦气。在往常,杨柳枝叶早该是墨绿颜色了。高粱苗呢,也该是两叶一心了!

白万顺还没有踱到地头,大道上就有一溜胶轮马车,叮叮当当,呼隆驶来。他看看又是六队的车马,便晦气地垂下头来,慢慢踱步。

但六队的车倌们已吆慢牲口,放纵地朝他呐喊起来:

“哈!万顺哥,又拨拉垄眼哩!咋样?齐刷刷发芽了罢!”

“白主任当年领导咱全大队,还年年‘苗全苗旺’哩!如今领料一个小队,还愁甚呀?”

“你们五队也放几套车马,跟我们去跑跑资本主义嘛!”

白万顺仍垂着头,不理他们。

“白主任,快‘抬头看路’呀!”

车倌们哄笑起来了,白万顺仍不抬头。但不用说,他心里早恼火到了极点。就在他欲忍不能,欲发不得的时候,忽然从车马后头传来一声吼喊:

“把他的!你们鬼叫甚呀?”

车倌们闻声,不约而同地回头去瞅,立刻就一个个都缩了脖子。接着便是一串响鞭,那高骡大马也一个个扬鬃飞蹄,叮叮当当,呼隆而去。但不久,仍传来了车倌们放纵的哄笑。

白万顺闻声也扭头瞅了一眼,也立刻就又垂下头来。他匆忙走出高粱地垄,踏上大道,急急朝村里赶,仿佛很怕那人追上他来。可前头车倌们的哄笑，却又阻挡着他不能走得太快。

后头那人果然在呼喊他了。他装着听不见，径自垂头前行。可那人不久就赶上他来了。这人矮壮身材，滚圆脑袋，眼睛却很细小，配上那合不拢的大嘴巴，天生一副笑和尚模样。他显然比白万顺岁数大。这人正是六队队长乔保元，白万顺的连襟。但可以看出，白万顺同这位连襟很隔膜。他见乔保元与他并肩走定，脸上的晦气就变成了呆板的冷漠。

乔保元是堆着一脸笑容，可劈头就触到了白万顺的晦气："万顺，咋样，还是没发芽吧？"

白万顺又在慢慢踱步，垂头不语。但他觉得乔保元很有些幸灾乐祸。

"今年春寒，你又种得过于早了，地温上不来呀！籽种没坏吧？"

白万顺转着大眼珠，仍不语，心里却想：他就是盼着籽种坏哩！

"甭着急。立夏茭子小满谷嘛！才刚过谷雨，甭着急。"

白万顺却忽然站住了，仍不抬头，呆板地说："你先回吧。我还得到刘家坟去转转。"说着，掉转身就往回走。走得相当快。

乔保元忙招呼了几声。白万顺只是不应，像没有听见。乔保元只好回村去了。

二

乔保元进得村来，正碰见飞步担水的石秉中。石秉中一见乔保元，立刻就换了一副活泼模样，撂下桶担，便凑近乔保元道："保元叔，你看这，队长不请给假呀！"

"我刚才想跟他说说。"

石秉中慌忙眨眼摆手，说："你可千万甭去说！你跟他说，更不行。"

"我给他几个劳力，跟你换工。"

"不行！不行！你越说，越不行。你们——"石秉中咽住下面的话，机敏地望了乔保元一眼。

乔保元明白他的意思，犯愁地说：“那可咋办呀？我再急抓不到合适人手呀！”

“你甭愁。咱们还是黑夜干。用不了几夜，就赶趁出来咧。”

“怕赶趁不出来吧？”

“能行，能行。我回家吃碗饭，就去。甭愁！”

石秉中说得很痛快。同时就挑起担桶，飞步走了。

乔保元也匆忙回到家里。他女人吴水莲早把夜饭安顿停当，单等男人回来。但她一见男人进了门，就立刻拉长了脸。她已临近四十岁了，但脸面仍然清秀，身子也未发福。虽是庄户人平常穿戴，却分外齐楚，周致。加上现在那一脸厉色，一看就是那种手巧心强的女人。

她一边给男人盛饭，一边就拉着脸，喋喋不休地说：“刚才小秉中又来勾你的魂哩！也不知你又成天跟他日鬼甚哩，又不在一个队。刚又当了几天干部，就忘了当初受制咧！还嫌人家批得整得不熨帖呀？偏瞅见这号人金贵！又偏要到那冤家手下拉扯这号人！”

乔保元却并不理会女人的厉色严辞，只管扎下头来吃喝。圆胖的脸上仍是喜眉善眼的。

女人却说得上了劲：“你也不看看万顺那股劲气，丧良心货！下了他大队主任，不像丢了命！他也不想想当初踏倒谁爬升上去的！那丧良心货，当初批你老好人，比谁不凶险！你如今倒真做老好人呀，巴巴儿地要跟那冤家‘对手赛’！你倒好心拉扯人家哩，人家当你日脏人家。你也不看看他那股劲气！”

乔保元抬头瞅了女人一眼，又扎下头大口吃喝。脸面上已渗出细密的汗珠。

吴水莲立刻就觉察到男人瞅她的意思。她不言声了，但不久就又拉着脸说：“大妮儿眼看就领着新女婿回来呀！你是啥啥也不管！亲生娃们，你就是啥啥也不管！可当初拿你一个大队主任，倒去给小秉中这号人说媳妇！叫人家愣批你犯阶级错误，叫人家下了你大队主任，叫那冤家踏倒你爬升上去！如今小秉中也改变出身了，那丧良心货也不肯上门来给咱赔个不是！”

乔保元这才终于道：“我不是跟你说了吗？你也去请请万顺、妙莲他们，到时候也过来喝盅喜酒。”

女人立刻就瞪了眼，一扭身转脸坐到板凳上。半晌方恶声道：“我又白说了半天！我不去当那老好人！去请那丧良心货？哼！他这人敢来，看我撵不出门才日怪！”

“你不请，我请。”

吴水莲转回头来，正要继续发泼，但瞅见男人的脸上有了正经颜色，又不言声了，而且那一脸厉色也很快收敛起来。乔保元已吃饱喝足，站起来掉转头就朝屋外走。女人忙去揪了一件棉袄，丢给男人。

白万顺呢，其实并未去刘家圪。他只是回头在大道上磨蹭了一阵，等乔保元走远了，便折转来，回了村。

他到家时，他女人吴妙莲还坐在灶台前烧火做饭。见男人回来，她便立刻站了起来。男人就款款坐下接住拉风箱。吴妙莲个儿没她姐姐高，却比她姐略胖些。姊妹俩生得很相像。大概由于年轻些，妙莲比水莲更俊气，穿戴打扮也更时新，洒脱。但看那眉眼神韵，却显然比她姐面善，温静。现在，吴妙莲早坐到炕边，拾起针线活儿来，低头静静地做。蒸屉里，大团蒸气刚刚喷出，还得蒸些时候。

在地下发力拉风箱的白万顺，已看出女人又有些不快活，窝在心里的晦气便又涌上来，但他又不敢朝女人发作，只是更发劲地拉风箱，咕嗒咕嗒愣响。响了一阵，这咕嗒声就很单调了。女人却仍是低头静静地做针线。

“唉！”白万顺终于长叹一声，“没见过今春起这灰天气！”

“谁叫你逞能呀？”女人的声调似乎也很幸灾乐祸，“谁叫你抢头名呀？全力以赴！突击下种！早种早收！”

“那几天，多暖和呀。”

“不说自家是凉壶,怨天气!”

“好赖也当了几年大队主任……”

“快不用说你当那糟心主任咧!”

白万顺听见女人的音调已变得有些伤心了,便不再言语,又发力拉着风箱。单调的咕嗒声又愣响。

“唉!”他终于又长叹一声,“当初我是跟上鬼咧,要当这烂干部。民办教员也是满满一碗饭!若熬到现在,说不定还转正了。”

“谁叫你逞能呀?谁叫你争抢着批判他姨夫呀?你觉悟高!你敢斗争!”

“谁叫你成天磨烦人?没出息!不如他姨夫!”

“我叫你批他姨夫来?我叫你批他姨夫来?”

白万顺见女人已扔下针线,给了他一个脊背,而且那声调里也有了泪音,便又低头发劲拉风箱。

女人却忽然转过脸来,抹了一把眼泪,恼悻悻地说:“跟你说了多少遍了!甚时咱们厮跟上,去给姐姐、姐夫赔个不是?”

男人嗫嚅道:“赔甚不是呀?”

女人立刻又流出两行泪来,道:“赔甚不是?闹得我们姊妹不姊妹,仇人不仇人!”

“唉!你不看我正马踩车哩!”

“活该!告你说,刚才老计宫又来闹,叫批准他串工盖房。你是愣卡甚呀?遭众人骂!”

“叫他们闹!叫他们骂!”白万顺终于寻到了发作的对象,大声吼叫起来,“我图啥哩?真是!如今这社员越来越难管咧!”

“就你负责任!人家六队咋就准许社员盖房?”

“咱能跟他比?养种大忙季节,把车马、劳力都海放出去。哼!甭看现在不咋,以后有他好看的哩。”

“就你革命!”

“唉！我跟上鬼咧，当这烂队长。我也会当社员，我也会收了工，回来肚皮迎天一躺！”

“哼，你是当队长嫌委屈哩！”

白万顺又不言语了。他开始听到屋外风刮得大了，树木在呼哨，喧哗，便霍地站起来，冲到屋外。

三

然而，不管白万顺怎样焦虑，风是又寡飕飕地刮了一夜。接着就又麻阴阴地闷了几日，时不时地还落阵蒙生生细雨。所以，天气还是冷凄凄地不肯转暖。但这天大早白万顺跳下炕，出来观天，嚯！蓝莹莹寻不见半丝云彩。不久，那红辣辣的日头就跳出山来。

他忙吃喝了几口剩饭，就去催撵社员出工。但社员们大都不像队长那么着急。挨到老计官门上，白万顺竟见堆了一院串工盖房的社员。有本队的，有外队的，还有外村亲家，其中倒是六队的社员居多。人们早剥脱了衣裳，在汗水淋淋地欢干。好呀，好呀，养种大忙季节，竟私自动工盖开房哩！在他当大队主任的时候，哪会有这号事呀！白万顺相当生气了。

皮肉黑瘦、模样猥琐的老计官，早失失慌慌地迎上队长来。他见队长气悻悻的，立刻就哭丧了脸，道：“好队长哩！咱也是实在不盖不行呀。都准备了四五年咧，年年不叫动工。大儿媳妇也说下好几年咧，就是娶不进门。你看看——往哪住呀？”

还未待白万顺发作，六队几个社员就接住哄叫起来：

“看你老汉急甚哩？白主任不是早就说咧，要给咱们盖新农村哩！你老汉寿数还大哩，款款儿等着罢。”

“白主任，你们五队营生忙活不过来，咋也不言声呀？我们六队营生正不够做哩！”

“看你说的！白队长还得十年八年才能把定额杠杠研究妥帖哩。眼下。你是又想五队那政治工分吗?”

“你盖！盖!”白万顺朝老计官吼了两声,掉转屁股就走。不用说,他又恼火到了极点。

他再无心去挨门催撵社员,一个人垂着头,踱到刘家坟。他又骑在垄背上拨拉垄眼里的湿土了,很快就寻见几颗高粱籽儿,放到手心里看看:更胀大了,却仍没有萌破。用手指捻捻,大多被捻作一泡粉浆水水。又拨拉了几处,都一样。白万顺盯住垄眼出神。布满恼色的脸面上又添了晦气,但他渐渐感到他的脊背叫红日头晒得暖烘烘的了。他终于站起来,朝四下里望望,还不见有多少本队社员来上工。只是望见不远处,又有三两个六队的老汉,在悠闲自在地耙磨地。唉,就没经见过现在这样不顺气!

白万顺窝着的肝火正无处发泄,忽然瞅见富农子弟石秉中,急蹦着上工来了。队长立刻将他喝叫过来。

石秉中垂手呆立在队长面前了。

“为甚刚来上工？啊？也不想想个人刚改变了出身!”

“饭迟,饭迟咧。”

白万顺发现石秉中肿眉泡眼,少精没神的,显然熬了夜。队长立刻想到这个能工巧匠的手艺。他熬眼做甚来？还不是搞“小自由”,闹钱！当年乔保元当大队主任时,就当宝贝把这货弄在副业上,由他闹钱。如今人们都放了胆搞“小自由”,这货能坐住不心痒吗？可这货也配放开胆吗?

“过去咋不饭迟,现在偏就饭迟咧？饭迟能肿了眼泡吗?”

石秉中嗫嚅着,听不清说甚。

“你干脆去外流单干好咧！也不想想个人……”

“不不不,我不想单干。”

“那你熬眼做甚来呀,啊?”

石秉中只是愣眨巴眼,碍于队长和乔保元的关系,相当为难。他终于又嘟囔道:“饭迟咧,饭迟。真个!”

若在前几年,白万顺早美美地给他一顿训了。一个富农子弟,这样奸滑！现在呢，分子摘了帽子，子弟变了出身，他不得不忍耐些。队长气悻悻地转了转大眼珠，道："甭给我扯淡！你想灰就灰吧！甭看现在不咋，以后有你好看的哩。哼，也不想想个人！"

白万顺终于把富农子弟派去干活了。他望着石秉中小心翼翼地走开，觉得窝着的肝火还没有出尽。再朝四下里瞅瞅，仍不见有多少本队社员来上工。但他猛然就远远瞅见了乔保元那颗滚圆的脑袋。白万顺慌忙掉转脊背，蹲到垄背上，扎倒头，盯住垄眼，迅速得很。

但事情还是不好了。白万顺觉得出来，乔保元分明是朝他走过来了。果不其然，红日头已经把那颗圆脑袋的影子投影到白万顺旁边的地垄上了。但很快，那圆脑袋影影又霍地缩下去不见了。白万顺不由扭头去看，却正好瞅着乔保元笑眯眯的脸面。原来这冤家也蹲下来拨拉垄眼了！连襟那笑嘻嘻的表情又刺痛了他：这冤家更该幸灾乐祸咧！

果然，很快就听到乔保元叫唤起来："哎呀，万顺！坏了坏了，籽种坏咧！"说时，已捻了一手粉浆水水，蹦到白万顺跟前。

白万顺瞅瞅乔保元，见他脸面上似乎还有些笑眯眯的，便道："坏了，就不能重种咧？"

"不能种，当下还不能种。地温还上不来呀！"

白万顺脸色冷冷的，不再说话。他觉着乔保元说这些丧气话，分明在取笑他是种地的凉壶。

乔保元却仍在说："再说，这就已经白丢了一回籽种。杂交籽种，一斤就是五毛多钱。咱平川地面留苗稠，一亩少也得下六斤籽儿。五六就是三块钱！一亩地平白就添了三块钱的成本！还没算白费的工哩。"

白万顺接住就刻板地说："再说吧，再说吧。你不忙呀？"说完，掉转身就走。

乔保元忙朝他招呼了几声。他只是不应，像听不见。乔保元霍地有些发火了，朝白万顺叫道："你是跟谁过不去？你是跟五队社员过不去！"

但白万顺仍是不应，径自走远了。

四

这日的天空一直蓝莹莹的，没有云彩，也没有风。日头就红辣辣地晒了一整天。毕竟是节气不早了，到后晌，衣裳还穿得挺厚实的庄户人，都感到相当燥热了。这形势，白万顺自然异常欣喜。所以，日头落山已很一阵了，他才慢慢往村里踱步。虽是又在为高粱播种费脑筋，心情可是不同了。重种算甚哩！前几年，这又不稀罕。他县上、公社的领导人规定开播期，还断不了要重种哩。再说，现在重种也不算迟。出了苗，还来得及查苗补种哩。就不信今年要下六月雪！

他正慢慢地踱步，喜滋滋地费脑筋，忽然就依稀听见后头叮当叮当的车马铃铛响。回头看看，仿佛又是六队的车马。晦气！他立刻加快步子走。可那晦气的马车像在有意追赶他，叮叮当当，呼呼隆隆的声音是越来越响了。白万顺早早闪到一边，垂下头来。

看看赶上了白万顺，六队的车倌们便吆慢了牲口，又要笑起他来。

"万顺哥，快上车来吧，省你走二里路！"

"人家白主任还怕咱把人家拉回资本主义哩！"

"白主任，上来吧，上来吧！"

白万顺仍然低着头，慢慢走路。

"白主任，快'抬头看路'呀！"

白万顺忍不住了，正要发作，但他一扭头却正瞅见了头辆马车上端坐着的吴水莲！他立刻缩回头，脸上不是颜色。吴水莲今日搭队里马车，进城采买烟酒礼品。大妮儿偕同女婿汉就要回来进行结婚旅行。可白万顺哪里会料到？车倌们已哄笑起来了。

"你们这些丧良心货，快滚吧！"吴水莲音调难听地吼骂了一句。

车倌们便故意请问道："哎哎，队长夫人，你这是骂谁呀？"

"谁丧了良心骂谁！"

白万顺的脸上更不是颜色。幸好车倌们在哄笑中用响一串脆鞭，马车便呼呼隆隆飞驰去了。但他还听到车倌们在嘲他吆喊："白主任，还是上车吧！回去迟了，不怕妙莲骂呀？"

这时，他女人吴妙莲正坐在灶台前拉风箱做饭。她已拉得有些乏了，但左右等不见男人回来。所以，她虽仍在静静地拉风箱，心里可是老大不快活。蒸屉里，大团蒸气才喷出，她不能停下来。终于她觉着有人进屋来了。吴妙莲恼着眉眼，等男人来换她，但却迟迟不见男人动作。

"还呆站甚哩？败兴货！"

她恼骂了一声，回头看时，不禁自家呆了眼，脸上也兀地变得不是颜色。原来进屋的并不是她男人，却是乔保元。他进得屋来，见白万顺还未到家，只有小姨子在，正处于欲走未走之际。这一声恼骂，不用说，两人是怎样尴尬了。

还是乔保元先恢复了喜眉善眼，说："万顺还没回来呀？"

吴妙莲忙灰讪讪地答道："他姨夫。我还当是那败兴货回来咧！快坐吧，坐吧。"

"不咧，不咧。我是来叫叫你们。就这两三天，大妮儿领着她女婿回来呀。初五晌午，你们都过去喝盅喜酒。村里也没旁的亲戚。远的呢，先不叫咧。"

"我也早想叫那败兴货过去给你们赔赔不是。"

"嘿嗨，有啥不是赔呀？前几年那世事，能怨万顺吗？算咧，算咧！现在，咱亲戚还是亲戚！"

"不是那败兴货，能落得我们姊妹不姊妹，仇人不仇人！"说时，吴妙莲早扭转头，抹了一把眼泪。

乔保元更笑眯眯地说："算咧，算咧！你姐就是那人，你还不知道？脾气赖！心里呢，也没甚。借着娃们的喜事，到一处高兴高兴，红火红火，不就过去了！再说，你们总得去认认大妮儿寻了咋样个女婿呀！"

"是人，都比那败兴货强！"

"快甭这么说！大队支部还扶持万顺哩嘛，还做工作叫他当队长哩嘛。我走咧，走咧。初五，一准都来。不来，你姐还要来叫。”

乔保元走后，吴妙莲忘了去烧火，怔怔地呆想了一阵，忽又哭了起来。

五

此后两三日，天虽没有阴住，但那寡飕飕的风却又刮个不息，日头也老是淡白颜色。所以，吴妙莲虽然天天哭天抹泪的，紧逼着白万顺打点些礼品，初五去给姐姐、姐夫好生赔罪，但眼看着高粱籽儿都烂在地里了，白万顺哪有这心思？

初五这天大早上工时，女人又千叮咛万嘱咐，叫白万顺前晌早早回来。但他一下地，就被那甩不脱的晦气搅昏了。观天，天晦气。看地，地晦气。社员们又催撵不出来。游出来几个，也是佯佯地磨工。那不多几个能提耧下种的把式，更逮不住。老计官吧，罚了他工，也还是照旧盖他那房。富农子弟石秉中呢，今前晌竟然不见来上工了！所以，他直到晌午收工时，方才猛然想见女人的叮咛。坏咧！他慌忙跑回家。吴妙莲果然早气恼得青了脸。

“哎呀呀，败兴货！你还不躲到星星出来？”女人叫着，同时就将一身齐整的衣裳甩给了男人，“快走吧！”

五尺汉子，这真个就抹下脸面，去给那冤家赔罪吗？白万顺相当踌躇了。半晌方长叹出一声：“唉！”

女人见他只叹气，不动作，抽泣了几声，便平声道：“罢罢罢。这弄得我们姊妹不姊妹，仇人不仇人，我是再没脸跟你过了。你不去，算咧。我去。”说毕，就往屋外走。

白万顺慌忙上前堵住门，没奈何地说：“你看你，我也得喘口气呀？”

十几分钟后，吴妙莲在前，白万顺随后，两口儿相隔了丈把远，终于朝乔家走去了。到这时，白万顺的脑筋已经转过弯儿来：有一对新婚的晚辈在，他不赔罪，谁好意思逼他？略去应酬一阵就是咧。所以，他已不很为难张慌了。

但这两口儿临到乔家门口，仍然都相当不自然了。待难为情地进了屋里，就不禁更愕然呆住！屋内并不见一对新人，更无甚么酒席，连乔保元也不见，只冷清清地见吴水莲独个儿面壁盘坐在炕头上，也给了他们一个脊背。这两口儿极窘迫地愣了片刻，白万顺正欲掉转身退走，吴妙莲立刻狠狠瞪了他一眼。接着，她便低低地叫了声："姐姐。"

这吴水莲原是在生她男人的气：他昨儿一夜连上今儿前响，都没进家门咧！现在，猛听见有人叫她姐姐，忙扭头来看，心里也不禁一惊。但她立刻又扭回头来，扬脸去瞅墙壁，并不搭理这两口儿。

吴妙莲立刻又颤颤地叫了一声："姐姐！"

吴水莲本就没有料到妹妹和妹夫会自己上门来。现在听见这颤颤一声叫，虽是多年断了往来，但毕竟是亲姊妹，吴水莲心里早有些动了。但她仍扬着脸，冷冷地道："你们有甚事呀？"

"姐姐……"吴妙莲立刻又不成音调地叫了一声，满眼窝泪珠儿早涌了出来。

吴水莲听了立时也觉得一阵心酸。她跳下炕来，恼眉悻眼地说："还怕犯阶级错误呀？不敢坐！"说着，就过去一把将吴妙莲拉扯到炕边来，同时辣辣地白了白万顺一眼。

白万顺见此情状，就想扭身退走，但立刻又叫吴妙莲狠狠地瞪了一眼。他只得呆立在那里。

吴妙莲见男人仍不开口，只得朝姐姐说："大妮儿跟她女婿呢？"

吴水莲接住就尖声道："我可爱管她们哩！要寻下个没良心女婿，还不如不寻！"

吴妙莲和白万顺的脸色越发不好看了。吴妙莲又气恼地去瞪她男人，催他赔罪。这白万顺却只是垂头呆立着，不说话。女人无奈，只得又朝姐姐讪讪地说："他姨夫还没收工回来呀？"

吴水莲接住又恶声道："谁知道呢！说不定又叫那些丧良心货围住批

斗哩!”

吴妙莲是再也忍不住了。她抽泣着,向男人扑过去,狠劲朝他脊梁上推了一把,道:“你是说话呀,败兴货!”

白万顺打了个趔趄,站定之后,仍不说话。他也快忍不住了。

吴水莲呢,见白万顺一个男人家,受了这一阵遭遇,心里也早有些软了。她上前一把拉扯住吴妙莲,仍恼眉悻眼地说:“这也不是开批斗会呀!”

正在这时,却兀地从门外风风火火地进来两个人。屋里的三个人一齐去看时,却是乔保元拉扯着石秉中进来了。他俩都一般肿眉泡眼的,一身一手油污,但那神采却像得了甚么大喜似的。可这五人突然意外地相遇一处,各人的表情霎时起了相当复杂的变化。石秉中瞅见白万顺和吴水莲,那欣喜活泼的神采立刻消失了。白万顺见乔保元宝贝一般拉扯着富农子弟进来,由窘变惊,由惊变怒。吴水莲呢,见男人请来了冤家白万顺,又扯来了招惹是非的石秉中,刚消了些的气,又复加重了。吴妙莲见乔保元喜滋滋地回来了,倒是一下子轻松了许多。只有乔保元见大家聚到一处,欣喜之状大振,仿佛又添了意外之喜。

所以,在五人面面相觑之际,还是乔保元笑眯嘻嘻地先开了口:“嘿嗨!你们看我这记性!昨儿大妮儿捎回信来,说暂且回不来咧。咋哩?婚是结咧,就是她跟她女婿先去大地方旅行去咧!也是呀!现时大家都想开通了嘛。可我就忘了去告你们啦!嘿嗨,这记性。”但他紧接着就朝吴水莲叫道,“你还站甚哩呀!还不快些去炒菜,上酒!”

石秉中毕竟灵动,忙说:“我回呀,回呀。”

白万顺是早想走了。现在欲待转身,又叫她女人瞪了一眼。

乔保元立刻正色道:“谁也甭想走!酒,菜,啥啥都现成哩嘛。”转脸又朝他女人喊道,“你还站甚哩!”

吴水莲见男人脸上有了正经颜色,便收敛了气恼神情,抬脚就出去了。吴妙莲见此情形,便又丢给男人一个眼色,也随姐姐忙去了。

女人们走后，白万顺愈加觉得不自在了。但乔保元却喜眉善眼地催他和石秉中坐了，又忙忙递来精装香烟，同时就对白万顺说：

“万顺，你还是愁你那高粱哩吧？甭愁咧，甭愁咧！这些时，秉中帮我们在那几台播种机上新安了一套镇压轮儿。这不，昨儿一夜，连上今儿前晌，最后赶趁着安装妥咧！这就省得机器前头种，后头还得跟上人伙牲口去压墒。又能省不少工，镇压得也入法！”

白万顺瞅瞅石秉中，有些发愣了。

乔保元却仍在说：“万顺，你就把心放到肚里吧，甭着急。等地温升上来，我们六队这三台播种机，带上手扶车，机手，就先去给你们五队种！我知道，你们五队的那几台播种机，还扔在野地里生锈哩，是吧？可你们今年高粱亩数多呀！四百来亩吧？也不算甚。有三四天就种毕咧！不误事。今年我们高粱不多。回头再种，也不误事。播种机用的工呢，有秉中帮我们花的这工，够顶咧。”

白万顺更有些发愣了。

“万顺，你是咋？怕机器下种靠不住呀？嘿嗨！比人摇耧保险多咧！不用你再动员人马，费时费工查苗补种！苗儿出来，匀点点，利棵棵！不光苗全，还好薅哩！咋的？就是好把式提摇，那深浅快慢，也没机器吃得准呀！咱打赌，种过这回，你要是不操闹着修你那几台播种机，我头朝地，走三里！”

石秉中偷笑了。

白万顺却是再也忍耐不住，终于懊丧地说：“他姨夫。我，唉！”

当吴水莲和吴妙莲把酒、菜端出来时，不用说，姊妹又成了姊妹。姊妹俩瞅瞅屋里正交谈着的仨人，也分明觉着早没了那别扭的空气。石秉中是又恢复了活泼的神态。白万顺虽仍不肯扬起脸面来，但吴水莲早觉察出他已没有了那股不服输的劲气。

乔保元见酒、菜来了，忙对白万顺说：“先喝酒吧。快甭老结记过去的陈年烂账咧。现时，咱都各领料着一个小队哩呀，咋领料好呀？这也够结记咧！先喝酒吧，快先喝吧！”

吴水莲见此情状，就过来给白万顺和石秉中各满了一盅酒，故意变了眉眼，说：“还怕犯阶级错误呀？不敢喝！”

乔保元眯起细小的眼睛，咧开嘴，笑了。吴妙莲却故作恼色，沉着脸，瞪了男人一眼。石秉中眨眨眼，忽然狡黠地对白万顺说：“队长，快喝吧！已经饭迟咧，饭迟。”

白万顺瞪了石秉中一眼，终于端起酒盅儿来，对乔保元说：“喝！”

一九七九年七月

五月鲜

一

日头有一竿高的时候，集市上就已经相当热闹了。所以，百祥老汉推着两篓五月鲜桃儿走进集市之后，很一阵，才寻到一处中意的地盘。这是镇内顶红火的那条大街中段，在一个卖猪娃儿的和一个卖鲜黄瓜的中间，空着三尺来宽的地方。虽说窄巴了些，但也足见这里地面宝贵！百祥老汉便停下来。他一边从自行车上卸着那两篓桃儿，一边就跟卖猪娃儿的老汉搭上了话："老哥！哪村的呀？哈，一般般十只，多欢实！一窝吗？"

"可不是一窝！已叫人捉走两只咧。"卖猪娃儿的老哥显然高兴了，竟过来帮百祥老汉的忙。"我是魏家村的。你老哥是哪村的呀？嚯，五月鲜大白桃，可是稀罕货！"

"嘀嘀，个人院里的两棵树。我是薛家庄的呀，咱离得不远嘛，我说咋像见过似的！"

"好货！"大约是见这两个老哥不消几句，便结下睦邻之好，那卖鲜黄瓜的汉子也插进来赞道，"队里的果木若不是毁了，在这年头，也是一笔美收入。老汉,咋不进城去卖呀?不愁卖好价。”百祥老汉忙对这汉子热乎地笑笑,说:“就近变两钱算哩。如今工分也值钱咧,不值得进城耽误那工夫。”卖猪娃儿的老哥立刻叫道:“镇上也不愁卖!”

闲话间,那两篓五月鲜已并排摆定。果然好货色:那桃儿一个个如鸭蛋大小,白团团的,露出艳红的尖嘴儿,煞是鲜色!百祥老汉一边细心地将红桃尖儿朝上,摆成一个“品”字形的高堆儿,一边就挑出几个来,请两个邻家尝鲜:“来来来,尝尝,尝尝,利口,酥脆,蜜甜!”

卖黄瓜的汉子推让着不肯尝,卖猪娃儿的老哥却不生分地尝起来了。果然是利口,酥脆,蜜甜!这老哥立刻连声称道起来,那汉子终于也接住一个,尝起来。“好桃!好桃!”这汉子也赞道,“得了今年这雨水,才入口呢!”百祥老汉笑眯眯的,就像听到旁人夸赞自家生养的娃们似的。但他嘴里却道:“今年的天雨是好,可还没进六月,就这么稠,眼看要收麦咧。”“唉嗨!”卖猪娃儿的老哥扔掉桃核,抹抹嘴,便接住叫道:“你们薛家庄的麦子,今年可长得溢咧!”“叫我看,你们的麦子是全公社头一份,亩产下不了这个数!”卖鲜黄瓜的汉子伸出一个巴掌,晃了晃。百祥老汉更加笑眯眯的了,道:“各村都不赖呀!”

“不赖!我们魏家村今年一人也要分到百十斤麦子哩。去年多少?三十斤!”

“我们陈家堡预估一人分一百五十斤,还不算工分带的粮呢!”

百祥老汉故作平声道,“嗬嗬,我们薛家庄不多,预估一人分一百九十九斤,一个工还带六两五。”

“你老哥是气我们哩嘛!”

三人都笑了,笑得相当畅快。

这时候,在百祥老汉的桃篓前,早已围来几个买主。老汉堆着一脸喜色,开始张罗自家的生意了:“五月鲜!利口,酥脆,蜜甜!先尝后买!”

吆喊着,百祥老汉竟真的抓起几个桃儿来,请客主们尝。那顾客们显然很不习惯这种久已消匿了的服务方式,都不好意思来尝。有的已在往秤盘儿里挑拣，决定称几斤了。但百祥老汉却继续热乎地嚷："来，尝尝！先尝后买。不入口，甭买！"说时，愣把桃儿塞给买主。有的终于尝了几口，货色自然不差。而卖主的殷勤，却叫顾客诧异。他们细瞅这个老汉：善眉善眼，一个黑瘦的老庄户人，虽显精明，却也忠厚。不必怀疑甚么，人们都争着买起来。百祥老汉呢，一边提秤、收钱，一边还招呼顾主们："挑好的！相不中的，甭要，给咱剔出来！"

麦收之前，上市的瓜果本来就不多。百祥老汉的五月鲜桃儿，货色佳美，再加上先尝后买，那生意还能差吗？所以，老汉很快就忙得顾不上同两边的新邻扯闲话了。

二

不久，在百祥老汉的摊儿前，来了一个干部模样的顾主。圆头胖脑，淡眉细眼，但眼泡却很大，显得一脸倦容，又穿了一身不甚整洁的灰色涤卡制服，更显得神态懒散。百祥老汉忙来殷勤招呼，仍是一脸喜色："五月鲜！利口，酥脆，蜜甜！先尝后买！"说时，就挑了一个鲜桃，递给这顾主，"来，尝尝。不入口，甭买！"

这主儿并不客气，懒懒地接住桃儿，便眯着眼咬了一口。立刻，那懒散的倦容就为之一振，接着就很响地咂巴起嘴来。

百祥老汉见状，便很得意地问："咋样？"那主儿却又咬了一口，径自很响地品尝。

"不入口，甭买！"

"唔唔。"

那主儿仍是专心品尝，并不明确表态。眼看着，一个鲜桃就剩下干净的核了。这主儿扔掉桃核，一边仍在很响地咂嘴，一边就从篓儿里又抓起一个鲜桃来，放到鼻下去闻。

百祥老汉仍是一脸喜色，招呼买主道："一样货！不信，你再尝尝嘛，两样味，甭买！”这主儿立刻便又咬下一口，很响地品尝。那懒散的倦容似乎渐渐消退了。

“咋样？两样味，甭买！”

“唔唔。”

“称几斤吗？”

“唔唔。”

这工夫，那卖猪娃儿的老哥和卖鲜黄瓜的汉子，早在注意这个只尝不买的主儿了。看着第二个鲜桃也快剩下干净的核儿了，那位爽直的老哥忍不住道：“好桃！你这同志还尝不出来呀？称几斤吃罢！”

那位汉子也帮衬道：“好桃！称几斤，回家哄娃们，送亲家，都不后悔，也不贵。”

“唔唔。”

这主儿扔掉第二颗桃核，便又抓起第三个鲜桃来，放到鼻下去闻。

卖猪娃的老哥怕这主儿又白吃一个，便辣声道：“我说你这同志，尝不出味儿来，还能闻出来吗？又不是香瓜！”

这主儿立刻瞪了那老哥一眼，终于开口了，他问百祥老汉：“你是哪个大队的？”

“薛家庄。嘀嘀。”

“嗯？薛家庄没有果园吧？”

“自家院里的两棵树。嘀嘀。”

“唔唔，我说呢。卖多少钱一斤？”

“两毛二。”

“嗯？”

“嘀嘀，比公家稍微贵几分钱，咱货色不一样呀！”

百祥老汉的两个邻家，见穿干部制服的这主儿如此盘问，有些紧张起来，便和颜悦色地又来帮衬：

“公家门市上卖的是甚？这是甚？五月鲜！利口，酥脆，蜜甜！”

“是哩。一文钱一文货嘛。”

这主儿却又去闻手里捏着的那个鲜桃了。而且，脸上又有了懒散的倦容。闻了一阵，方道：“太贵了，太贵了。”说毕，竟捏着那个鲜桃，扭转身，径自去了。

这边的三个卖主都立刻有些愣怔了。那位爽直的老哥正要去吼喊这个只尝不买的小气货，百祥老汉忙止住他：“算咧，算咧，三个桃儿，值甚哩？自家院里的两棵树嘛。”

“不像是镇上的市场管理员呀。”

“我看这货是生吃白拿惯咧！”

“算咧，算咧！就当人家干部同志进咱院来，请他吃咧。”

三

虽然遇了这么个小气的主儿，但百祥老汉的生意还是相当兴隆地做下去了。老汉装票票的衣兜渐渐鼓胀起来，老汉的脸面也愈来愈带喜色了。

忽然，百祥老汉从大街上瞅见他们队长拖着辆空平车，灰失失地垂头走来。他忙朝队长喊道：“田寿，咋哩？”田寿队长瞅见百祥老汉，便到他的摊儿前停下来。他正一脸愁云，见了百祥老汉，仿佛终于寻到了诉苦的地方，叹了口气便道：“唉，白跑一趟！没借下。”

卖猪娃的老哥忙问：“借甚呀？”

百祥老汉接住说明道：“去粮站借篷布来。眼看要收麦咧，你不看今年的天雨？还没进六月，就这么稠！今年的麦子不是三天两天能打完的，没个防备，咋行？”

卖猪娃儿的老哥立刻叫道：“我们队长昨儿后晌还借回两块来！”

卖鲜黄瓜的汉子神秘地笑笑，也道：“我们队长昨儿前晌也借回一块呢。听队长说，粮站的大篷布，有的是呢！”

田寿立刻气呼呼地说：“就是呀！我明明打听见有闲着的篷布，可那侯站长愣说没咧,你有啥法呀?”

百祥老汉知道他们新选的这位队长脾气不好,便问:“我说,田寿!你不是跟人家要态度来吧?虽说是集体对公家,也得好生交涉哩嘛!毕竟是求人的事。”

田寿队长慌忙争辩道:“好我的百祥叔哩!我连这也不懂吗?咱们俩不是一时出村的吗?我到粮站,人家还没开门哩。等开了门,侯站长还没上班来哩。旁人不主事,我再款款儿等着吧。好不容易把人家等来咧,人家站长又去解手哩,又照着镜儿刮脸哩,又出去提水冲茶哩。我也没敢打扰人家。呀呀呀,好不容易等人家坐下来办公咧,我恭恭敬敬地把大队的介绍信递上去。可侯站长低头一扫介绍信,又扬脸瞅瞅我,就说:‘篷布嘛,没咧,没咧。’我就赶紧说好话呀!可侯站长还是摇头:‘没咧,没咧。’我实在憋不住,说了句气话:‘不借给篷布,烂了麦子,可甭想叫我们交任务!’”

“你看你!”百祥老汉立刻道,“我就知道你要态度来!”

“你甭说,侯站长听了我那句气话,态度就变咧。过来拍拍咱的肩膀,说:‘甭火,甭火嘛。来来来,先吃个西红柿,下下火。’说着,倒真的从文件柜旁一个篓儿里,拿出一个又红又大的洋柿子,递给咱。我以为咱那句气话灵验咧,赶紧又掏出介绍信,求他批字儿。洋柿子倒是鲜色货,可咱不稀罕,给他放到桌上了。唉,你说这侯站长,还是摇头,不借!”

卖猪娃儿的老哥气愤地说:“这龟孙子!成心气你哩嘛!”那卖鲜黄瓜的汉子却只是神秘地笑。

百祥老汉忽然拍了一下脑袋,若有所悟地叫道:“唉嗨,田寿!站长那货是跟你要东西哩!”

田寿队长怔着,问:“要甚?”

“洋柿子呀!”

“鲜黄瓜也行呀。”卖黄瓜的汉子仍神秘地笑着说。

卖猪娃儿的老哥也终于大悟了,叫道:“对咧,对咧!这龟孙子!我想起来了，我们队长昨儿后晌是从菜园里摘走一篓西红柿！当然是鲜色货，塑料棚里侍弄起来的嘛！”

“我们队长昨儿前晌是从菜园扛走一筐这鲜黄瓜！哈哈！”

田寿队长到底也明白过来，气得青筋暴起，扭歪了脸，愤然蹲到一边。

卖猪娃儿的老哥仍在骂龟孙子，卖黄瓜的汉子在同这老哥争辩：“骂、气，都枉然，不给人家送些东西，你借不下篷布呀！”

百祥老汉半晌不晌。这工夫已又有几个顾主挤过来挑拣鲜桃。老汉忽然摆摆手，冷冷地说：“去吧，去吧，不卖咧！”买客们听毕，反越发纠缠着要买。百祥老汉似乎火了，变着眉眼道：“说不卖就不卖咧！”买客们受了冤枉气，呛了老汉几句难听的话，终于扫兴而去。

卖猪娃儿的老哥忙打劝道：“气人是气人，可生意还得做呀！”

田寿队长站起来，对百祥老汉说：“我回呀，你快卖你的桃儿罢，甭火咧。火也不顶用。唉！”

百祥老汉却像下命令似的，直杠杠地冲队长道：“田寿！给我介绍信！我去借！”说着，就稀里哗啦把卖剩下的两半篓鲜桃，折到一个篓儿里，猛用一把力，将篓儿拎到队长拖来的空平车上。其他三人顿时明白了百祥老汉的意思。“百祥叔！”田寿队长立刻拧了脖子，黑煞着脸吼道，“贿赂那龟孙子？咱倒爱敬他哩！烂了麦子，他甭来要任务！”

卖黄瓜的汉子却劝道：“你烂了麦子，他怕甚？他又少领不了工资！”

卖猪娃儿的老哥叫道：“告那龟孙子！”

“那货又没明跟你要贿赂呀！”

百祥老汉却更厉色地朝队长嚷：“快把介绍信给我！”田寿队长仍拧着脖子，呼哧着粗气。

“快给我！”

百祥老汉到底把介绍信讨到手了。他朝队长！说了声：“你就在这儿等我，给我照住车子。”便推着平车，挤进赶集的人群中去了。

四

百祥老汉将这篓五月鲜搬进粮站站长的办公室时,却见偌大的办公桌后面,正有一人伏在一本展开的画报上酣睡。老汉不知这人是否就是那位侯站长,但屋里再无他人。老汉故意用劲咳嗽一声,那人仍无动静。细瞅时,歪在画报上的那颗圆胖脑袋,却觉有几分眼熟。百祥老汉一怔,但随即就放开声,高叫道:

"哎哎哎！你们站长在不在呀?"

那人猛受一惊,醒了。待抬起那颗圆胖的脑袋来,百祥老汉立刻瞅清了:这人淡眉细眼,眼泡很大,一脸倦容。我的爷！果然是白吃了他三个鲜桃的那货。这人呢,看见惊了他的梦的竟是一个黑瘦的老庄户人,顿时老大不悦。他站起来,打了个哈欠,伸了伸懒腰,冷冷地问:"你有甚事?"

"找你们站长呀。"

"我就是。你有甚事?"站长的脸色仍是冷冷的,但他也开始觉得这个老汉似有几分眼熟。

百祥老汉却装着不认识,立刻堆起一脸喜色,恭敬地说:"啊呀！你就是侯站长?头回见,头回见!"

"你是有甚事嘛?"站长显然不耐烦了。

"嘀嘀。侯站长,我是薛家庄的。你们成天操心、劳身,困乏着哩！还不都是为我们庄户人服务吗?今年麦子长得雄哩,我们少卖不了,断不了又要劳累你们！嘀嘀。"

站长见这个老汉不知在叨唠些甚么,愈有些烦气了。可是,当他打了第二个哈欠之后,就忽然无意中瞅见了屋地上蹲着的那篓五月鲜桃儿！他那睡意浓重的倦容就立刻为之一振。他想起来了,这个老汉就是集上那个卖桃儿的,是薛家庄的。可他们村那个来借篷布的犟鬼刚走呀,工夫不大嘛！哈哈！可见那个犟鬼也是个机灵人。哈哈,五月鲜！

但侯站长装着根本没有瞅见这篓桃儿,也装着根本没有见过这个老汉，打起腔调，说："劳累嘛，应该。我们是做甚的？做粮食工作的嘛！我们也盼着粮食丰收哩嘛！今年小麦长得不错，我们比你们还高兴哩。可是今年雨水多，对秋苗有利，对收麦就不利嘛！我们比你们还担心哩。你看，站里不仅忙着做收购准备工作，还想方设法帮助社队抢收抢打哩嘛！工作量增大啦。可劳累，应该嘛！"

百祥老汉早觉察到侯站长已发现了那篓五月鲜。但他也装着不知道，更笑眯眯地说："是哩，是哩。如今农村的政策都落实了，各村各队变化快哩。你们粮站，变得更快！嘀嘀。我们队上有件小事，又要麻烦你们哩。"

百祥老汉把介绍信递给侯站长。站长接住一看，便故作正色道："这叫甚么麻烦？我们早研究过咧，正准备把站内闲着的篷布送到生产队呢。迟了一步，叫你们跑来！你看这！大家都在跑着奔四化哩嘛！两块够吗？"

"够咧！够咧！"

侯站长立即提笔批了字儿。百祥老汉收起介绍信，便猫腰去搬那篓五月鲜。侯站长的脸色立刻有些变了。直到见百祥老汉把桃篓搬到了文件柜旁，与那篓西红柿并排放定，他才舒了一口气。到此时，他的倦容是完全消退了，表情生动，神态端庄。

百祥老汉故意抓起三个鲜桃来，仍笑眯眯地对站长说："刚摘的一篓五月鲜，请同志们尝尝。来来来，侯站长？先尝尝！利口，酥脆，蜜甜！"

侯站长立刻又故作正色道："哎哎哎，你们弄这干甚？新时期了嘛，还搞这一套。"百祥老汉却将三个鲜桃硬往站长手里塞，说："尝个鲜嘛，看味道咋样！"

侯站长却仍在推让，不肯接。老汉愣是把桃儿塞到站长的手里了。

"吃吧，吃吧。利口，酥脆，蜜甜！保管你吃了还想吃，嘀嘀。"

那站长却将桃儿扔到办公桌上了，脸色仍然相当严肃。百祥老汉本想借站长再吃桃儿的机会，暗自要笑他几句，不料这货竟装得如此不显山、不露水，也只得作罢了。老汉走出办公室时，侯站长送了出来，并说："两块够了吗？站里闲着的篷布有的是呢！"

“哼，不是说早没咧！”

百祥老汉和侯站长听见这声吼叫，看时，却是田寿队长仍拧着脖子，蹲在办公室门口的台阶下。

百祥老汉忙过去拉扯住队长，连说：“走吧，走吧。”就拽了他去。

田寿队长又回头去瞪站长时，却早不见他了。他已回到办公室里，正拿着五月鲜桃儿，放到鼻下去闻。

百祥老汉和田寿队长两个，一个人用平车抱着篷布，一个人推着自行车，走进镇内那条大街时，集市更加热闹了。田寿队长瞅见，卖猪娃儿的老哥已卖完猪娃儿，正蹲在地上仔细数点那一叠零零整整的票子，卖鲜黄瓜的汉子却正在忙着应付摊儿前挤着的一堆顾主。队长脸上怒容犹在，心里不是滋味。

“百祥叔！你那一篓桃儿有多少斤？照你卖的价，回去找会计拿钱！唉！”

百祥老汉笑着，说：“算咧，算咧。自家院里的两棵树嘛。支这笔钱，咋下账呀？日后也是你的麻烦。算咧。”

“算咧？那咋行？”

“算咧，算咧。往年不开放集市，桃儿还不是送众人白吃？麦子收打好，我也少分不下。往年粮食不够吃，就是有钱你也没处买高价粮呀。麦季队里不是要预分现钱吗？我也分哩！队上能靠住，比甚都强。多卖一篓桃儿也肥不了，少卖一篓也瘦不了！算咧，算咧！”田寿队长听了这暖心的话，心里更加不是滋味。

一九七九年八月

四 嫂

一

腊月十七，日头落到山脊的时候，我赶到了家。

这些年，临到过年，我总得回来给母亲安顿一番。这次，母亲却少了一向的愁容，显得分外地高兴。没问几句我能不能在家过年，媳妇娃们为甚没一道回来，就告我今天队里刚分罢红，全家总共开回四百三十一块现钱。工值上到九毛哩。口粮呢？均到五百一。这也没扯几句，便又说到四嫂。

“你不知道，咱这作业组得了全队头分超产奖呢！老四媳妇这些年不比年轻时了。起初推举她做组长，我愣不踏实。谁想竟比当年还强哩！”

我也很有些惊异。母亲却仍在喜滋滋地说着四嫂。说她这一年虽是分外劳身劳心，人却胖了，壮了，也活泼了。又说她肚里新有了喜，已三个月了，但愿再得个小子就好哩。还告我，晚上村里有红火，要演节目，放电影，叫我去看看。

不久，便有邻近的熟客来看我，也一律是喜滋滋的脸色。扯不上几句，便也夸起四嫂来。于是，我决计晚饭后一定先去看看四哥四嫂他们。

可是，俟我去时，四哥家的街门却挂了锁。在已浓重的暮色中，那座歪斜了的街门楼，似乎依然如旧。土院墙的几处豁口，也影绰可见。我的心情不禁有些冷落起来。恰这时，隐约传来零乱的鼓乐之声。这显然是正式演奏前，村里那帮红火迷们在过鼓乐之瘾。其声虽然零乱，却分明透出欢快的气息。然而，这鼓乐声却似乎更在唤起我的某种隐痛，旅途的疲累也觉渐渐袭来。我想回家去了。

回头没走几步，就有人喊住我。从那略有些嘶哑的粗嗓音，我听出这是支书全科叔。他黑了多年，去年才复上台，竟依然能如此熟辨村里的每一个人，如多年在外的我，我又很有些惊异了。他同我没有寒暄几句，便告我今晚开全村授奖大会。四哥四嫂都评上一等劳模。四嫂领导的作业组还被评为全大队先进组。叫我一定去参加。这也没说几句，就匆忙奔走了。在全科叔这匆忙的言语之中，分明流露着称心和快慰。此刻，那零乱的鼓乐声已渐趋热烈了。我在不知不觉中，竟随着川流赴会的人们，来到了小学校的操场上。

操场上，临时吊挂起来的七八盏大度数电灯泡，将会场照得雪亮。前头的主席台，只并排摆下几张小学生的白木课桌，并不见披红挂彩。但台下已坐满黑压压的人。人们的嚷吵声，戏笑声，同那热烈的鼓乐声混合起来，更分明洋溢着异常欢快的喜庆气氛，使人已忘记了腊月夜晚的寒冷。

不久大会便开始了。全科叔站在小学生的白木课桌后，还是如一向那样，吼着粗喉大嗓，说了三言两语，便宣布开始授奖。鼓乐立刻齐鸣，奏出了更为欢快、热烈的甚么曲调，会场顿时更振奋起来。在这愈来愈浓烈的喜庆气氛中，四嫂竟三次登台去领取奖状和奖金。头一次是领她们作业组的集体奖，第二次是领她自己的劳模奖，第三次却是替四哥领奖。远远望去，我看不确她是否真的胖了，壮了。只见她似乎披着四哥那件缀满补丁的破旧棉小大氅，露着臃肥的旧布棉裤，仍是那长长的剪发。在人们一次比一次起劲的鼓掌和哄笑中，她从容上台，又从容转身朝大家微笑。所以，我也看不确四嫂是否真的活泼了。

但俟授奖一结束，人们便更起劲地哄叫起来，要求四嫂上台演唱。四嫂也并未踌躇，拉了一个姑娘，便站到白木课桌前，合唱起甚么新歌儿来。我细细望去，见那姑娘竟是前几年当支书的卫红姑娘。只是已将那件过去成年四季穿着的绿军制服，换了一件艳色的大花棉罩衣。但神色似乎仍有些呆板，更有些羞怯，并不如披着补丁小大氅的四嫂那么从容。歌儿唱得并不好，但人们的掌声，哄笑，却很亲热。接着，人们便以更高的哄叫，要求四嫂单个儿唱了。

四嫂一把没有拽住，卫红姑娘退下去了。四嫂略略定了定神，便甩掉那件小大氅，朝鼓乐手们说了句甚么。鼓乐立刻就奏出了《打樱桃》的调儿来。我一点也没有想到，四嫂竟又会在众人之前重新唱起她年轻时最拿人的这秧歌调儿来。四嫂的嗓子显然已大不如前了，她的唱也常常同鼓乐相脱拍。但她唱得很入神，很醉心。所以，重新拿住了人：会场黑压压，静悄悄的。

我不知道静听着四嫂演唱乡间小调的乡亲们此刻在想甚么。但我望着确实活泼起来的四嫂，却被鼓乐声伴着的她那生疏了的演唱，翻起了记忆的波澜。

二

我同四哥是叔伯兄弟，他比我大三岁，比四嫂大一岁。我们都是土改后才上的学。高小毕业那年，村里刚转了高级社。社长全科叔很想叫我们这头一茬喝了墨水的年青娃们回社里来。那时，我有个想当工程师的理想，执意要考中学。四哥四嫂也有个想进剧团的理想。他俩都比我活泼，喜唱爱跳的，新歌儿，小调儿，老戏文，装着一肚子。那几年，假期回来，他们就总是村里、乡里宣传演唱合作化的积极分子。也许是由于这个缘故罢，这年，他俩同村里几个年纪大的同学，竟拿了主意，不考中学了，自愿回乡参加农业,建设高级社。我很不以为然,后来终于考上县中学。但全科叔对他们异常珍爱,乡政府也很表扬了他们一阵。他们自己也蛮惬意。四哥和四嫂都做了记工员,成天价依旧唱着新歌儿,哼着小调儿。

四哥和四嫂的对象关系,是否在决定回乡时,就拿定了主意,我不知道。但在第二年放寒假回来,我就看出几分来了。

这年腊月,村里也是到处洋溢着喜庆的气氛,因为这年高级社的年景愈外好,我们家分回七八担粮食,开回三百多块钱。母亲说,要宰一头猪,杀两只羊,磨三斗麦子,斗半黄黍,做几锅豆腐,过一个肥年。还说年下不给我做鞋了,花钱买一双穿吧。村里乡亲们也一律是喜滋滋的脸色。四哥和四嫂分明更喜色了。四哥方正的大脸晒得黧黑油亮,舒眉饱眼的,身架也越发敦实、虎实了。他对我虽然努力显得若无其事,甚而装出败兴的样子,说:“唉,还是你上了中学有出息呀!”但我从他那灵闪的眼神中,看出分明隐藏着异样的喜悦。四嫂呢,对我却是神采飞扬,津津有味地说着极平淡的话,而且总是不断地甩动着那两条长辫子,四下里顾盼,仿佛到处都能见喜似的。她的面色,似乎仍然那般皙白,红润。弯弯的眉毛,细长的眼睛,扬起的嘴角,像有不尽的笑意流泻出来。“你中学毕业,也回来罢! 社里多红火呀!”

由于丰收了,社里、乡里都决定正月要大闹红火。四哥和四嫂被抽到乡上排演秧歌,我很难得同他们在一起,只是常见他俩同骑着四嫂家新买的那辆明晃晃的飞鸽车,匆匆飞去飞回。四哥穿着一身新海昌蓝制服。四嫂呢,是一件很艳的花布棉袄,翻出雪白的衬领,黑灯芯绒裤,新毛布底鞋,底边用白土刷得极白。看他们那情形,极像是新婚的小两口儿。难怪村里有不少人在嚷吵:他俩相好上哩。等到正月里,他俩扮演的《五哥放羊》轰动了全乡,人们可就嚷吵得更凶险了。都说:“不是真好,咋能演得那样情真意切?”“这俩是在假戏真做呢!”我看了几回他俩的戏,也大看出真情来了。在那欢快的鼓乐声中,在那戏装和油彩的装饰之下,他俩不是在借着那古旧的唱词,尽情抒发生活和青春的甜美吗?

有一回，我问四哥："是真的吗？"

"甚呀？"四哥又装若无其事。

"人们圪吵的那事呗。"

他红了脸："尽瞎圪吵哩！"

但我又问四嫂："啥时能叫你四嫂呀？"

她却脸也不红，嬉笑着说："我想当五嫂哩。你是正经五哥呀！"

我反倒红了脸。但我已确信，那分明是真的了。我真为四哥高兴，他们很相配，也会很美满的。

到七月，他们就结了婚，是在社里举行的新式结婚典礼。社长全科叔像给自己家中办喜事一般，乐丝丝地做了主婚人。在这个大喜的典礼上，四哥四嫂自然又尽情地唱了不少新歌儿、小调儿。但我清楚地记得，在这个典礼上，他俩也兴奋地憧憬着，十年，二十年后，高级社将会是甚么样儿呢？实现了楼上楼下，电灯电话，耕地不用牛、点灯不用油之后，还会怎样高级呢？这是四哥四嫂新的更美好的理想吧。

三

婚后，四哥四嫂果然过得很美满。不久，便盖了三间新房。街门还刻意旋了座别致的青砖门楼。四嫂后来当上妇女队长。四哥呢，也当上副业队长。因他有些文化，人又活套灵动，全科叔把社里跑外交一类事务全交给他了。为此，四嫂特意给他做了一件城里时兴的棉小大氅，挡风寒，又体面。总之，那新日子过得蛮有滋味的。很快，那新房的白粉墙壁就贴上了许多奖状。

"大跃进"这年，我初中毕业了。在那时大破迷信的气氛中，我终于也破除了对工程师的迷信。但母亲却很反对我回乡去，说村里吃大锅饭，又天天夜战，甭回去受那苦。我便投考了省里的一所机械工业学校，从此，回村的时候就少了。只大概知道四哥四嫂在"大跃进"中仍是风流人物，编歌作诗，翻地炼钢，都不断地放卫星。在此后的困难时期，也仍是整社积极分子。

机校出来，我被分配进机床厂。不久，我也结婚了。婚后，我领着新媳妇回村住了几天。母亲自是高兴异常，但也格外犯难，竟弄不来一点黄黍，为我们吃一顿喜糕。我们去四哥家时，只有四嫂在家，说四哥仍常跑外。四嫂虽然也难以款待我们，但却很爽快地说："他五叔也不是外人。眼下都困难哩嘛，快哩、快哩，快好起来呀。"我细看四嫂，人消瘦了，脸色虽仍白皙，却没了红润，像得了甚么病似的。但依然神采飞扬，言谈之间，时有笑语。

回来，我问母亲："四哥他们结婚有几年了，怎么竟没有生一男半女?"

母亲叹息着道："唉，都是那年放卫星！你四嫂一天一夜深翻了一亩三分地，卫星倒放了，可累下妇女病，又赶上这二年，也没法调养……"

四

此后大约过了三四年，母亲来厂里看望我们。说到四嫂今年终于得了一个丫头，长得很俊，像四嫂。四嫂给她起名儿叫月娥儿。说四哥四嫂疼爱得甚么似的。又说，四嫂仍在当妇女队长。四哥也还是管副业，常跑外，都依然积极，能干。只是不大见他俩唱歌儿，哼调儿，很恋着红火了。

但母亲走后不到半年，家里便来信说到，村里去了几十人的工作队。支书全科叔受了斗争。四哥也被整得很凶，定成千字号。四嫂从娘家带去的那辆飞鸽车，还有箱柜、座钟一类，都被逼着退赔了，还不足。四嫂的妇女队长也叫撤了，还不叫她开会、管饭。总是她心里不受用，憋了气，奶也断了，月娥儿怪可怜的。叫我买些奶粉捎去。

我不知道四哥是否该挨整，四嫂是否已不称职。但我总是不能忘怀四哥四嫂那股炽热扑人的活泼气息。他们的理想也确乎是很认真的。然而，月娥儿却断了奶。据母亲说，这丫头长得喜相，细白的皮肉，弯眉毛，细长眼，笑窝儿很深，不笑也像笑……

五

此后大约又过去了五六年，一次出差毕回厂，我顺路下车回去看望母亲。那天刚交过四九，天气异常寒冷。我才拥挤出车站，强烈的北风已将我吹得缩作一团了。我正匆匆向汽车站奔去，却无意中望见几个很起劲地向旅客叫卖炒葵花子儿的乡下人。他们衣履破烂，在严寒中瑟瑟抖抖，神色也似乎很慌张，不断地前后顾盼。我自然知道他们慌张甚么：那生意是不合法的，而顾主也竟很少。我好像起了恻隐之情，多望了他们几眼。

然而，我就进而发现，在这几个叫卖者中，竟有一个裹着脏而旧的棉小大氅的中年汉子，似有几分眼熟。待定睛细看时，我的心不禁倏然紧缩了。这不是四哥吗？是的，这是四嫂做的那件棉小大氅，但已失去原色，又多了许多补丁，脏而旧。四哥干瘦的大脸，已呈灰色了，瑟瑟地弯着腰，一手拎了个很小的脏布袋，一手端着满满一小茶碗葵花籽儿，凑到生客前，恳切地吆喊：“捎瓜子儿，一毛一碗——”

我再也不能望下去，失神地仓皇逃走了。这几年，我这个平庸的小技术员，竟也受到了排天大浪的拍击，早有些心灰意冷了，更目睹了许多的不幸，终于也老成世故了。但四哥在严寒中瑟瑟的吆喊，却如此剧烈地刺痛了我。这就是四哥吗？

回家之后，我好几天不敢去探望四哥一家。母亲除了叹息连年缺粮，也不开红，仍常说到四哥四嫂。几次告我四嫂在今年夏天竟得了贵子，起名儿叫栓宝，催我去看看。

临走时，我终于去了。大约由于去秋雨水太大，四哥家的土院墙淋塌了几处不小的豁口，青砖街门楼竟也歪斜了。院里杂乱地散满了柴草秫秸，不见有鸡、兔、猪、羊，像少了生气似的。只有正屋山墙根底，堆着一些葵花秆儿，使我感到分外刺目。

进屋来，四哥不在。却见一个青年后生正在给电灯灯口贴封条。四嫂见我，略略一惊，有些窘色地忙来让坐。四嫂也大变了，脸色虽仍苍白，却更消瘦、干涩。眼角、额头都有了清晰的细密皱纹。辫子是早剪去了，长长的剪发蓬乱着。一件薄而窄的旧棉袄，配了臃肥的厚棉裤，看来早已不讲究仪容了。已六七岁的月娥儿，出脱得更似四嫂。但也邋遢、脏，偎在炕角，怯生生地望我。我去瞅了瞅睡着的栓宝，鼓眉饱眼，倒像四哥，只是并不胖。

那后生贴毕封条，掏出个小本子写画了点甚么，冷冷地望我一眼，便大样地走出屋，边走边嘟囔："点不起算哩，今天封，明天又点！"脸色颇生硬。四嫂装着没有听见，略笑着将那后生送走了。

回来，四嫂仍带着窘色对我说："不怕他五叔笑话。按说，点一盏十五支光的电灯，一月也不过两三毛钱。谁不知电灯明明亮亮呢。可，两三毛钱，也没处来呀。队里工值都快跌到三毛了，也成年不开红。这屎娃又缺奶……"

这时，四嫂忽然望见月娥儿正拿着刚拧下来的那个十五支光的电灯泡在玩，便扑过去，夺过灯泡，举手劈头给了月娥儿一掌，狠声喝道："死妞子，这也是耍的！"

月娥儿立刻哭叫起来。接着，炕上的小栓宝也嘶声啼哭起来。四嫂赶忙又俯身去拍打栓宝，嘴里仍狠声喝道："哭，哭，一天价就是哭！"

我又想立刻逃走了。但这时却又进来一个十七八岁的姑娘，生得也喜眉俊眼的，脸色却颇生硬，棉袄外套着的那件绿军制服，愈发使她显得有些呆板。她似乎是来催要公社摊派下来的甚么款项，一人一块钱。四嫂又略笑着，连说："过两天就交去。卫红姑娘一趟一趟来，怪麻烦你的。过两天就交去。"卫红姑娘又说了些生硬的话，四嫂也装着没有听见，终于略笑着将她送走了。

我问这姑娘是甚么干部。四嫂说："大队的广播员，积极分子。"

我又坐了片刻。四嫂虽然大多是在叹息家务生计的艰辛，但也几次说到队里的事。言语之中,仍有恋情。我问到全科叔,四嫂愣了神,半晌才说:“还黑着呢。”但我终于没敢问到四哥。

六

记不得又过了几年,我烦气新来的运动又在不断地掀高潮,便请假回村来闲住。

那是麦收时节了,天气已很炎热。临近村的时候,刚过正午,连一丝风也没有。只见高蓝的天空,缀着几朵形状奇特的白云。大道两旁已黄熟的麦田成片成片倒伏着,四野里却寂静得像凝固了一般。只间或有大群的麻雀,从这块麦田轰然飞向别块麦田,清晰地传来它们的叽喳声。玉茭苗,高粱苗,连正茬的谷苗,都密密地挤在垄眼里,同茂盛的杂草混成一片葱绿。我虽已热汗淋淋,心里却不禁生出凄凉来,但已不很惊异了。

忽然,我仿佛隐约听到几声女人异样的呼叫,忙四下里张望,却见大道前头不远处,果然蹲着一个女人。我急忙奔过去,竟是四嫂!

她正摇着怀中已有四五岁的小栓宝,失神地呼叫:“宝娃,快醒醒!”“宝娃,看你爹接俺娃来哩,快醒醒!”

我叫了四嫂几声,她仿佛听不见,仍在失神地呼叫。脸儿煞白的小栓宝,死死地揪住四嫂的衣襟,可怕地抽搐着。四嫂惊骇地大睁着那双细长眼,憔悴得使我吃惊。蓬乱的长剪发,发黄的白布汗衫,都湿津津的了。我虽然急,却一时无所措手足。

幸而栓宝终于哭出声来,接着就安稳地昏昏入睡了,只是急促地呼吸着。于是,四嫂也略略定下神来,望见了我,惊骇的眼里立刻涌出泪珠来。

“啊呀,他五叔,你说这可咋办呀?几天了,宝娃总是这样嗜睡,犯惊,烧得滚烫。见天晌午背着俺娃往公社医院跑,死活叫不开门!村里红医姑娘也忙着排演,几次求她来看,都说是热感冒,不要紧。可娃吃了她开的白药片片,总不见轻,老是这样嗜睡,犯惊,烧得滚烫……”

“咋叫不开门呀?”

“不是都关门突击排演哩嘛！今晌午又白跑一趟。你说这可咋办呀?”

这时,村里的高音喇叭传来了甚么呐喊声。四嫂像猛地清醒些了,抱起栓宝,匆匆对我说:“先回吧,回吧。又误了上工了。许是我瞎着急哩,许是我尽不想好的。先回吧,回吧。”

我帮着四嫂把栓宝抱回去的时候,村里已鼓乐声四起。但我看人们都沉着脸,默默地向甚么场所赶去,并没有一点热闹的气氛。

四哥家的街门楼似乎更歪斜了,院墙的豁口也似扩大。院里依然杂乱,连葵花一类也不见栽种,愈觉少了生气。见我们进来,已快有四嫂肩膀高的月娥儿迎出屋来。她该有十一二岁了,渐显出女娃的秀气来,酷似四嫂,但却依然邋遢,脏。

“妈,叫开医院的门了吗?”

“就你嘴多!”四嫂立刻沉下脸,狠声喝道,“还不快去给你爹送饭!”

“送去了。”

四嫂一怔,厉色追问道:“告你爹宝娃病了没有？就你嘴多!”

“没。还用妈回回吩咐呀?”月娥儿讨好地朝妈嫣然一笑。

四哥在哪儿呢？我很觉蹊跷。但又见四嫂心事烦重,不便先问。

四嫂刚把小栓宝安置在炕上,月娥儿已盛了两碗饭,端来,朝我也笑笑,说:“五叔也吃一碗罢。”我看那饭,竟是一色的蒸苜蓿,只拌洒着依稀可见的新麦面。我的心情愈发沉重起来。

四嫂却又朝月娥儿狠声喝道:“你先吃罢！后晌再去掐点苜蓿,甭叫人家再逮住!”

月娥儿又朝四嫂嫣然一笑,说:“我知道,妈甭回回吩咐。”

我再也不忍看月娥儿那天真媚人的笑了。正想宽慰四嫂几句,忽然听到院里传来一迭声喊叫:

“哎呀呀,见天得一趟一趟请哩！你又不是不能唱。唱黄色小调那么上瘾,搞意识形态革命就这么消极,见天得一趟一趟请哩!”

四嫂闻声，已急忙迎出屋去了，连声说：

“这就去，这就去。”

我从窗中望去，见是一个二十来岁的姑娘，大热天仍穿着件绿军制服，脸色很呆板，似乎在努力显出某种威严来。我忽然想起来，这不是那个大队广播员卫红姑娘吗？

“哎呀呀，眼看就七一啦，咋到公社参加会演呀！县上首长要来观摩哩，各公社领导也要来取经哩！你再这样消极应付，就扣发补助麦子；再不行，也去住学习班！”

“就去呀，就去呀。”

我不知道后来竟是怎样回到家的。但到家时，母亲也正要去“上工”演唱。见我回来，踌躇半晌，才决定后晌不去了。母亲说，她是红大娘演唱队，四嫂是红大嫂演唱队。不去，要批判，罚工，也少挣了那一天一斤的补助麦子。秋粮早净了，麦子还不叫割，全指靠这点补助麦子呢。要不，谁愿丧着脸，扭，跳，唱，笑？后来，我向母亲打听明白，卫红姑娘如今已当了支书了，姑娘家可厉害着呢。四哥就是因为告了这不叫锄地、割麦而突击扭跳唱笑的黑状，被关了学习班，已多日不叫回家了。母亲说：“你四哥原是个极开通灵动的人，这二年却变得死犟。能告准吗？还不是自个儿吃亏！”

我听着满村那不息的鼓乐声，知道这次回来是难以清静地闲住了，乡间也在不断地掀高潮呢。然而，我比起四哥四嫂来，不是到底要轻松幸运一些吗？

我想，明天一早该帮着四嫂进城去给栓宝看看病的。然而，未到吃晚饭时，月娥儿突然喘着大气，汗淋淋地跑来，急急地对我说：“五叔，快，我妈叫你去，快去哩！”

“去哪？”

“医院，公社医院。快，五叔！”

我的心霎时沉下来了。我拖着月娥儿奔到公社。那里也同样是一片鼓乐之声。供销社、机械厂、粮站、煤场，一应单位，果然都一律关了门，飘出鼓乐声来。

我们终于奔到了公社医院门前，但那铁栅栏大门又复紧闭了。还未待我们敲开这门，却猛地从内中传出了四嫂的一声令人战栗的惊叫，接着便是撕心裂肺般的嘶声恸哭……

我倏然呆住了。月娥儿虽然还不知道已经发生了怎样的不幸，但听到母亲的恸哭，却也带着泪音更狠命地敲那紧闭了的大门。许久，我才终于意识到，我的两眼正盯着医院大门上悬挂着的一块纸牌儿，上写有“突击排演，暂停诊疗”几个墨字，字迹已被雨脚涂画得斑斑驳驳。继而，我也终于发现，四嫂那惨恸的哭声，早已同四处飘荡着的鼓乐声汇合起来，混成了一片……

七

那晚，参加大队的授奖会回来，悠长的思绪翻涌着，竟使我失去了旅途的疲累，一夜不曾安睡。第二天，起得很早。

但起来不久，四嫂便来看我。

“他五叔！我听全科叔说你回来了。我这早早要进城去拉粪。趁卫红姑娘在发动手扶拖拉机，我先来看看你。”

四嫂仍披着四哥那件缀满补丁的棉小大氅，露着臃肥的旧布棉裤。确是胖了，壮了。额头、眼角，皱纹虽更分明，但仍白的面色却有微红淡淡透出。弯眉，细眼，扬起的嘴角，又有笑意不断流泻出来，只是笑意已分外庄重了。

“四嫂，昨晚我去听你唱了，想不到你还能唱，更想不到你还拉上卫红姑娘一道唱。”

四嫂爽快地笑了，说：“唱得不成韵调了，我和卫红姑娘是代表我们作业组呀。”

“卫红姑娘跟咱们是一个组吗?”

“分作业组时,都不想要。我就要过来了。一个姑娘家,能怨她吗?”

“可是,四嫂,这些年,也是,唉!”

“说起来,也是。”四嫂略一沉吟,却很快又爽笑着道:“可我们既是靠了集体,有苦有难,也该跟它一道受哩。这也像过人家一般,谁能保没个三灾两难的。你说,我跟你四哥自由结的婚,他有灾有难,我能不跟他一道受吗?现在不是好了吗?老政策都恢复了。只要不再乱变,就好了。”

四嫂说得极从容,随便,但我却被强烈震撼了。昨夜,我想了多少次,四嫂经历了如此的磨难,怎样竟能如此快地就恢复了往日那热气扑人的活泼气息呢?她和四哥是怀着纯真的热情投入新生活中来的,她们的理想确乎是很美好的,但后来却无端地被摧残了这珍贵的热情和理想。她们还会再有这珍贵的一切吗?四嫂的话却使我吃惊了。同它一道受苦受难!原来?那珍贵的一切,其实本未被摧残的。而能够同甘共苦之后,那一切才分明是更珍贵的。我不知道该再问甚么了。但愿不再乱变,就好了。

“四哥呢?昨晚四哥咋没有去领奖?”我心不在焉地问道。

“又管上大队的副业了。还是常跑外,三天两头不在家。对了,他五叔,你们那大地方卖男人们穿的棉大衣吗?我看分了红,给你四哥买一件现成的算哩,省事,也样式好。如今竟是披着全科叔那件烂羊皮袄。”接着,四嫂又问母亲:“城里有啥捎的没有呀?也不扯身新衣裳吗?我跟月娥儿,也扯几身呢。”又对我说,“他五叔,你看多快呀!月娥儿都上中学了。”四嫂那神色之中,言语之间,分明透出认真的喜悦。

四嫂匆匆告辞了。我送出来,望见日头刚刚跳上山脊。

一九七九年六月

扬花时节

一

五月天气,到黄昏时候就很凉快了。但团支书李来锁荷锄迈进他家的街门时,仍从黧黑的脖颈上抹下一把汗珠。

好呀,她到底还知道回来哩!

来锁一眼就看出妹妹来凤终于在她的屋里了,顿时变了眉眼。他撂下锄,故意用劲咳嗽一声,便闯入妹妹屋里。

进屋时,他不过想照例训她几句——也不去科研组,也不下大田,成天往城里疯跑!眼下是怎样大忙的时节呀?大田里正忙着锄苗定苗。科研组呢,正是小麦扬花杂交的吃紧关头。人们都在为四化流汗哩!可她也不知中了甚么邪。现在,来锁见妹妹竟这样入迷地欣赏那妖气的红绣花衫儿,真不知该喝叫甚么了。

他终于喝道:“又是三喜给你买的?”

“你甭管。”

“呕心人!”

"你还是解放解放思想吧,哼!"

"鬼!看我不能在团内批判你?"

"四人帮那一套,谁还怕?"

"鬼!"

"哼!"

兄妹俩硬棍儿对着软刺儿,动了感情吵。来凤看看哥哥又气得喘起大气来,似乎感到有些胜利了。她又对着方面镜儿照了照红绣花衫儿,就大模大样地走出屋去了。

团支书气得又是半晌喝叫不出来。看看妹妹已快走出街门了,才吼道:"跟你说了八遍啦,年旺找你!你去不去?"

"你甭管。"

说时,来凤已走出街门来。

村里,鸟雀欢叫,炊烟袅袅。空气中飘散着枣花、椿花的清香。在枝叶浓密的树冠之上,发了凸的半月已淡淡地显出轮廓来。

初夏的黄昏挺宜人的。但来凤虽然又饱气了哥哥一顿,心里却也并不好活。年轻姑娘家,穿戴穿戴,打扮打扮,为甚么不该呀?前些年,她怎么就那么傻呀!就真相信了"四人帮"那一套,不敢穿戴打扮,就那么革命。那年,人家三喜穿了件大地方时新的瘦腿裤,就那么奚落人家,有多傻。如今,穿戴解放了。穿戴穿戴,打扮打扮,也不算不革命了。可哥哥还是那么革命!就值得动那么大气呀?还有年旺这人,也还是那么傻!

这时,已有几个姑娘媳妇围住来凤,兴兴头头地评论她穿着的红绣花衫儿了。来凤有些烦气,顾不得去享受她们对新衫儿的赞美。她匆匆摆脱她们,走了。但到哪儿去呢?她踌躇半晌,终于下了决心。

二

天边的火烧云烧得正艳。小麦育种田里的细碎绿波,颜色却浓重起来。经过整穗去雄,授粉杂交的株穗,套着羊毛纸袋,挂着白标签儿,星星点点,成了碧波中别致的点缀。科研组的组员们已收工归去。麦田空阔,宁静,但来凤很熟悉地就在空空如也的麦田中找到一个活动着的黑点儿。

这就是年旺这人。他在绿波之中缓缓游动,时而蹲下来,时而弓起身。来凤希望他回过头来,发现她。但半晌,他依然专神游动着,眼睛总也不肯离开麦穗儿。

六年了,他总是这样。组员们都走了,他还迷恋在这里。扬花时节,田野里飘散着奇妙的芳香气味。流金河水在地头的大干渠里哗啦作声。这是多好的时辰呀。可他总是甚么也不说,一心迷着那些麦穗儿。她只有故作惊叫:“啊呀,这里有黏虫卵!”他才会奔到她的身边,急急地问:“在哪?在哪?”其实,哪有甚么黏虫卵!来凤咯咯地笑了。年旺也憨笑笑,离她远去了。

这些记忆,现在使来凤感到相当不快。她轻轻咳嗽了几声,年旺仍未回头来看。她只得走进麦田里去了。直到她走近年旺身边,又使劲咳嗽了一声,他才终于发现了她。年旺立刻张皇失措起来。他弓着的身子站立起来了,比来凤高出了一头。黑红的大脸上充满了惊异和羞涩,但两眼却不由自主地盯住来凤,搔着一头短发,张皇地找不到任何可说的话头。

来凤低着头,摩挲着麦穗儿,冷冷地问:“你找我?”

“没,没……”

“那我哥是瞎说!”

“不,不……”

谁也不说甚么了。只听见流金河水传来更清晰的涛声。年旺越发张皇地搜寻着恰当的话头。

他终于说:“你看,你去看看。”他指指不远处,“咱们培育的新春七号,今年小面积对比试验,表现挺好。”

来凤没有去看他指的方向。

但年旺仍然说:“大队叫咱们培育的冬麦新品种,也从几十个杂交组合中育选出了四个比较理想的第一代。你看——”他又指指另外几个小畦。

来凤仍不去看那个小畦。沉默片刻，她却忽然轻声说：“哎，你看，我穿上这新汗衫，怎样？”

年旺盯着来凤的两眼立刻就发亮了。哈！她甚时穿上这红绣花衫儿哩？在背后那碧绿碎波的衬托下，多艳丽呀！看她的肤色更细白了，脸盘更秀气了。他觉得挺美。

“好。好。”年旺只会说好。

“好甚哩，城里都快时兴过了。”

来凤显然不很欣赏年旺的那种赞美方式。又沉闷片刻，她忽然更轻声说：“哎，我说。咱们也不谋谋新出路吗？”

年旺一怔，没有听懂来凤的意思。

“就死窝在这里呀？”

“可咱们的新春七号都快培育成功了。新冬号也选出四个杂交一代，挺理想。”

“咱们这‘社来社去’生，能培育成个甚！早不吃香咧。如今又靠专家，权威呢。”

“说起来也是。咱们啥也没学下。六年了，还没有培育成一个新品种。”

来凤瞅了年旺一眼，眼神中略带出一点暖意。她又轻声说：“哎，我说。咱们也想法儿出去找个工作罢。”

“可咱们的新春七号都快培育成功了。新冬号也选出四个杂交一代，挺理想……”

“你这人，真是！”

来凤又瞅了年旺一眼，但却是冷冷的。接着，一扭身便离了年旺而去。年旺不由自主地紧跟上她。他又不知所措了。近来，他和来凤已难得聚会一起。到一起，又总是这样！他盯着那猩红的绣花衫儿，苦苦寻思怎样扭转这难堪的局势。以致来凤一边走，一边顺手掐下他爱的几头育种麦穗儿,甚至揪下几个株洲穗上的标签儿,他也竟未发觉。

他跟着她,走出麦田,站到大干渠堰上了。

“哎,我说。你是拿了主意,死窝在这里了?”

“咋出去呀?”

“不会想法儿呀!”

“可咱们又没有个当局长的舅舅呀?”年旺也不知为甚么,竟冒出这样一句。

来凤立刻恼怒了。她听出这分明是在讽刺三喜。三喜出去当了售货员,是他二舅活动的。而且,她听出年旺似乎还有别的意思。今年她找了几回三喜,村里人们就瞎吵哩。他年旺也跟上瞎吵呀?来凤为了发泄她的恼怒,猛然将手中玩弄着的麦穗儿和标签儿奋力抛到大千渠里激越的流水中。有一片标签儿却随风飘回渠堰上,落到年旺脚下。年旺俯身捡起这片标签儿,只一望,便立刻惊悟到甚么,带着认真的愤怒,朝来凤厉声喝道:

“我的天!你疯了?”

他下意识地随着渠水奔跑了几步,又忽然折回来,失神地冲到育种麦田中去了。

三

早晨,是小麦开花最多的时候。不用说,年旺又照例先于组员们,早早蹲到他心爱的麦穗儿之中了。

太阳还没有出山。他从半截布衫以下,都叫露水珠儿浸得尽湿。往常,他被那抽出叶鞘,花蕊待吐的新穗吸引住,甚么都忘记了。但此时他居然感到露水打湿的衣裤有些发冷。他知识自己的思想又不集中了。来凤揪掉的标签儿,他已核对过补上了;掐下的穗头当然补不上了。他心疼不已。可他也很后悔昨晚又向来凤发了火。她也不是有意破坏呀!他检讨着自己,但他心里总是不踏实,发烦。他猜不准来凤拿了甚么心思。村里人们圪吵：她又想跟随三喜好。他不相信！他们仨从农校“社来社去”回到村里以后，三喜是追过她。可她看不起他，嫌他流气。后来三喜靠他二舅“走后门”出去当了售货员，她就更看不起他了。那时他们“社来社去”生还是新生事物，吃香哩。来凤经常代表他们科研组去开会，讲经验。可是，那时不过应着虚名儿，啥也没搞出来呀！成天就是写批判稿，排演节目。现在呢，条件多好！队里再不叫他们去应“差”了，还给了他们三间实验室，就是催撵着要新籽种哩。还有那农科书报杂志出了多少，看也看不过来啦。过去呢，搜寻也搜寻不到。可来凤也不知拿了甚么心理！总也不肯见他，见了也是摆别扭。

“年旺！年旺——”

来锁吼喊了好几声，才把他叫应。他怔怔地迎过去了。

“你们谈得怎样？昨晚回去，来凤啥也不跟我说！”

听不清年旺喃喃着甚么。

“你这人！说嘛，谈得怎样？”

“我发了火，态度不好……”

“为啥发火？说嘛，看你这人！”

“……她，她想出去。”

“出去？嗨！我就知道！你没看她穿的那红绣花衫儿？呕心人！”

“我态度不好，发了火……”但年旺觉得来凤穿了那件红绣花衫儿，还是挺美。

“我的火更大！看我不在团内批判她才日怪！”团支书愤然顿着手中的大锄，高声吼道。

“啊哈，要批判谁呀？”

这是有些沙哑的粗浑嗓音。年旺和来锁循声望去，见是一个四十来岁的矮壮汉子，拖着半截溅满泥浆的裤腿，大步道沿大干渠堰走来。他俩不约而同地迎过去了。年旺看看来锁仍然气色不好，正要朝公社领导人说甚么，便慌忙抢先开口道：“王书记，出来真早呀？”

“在泗村跟他们浇了一夜麦子。嗨，灌区今年的扬花水可配得及时呀！”王书记已经丢开刚才的问话，也不去管团支书那不好的气色，却兴致相当高地朝年旺说：“你给咱客观地估计一下，今年全社小麦亩产破五百大关，咋样？”

“不差甚。”

“我看游头还大哩。得再加些措施，还能不能搞根外喷磷呀？”但王书记没等年旺回答，却又问：“我说，你那新春七号在哪？”

年旺把公社领导人引进他的育种田了。来锁也只得跟了去，但脸色仍不好看。他急着想跟随王书记说点甚么，但公社领导人却已被新春七号吸引住了。他专心地比量着株秆高低，翻看着分枝多少，细数着穗码数目，喜之不尽。

“年旺，行呀，你这娃！产量能提高多少？”

“按试验田条件，能提高百分之十左右。主要是在咱河灌区养种，保险。”

“行呀，你这娃！啥时能在全公社推广？”

“明年计划到小队试种。”

“嗯，嗯。可我等着急啦。年旺，育种也得快上呀？”

“是哩。六年了，我们还没有培育出一个新品种……”

“你这娃！”公社领导人疼爱地望着年旺笑了。

来锁正要开口，王书记却忽然对她说：“对了。前几天我在里开会，县农科所的老胡又缠住我，愣想要咱年旺哩。我能舍得给呀？你们村呢，舍得吗？”

团支书一脸愁苦，说：“左来村里落后的青年还拾翻着想出去哩，好些的又都要上走！王书记，你看这团的工作，可真是……”

“呵，嗬嗬，你是说团的工作，”公社领导人忽然像想到甚么，几步就跳到大干渠堰上。“对了，险乎忘了。前晌西六村开会研究夏收予分方案，我得赶早去哩！再说罢，再说罢。”边说边就向西大步走去。没走几步，又回头说:“来锁,我想起来了,你是舍不得年旺走,未来的妹夫嘛,哈哈!”笑着,便拖了半截泥浆裤腿,远去了。

四

暮色中,明亮起来的新月,像在浮云中穿行。田野朦胧而恬静,来凤和年旺沿着哗啦作声的大干渠,向村里走去。俩人相当热乎地谈着甚么,间忽还能听到来凤咯咯的笑声。

“你咋不早来找我呀!”

“嗬嗬,钻在麦地里忘了。”

“你这人!”

“哎。前天我们听你哥说,要批判你。”

“甭理他!”

“你哥变了眉眼,不像是要笑话。”

“你这人,也真是!昨天,我哥也变了眉眼,训我说……”来凤停住不说了,却用异样的目光瞅了年旺一眼。

“训你啥呀?”

来凤学着她哥的调韵:“我说,你们还谈不够呀?快办了事算了!”

年旺立刻红了脸,喃喃道:“你,咋回答来?”

“你猜?”

年旺喃喃不清了。

来凤却咯咯地笑了。

临进村时,来凤对年旺说:“哎,我说。你今晚就去找王书记,说好。啊?”

“我回家吃碗饭,就去。”

“我在科研组等你。”

来凤又用异样的目光瞅了年旺一眼,便空然丢下他,先跑进村里去了。

年旺先是愣愣怔怔地望着来凤跑走了,但很快就甜甜地笑了。他感到好久没有这样兴奋过了。他没有想到今晚来凤会又来找他,穿着那件红绣花衫儿,还带着一身香水气味和一脸喜色。他没有想到她也知道了县农科所想调他。而且,她竟说了解那么多农业科学挺重要的话儿。她执意主张他去。到农科所,贡献更大呀!他先还犹豫,喃喃不清。但她总是一脸喜色,用那样异样的目光瞅他。他被瞅得心里暖热起来,而且那一身香水气味也挺好闻的。他答应了。她脸上的喜色就更重了,笑吟吟的。又问他,她穿上这件红绣花衫儿,咋样?他觉得挺美呗。那天脸色冷冷的,还挺美哩。现在呢,笑吟吟的!年旺很畅快地呼吸着田野里的芳香气味,仿佛这气味是来凤留下来的似的。他步履轻巧快地走进村里,甚至竟不自觉地哼出甚么歌儿来,使得碰上他的人们惊奇不已。

所以,不久年旺就不敢哼歌儿了。但步履仍然轻快,不觉便走到当村大十字街口。这时,忽然有一个线员朝他跑来。

"年旺,给你邮来的!"

年旺接住一卷邮件,一看,是省科技报社寄来的。他慌忙拆开,有几张新出的科技报和一份小麦单倍体育种技术资料。他原先那甜甜的兴奋立刻被一种认真的欣喜代替了。这份资料到底寄来啦!那是半个月前,他在县里开育种会议时,一位采访他的省科技报记者答应寄给他的。他是早就在钻研花粉原倍体育种了,就是因为弄不到详细的具体操作技术资料,不敢贸然去搞。现在可好啦!又正是采取花粉的黄金时节!所以,年旺已经蹲到大十字街口的路灯底下,入迷地细看这份资料了,连那新出的科技报上刊登着的有关他的报道,竟也没有发现。更不用说,不断过往的人们失笑他,打趣他,他是更不知觉了。还是几个追逐戏要的小娃们,撞到他身上,险些被撞一身是胆小脚朝天,他才有些清醒过来。小娃们围住他哄笑。他也哧哧地笑了,喃喃道:"这屎娃们!这屎娃们!"说着,捏了那份宝物,失失慌慌向科研组奔去了。

大约过了两个钟点,来凤估算着年旺快从公社回来了,便又带着一身香气和一脸喜色，笑吟吟地来到科研组。

她见屋里亮着灯，往里一瞅，年旺已在。他显得欣喜异常，俯在大桌上，嘴里不断喃喃着甚么。来凤相当高兴了，她猜到事情必定顺利，看他欣喜得那样儿！

她蹑手蹑脚地进了屋，悄然绕到年旺身后。他竟毫无觉察。只听他喃喃着："新冬四号、二十号，嗯，对……不，新冬九十号、三号……"

来凤忍不住，突然咯咯地笑了。

年旺吓了一跳！他发现了来凤。但仍然痴痴的，忙对她说："告你个好讯儿！"

"我早看出来咧。"来凤故意皱了眉，把话岔开，道："我先告你个坏讯吧！我真成了鼓楼上的百灵鸟儿了……"

"咋了？"年旺的眼睛却又复盯到大桌上了。

"成天价受我哥惊吓哩。刚才，他见我梳洗打扮，又虎着脸吼呢：鬼！这礼拜过生活会，看不批判你才日怪哩……"

"我说你哥不是说要笑话嘛。"

"这可咋办呀？"

"好，好！"年旺用力拍了一下大桌，"就搞四号、二十号！"

来凤大吃一惊。她终于看出情势有些不对头了，忙道："哎，我说。你咋又犯傻呀？王书记咋说的呀？"

"啥呀？"

"你去公社找见王书记了吗？"

年旺有些醒悟了，开始想到两个钟点前同来凤商定的事。而且，也突然到感到肚子相当饿了，咕噜咕噜直响。

"看你这人！到底见到王书记没有？"

"……"

"你说呀！王书记到底咋说来？"

"……我，忘啦，忘了去啦。"

来凤颓然坐到椅子上，脸儿陡然变了色。

年旺现在可是完全后悔了。他怎么能答应她，去甚么农科所！这能离开吗？资料都寄来啦。正是采取花粉的黄金时节。而且，这一泼摊，他都扑闹了六年了。怎能值得白丢开！

“你看，资料寄来啦！”年旺把那份宝物递到来凤面前，“你看，操作技术说得多详细！这下可好啦，咱们育种也可以快上啦。我就是确定不了，选用新冬四号、二十号好，还是五号、十三号好……”

来凤没有去看那份资料。她信手从桌上抓起一张科技报，冷冷地翻看着，不去理他。

他呢，却又俯在大桌上，忘记了饥肠辘辘，喃喃着：“嗯，对，就四号、二十号。不，九号、十三号也行……”

但不久，来凤冷冷的目光却发亮了。她看到了那篇有关年旺的报道了！她匆匆看了一遍，抬头望望正在犯傻的他。又细细看了一遍，再去望他时，她的目光已不是冷冷的了，但也还不是笑吟吟的。

五

中午，也是小麦开花多的时候。年旺汗水淋淋，又独自迷恋在育种田里。组员们吃毕饭，给他捎来饭罐罐，他才蹲在这里吃喝哩。仿佛只有这样，他才吃喝得有滋味哩。

但现在他是感到轻巧松多了。经过连日的异常忙碌，新冬四号、二十号杂种一代的花粉，已经接种到培养试管中了。真不容易呀，我的天！再过几天，全部杂交计划也将完成了。所以，年旺也不由地想来凤想得更多了。

已经又有几天没有见到她了？他记不确切了。她为甚么又肯来见他呢？她准是在团内受了批判，心里难活哩。也记不清是哪天了，来锁很威、谨慎地来告他：“团里开过批判会啦！批得挺凶。你也再做做工作。

你们还谈不够呀？快办了事算了。看你羞甚哩！她若再妖气，成天疯跑，我这团支书还咋当呀！”看来锁这人，多失笑人。但也不知道咋挺凶地批判她来？也不知道批判她那件红绣花衫儿来没有？不过，穿上那新衫儿是挺美呀。还有她那咯咯的笑声，也有好几阵没有听到了。要是真能把她批判过来，就好咧。他现在是更不想走了。培养起来的花粉究竟能不能生出愈伤组织呢？加倍染色体究竟能不能成功呀？他怎么能走！而且，村里，公社，都舍不得他走。

但忽然，年旺像真的听到了来凤那咯咯的笑声。他惊奇地向四周望望，麦田空无一人。活见鬼！他又弓下身来。猛地，年旺又听到了来凤那咯咯的笑声。他更惊奇地朝更远一些的四周望望，麦田里仍空无一人。但他终于望到了远处林荫道上，正有一对青年男女同乘一辆自行车，朝村里飞驰而去。年旺定睛细看，那蹬车的男子仿佛是三喜，带着的却是个烫发女子。但她穿着的那件红艳的衫儿，在四周一派绿色的衬托下，是那么突出，眼熟！不久，就又传来了来凤那咯咯的笑声。

年旺顿时像被甚么狠狠地刺痛了一下。他顶着正午的烈日，呆立在自己心爱的麦穗儿之中了。

也不知过了多久，年旺才依稀听到公社王书记那粗浑的喊叫：“啊哈！年旺，热红晌午，你又在呆想啥哩？”他回头望时，见公社领导人仍然拖着半截溅满泥浆的裤腿，大步沿海港口大干渠堰走来。年旺猛然觉得有一股委屈之感涌了上来。

王书记已经在渠堰的树荫之下席地而坐，招呼他：“过来，过来，你这娃！”

年旺走过来，埋着眼睛，也坐到树荫下了。

“还没吃饭吧？”

“他们就捎来呀。就捎来呀。”

王书记疼爱地瞅瞅年旺，但很快把眼光投到碧绿的麦海中去了。

“年旺，你再给咱客观地估计一下，今年小麦破五百大关，咋样？”

“不差甚。”年旺仍然埋着眼睛。

“我看还得加点措施!”

公社领导人又在细说要采取的措施了。年旺却没有听进去多少,只是埋着眼睛点头。那股委屈之感仍在他心里翻涌。

“对了。”王书记忽然又说,“听说你正在搞单倍体育种?”

“嗯。想叫育种快上哩。单倍体育种,能缩短育种周期。”

“好呀,你这娃！单倍体育种是咋回事呀？有空也教教我!”

“我也不太懂,刚学。”

“总比我强吧?”

年旺抬头瞅瞅公社领导人,憨憨地略笑笑,开始给王书记讲起单倍体来了,渐渐地也觉得那股委屈之感有些控制住了。

但不久,团支书来锁提前年旺的饭罐罐,一脸怒色奔了来。一来,他就朝年旺叫道:“唉唉,你快回去看看她那妖怪样儿！越批越上劲啦!”

王书记望着来锁气急败坏的样儿,笑了,说:“又批判谁来?”

来锁一脸愁苦,忙对王书记说:“王书记,你看这团的工作,可真……”

“你是说团的工作,”公社领导人立刻打断他的话,“嗯,对了。险乎又忘了。东王村后晌交叉检查锄苗质量呢,我得赶早去。再说罢,再说罢。”

说时,王书记已朝东大步走去。没走几步,他又回头说:“年旺,我刚才碰见来凤,穿戴打扮得我都认不出来了。啥时请我喝你们的喜酒呀？哈哈!”笑着,远去了。

来锁却仍是一脸怒色,对年旺说:“我说,你们还谈不够呀？快办了事算了！成了家,生了娃……”

年旺忍不住,失神地冲到他心爱的麦穗儿之中去了。

一九七七年八月

滴滴清明雨

一

晚上是例行的组织生活会。党小组长任丙月考虑再三,觉得还是通知崔部长一声为好。

但他仍犹豫到将下班之时,才拘谨地走进部长的办公室。进门后,他更局促不安起来。部长正仰靠在沙发上,双目微闭,入神地在哼着:

劝驸马休动你
少年的脾气……

并排的另一沙发上,坐着剧团团长老谢。他瞅住戏瘾大发的崔部长,乐融融地笑着。在他们之间的茶几上,放着剧团奉送的两张粉红色观摩券,旁边是一盒牡丹牌香烟。任丙月看出,他俩又是在谈论崔部长最欣赏的剧团名角儿白玉伶。否则,部长是不会请老谢抽牡丹烟的。

任丙月感到进来得不是时候。显然,今晚部长是一定要去看戏了。通知不通知他过组织生活呢?党小组长又犹豫了。他想默默退出去,但却没有动。近来,他常常感到有一种潜在的意识在慢慢复苏。他努力压抑它,却总压抑不住。

崔部长仍在入神地哼着“唐国母劝驸马”的那个段子。及至他哼过几句,睁开眼睛,看了看兀立着的任丙月,也并不怎么理会他。

“老谢,玉伶平反才一年多吧?功夫都恢复了。还是她的味道!”

“是呀。要不是崔部长操心,玉伶的案子还不知拖到甚么时候哩。玉伶要不是黑了这些年,这角儿还得了吗?咱这小剧团早留不住了!”

“哈哈!”崔部长惬意地笑了。

任丙月不知咋的,竟忽然来了一股冲动,兀地说道:

“崔部长,今晚是组织生活会。”

也许是他说得太低,太快,也太突然,崔部长无甚反应,仍在同老谢谈戏。任丙月犹豫了一下,便提高声音道:

“崔部长,今晚是组织生活会。”

这一次部长听到了,他转脸瞅了瞅任丙月。那脸色已有些冷峻了。

“你说甚么?小任。”

“今晚过组织生活,你有空参加吗?”

部长露出了愠怒的神色,瞪了任丙月一眼。任丙月立刻感觉到部长的眼光是如此逼人。他低下了头。

“你们过嘛,我有事。”

“前天,组织部刚下来文件,又强调领导干部也要过组织生活。”

任丙月嗫嚅着,又抬头看了看部长。部长似乎镇静了,显出了一向的那种疲倦样子,睨着眼瞅他。但屋里的气氛却有些紧张了,连老谢也有了讪讪之色。

“我也想过过组织生活。可没有空呀!小任,你先去吧,去吧。”

任丙月立刻转身去了,但他心里却有些惊慌不安。

二

晚上过组织生活的时候，任丙月仍然忐忑不安。他老在不断地想：部长睨着眼瞅他，是在思谋甚么呢？他相当后悔自己的举动。他自入党以来，好像就从未见过崔部长参加组织生活会，他何必要在今天去通知部长呢。部长的厉害，他也领教的够多了。他怎么竟不能压抑那莫名的冲动。

任丙月虽然忐忑不安，但是，当小组会上几个党员泛泛地议论起目前的领导作风来，他又感到自己不可压抑地产生了那种莫名的冲动。他相当惊慌了，点起一支烟猛抽。他想出去走走，甚至想立刻结束生活会。但他还是突然向党员们说出崔部长今晚去看戏了，不来过组织生活。

不料，党员们却立刻甚么也不说了。有人惊奇地望着他，有人站起来打起了哈欠，有人甚至出去走动了。再谈《关于党内政治生活准则》的时候，谁也不再议论甚么了。

生活会散了之后，任丙月是更加忐忑不安了。他由于自己的又一次冲动而懊丧，同事们那冷漠的反应使他感到可畏。他知道会有人去给部长掏耳朵的，部长很快就会知道这件事，他奇怪为甚么竟不能控制自己。他无心去睡，也坐不下来。宿舍外面有轻轻的风声。哪个厂子的风炉在依稀嗡响。戏院里的鼓板声也间或能听到。忽而又传来几声火车的鸣笛声，显得清脆而深远。

突然，有人推门进来了，是同事老范。任丙月在这个时候很不愿意看见这个老范。在农政部里，老范是有名的木石人。他平日对甚么都不闻不问，永远是那样呆板地默默地做他的事。虽然这些年来，部里的人似乎都是这样呆板，但别人在一些重要的事体面前，总还是隐约地有所表示，打个哈哈，怪样地一笑，反语正说，顾左右而言他，以至私下议论，发句牢骚。唯有这个老范呆板得可以！任何时候都是那一副发滞的眉眼，表示不出任何可辨的意思。在今晚的生活会上，任丙月冲动的时候，也唯有这个老范毫无反应地在闭目打坐，要瞌睡的样子。再说，崔部长又是相当信任这个木石人的。

“丙月，嗬嗬，还不睡呀？”

“睡呀，睡呀！”

“屋里不暖和。”

“你不困吗？”

“嗬嗬，嗬嗬。”

任丙月去铺床了，有逐客的意思。老范却坐了下来，在他那一向呆板的脸上，此刻却隐隐露出某种深藏着的激动。任丙月有些奇怪了。

“嗬嗬，都快清明了，天气还不暖和。”

“管它哩，睡吧，你不困呀？”

老范不说话了，又呆坐着，要瞌睡的样子。任丙月也只得坐下来陪客，点烟来抽。直到他抽掉少半截烟后，老范才忽而又露出隐隐的激动，很谨慎地启齿道：

“丙月，今晚，你太冒失咧。”

任丙月漠然地瞅了他一眼。

“太冒失咧。”

“可提得不对吗？”任丙月不想在老范面前流露他的懊丧，“去看戏，不过组织生活，还是领导！”

“可你不怕崔部长知道了吗？”

“在生活会上提，就是要叫他知道。知道了怎么样？”

老范异样地望着任丙月。但那神色却显然不是在替任丙月担忧，而像在深觅甚么。任丙月更有些奇怪了。

“丙月。”老范凑近任丙月，显得更激动地低声说，“你知道吗？剧团的老谢常来给崔部长送票，图啥？他求崔部长给他和白玉伶一人批了一立方木材，占的是水利局农用木材的指标。”

“真的？”

“部里的图章是经我手盖的。”

任丙月立刻有些气愤了。他知道下面社、队来部里批点木材是多么难，排队，求情，吵架，甚至要惊动书记、常委。可崔部长却批给唱戏的！但任丙月猛地又悟到老范告他这件事，显然是想叫他去揭露崔部长。这个老范，他平素装得像个木石人，可却想怂恿别人去拔老虎的胡子！

“那你咋不揭出来？”

“我？”老范立刻惊骇了。

“你怕呀！我就不怕吗？”

老范更慌张了，呆呆地望着任丙月，许久才喃喃道：“我是随便说说，随便说说。这种事，多哩。算甚呀！”

他站起来，要走的样子，但忽然又异样地望望任丙月，含有某种意味。临走，似有些失望地说：“算哩，睡吧。我还以为你又有了当年的那股劲气。睡吧。”

老范迈着拖沓的步子走了。任丙月却猛地被老范的这句话刺疼了。他也走到院子里来。风轻轻吹来，却有侵人的寒意。哪个厂子的风炉仍在依稀嗡响。戏园里的鼓板声是听得更清晰了。不知道白玉伶是否已经唱过“劝驸马”那一精彩的段子。

三

两天之后，下班时，任丙月控制不住自己，把老范拉到他的宿舍里来了。

“老范，这两天，你见过崔部长没有？”

“见来。昨天下午见来。部长叫我到商业局弄汾酒，昨晚，他请白玉伶吃饭。”

任丙月觉得老范错解了他的意思。他想问问崔部长对他在组织生活会上提的意见有甚么反应。管他请谁吃饭呢！这种事也想叫他去揭露？

“那部长就没有留你陪客吗？”

老范像被猛地狠刺了一下，脸上出现了痛苦的表情。任丙月吃了一惊。他没有料到老范还有这样深藏着的痛苦。

就在这时，崔部长竟意外地推门进来了，而且是满脸笑容。任丙月又是一惊。部长是从来光临过他的宿舍的。老范也吃惊不小，但他很快恢复了那一向的呆板神态。

“哈！你俩都在。还没吃饭吧？走走走，今晚都到我家吃饭。”

“不不不。”老范立刻站起来，讷讷地说，“我吃过咧。你们坐吧，我还挂着个电话哩。”说完，便拖沓着脚步，走了。

任丙月也慌忙说：“我也吃过咧，刚吃过。你看这碗筷……”

“不能这么快罢？我看你是耍心思。走走走，甭客气嘛！”

“真个的。刚吃过。”

崔部长似乎相信了。他坐了下来。

“小任，来来来，抽根烟。”

部长递给他的是牡丹烟。任丙月不得不接了，拘谨地抽起来。

部长却是和颜悦色的。他先问了食堂的伙食，又说到屋里不暖和，接着便谈起天气又阴得厉害，像要下雨。今年春天雨水真不少，多年少见的好形势啊！任丙月却镇静不下来。他望着崔部长那和颜悦色的脸面，觉得很异样。部长从未这样跟他扯过闲话，而且是在他的宿舍里，还是为请他吃饭而来。他相当惶恐了。但他看出，部长是为生活会上发生的事而来的。但部长为甚么没带过去那样的恼色呢？

“是哩，崔部长。今年春天的雨水真好。”

任丙月拘束地应付着。但他却不由想到了几年前的那次人工降雨。

那年，崔部长是刚刚由农业局长升任了农政部长。刚上任就遇了大旱，到农历六月还未落透雨。部长忽然决定要采取人工降雨的措施。经过紧张的动员、部署，高蓝的天空却总是没有云彩。崔部长焦急得不断发火。幸好十天之后，气象站告知将有一次较大的降雨形势出现。部长欣喜异常，立刻指挥着进入临战状态。届时，部长更亲临前线，不断紧张地往返于各个炮点之间，发号施令。炮声断断续续地响了一夜，而相当可观的喜雨竟也淅淅沥沥地下了一夜。凌晨，当崔部长湿淋淋地胜利归来的时候，竟无一点倦意。他指示任丙月立即向县委、地委写出报告。通报这次人工降雨的战果、经验及其重大意义，并叫照此内容写出稿件，即送广播站、报社、电台等处。然而，任丙月还未起草完报告，他就听到了中央台广播的新华社电讯：北方各省均普降喜雨。任丙月顿觉起草这份报告已无意义。他去请示崔部长了。

部长对新华社电讯似乎并不在乎，依然坚决地说："怎么不写了？写！赶快写出来，报上去！"

"这……这不是有些自欺欺人吗？"

崔部长立刻愀然变色，朝他大吼起来，斥责他污蔑抗旱斗争，反对大寨精神，攻击新生事物等等。那时，任丙月好不容易刚刚填写了入党志愿书。为这件事，支部推迟两年才吸收他入党。

想到这件事，任丙月更觉崔部长的和颜悦色有些异常，心里也更惶惶不安。但崔部长却仍在跟他扯闲话。

"小任，下了班，一个人有点冷冷清清罢了。唉？现在批非农户卡得太严哟。不过，在咱们部里也快轮到你喽。该写个申请嘛！"

"不不。女人在村里也挺好，能照护老人们，花销也小。现在，村里也不缺粮了，工分也值钱了。"

"对，你说得对。现在农村形势不赖。虽说有些乱，也不像过去那么好管了，可还是形势大好嘛。啊呀！我还得赶紧回去，家里在等着你们哩。还是走吧，不吃饭，喝盅酒嘛。"

"不不。我不会喝酒。"

崔部长起身往外走了，脸上有遗憾的神色。但他走到门口，又停下来，像忽然想起来似的说："对了，小任。再过组织生活，叫我！那天，剧团的老谢非得拉我去审查他们的节目，说我懂戏。哈哈！这不是乱拉差吗？一天到晚，这些事就应付不了，还怎么集中精力搞四化？唉！"

崔部长终于走了。任丙月跟出来，阴着的天空果然开始洒落下稀疏的

雨滴。他望着崔部长离去的背影,心里乱糟糟的。不久,他便隐约听到崔部长又在哼着:

> 劝驸马休动你
> 少年的脾气……

四

又到了过组织生活的日子。党小组长任丙月又在考虑:要不要通知崔部长一声。这几天来,他心里依然乱糟糟的。他不断想到崔部长那异常的笑容,担忧着甚么。但他仍不断感到那潜在的意识在顽强地复苏。他相当奇怪自己,许多事情现在是在心里越来越装不住了。部长不过组织生活,过去不是习以为常的吗?还有,部长给老谢和白玉伶批木材这一类事,过去不也是知道的不少吗?可现在却在心里装不住了,老是想它,还老想说出它来。他为此有些惊慌,却又觉得不能控制自己。那么,通知不通知崔部长呢?他想着:算哩。来不来由他吧。但他在将下班之前,还是拘谨地走进了崔部长的办公室。

真是晦气,那个老谢又在,屋里烟气很重。显然,崔部长和老谢仍是在谈戏,说笑正酣。在茶几上又放着两张粉红色的观摩券。任丙月不由有些愤然了,但还是犹豫起来。

这回崔部长却很快发现了他。

"小任,坐下坐下,来抽根烟!"

"不不。崔部长,今晚是组织生活会,你有空参加吗?"

"啊唷!今天又是星期一了?你们看这忙的,都不知初一、十五喽!我知道啦。我准时参加。"

老谢脸上又有了讪讪之色,起身告辞道:

"崔部长,我也该走啦。部长真够忙哩。"

崔部长起来送到门口，似乎低声对老谢说了句："玉伶说的那事，叫她放心就是。"

部长转身回来时，却笑着叫任丙月再坐一坐。

"不咧，不咧，到开饭时间哩。"

"对了，小任。你还是写个申请嘛！城里安个家，下班回去，老婆娃娃，热热乎乎。就是窝窝拌汤，吃着也熨帖，受用。"

"唔唔。女人在村里，也挺好。我走了，怕误了开饭。"

任丙月匆匆辞退出来，心里更加莫名地纷乱。在到开生活会时，他仍平静不下来。但崔部长却是果然准时到会了。由于部长居然来参加组织生活会，会上的气氛顿觉异样。党员们都变得相当拘束，连老范也不再闭目打坐了。

"怎么样，小任，开会吧？怎么开法？"

"原来安排是继续学习讨论《关于党内政治生活准则》。"

"唔。我看这样吧。今晚还是来开展一下批评与自我批评，生活会嘛。我总是忙得顾不上过组织生活，得不到大家的批评帮助。这本身就应该受到大家的批评。同志们先给我提提意见吧。"

党员们一个个都低下了头。

"不必客气。谁先提？"

没有人发言。

"不要开哑巴会嘛。谁先放头一炮？"

大家仍是沉默着。任丙月可觉得又在不由自主地冲动起来，想说甚么，但在这异样的气氛中却又有些畏惧。他努力控制着自己。他看看老范，见他已恢复了常态，要瞌睡的样子。

这时，忽然有人发言了："崔部长，我先插一句，地区农办催要集体养猪情况，怎么汇报呀？"

"如实汇报嘛。"

"可全县集体养猪下降很大。"

“嗯?”

“今年社员养猪增长很快,社队集体养猪却不断下降。”

崔部长略思片刻,便坚决道:“如实汇报!现在不叫限制家庭副业,那集体经济还能不受影响吗?如实汇报,叫上面也知道知道。照这么搞法,怎么得了!”

接着,便不断有人请示播种、打井、造林、黄牛改良、会计培训等一串问题。崔部长相当热衷于回答这些请示,不厌其烦,似乎已忘记了动员大家批评自己。大家虽仍拘束,但那生活会的气氛是变得轻松多了。

任丙月可越来越坐不住了。他好几次敏感地觉察到,崔部长一边从容指示着甚么,一边就用不屑顾及的笑眼扫扫他。他像被甚么激怒了,难以控制地冲动起来。但他还是极力控制自己。他埋下头来,大口抽烟,想出去走走,甚至想找个借口回宿舍睡了拉倒。但他却兀地站了起来,努力平静地说道:

“崔部长,我也请示个问题。”然而,连他都觉得自己的声音是有些颤抖了。

“说罢,小任。”崔部长对他笑了笑,有满意的意思。

“县里的农用木材这样紧张,可有人成立方成立方批给个人……”

“谁?”

崔部长显然毫无所料。他被突然震惊了,脸色骤然变得相当难看,甚至有几分狼狈的样子。不用说,在场的其他人也都被震动了,一齐把发怔的眼光投向任丙月。老范更是突然睁圆了眼睛,直盯住任丙月。

任丙月自然立刻感到了形势的严重,心里有些慌乱了。但他还是不知咋的,接住说道:“我听说是崔部长你给批的,批给了剧团的两个人。”

崔部长虽然仍用恼怒的目光盯着任丙月,但他似乎镇静下来了,努力以一种不很在乎的口气说:“唔,小任是说剧团用的那两方木材呀?倒是有这么回事,是我批的。可剧团是暂借咱们的指标,他们造布景急用嘛!他们有了指标,要还咱们嘛。当然喽,借给他们指标也不很妥当哟。小任提的虽有出入,还有可取之处嘛……”

任丙月不知该如何措辞了,越发慌乱起来。他瞅瞅老范,老范似在凝思甚么,眼里闪着深藏的激动。但他知道,老范是不会站出来说甚么的。他又为自己的冲动而懊丧了。

这时,又有人请示甚么事项了,崔部长也又从容做着甚么指示,可生活会的气氛一直到散会时也再没轻松起来。当大家站起来静候部长离席的时候,部长竟露出了不甚介意的笑容。但人们都是用担忧的目光看看任丙月,默默地离去了。

任丙月很慌乱地回到宿舍不久,老范就悄然进来。而且,他立刻就有些激动地说:

"丙月,甭听崔部长胡编!甚么借指标,造布景!造布景,还舍得用水曲柳吗?老谢和白玉伶割家具,还是崔部长叫我从姚村联系的木匠!"

"那你在会上为甚不说话?"

"我?"

老范顿时又显得那样痛苦地颓然坐下来,怔了半晌,才缓缓地说:

"我,也要说的。我也不是天生的木石人。我刚参加工作时,也有你这股劲气。五九年,我说了句农村吃大锅饭是瞎胡闹,崔局长几乎开除了我的党籍。从那以后,我咬住舌头,甚么也不说了。二十年了,我做了二十年木石人!现在,甚么都在变。我也要变。我也要说。丙月,你带了头!"

任丙月听着老范的这些话,顿觉比听崔部长刚才的那些话还叫他吃惊。他异常激动地望着老范,感到心里那许多慌乱,懊丧,在渐渐消退。是呀,现在一切都在变。他自己不是也在变吗?他像忽然明白了近来在慢慢复苏的那种意识,是怎样宝贵!

任丙月送出老范来的时候,外面又在下着细密的雨。雨点落在他的脸上、手上,顿有一种清新之感。他忽然想到昨日已过清明了。呵,今春的雨水真多呀。这是滴滴入土的清明雨。

一九七九年九月

绿色的山冈

一

金芳这次回来,妈立刻就发现闺女瘦了,眉眼也有些痴呆,准有不受用的心事,可甚也问不出来。闺女总是强笑笑,说:“咋也没咋,妈。”

娃从城里赶趁回来,必是乏咧。妈慌慌地先给闺女泼了几颗鸡蛋。但妈看出:娃喝着不香!

“芳芳——”妈又亲切地叫着闺女的名儿。“做啥也不易哩,慢慢儿就惯熟咧。再说呢,有甚受制处,不会去寻寻老曹吗?”

金芳像被蜇了一下,立刻把脸面背过母亲,狠声道:“妈! 啥事也没!”

刚出去工作了几天? 就跟妈疏远! 妈叹了口气,又说起这两个月来说得最多的话题:“唉! 有事没事,总得多去见见老曹呀! 常说句酬谢话,领人家的情。人家跟咱非亲非故,也没得咱甚么好处,就给俺娃‘活动’下工作! 如若不是碰上这样的好人,俺娃你想出去工作,梦吧! 虽说是协议工,老曹不是说,日后不愁转正嘛! 可人家一颗鸡蛋也不要咱的,一盅谢酒也不喝咱的……”

金芳实在是不能听妈说下去了，她冲到院里，却不知该在哪里站定。妈没有跟出来。院里的猪、羊、鸡们在竞相叫食。出工的和上学的几张嘴，也快回来吃夜饭哩。妈大概忙她的一泼摊营生去咧。金芳稍稍静下气来，坐到了莲豆畦旁的小板凳上，瞅住黄昏的蓝天出神。

但在这崇高的蓝天上，她也渐渐地又瞅见了那双发馋的眼睛！唉唉。当初，她觉得这双眼泡发皱的黄眼睛，挺和善哩，老是和善地笑着。她像妈一样，真心把他当好人尊敬。庆幸他来庄里下乡。庆幸他住到她家西厢房里。更是梦也没梦到，他给她活动下工作！刚到城里的新商场时，他像长辈似的关照她，人家是局长哩！唉唉。她心窝里正填满了敬意和感激的时候，却突然从那双和善的黄眼睛里，看到了叫人害怕的馋光，笑也猛然变得那样下作！还有那一身不怀好意的香水气味！四十多岁的男人汉哩，对她骚眉辣眼！唉唉。她咋能躲开他呢？刚进城工作，没有熟惯的地方可去。这人却老来闲坐，发馋地瞅她，下作地笑！近来越放肆咧。可这人是她们的局长哩，这人是她出来工作的恩人哩！唉唉。还说一颗鸡蛋也不要，这人要得更狠！金芳现在是遇到一个姑娘家最可怕的事了。她没有一点儿精神准备。她只是在害怕，感到羞辱，却难以跟别人启齿，甚至是亲妈。唉唉。开春时，她离庄进城去工作，想得多美气！

走路你要走大路，
你不要走小路；
大路上人儿多，
好给哥哥解忧愁……

呀，这是他的声音！哼得这般自得其乐！近了，近了！呀，好像进院里来了。金芳蓦地回头去看，果然是他。斜对门的玉柱。他进院里来了！她不由得站了起来。他也瞅见了她，似乎一惊。但很快，金芳就从他那精明的脸上又看到了淡淡的嘲笑。她也不知道是从甚么时候开始的，一见面，玉柱就总是这样淡淡地嘲笑她。她早习惯了。可这一次,金芳看到他的嘲笑,却感到相当刺心了。他好像早就料到她会这样败兴、羞辱似的!

“又轮休呀?”

“嗯。”

“呀呀呀! 又阔咧!”他眯起眼打量她,故作吃惊的样子。

看他,又在说嘲讽性的耍笑话! 金芳强笑笑,瞅住他,没说啥。

“刚才,冷不丁,我还当是哪来的个女干部哩。正发愁该叫甚呀? 一看,却是你! 哈!”

金芳强笑不出来了,只瞅着他。

“不过,人家你如今身份也贵重咧! 不像咱这——”他说着,伸开两手,拍了拍自己的土褂儿。果然有一团尘雾飘散开。但他却有几分骄傲地笑了。

金芳知道他又在讽刺她哩。她连瞅也不敢瞅他了。

幸亏她妈迎出来了。玉柱立刻就换了正经神色,把一个纸包儿递给她妈,认真地说:“这就是你要寻的钻天榆籽籽。够了不够?”

“够咧,够咧! 院里能撒几颗。现在撒,不迟呀?”

“不迟,不迟。榆钱儿刚飞嘛。”

“真比家种的笨榆长得快呀?”

“还哄你做甚呀! 不比钻天杨长得慢。保你十年长根好檩条!”

大约人在痛苦的时候,是最容易忌妒的吧。金芳现在看见玉柱跟她妈能那样轻快、专注地谈论种榆树,真是羡慕不已! 她忽然觉得,玉柱在跟她妈说话的时候,完全把她忘记了。她产生了莫名的沮丧。她又沉重地感觉到了威迫着她的羞辱和害怕。

玉柱走的时候,又用嘲笑的目光瞅瞅她,说:“有空进城,也断不了寻你走走后门,买些稀罕、便宜的货! 不会不认咱吧?”

唉唉! 他还在嘲讽人哩。金芳虽感刺痛,却又莫名地不想叫他走! 但他已轻松地走了。而且,又传来了他哼小调儿的声音。还是显得那股自得其乐。

“妈。玉柱还在林业队吗?”

“可不是。”不知是因为得了钻天榆籽儿高兴,还是想叫闺女的情绪好过来,她妈立刻大谈起玉柱来,直说,“像这娃成天价快快乐乐,多好。出门就唱,上了山也唱,独自个儿还唱。年轻娃们,有甚愁的哩!”

“妈!”金芳又狠声道。但她随即强笑笑,说:“我爹还不回来呀?”

妈又长叹口气,说:“早哩。如今做定额,工分值钱咧,你爹又破上命干!”但妈知道,闺女并不是认真问这。

直到天彻黑时分,爹才收工归来。照例捎回两筐猪菜,羊草。爹看见闺女,也相当欣喜。但显然是由于异常的劳累,靠着炕沿蹲下来,就许久没有动,只是狠劲地抽小兰花旱烟。金芳见这情形,心里更不是滋味。她猛地想起来了,从衣兜里掏出这月的工资。

“爹!给。”

爹却喜色地说:“芳芳,俺娃花吧!看今年这架势,上头的政策真变过来咧。作业组包产,许真能多产就多挣多吃哩。麦子长得挺凶。大秋的苗价也愣好。干部们还吆喊着,叫各家搞副业,生财,发富。家里不咋紧巴咧,俺娃留着花吧!”

妈也过来说:“俺娃看着再添买身时新的衣裳吧!在外工作,不比在家。姑娘家,甭太寒碜、扎眼了!”

爹又说:“看能买瓶好酒哩,买条好烟哩,也酬谢酬谢老曹……”

金芳不禁浑身一抖,手里的工资,几乎失落下来。

二

金芳像现时不少农家闺女一样,当她开始展望自己的人生时,看到的是两条比较现实的路。一条路,就是索要高额的聘金,彩礼,寻一个乡下婆家,去过像爹妈那般艰辛的农家生活。一条呢,就是能设法找到门路,离开乡下，到城里工作，然后恋爱个挣钱的女婿，去过新的生活。自然，她也知道走后一条路，像自己出身的这个庄户人家，是太不可能咧。爹死老实，只会破上命做营生。妈连门也出得不多。亲家近人，也全是祖辈庄户人。想出去工作，梦吧！但是，高价聘嫁出去吗？金芳是并不情愿的。前几年还没有这么厉害地批买卖婚姻，她就不情愿。是呀，谁愿卖自己！卖自己的青春！卖以后一辈子的光景！那是不自重，没出息！但金芳也是同情和谅解那些高价聘嫁自己的同伴的。花儿在绽开骨朵后，还要鲜色两天哩！庄户人家的女娃们就不能贪点鲜亮、时新吗？但她们不趁聘嫁之时要点彩礼，鲜亮几天，做一回姑娘，怕连几身时新的衣裳也穿不上哩！金芳她爹妈一年四季多辛苦呀！可做一个劳动日，只不过挣两三毛钱，低的时候才几分钱！每年发愁布票花不出去哩！能光批她们封建落后、不自重、没出息吗？

其实，金芳在自己心事的隐秘处，也有她相中的人。她跟他从小就要“当人家家”哩。她跟他再熟惯不能咧。但也怪！不知从啥时，她突然觉得他新奇咧。他像猛然间长成了一个出众的后生。他俊咧。他鬼精！他力气真大。他老是那么快快乐乐，跟庄里的老婆婆、屎娃们，都能要笑起来。他成天乐甚呀？金芳总好这样闲思谋。他也像挺骄傲的。有甚骄傲的哩？金芳也不明白。可她又喜欢他这样。一个男子汉，后生家，就应当这样：快乐，骄傲。见了女娃们就贱里贱气，骚眉辣眼的男人，叫人讨厌，看不起！不过，他也太骄傲哩！她觉得他新奇了，他却像有意跟她疏远起来，总是用淡淡的嘲笑看她，不断说些嘲讽性的要笑话。啊啊！他还老是说，他这辈子要打光棍，不买媳妇！他说他谁也不爱，只爱树！他不在大田里跟众人热热闹闹，愣要进林业队，成天钻在后山里，对着树木们唱，笑。金芳终于有些明白啦：他知道他不可能娶到她。她已成了庄里出众的闺女，一枝惹人注目的花。高价来提亲的媒人不断有。她虽反感，可爹妈仍在兜揽，挑拣。她大概也会像庄里的一般闺女们那样，高价聘嫁出去。他是因此而嘲笑她吧？金芳也想象过，她就跟他正式恋爱吧，然后自由结婚，啥也不要他的。只要他这个人！可是，他俊，也精，他力气大，他做一个劳动日，能比她爹多挣吗？成了家，生了娃，他和她，也得愁吃，愁烧，愁布票花不出去哩！啊啊，人们都说她是庄里的一枝花。她也想鲜亮，时兴几天。这能算肮脏思想吗？

所以，金芳虽然相中了玉柱，但她没有"正式"跟他恋爱。当临时来下乡的曹局长突然意外地给她打开后门，能够进城工作的时候，她把心思深处的依恋丢给了玉柱，欣然前往了。快乐而骄傲的好后生呵，对不起了，她要去过新的生活了。嘲笑就嘲笑吧。这毕竟比高价去卖自己的青春强多了呀！这是将去用自己挣得的工资来享受青春的鲜亮。以后，但愿能再碰上像他这样的新人，快乐而骄傲。啥也不要他的，只要他这个人。

金芳离开庄子的时候，正是美好的春色刚刚点染山水之际。庄前的牧马河里涌着消冰水。庄后的山冈上刚能望见淡薄的绿色。河滩小路泥泞了，开始听见蛙声。苦菜啦，尖草白草啦，也早早吐叶了。湿润的带泥腥味的空气，也叫人感到畅快。啊啊。那时春色方兴未艾，金芳想象得也真美气。她咋能料想得到，为了走过那人开的后门，去过新的生活，竟要付出如此可怕的代价！竟要像高价聘嫁自己那样，在感情、道德、自尊方面做出牺牲。不，不，这比那还可怕！

阳历五月的牧马河水还是挺凉的，不能蹚水过河。金芳只得绕几里路，走大桥过去，到公路上等候回城的班车。她走着，不能自禁地思谋着这一切。可见回家休歇了几日，并没有使她轻松多少。她也终于未敢向爹妈说出那件可怕的事。说了，爹妈会相信吗？相信了，又能咋？去告那人吗？那就趁早回庄吧！再等着高价去卖自己吧！可现在，金芳向城里走去，又分明知道是向那双发馋的眼睛走近，心窝里憋满了害怕和羞辱。而且，她又奇怪地觉得多了一层被他嘲笑的刺痛。唉唉。现在满眼的春色更美哩！到处是悦目的绿色，牧马河水也绿得可爱，树叶儿都出全咧。庄后山冈上，更绿得鲜嫩而轻松。快乐而骄傲的玉柱呵，你是有意显得这样轻松吗？你是在幸灾乐祸吗？

过河水长流，
你不要独自走；
不管它水深水浅，
你和人家手拉住手……

呀！又是他的声音。金芳定神看看脚下，已经走上大桥啦！她又细听，除了哼小调儿的声音，还有自行车铃丁零零响。但她不敢回头去看。

“哎，我说。回城上班？”

果然是他。她不由得回转头去了。他，神态轻松自若，脸上有淡淡的嘲笑。他跳下车子来了。

“我也进城去。可不是找你走后门！我去办正经事，联系木耳菌种。哈！今年我们林业队要作务木耳啦。可惜，你是卖百货的，不卖我们这土产，山货！”

金芳又笑笑，瞅住他，没说啥。

“哎，班车没有准儿。敢叫我带你进城吗？”

他又用嘲笑的目光看着她。她忽然说：“怕啥！怕你把我跌到汽车轱辘底下吗？”

“哈哈！那倒不用怕。是怕你嫌咱这——”

他又伸手去拍打自己的土褂儿，飘散去一团尘雾。金芳却又感到了嘲笑的刺痛。她岔开了话，说：“骑的谁的新车子呀？”

“我的呀！”

金芳不信，知他在说要笑话。

“看你，还不信！买下预备娶媳妇的呀！”

金芳更不信，道：“几时买的？”

“刚买的呀！走后门买的。请上车吧！”

金芳却犹豫了。但他已爽利地跳上了车子，挑战地说：“还是不敢吧！

那我就走咧。后晌还得赶回庄哩。”

金芳突然又感到那么不愿叫他走。她终于跑了几步，跳上他骑着的新车了。

他笑了。金芳听出他笑得虽仍有些嘲讽的味儿，但也似乎有几分满意。

“哈哈！这是丑小的新车子，给对象买的。不过呀，我到秋后也真要买一辆哩。收入下钱，又不攒着买媳妇，不花等甚哩！咱也要阔一阔呀，有辆车，刁空进城看戏看电影！”

金芳听出，他话中的嘲笑味儿是越来越少了。他又在专注而轻松地说他自己的事。他似乎又要把她忘记了。

“乡下的形势变得真快。政策扭过来，工分值了钱，再下些辛苦抓闹几个零钱，人们活动多咧。现在开始愁花钱不容易哩！啥啥也得走后门！明明是公家的东西，偏得去领私人的情！走谁的门路，就得报答谁……”

他不绝地说到办事、花钱的苦恼，的确把她忘记了。但她却愈感到了他的话的刺心。阳婆已经很高了，金芳身上感到暖热起来。她更强烈地感到了他身上的暖热，这样近！她不断望着那远去了的绿色山冈。它绿得清淡了，开始发蓝，但仍那样鲜嫩而轻松。她猛然发现他骑得太快了。啊啊，坐在他的身后，这样近地感觉着他的暖热，望着那鲜嫩而轻松的绿色山冈，多好呀！没有羞辱，没有害怕，遮住了那双发馋的眼睛。

“玉柱，急甚呀？骑得这样愣快！”

“哈！真怕把你跌下来呀？不用怕。进城办事麻烦着哩，后晌还得赶趁回来……”

他没有减慢速度。绿色的山冈更淡远了。金芳终于又清醒地意识到，她是在向那双发馋的眼睛驰近。

三

牧马河水静静地流淌着，真绿。河对岸，掩映着庄子的树丛更绿得泛起了墨色。庄后山冈上那一抹青绿，却渐渐融到深蓝的天幕中，化作一色了。

金芳隔河望着这一片悦目的绿色，真想立刻飞过河去，隐入那绿树丛中。暑天的阳婆再跌一竿就落山了，仍是这样炎热。她在河这岸的树荫下停立住了，歇歇再过河吧，着急甚呀！

在那悦目的绿色中，金芳仿佛又望见了玉柱淡淡的嘲笑。但她现在已经不像春天那样害怕和羞辱了。啊啊！那次他带她回城之后，她遭遇了怎样可怕的一次纠缠呀。好在她终于把那人抵挡走了，而且要走半年哩：那人住省财贸干校去咧。金芳虽仍时时感到不踏实，可毕竟不那么害怕了。她甚至有心思来好好打扮自己了，置买了一身时新的夏装，鲜鲜亮亮。爹妈也喜愿她这样。家里愈见不那么紧巴咧。分了麦，都愁没有吃劲的家什盛。队里还预分了现金。爹的作业组也得了夏粮超产奖。家里还卖了一口猪！所以，金芳享受时新和鲜亮，挺安心。这几次回家来，妈也直说她胖了、白了，更水色、喜人咧。只是这几回总没有碰见他！真怪，她回庄来老想碰见他！这回呢，能碰见吗？啊啊，就叫她碰见他吧！这半个月来，她日夜拿他跟另一个陌生的后生比。唉唉，又冒出一个叫她讨厌的人！她不愿想下去了。

金芳走到河边，决定脱掉鞋袜，蹚河过去。待她弯下腰来，去卷裤腿时，无意间在那绿绿的河水中看到了自己的面容。这是她自己吗？她不由得蹲下来了。她似乎被自己迷住了。她很久没有这样欣赏自己了。过去，当她来河边洗衣裳，或是蹚河来这岸割草、挑菜的时候，她常常断不了这样欣赏自己。照这绿绿的水镜儿，多畅快、惬意、有趣。一会儿清晰，一会儿模糊，得用心去看，于是越看越想看。一会儿像你，一会儿不像，你会不由得失笑起来，于是绿水里也跟着泛起笑容……啊啊，她现在是更秀气，更美哩。是呀，是呀，这个讨厌的后生配不上她！这人矮得没她高，丑得不能跟她比。她如若跟这后生走在大街上，她会觉得丢人，败兴！可如若跟他呢？啊啊，他换身干净衣裳，跟她一搭走在大街上，她会喜愿人们注意他俩……唉唉，这后生咋能跟他比！

金芳草草卷起裤腿，直起身下意识地朝后望了望，她就瞅见有一辆毛驴儿拉着的小平车，缓缓地朝这边驶来。车上仿佛载着化肥，化肥堆上躺着车倌，一顶草帽遮着脸，却悠然哼着甚么小调儿。她细看，不禁一怔，忙去细听。啊呀，是他！她骤然觉得脸红了，不由得慌张起来。她想走，先蹚河走。但她又伫立着不能动，直瞅住这毛驴小车儿缓缓驶来。而且，异常焦急地觉得它走得这样缓慢，这样悠然自在！

休歇你要平地歇，
你不要靠崖头；
恐怕那崖头倒，
压在哥哥崖里头……

毛驴小车儿近了，近了。但他仍用草帽儿遮着脸，继续哼这调儿。毛驴儿也像根本没有瞅见她，埋头向河边走去。可就在驴蹄儿刚要踏上水面的瞬间，他掀开草帽，一骨碌跳下车来了。他终于发现了她，一惊。但很快又露出淡淡的嘲笑，同时就喝住了毛驴儿。

“又轮休吗？”

“嗯。”

“呀呀呀！”他又眯眼打量她，故作惊奇的样子，“你咋的还坐班车回来哩？没用小汽车送你呀？”

金芳怔住了，脸上不是颜色，半晌才低声说：“就不能跟人家说句正经话吗？”

“是正经话呀！庄里谁不知道，有人给你介绍下好对象哩，是个副县长的儿。该向你道喜哩!”

金芳一时再无话可说了,只惊奇地瞅着他。真奇怪呀! 他也知道了这件事。半个月前,人家给她介绍这个副县长的儿,她只跟这后生正经见过一面,甚也没说下,更没有跟家里说。咋的全庄都知道咧? 而且,他也知道了! 这回到底碰见他了。但他却知道了这件事!

“哎,我说。还敢坐我的小车过河吗?”

“咋不敢? 怕你把我跌到河里呀?”

“你敢,我还不敢哩。人家你如今的身份更贵重咧。真把你闪到河里,我负不起责任哩!”

金芳听出,在他这嘲讽的口气中,似乎有一种苦涩的味儿。她不想立刻过河去。她轻轻地抚摸着小车上的化肥袋儿,说:“玉柱,咋就你独个儿拉化肥呀?”

“这是上头奖给我们苗圃的进口尿素。”上柱淡然地说。

“对了。玉柱! 我看见报纸上表扬咱庄的林业哩,还有你的名字。”

他诧异地望望她,像在说:你竟会注意到我的名字吗? 但他很快又嘲讽地笑了。金芳觉得出,这次他不仅在嘲笑她,似乎也在嘲笑他自己! 啊啊,他深藏着痛苦哩。他是因为知道了那件事吗?

“上车,上车吧!”

金芳却更想同他多在些时候! 可他已脱下鞋,卷起裤腿。

“咋哩? 不敢坐咧?”

他仍嘲笑着望她。金芳终于迅速弯下腰来,匆匆脱下鞋袜,重又卷卷裤腿,先蹚进河水。

“走吧!”

玉柱更诧异地望望她,吆喝开毛驴儿,赶车下河来。

绿绿的河水,暖热暖热的,真舒坦! 金芳在小车后面轻轻推拥着。他在前头吆着牲口,走得很缓慢。他没有再说要笑话,也没有嘲笑她。没有哼小调儿,甚至没有回头来瞅她!

金芳现在似乎是第一次这样强烈地一同感觉到她心里和他心里的苦涩味儿。

四

金芳这次回家后，立刻就发现妈对她的尊重增加了许多。而且，妈竟像年轻闺女们有了难于开口的喜事一般，不断拿有些羞涩的目光瞅她！唉唉。她立刻就知道了妈对那件事的态度。真日怪呀，妈是咋知道的哩？

可是，妈在慌慌地给她做细法饭食的时候，却一直没有直说这件事。只是欣喜地说，今年世事真真不一般咧，连老天爷也这么风调雨顺哩！庄稼眼看着就长得溢出来咧。地里已没有当紧的营生啦，你爹也轮上跟胶皮车跑副业去哩。除了挣工，每天还能得两块补助钱。家里呢，那口优种猪再喂个把月，又能出槽啦！往后呀，也甭咋结记家里咧，俺娃在外头能过活好，大人也歇心啦。你爹说，照这架势扑闹上几年，也不愁攒俩钱盖几间房，给你兄弟们娶媳妇！俺娃寻上好人家，家里也不图沾啥光，只要你们过得好……

若不是为了那件事，妈这样喜滋滋地说家里的新光景，金芳会多么舒心呀。可她分明看出，妈这样欣喜，主要是为那件事！你看，妈还是不断拿发羞的目光瞅她！

金芳心里七拉八扯的，她走到院里来，多熟悉的院！可自从她离庄进城工作，每次回来院里似乎都在变，变得愈来愈充实、暖热、恋人。猪、羊、鸡们热热闹闹地叫唤着。莲豆、葵花、小兰花烟叶，长得红红火火。啊啊，那就是玉柱给的钻天榆籽籽！小树秧儿长得多发旺，绿叶儿多鲜嫩。一棵棵也都像他那么骄傲哩。唉唉。那个副县长的儿也骄傲哩。可这后生骄傲得叫人不舒气。这人分明是因为他爹是副县长才骄傲哩。这人瞅她的时候，也露出馋相和贱气！就去跟这后生恋爱吗？图甚呀？图日后的转正吗？图有钱穿戴打扮吗？可打扮得再鲜亮，跟这女婿汉走在大街上，也会觉得丢人，败兴！不不。她还要挑选像玉柱那样的新人。但她又立刻想到了玉柱那带苦涩味儿的嘲笑。

妈叫她吃饭了。妈做的细法饭食喷香，可她吃着仍然不香。妈看出来了。不过这回妈没有显得烦心。妈知道闺女家有了这号喜事，吃甚也不香。

“芳芳！”妈又亲切地叫着闺女的名儿，可心地瞅住她，说，“老曹又回省里学习去了吧？真真是好人！回来休息两天，还专门坐小汽车来咱家，告说这件喜事。说是征求大人的意见。娃们能遭逢上这样的好人家，大人还有甚意见呀？只要你们称心，由你们恋爱去。人家老曹跟咱非亲非故，也没得咱甚好处。给俺娃活动下工作，就没法报答咧，如今又给扯上这门好亲事，真愁没法酬谢人家哩！”

“妈！”金芳又把脸面背转妈了。

妈不说甚了，她知道闺女羞哩。她欣然去忙她的一泼摊事情去了。

现在金芳终于明白了。原来是那人来庄里报的讯！怪道玉柱用坐小汽车讽刺她。啊啊，怪道那人这次回来，见了她，骤然变得那么尊敬她，不再发馋地瞅她。甚至倒像她变成了领导！那人还说这个副县长的儿怎样好，家庭好、思想好、人才也好！好甚呀？别人还没有给她介绍他以前，这后生就成天来拦柜前头胡缠了，一脸馋相，一身贱气！她真奇怪，局长那人咋地一回县里就知道了人家给她介绍这后生，就来尊敬地找她，还欢欢地跑到庄里来报讯。过去对她骚眉辣眼，现在立刻就变了敬神的眉眼！金芳又望着崇高的蓝天出神。

直到蓝天上出现了许多闪亮的星星，爹才回来了。爹显然是由于更加疲累了，又蹲在窗前的莲豆架旁，半晌没有动，只是嗞嗞地吸小兰花旱烟。趁着窗里照射出来的灯光，金芳看见爹脸上、脖上、膀臂上，有擦抹不净的汗珠儿，不断滴落下来。但爹的神情却是更好哩，闪露着某种称心和欣慰，用慈爱的目光瞅她。金芳心里愈加七拉八扯的了。

“芳芳——”爹终于欣喜地叫她了，“你看，前些时老曹来咱家一趟，连顿好饭也没吃上，酒也没抓借下……”

金芳浑身又抖了一下，她把脸面背过她爹了。在夜色中，她看到窗外灯光照亮的另一处，却正是钻天榆小树秧，一棵棵都显得那么骄傲！

五

已经觉得出秋凉了。后山里的林木也绿得不那样青翠了。而且，早有零星的黄叶儿飘落下来。但绿色的整体仍然叫人感到悦目，轻松。金芳在向柴林沟走去的时候，渐渐地被山里的秋色感染了。她故意踩着路边的野草走，弯腰掐几朵野花闻，又摘一把野酸枣吃。她分明地觉得眼前的林木粗了一圈。远处的小松、小柏、小杉树呢，也长咧！雀儿鸟儿也多咧，吱喳乱叫，连空气也越发清爽哩。啊呀，她竟滑了一跤！ 她笑了。对面崖畔就立刻传来了笑的回声。啊啊，崖头也在失笑她吗？

她欢愉起来了。这绿色的世界多清静，净洁呀。自由自在！欢欢畅畅！她为甚就要那样傻气呀？非得陷到他们的手心里，憋气、烦心、惊怕呀？你看那个副县长的儿，不管她怎的冷淡，总来缠！总带着一股叫人不能消受的神气，好像他有十二万分的把握，一定能娶到她！还有局长那人，竟替她答应了他！前两天，又写来一道信，叫她跟副县长的儿一搭到省城玩耍几天去。而这个叫人讨厌的后生，竟不告她说，就替她请了假，买下火车票！呀呀，好像她已经是他们的人咧，想咋就咋！凭啥呀？还不是凭他们能解除协议，打发她回庄吗？她没有跟这后生去坐火车。她搭班车回庄里来了。而且，当爹妈乐滋滋地跟她数算今年家里的收入要多至七八百元，又叨念着酬谢老曹时，她竟想立刻揭出老曹的日脏心思。但她还是暂且忍下了。她还有更不能忍耐的意念：见他！忍耐到今日大早，她终于仔细地梳妆了一遍，进山里来了。山里真好，一切都格外新鲜。不由得叫她觉得自在、轻松、欢愉！

可金芳走进柴林沟，猛地望见一片梨果树，就立刻慌乱起来。他准在这儿吗？不在就好咧，省得她这样慌！可他不在，她来做甚呀？偷吃梨果吗？啊呀，今年梨果真稠！往年结下的果子不够干部们吃零嘴。今年是咋哩？看那一枝！都压得探着地皮咧。一、二、三、四……

“哈！能数见吗？”

谁？金芳吃了一惊。看时，却是他！他站在她背后，虽仍带着淡淡的嘲笑，却显然有些惊异。金芳立刻羞红了脸，更慌乱了。

“你——”

“哈！有人闯进我的领土，我还能不知道呀？你是想来白吃几个，还是想走后门买几篓便宜货？”

金芳瞅住他，没说啥。

“哎，你咋没把对象带回来，叫庄里人看看？”

金芳却笑了。

玉柱立刻觉得她的笑很刺心，便仍嘲笑道：“庄里人都想见识见识你这个有身份的女婿汉哩！”

金芳仍笑着，说：“就不能跟人家说句正经话呀？愣胡说！今年的梨果咋结得这样稠呀？头一年见哩。”

玉柱见她笑得愈自得了，更感到难忍的刺心，狠声道：“我们也不是笨鳖！大队今年给我们包了产，我们就晓不得下辛苦作务好？”

“我看准超产咧！”

“哪能超产呀？我们都是笨鳖！”

看他，还在说嘲讽话。但渐渐地他又在那样专注地说自己的事了。说他们林业队今年头一年单独核算，工值就要怎样冒尖；说他们头一年试种黑木耳，就得了怎样一笔美收入；说他们的苗圃怎样扩大了，头一年有了上好的水地；还说他们的新规划，新队长，新树种。他，又把她忘记了。

但现在，金芳却没有感到沮丧。她听得有滋味，像在说她自己的事。她想到他会比她爹强得多。她爹现在都怀着信心，谋算攒钱盖房，娶媳妇哩。他还会愁甚呀？还有她自己呢？乡下形势变过来咧。她和他为甚么就不能去创造新的生活呢？她和他都不是笨鳖，还愁穿不上几身时新、鲜亮的衣裳呀？呀呀！也不嫌羞，还没咋，就这样想！

金芳不禁羞涩地笑了。

玉柱见她忽然这样笑起来，顿时又感到刺心地疼。他带着苦涩的嘲笑说："甚时吃你的喜糖呀？"

金芳仍是羞涩地瞅住他笑。

他有些露出了恼怒，更辛辣地说："等你结了婚，我也能去走走你那副县长公公的后门吗？"

"买新车子吗？"

他几乎是愤怒地说："不，是出去当协议工！"

他的愤怒更鼓舞了金芳。她愈加羞涩地瞅住他，鼓足勇气说："那谁带我进城看戏看电影呀？"

玉柱愣了一下，但他立刻苦涩地笑了，说："人家你是坐小汽车的人啦！我还敢带？"

啊啊，他不相信，就让他暂先不相信吧。但金芳望着满眼的绿叶儿簇拥着金梨红果，她是相信了：他就是他，她相中了他。所以，别人谁也不可能像他的。就让他们打发她回庄吧！但她再不许爹妈为她挑拣聘金、彩礼咧。兴许，爹妈也不会怎样坚持讨高价哩。因为爹妈又看到了辛劳所换来的新光景。她呢，更看到一条称心的也是现实的新路。

一九七九年十二月

卸了装才美

歇了这许多年，连熬眼的功夫也有些丢了。赶上这乍一上台，就见天黑夜跟各生产队队长们嚷吵，稍一松神，便耐不住要犯迷糊。想说句笑话儿，提提神，却又不便：在村里蹲点的公社书记老申，总是圪皱着眉毛，用肩膀端着那件板板正正的棉大氅，显得挺严肃。好在队长们比我放肆，他们虽也有些畏于老申书记的严肃，但时不时地要瞅空儿要笑两句，略微红火片刻，给大家调剂精神。

在讨论包产指标时，我提出了几条道道，要求把粮食成本再降低些。队长们一听，立刻就骂我："好你个算塌天，一上台，就叫伙计们喝辣的！""舍不得掏你那俩钱发奖金，算咧！甭要伙计们的难看！"但我知道，这不过是他们表达赞许的一种方式。可老申就沉不住气了，圪皱起眉毛，立刻训起队长们来，大讲降低成本，增产增收的意义。队长们都装出正经模样来，像在老实吃训。其实，一个个都狡黠地像在看甚么叫人失笑的把戏！

老申其实也不老。他再熬两年才能跌进三十，比我小二十岁哩。早年我当支书时，没见过这娃。这些年，公社的书记、主任大多是一茬新人了，生得很。听说老申这娃也是早那几年提拔上来的青嫩苗苗，但不是造反出身，倒是正经村干部根底。他来村里蹲点虽不多时，但我已品出：这娃没邪味。只是咱见不得他老是圪皱眉毛。他那周周正正的脸面，本来挺展豁、嫩亮，可一天价圪皱住眉毛，使脑门上平添了那么些丑气的纹道，倒像他羡慕我们这些死老汉脸上的丑皱折似的。他眼睛也生得蛮大、透灵，就是老那么寡清清地瞅人，还不断小心地眨巴着。跟人们说话，也像有一定调韵。戴的干部帽，穿的干部服，还有披的那件棉大氅，也都一律保持棱棱正正的气派，严肃得很。从认识这娃，就没见他笑过。说句笑话儿，我疑心这娃不会笑！身上那股劲气，斯文不斯文，滞呆不滞呆，凶也不凶，酸也不酸，不知有怎么一种不熨帖劲，并不像村干部出身。跟他在一起，憋气得慌。

得空时，我到他住的屋里闲坐，想扯点儿闲话取乐，却总撩逗不起他的兴头。除了扯公事，他就跟咱没话。常常是端着肩，背了手，在屋地上踱方步。遇到有公社的其他干部来向他请示工作、审阅材料、批条儿签字儿，他就越发拿捏这不熨帖的架势，既像愁得很，也像兴得很。我记得那茬老书记们可不是这种路数。他们虽也有各式各样的脾气秉性，但跟村干部、社员老百姓厮处，似乎都是呼呼嗨嗨地，跟庄户人不差甚。遇到吃紧关节上，他能日娘骂祖宗地凶你，但扯起淡来，又能跟你说他那怕老婆的窝囊事儿。也许咱是老派人了，觉得到底是他们这号领导对心思。

因此，老申书记来村里蹲点后，村干部都摸不清水深浅，有些怕他，可掉转身又失笑他。社员们也不咋贴近他。刚来时，那些眼窄的老汉老婆婆、女人媳妇们，还寻着瞅这个年轻、清俊的书记官，可是见到这般调韵，都吐舌头了。

不过呢，人家娃也许就是这种特殊秉性，对工作倒是蛮认真、辛苦。对我谋出的那些道道，非但绷着小脸儿催撵队长们执行，还熬了半夜眼，郑重地向县上打了报告。没过几天，老申书记就把我传到他住的屋里，仍圪皱住眉毛，相当严肃地说："老黄！县委领导十分重视咱们提出来的那几条意见！认为挺吃劲，抓住了增产增收的要害，具有现实指导意义！因此上，老黄！你听清，记准！县委领导决定：明天，在你们大队，召开小型现场会，不搞形式，不走过场。参加人员：咱这河东片的七位公社书记；主持人：负责咱这片工作的县委吴副书记亲自来主持！这是对咱们的很大鼓舞，很大促进……”

老申书记虽仍皱着眉头，绷着脸，我可看出：他很兴奋，眨眼的架势有些乱套了，只是仍没露一丝笑纹。我心里清楚，咱谋出的那些个道道，早年搞定额包产，也用过，并不是鲜货。县上领导不会像他说的那样，给予如此眩的评价。不过是因为扔了多年了，新捡回来，还有些用，所以叫书记们来圪吵圪吵，再谋些新道道出来。可他那么兴奋，我也不好叫领导扫兴，便极力显出很受鼓舞的模样儿。但老申书记仍觉得我不够劲儿，同时又告诫我不要骄傲。最使我感到不入法的，是他硬箍住我，铺排开架势，称斤掂两地准备发言材料。不过是肚里装的几句话，张嘴说了，由书记们去圪吵就是了。咱也认不得几个字，不会念那文明官话。可我还是不得不陪了他，活受了大半夜洋罪。

第二天广大早，老申书记又把我们几个大队干部传到大队办公室，指挥我们拾掇会场。其实，挂标语、办酒席这一套，老申书记也不让搞了，无非是生火、抹桌、烧茶叶水。还有就是挑选精干人家给书记们派饭。我冷眼看老申书记，一身干部服装，穿戴得更棱棱正正的，脸面也像新刮过，越发显得年轻，清俊。可就是更加庄严地圪皱住眉毛，一边小心地眨巴眼，一边端着肩，背了手，来回踱方步，像个手下有千军万马的大将军。我耐不住想笑，又不能笑。

慌慌地吃过早饭，我就又来陪他受洋罪：恭候书记们到来。幸亏不久便有两位公社书记官蹬着自行车降到了。这两位书记官，我也眼生得很。一位是细麻糖个儿，一位是肉大头。看那岁数，与老申书记也同年仿纪的。这三位书记官一见面，可就叫我大大吃惊了。

那位细麻糖书记一见老申书记，就故意捏着怪滑稽的音调叫唤：“张书记！又摆下甚么迷魂阵来糊弄我们呀？”

咦呀！我们的书记官明明姓申嘛，怎么吼叫张书记呀？还有这怪叫人失笑的音调，也把我们书记官准备下的庄严气氛冲淡了。

我去瞅老申书记时，就更惊异了：这后生一向圪皱着的眉毛早舒展开了！一对大眼睛也灵逗逗地忽闪起来，脸面泛光，一片春风，还露出一种淘气娃们的假恼色，扬扬鼻头，回答细麻糖道："你尼克松还怕迷魂阵呀？你是怕'水门'阵！"

那位肉大头书记听罢，忙嬉笑着说："张相公还会摆甚么阵法：拿手的还是戏莺莺！"

"你刁小三拿手的是抢包袱！"我们的申书记斜着眼，回敬了一句。说完，竟乐意地笑了。

我的爷，我到底亲眼看见我们的书记官笑了！他不但会笑，还笑得逗人，怪叫人爱见。而且，他也有外号！只是一点也猜不出为甚么叫他张相公，难道平素严肃、正经得出奇的老申书记，跟他媳妇也曾经有过恋爱的轶事佳话？可那细麻糖咋就叫尼克松呢？还有那肉大头，跟刁小三一些些也不厮相！哈，有意思，这茬书记官们也有外号！虽然他们的外号与那茬老书记们的外号滋味不同了，也比我们村干部的外号叫得文明，可究竟是外号呀！

三位书记官骂骂咧咧、推推搡搡，拥进办公室。没有落座，肉大头和老申书记就按住细麻糖，叼抢他的锡包纸烟，气氛愈见活泼。这时，就又降到了一位书记官。这位却挺绵善，白脸儿，眉眼周周正正，进来就悄没声儿坐下来。可老申书记立刻就故作惊怪地嚷道："啊呀，这是谁扔进棵烂白菜来？"

细麻糖也跟着皱了眉道："唔唔，我也闻见味道不对劲！"

肉大头却趁机从细麻糖手里夺来那盒锡包纸烟，递给了白脸儿。

这就更奇了。端端正正个后生家，却得了个烂白菜的外号，跟我们村干部的外号一样不文明了。不过呢，他们这么淘气地耍闹，早无形中感染了我这红火人，真有些忘记了这是几位书记官，忘记了就要召开的意义很大的现场会，倒仿佛又置身在我们庄户人当中，尽兴地鬼说妖道，享受那无穷的乐趣。

只是，四位书记官并未戏闹多久，白脸儿忽然就换作正经颜色，对老申书记说：“我说，你是谋住跟英英离婚呀？”

细麻糖和肉大头立刻就问：“咋咧？张生跟莺莺也闹饥荒哩？”

老申书记却只是淘气地笑。

白脸儿黑风了脸，说：“你还笑甚！前那几天，我碰见英英，告诉起来，两眼直滴泪蛋蛋！”

细麻糖诌了句文道：“滴的是离人泪！”

肉大头也道：“敢不是唱新‘西厢’吧？”

老申仍淘气地笑着，说：“没甚，没甚。老婆跟汉有甚呀？还不是怨咱不顾家！”

白脸儿说：“不管咋，也得隔些时回去瞅瞅。女人们也有人家的难处。”

细麻糖又诌文道：“‘断肠人在天涯’嘛，想汉哩。”

肉大头却道：“张书记倒放心，就不怕英英给你招回野汉来？”

老申笑捶了肉大头一拳，道：“你们也不是不知道！如今不像前那几年，能由咱瞎指划，成天忙得连尿尿的空儿也没有。头半个月前，我刁空回村一趟。咱远路风尘一进门，她不热接热待，倒黑丧了脸，怨天说地！我就忍不住，呛了她几句重话。她一听，就哭咧！摔摔打打，吼叫：不想过，算咧！我一看那阵势，倒有些慌了……”

三位书记官听着就不由笑了，又一齐来揶揄他。我倒怪同情我们的书记官。说公道话，老申平常是够忙累、辛苦的。这我知道。可我一点也不知道他还因此跟女人闹饥荒。他不跟我告诉这一类家常话呀！一天价就是圪皱着眉毛！早知这样，我们再辛苦些，也长短打发他时常回去瞅瞅英英媳妇。只是不知道他在媳妇面前，摆不摆那不入法的架势？

老申书记这时忽然一把从头上抓下那顶棱棱正正的干部帽，一边在手里揉捏它，一边就滑稽地忽闪着慧黠的大眼睛，放低音调，像告诉甚么秘密似的说:“甭笑话人,给谁也得慌哩!你们是没见那阵势!她揪扯了一堆衣裳,填裹了一个包袱不说,还呼哧着大气,擦抹着眼泪,掂了个和面盆,冷冰冰地说:她自个儿做得吃了就走!我能不慌吗?她真要跟咱打离婚,倒实情有些舍不得哩。甭笑!我傻了眼瞅住她,正想去央求人家,猛然间咱瞅出破绽来了,不慌啦!你们说咋?我见她往和面盆里舀了半瓢白面,又舀了半瓢玉茭面!咳嗨,她是吓唬咱哩!真要拿了主意不跟咱过了,还会这么节省着吃细粮吗?呔!这回该轮上咱吓唬她咧!我朝她吼了声:不想过,就拉倒!丢下这句话,我掉转身,就折回公社来……”

三位书记官又都哈哈大笑起来。

现在,我是有些摸清我们老申书记的秉性了。他原来并不是个只会圪皱眉毛的活泥胎,却也是个红火人,像村干部出身。在这几位书记官面前,他就像忽然脱卸了一身怪不得劲的戏装,现出本色模样来——清俊、机灵、淘气,实在叫人心爱,挺对咱的心思。所以,在那三位书记官大笑的时候,我也禁不住失笑出声来。

不料,我这一笑,却惊了老申书记。他像猛然间觉悟到我还在场,偷看了他的失态,丢了他的体面似的,立刻又圪皱住眉毛,寡清清地对我说:“老黄!再去提壶茶叶水来。”

不知咋的,我真像猛不防被酸枣圪针痛痛蜇了一下,怔怔地退出办公室来,内边随即就又传出了书记官们的嬉笑声。大概老申书记又恢复了叫人心爱的本色模样了。可他对我判若两人!啊啊,他们是平等的同级,所以能坦怀相见;而我,我们村干部、社员老百姓,却是他的下级,他须得披挂点甚么,擦抹点甚么,来跟我们相区别开来。可他因此而遮盖起来的,是多美的本色呀!他这样遮美,似乎也不是出于甚么歹意,倒像觉得应当这样,必须这样。他或许是受了前些年的官样儿的影响。但我还看出,他也是叫那顶二两重的官帽儿压的!就像过去那封建人家小门户,媳妇熬成婆婆,就生摆威风哩。这小家小气小肚肠,咋能成社会主义的大事呀!

我心里既不受用,又有些爱怜老申这娃,提回一壶茶叶水来,正不知该进屋不该，忽然间就有一辆小汽车开进大队院里来。我猜想这必是县委吴副书记降到了。忙迎过去，却见从车门里跳出个怪面熟的老汉来。这老汉一见我，立时就哑着嗓门吼叫：

“咳嗨！到底还是你这算塌天厉害，一上手，就抓准咧！”

这一吼，我认出来了：这不是早年间我们的公社书记老吴吗？对了，他也有外号，叫高音喇叭。我心里不由暖热起来。这时候，屋里的四位小书记官，早闻声跑出来迎接县上的大书记官了。一个个都收敛了刚才那番使人愉悦的头脸，很有规矩地笑着。虽然仍是笑，我却觉得不好看！我突然心血来潮，想叫这几位小书记官们见识见识，便接住老吴的话头，戏谑地说：

“抓得准不准，反正比你高音喇叭强，不会把洗脚板的呼啦声，听成洗骨牌的瑟啦声，瞎闯进人家屋里去抓赌！”

“哈哈哈！老东西，你就是忘不了咱这件丑事！”

我留神去看，在老吴放纵大笑的时候，几位小书记官也笑得好看些了。我忽然想到，老申书记虽是咱的上级，但究竟比咱这老汉还少喝几年粥，还少交几年党费，咱不能一味失笑他，也不能扶凑他去摆那丑架势，得帮他开拓襟怀、肚量，帮他慢慢卸下戏装来。卸了装，你娃多美！还愁谁不敬你亲你？

所以，现场会开始后，轮到我发言，就丢开了老申书记写好的文明官话，先说了个笑话儿开场，接着就张嘴倒出了肚里装着的货。

一九八〇年二月

远天远地

一

天的确阴得很重。果真会下雪吗？我们还是继续向深山进发了。吉普车又驶上那条水路。

这是一条河道。自然，在这严寒的冬日，它是干枯的。坎坷的河槽中只有那颜色单调的卵石，在车下缓慢流动。如西瓜、如碌碡、如磨盘那般的大石们，显然是被借用这条水路的山里人，请到河槽两厢去了，稀稀落落排成了夹道迎送来客的队列。再往后，两厢便是陡立的山岩了。这是进山的唯一通道。车外，仍不时能看到裹着光板羊皮袄的山里人，或躬身背负囊袋，或赶着荷重的毛驴，缓缓往来。偶尔，也能见到一两辆拖拉机，大声吼叫着，缓慢驶过。连这轻捷的吉普车也只能不住地颠簸着，缓慢爬行。

这不断的颠簸，这缓慢的节奏，越发使我感到一种难耐的苦涩。这味道，很像在刚刚离开的大狼沟，尝他们大缸大缸腌着的野菜，尖酸中分明渗出又苦又涩的味儿。可他们的村支书是怎样说的呢？“我们山里水金贵,不大种菜。吃惯了,这也蛮有滋味。”我却只能在尖酸中尝出苦涩来。但他在说这话的时候,神情是很真诚的。你从他那似乎从来也舍不得耗费一盆净水来洗洗的瘦脸上,看不出任何别的意味来。这脸面上每一条深刻的纹路,都明白地表示出对你的热情、尊敬,甚至还有几分敬畏。刚才离村的时候,几乎全村的人都出来给我送行了。我所看到的每一张在寒风中喷吐着大团热气的脸面,也都是这般真诚,充满敬意。我所握到的每一双不清洁的手,都是暖热的。可我心里却感到苦涩。我甚至觉得这些真诚的人们,并不是在真正送我。他们倾村出动,大半是因为许多年了,他们大狼沟还没有来过地委书记这么大的领导。他们是怀着真诚的敬意在送别党的地委书记,但却不是在送我。我作为地委书记,领导他们将近五年了,而他们却一直不知道我,不知道有我这个姓齐的地委书记在领导他们!这两天,我在大狼沟访问了不少人家。人们都像村支书那样,一面尽其所能地热待我,一面却敬畏地、陌生地打量我,像打量一件甚么稀罕的东西!

我记不得那是甚么时候听到的一个故事,它似乎就是在说这一带山区村干部的落后。据说,有一个村子的几个干部,似乎还是青年干部,夜里开罢会坐在一起闲扯。有人偶尔从糊在墙壁上的旧报纸上看到“八字宪法”几个字,这人便问:“这‘八字’,是哪八字呀?”一时准也说不出。后来终于有一位藐视着其他人说:“连这也不知道呀?看你们那头脑!”“是甚呀?你说!”“金、木、水、火、土嘛!”“这才五个字呀?”“嘀嘀,丢下的三个字,我也忘咧。”

我不知道这故事是否真确,也不知道这故事是发生在我调任这个地区之前,还是之后。我只是将它当作令人可气的笑话来听的。然而,气甚么,笑甚么呢?因为这些村干部的落后吗?现在,我是只有苦涩了。大狼沟的村支书薛二狗,也许还并不这么落后,他能说出“四化”是甚么。可他也扎着避邪护身的红裤腰带。他也真诚地祈求上天风调雨顺、平平安安。我却无法指责他落后,因为他是如此艰难地才记住了我的姓,跟我认识了！这也有几分像笑话。

二

我遇见薛二狗的时候，是吉普车在这条水路上经过了许久的颠簸，车外两厢那陡立的山岩第一次渐渐远退了，出现了一片稍稍开阔的谷地，看见了卵石垒堰的耕地，山坡上也间或有稀落的林木。但在冬日单调的色泽中，四外仍显得贫瘠、冷落。他，一个背着粪筐的高个儿老汉，就立在河滩上，盯住吉普车瞅，像在探寻甚么，很稀罕的样子。

我叫司机刹了车。下车来，立刻感到一阵奇寒袭身。我笑着，问他："老哥，哪村的呀？"

"嘀嘀，嘀嘀……"老汉只顾眯着眼，惊异地打量我这个坐小汽车的干部，嘴里喷吐出团团热气。

"老伯，这是地委齐书记！"秘书小马赶忙介绍道。

老汉顿时大为惊骇了，更仔细打量起我来，惊骇中很快又带出笑意。

我忙去跟他握手。他更慌乱了，仿佛伸出他的手是失礼似的。我到底握到他的手了，是脏污的、粗涩的、暖热的。但我又进而发现，他背着的粪筐里，驴粪蛋儿上面，还压着几块冰凌。

"老哥，背冰凌干甚呀？"

"嘀嘀，嘀嘀。"他相当不好意思了，"吃，吃哩。"

我只觉得一种羞愧之色涌到脸上了。这里的群众还在吃这发污的冰凌！可是，在前些年的许多材料中，边远山区社队的人畜吃水问题却是早解决了的。

他准是见我的神色不对劲了，忙后悔地笑道："嘀嘀，没甚，没甚，我们也惯咧。"

我知道我的神色是更不对劲了。

"老哥，你是哪个大队的？"

“嗬嗬,大狼沟。”

“我们就先去大狼沟！不远了吧?”

老汉听毕,却又相当惊骇地睁大了那双细小的眼睛,使额头叠起一排深深的折皱,异常慌乱地说:“嘿呀！就来我们村吗？可公社没有传来话呀！一点讯也不知道,甚也没准备……”

小马立刻机敏地问:“老伯,你是村里的干部吗?”

他又不好意思了,喃喃道:“嗬嗬,是支书。唉唉,公社也没给个讯,甚也没准备……”

“不用准备。”小马忙说,“我们没有通知公社,我们来随便看看。村子不远了吧?”

“不远,不远。再往前,一拐,就瞅见咧。唉唉,甚也没准备……”

由于我的来访,竟使村支书这么惊慌,我心里越发不是滋味。

“老哥,你贵姓?”

“姓薛,姓薛。名字叫你们笑话哩,叫二狗。”

薛支书敬畏地通报了姓名,忽然就瞅住我,“嗬嗬,嗬嗬”起来,急得憋红了脸。

我一时不知他怎么了。到底是小马机敏些,猜到老汉似乎是忘记了我的姓,不知该如何称呼了。小马便忙提醒道:“是齐书记,地委齐书记!”

薛二狗的脸羞惭得更红了,慌慌地道:“齐书记！还有这位小同志,快先上车进村吧,看冻着！唉唉,远天远地来咱这荒山野村,受委屈哩……”

为了不使他这样紧张,我极力随便地笑着,招呼他:“老薛,你也上来,一齐走!”

他听罢,立刻就朝后退了几步,相当慌乱地甩甩背后的粪筐,说:“快不用咧,快不用咧,看日脏了你们的汽车呀。快先上车走吧。不远哩,往前一拐,就瞅见咧。”

我再让,他又慌慌后退。小马去拽他,他竟像孩童一般,死死蹲下来,生怕被拽走似的。但他嘴里却相当焦急地吼喊着:“快不敢在野地里冻着咧！快上车走吧！快不用拉扯我哩！”

我只得先上车去了，更觉有一种沉重之感压上心头。

三

果然，不久就在前面一个向阳的小山抱里，望见了一些卵石垒墙的房舍。其间杂有零落的树木，上有清淡的灶烟升起。但是，车子离开河道之后，费了很大的周折，才沿着那条弯曲、狭窄的小道，爬进村里。其时，薛二狗已喷吐着大团热气，赶来了。他使出威风，赶开围来看稀奇的女人和娃娃，将我们让到他家里去了。直说，家里暖和，大队部不常拢火，又跟饲养院在一处，不干净。

他家的院落挺窄巴，几乎被柴草一类全占去了。坐北朝南的三间低矮老房，也是卵石垒墙。屋里也暖和不了许多，却有一股浓重的腌菜气味扑鼻而来，挺不好闻。外屋两间被一条大炕占去了一半。屋地下除了灶火旁的风箱和几口大缸，几乎再无别的物什了。里间不知还有甚么财产存放。被烟火熏黑的墙壁上，有些旱烟叶、野兔皮之类，零乱地挂在木钉上。此外挺显眼的，就是黑墙上好几处留着粉笔写下的“正”字串儿，歪斜地排列着，不知曾统计过甚么。我看出，这个村支书，像是一个廉正的干部。

主人早慌慌地爬上了炕，用袖筒拂着发污的炕席，连声招呼我们：“快上炕坐吧，炕上暖和！”

炕上果真暖热些。只是那石片炕板硬得出奇，坐不舒服。

“老薛，女人哩？”

他又有些不好意思了，嗫嚅道：“唉唉，那老煞神又跟咱怄气哩，下平川住了闺女家。”

“为甚怄气？”

“没甚，没甚。眼馋人家平川地面肥富呗，没良心的！”

说完，他便匆忙要出去给我们安顿饭食，已经晌午了。我知道这出去是会有名堂的，就拉住他，叫跟他一搭做着吃，吃家常饭。而他并不把我的要求当一回事，仍要出去。但小马已牢牢堵住房门了。老薛顿时又惊骇起来。相持了很一阵，他只得惶恐地动手做饭了。我看他把背回来的发污的冰凌放到缸里去融化时，不禁觉得脸又烧起来。但主人似乎比我还要显得愧心，颤声喃喃着："唉唉，远天远地来咱这苦焦地面，受委屈哩……"

主人确定了最好的食谱：莜面窝儿、羊肉哨子。我又坚决不让，要吃家常饭。这回，薛二狗急起来，几乎是吼叫着解释："有这东西嘛，不吃等甚呀！今年政策好，天雨也好。口粮比往常多咧，一人还分下二三十斤莜麦。羊哩，也喂养起来啦。"他一面又望着墙上的"正"字串儿，说了些并不惊人的数字。"如若早两年来，想给你们吃，也真没哩。对咧！"他像忽然想起了甚么，补充似的说，"区上、县上、公社，也全领导得好！实话，冀书记！"

"是齐书记！"小马立刻纠正道。

"嗬嗬，嗬嗬，呵，齐书记，实话……"

他又异常羞惭地红了脸，忙低头讪讪地去往盆里舀了小小一碗水洗手。那水立刻就墨黑了。

他又一次没有记住我的姓！他太紧张了吗？是太紧张了。从见面到现在，他一直是那般拘束、慌惶。这都是因为我，因为我这个陌生的"大官儿"的突然到来吧？可他为甚么要特别补了一句，说我领导得好呢？是不是在刺我？不，他的神情虽然慌惶，却是真诚的，你寻不出任何别的意味来。然而，我不能不感到刺痛、苦涩。老薛则更像做错了甚么事，羞愧着，不好意思抬头望我。但他在这般情形下，也没有忘记惜水如油，只舀了小小一碗水洗手。或许舍得耗费这一碗水洗手，全是出于对我的尊敬吧。那水是立刻就墨黑了。

小屋里渐渐充满了烟雾和水汽。那难闻的腌菜气味，又混合了羊油入锅之后的腥膻气味。由于烧了火，那硬得出奇的石片炕板也开始发烫。屋里是真正暖和起来了。只是我竟不能自如地来享受这温暖。

四

不久,就有几个村干部模样的人,也相当拘束地走进屋里来,有些发愣地远站着,瞅我,是很稀罕的目光。

老薛显然大不满意于他们的这种呆相,便又使出些威风来,对他们说:“愣怔甚哩!快过来,见见咱地委的领导!”但他望了我一眼,就似乎又有些慌神了,“这就是地委冀——,嗬嗬……”

他顿时又急得憋红了脸。这时,在烧火的小马已赶忙起身走过来,我也要做自我介绍了。而老薛却终于叫了出来:“就是齐书记,齐书记!”

呵!他终于叫出来了,叫对了。“嗬嗬”了半天,憋红了脸。他虽又是满脸羞色,却显然安神些了,像个笨学生在大考时终于答出了一道难答的题。当那几个村干部走近一些,朝我拘谨地笑笑,说了几句不清楚的话问候我时,老薛更松了一口气,扎实地望望我,笑了笑,就埋头忙他的活计去了。这笑是真诚的,甚至有几分天真味。

我却只觉得心里分外沉重、刺疼、苦涩,在那奇硬而发烫的石片炕板上再也坐不住了。我跳下地来,去同这几个村干部握手,问他们的姓名、职务和一些平常情况。他们敬畏地回答着,显得生硬、困难。所以,很快就相继转身帮他们的支书忙饭食去了。我也企图再插手做点甚么,但老薛仍是蹲在地上,以罢工相威胁。我只得再端坐炕头。主人就又满意地瞅瞅我,带出几分天真味,笑了。

我还是努力去跟他们扯话,努力扯得随便、自然。到后,那几个村干部终于有些不客气起来。

“上头也不拨点钱,给山里修条公路?前几年摊过钱,也老不见修路的影儿!”

“还得当紧调些有能耐的人,支援我们打口机器井!”

“叫不叫搞包产到组呀?”

“往后，快甭把犯错误、不受宠的干部，派到我们这山里公社来当领导咧！我们这里是罚人的地方吗？”

但是，他们的不客气，很快就被薛支书喝住了：

“你们是鬼叫个甚，都吃饱肚了不是？领导还没吃喝哩！远天远地来咱村，就听你们鬼叫呀？”

那几个干部立刻就不说甚么了。我说，有啥困难、意见、要求、疑问，尽管放心提，下来，就是想听听这些。但他们再不说了。只听薛二狗仿佛是自语似的喃喃：“唉，都不是说句话能顶事的。明年再风调雨顺，比甚都强。”可他似乎又觉得这话有些不妥当，连忙又说，“不能人心没尽。这二年的政策到底好多咧。照这样安安稳稳闹，明年多吃十几斤莜麦，不愁！这老天爷，也像变好哩，不那么难为人咧。明年天雨稠，不愁多吃十几斤莜麦！”

他说这话的时候，你仍看不出他有任何其他意味。但我分明觉得，他不信任我！不相信我能给他们解决甚么问题，如修路、如打井、如加强公社领导力量，等等。然而，他是已经忙累得满头汗水淋淋了，为了真诚地款待我。

五

当夜，我是跟薛二狗同炕而寝的。因为我铺盖了他们的脏污而涩硬的被褥，他又不断喃喃我受了委屈。但我看出，他已不那么惊骇了。这是由于他做的两顿饭，我努力吃得多，吃得香，还尝了他大缸里腌的尖酸而苦涩的野菜吗？反正他是改用一种新的目光打量我了。这目光里，少了陌生、敬畏、慌张，多了询问、奇怪、怀疑。他问我几时调到地委的，新上任吗？我不知道是怎么掩饰自己的窘迫的。我只是觉出他的目光中有了新的意味。

他脱衣服的时候，我发现他扎着一条挺宽的大红裤腰带，贴身还穿着一件大红布背心，他们叫红腰子的。这大红颜色，显然不是标志革命的意思，而是为了避邪防灾甚么的。他一个党支书，至今天，竟还讲究这子虚乌有的一套吗？

躺下之后，我问他：“老薛，你今年多大岁数？”

“五十四咧。”

“哈哈！我说呢，你束红裤带，穿红腰子！六九五十四，你是过逢九年哩。”

“嘀嘀，嘀嘀。”他不好意思地笑笑说，“都是我那老煞神，迷信落后得没法说！非得给咱扎裹这些。”

“你就扎裹吗？”

“唉，女人们，你纠缠不过她！她还鬼说得挺有理。你看，她给咱数算：十八岁上，遇了民国三十一年的大饥荒，差些没饿死；二十七岁上，分下的那头驴，抛崖跌死咧；三十六岁上，又饿得肿了腿，肿得挺凄惶；四十五岁上哩，叫关了四十来天学习班，说咱反大寨，给整得挺凶险。嘀嘀，这说法，不能全信，也不能不信，就这么回事呗。”

“老薛，你不是说，你在‘四清’中，在‘文化革命’中，还受过不少罪吗？那也不都是逢九年吧？”

“嘀嘀。我就说是那老煞神鬼说哩嘛。我也不信这，年轻时更不信。”

“今年怎样，遭逢上甚么灾病啦？”

“今年，平平安安，风调雨顺。”

“因为你束上红裤带，穿上红腰子了嘛！”

“嘀嘀，就那么回事呗。不能全信，也不能不信点点。睡吧，齐书记，快睡吧。远大远地来，早乏累咧！”

看来，他还是有些相信的，相信那不可捉摸的天意，不可摆脱的灾星。他的思想竟这么落后，也真落后得可以！但他却的确是一个廉正的村干部。村里的其他干部和许多社员，都这么跟我说。他们虽也怨他，却更疼他，怜他。是呀，他在这般的远天远地，又怎么去解释那接连不断的灾祸呢？还有那长久的贫瘠，苦焦！我也许能够解释吧，但他还不相信我，还认为我是刚刚上任的新官儿，还刚刚记住了我的姓！我睡不着觉。他显然也睡不着觉。我不知道他在想甚么。他知道我在想甚么吗？

“齐书记。”他忽然支起身来，问我，“地委的黎书记早调走了吧？不大听说了。”

他问的黎书记大概是我的五十年代的前任吧。因为在近些年的书记中，并没有一个姓黎的。我不明白他忽然问起这个黎书记是甚么意思。

“老黎是早调走了。你跟他熟惯吗，老薛。”

“唉，可惜咱还没见上黎书记一面哩。齐书记，你认识黎书记吧？”

“认识一点。”

“嘿呀，你们认识？”他由于知道了我与老黎认识，竟高兴起来，“那人可不简单！那二年，黎书记在我们这一方响着哩。咱知道，他是个树迷！还会哼两句《走西口》。枕着鞋钵儿，能在野地树荫底下睡着觉，呼噜打得愣响。枪法也好，举手就能撂倒狍子、野兔。听说打过游击，真有两下！他号召种树造林，那树秧儿也肯长。我们后山那几片林子，就是那二年种的，愣发旺。可惜前几年给作践咧。黎书记还会看水脉哩。只要他一点，你打井吧，准出水，掏不败，还是甜水！他训人，可也够凶哩。再咬硬的茬儿，他都能拿把住！黎书记常来这一方转悠的那二年，哈，老天爷也服帖咧，年年风调雨顺……”

老薛激动着，说了许多话，都是在说这位黎书记。他忘记了关照我的乏累，甚至像忘记了我在听他说话。所以，也很难说他在借此激我、刺我、羞我，但我是更无睡意了。直到主人说尽了话，无声地辗转了半晌，终于发出了鼾声，我还是无法抑制自己的意识。许久，仍分明感觉出身下的石片炕板，很热、很硬，仍分明听到屋外的山风在呼叫……

六

车外，有稀稀的雪花洒落下来。

老薛说对了。离开大狼沟的时候，他望望铅色的天，说："这两天，风头变咧，怕要下雪。快不用进山啦，再住两天！"

我说要再跑几个村子。

他忽然就天真地睁大了眼睛，使额头叠起一排深深的折皱，瞅住我说："你看，齐书记！你一来，这风头就变咧，要下雪。是入冬的头一场雪！说不定，明年会风调雨顺！你进去转悠几天吧，下一场好雪！"

他在说笑话吗？他在打趣我吗？不。他的神情是很真诚的，还有几分天真味。

小车仍在水路上不断颠簸，节奏仍是这样缓慢，但我终于在老薛这真诚的戏言里，看清了他对于我的希望来。他，这个廉正而又扎着避邪的红裤腰带的村干部，简直是在希望我能够呼风唤雨，点穴成井的！我自然不会有这般的神通，但我也是曾经有过一个响亮的姓的。是的，当年的齐县长也是曾经响遍一方的。那时，虽然还是骑马，甚至步行，并没有这小汽车坐，但我那个县长的姓，却的确是响亮的，并不这么难记！我还能有一个响亮的姓吗？坐上了现代化的小汽车，为甚么不能比当年跑得更快，叫得更响？是的，这里不应当再是遥远的地方。

车外两厢陡立的山岩又一次渐渐远退了，出现了稍稍开阔的谷地，望见了稀疏的林木、卵石垒堰的耕地、卵石垒墙的房舍。只是这一切已开始披上洁净的新装。密密的雪花，殷勤地向挡风玻璃不断扑来。

一九八〇年五月

人样儿

一

细生生的头罗白面，虽然仍是做了光棍饭——拌汤，可杨甲元喝了，却是格外有滋味，大不同于寻常。咦，饭食还会给人以这样的愉快哩！他独自当家过活许多年了，竟没有认真学学做饭，尽是胡做昏吃，生糟蹋了多少米面！白活了半辈子！人家她会不会嫌弃他呢？唉唉，光棍汉都是这股调韵。往后，跟她一搭过，下辛苦跟人家学就是咧，不能愣摆当汉的架势！

杨甲元这样想着，就很快意地伸了一个懒腰，身上暖洋洋的。抽根纸烟！真想上炕躺一躺。但他忽然就觉得这样很不妥当。不能这么大前晌就抽懒筋！他立刻掐灭了纸烟，慌忙动手去洗涮锅碗。接着，又去抹桌，扫地，拾掇他的光棍屋，仿佛有谁在暗暗观察他似的。

他做得相当认真。只是，当屋里久积的尘土被折腾得飞扬了很一阵子，纷纷又落到刚扫罢的炕上、地上，刚擦抹罢的桌上、锅台上以及他的身上、汗津津的脸面上之后，他才去洒水压尘，但他很满意自己的功劳。他细瞅着清扫过的屋子，心里又涌起一种快意。自己怎么竟能在如此日脏、邋遢的屋里住这许多年？对了，那叫烟火熏黑的墙壁应当粉刷粉刷！那斑驳黑暗的窗户，也该买几张白凌凌的新纸，重糊一番咧。糊了新窗纸，也贴上几对窗花。白凌凌的纸上贴红艳艳的窗花，好看！粉刷白了的墙壁上，也得贴几张花花绿绿的年画儿。嘿呀，那日子还早哩，就弄这些，看把你烧的！

他独自个儿不好意思地笑了。现在，他是非常想出门去了。找谁去说说话儿，或到甚么地方红火红火，都行。

他走出屋来，立刻就觉得那杂乱的小院也当紧得好生拾掇一番了。但他终于记起那日子还远，这活儿留在以后吧，先出门去玩耍一趟。他刚迈出街门，却又慌忙返回屋来：今天还没有洗脸哩！把你个光棍汉呀，连洗脸的习惯也没有养成。唉唉。

他认真洗了个脸，脸上、心里愈觉舒坦了。真想照照镜儿，可他没有这东西！他只好低头去瞅自己的衣裳。哎呀！他竟然还穿着昨日去相亲时穿的那身新蓝的卡制服。我的爷，刚才就穿着这身新装在屋里灰折腾！他慌忙去仔细拍打新衣上的尘土了。

他身手挺大。队长嫂给缝制的这身新装，显然窄巴了，紧紧绷在他那粗笨的身上。棉袄袖口，衣襟下摆，棉裤裤脚，都挺显眼地露出了脏污的一截。还有那临时买来的新蓝布干部帽，留着分明的折痕，也很不入法地顶在头上。他是邋遢惯了的，乍一披挂上这身新装，简直不知如何动作了，抬手动脚都能失笑煞人。可就是这股调韵，队长嫂撺掇得她娘家村里的那个田娥娥，昨天竟那么爽快地跟他定了亲。我的爷！虽说媒人是个本事人，可杨甲元起根就没抱希望。年轻时都说不下媳妇嘛，如今三十八九的老光棍，灰塌塌的，早没了染人的颜色咧。谁想竟会这么顺溜！这事能成，跟他穿戴了这身新的卡衣裳，大有关系哩。马在鞍，人在衣嘛。若不是穿裹得这么焕然一新，人家她会那样爽快吗？相中他的甚咧？相中他是个好劳力吗？人家是相汉哩，不是相劳力。因为人家是二婚女人吗？可人家也是个细致媳妇哩，高个儿，白脸儿，还挺大气。头回见面，就喜眉笑眼地向他问冷问热。嗬嗬,人家是相中他这个人哩。队长嫂说的不是耍笑话:他穿戴齐楚,也正经像个人样儿呢。

所以,杨甲元就怀着特殊的珍爱,将新衣上的尘土仔细拍打干净了。这天虽然才是腊月二十五,还不到穿过年新衣的日子,可他却是万万舍不得脱下这身新装了。他似乎也是头一回体会到穿新衣的愉快。他更急不可耐地想穿着这身新装出门去,到人们面前炫耀炫耀。临出门,他又一次遗憾地想到,竟没有镜儿这东西,不能惬意地照照自己的新人样儿。

二

阳婆真暖和,天上没有云彩,树枝上也没有绿叶儿,麻雀吃得挺肥,不知吱喳乱叫个甚。街上也没甚人。啊啊。年根底了,各家各户都很忙碌。他是不是去帮谁家干点活儿呢?他有的是力气。可就怕人家要留他吃喝。这不是串工挣饭吗?还是光棍调韵!去寻那帮光棍伙计吗?他们要勾扯他赌钱咋办?去寻村里的消闲老汉们道古吧?跟死老汉们在一搭,有甚滋味!他想不到一个合适的去处。但忽然想哼哼几句歌儿或戏文了,可惜甚么也不会哼,他会唱的似乎就是划拳的那几句酒令。酒令可不是好哼的,须发力去吼。

忽然间,传来了一串年轻女娃们的笑,脆灵灵的,挺好听。他忙循声去瞅,是三四个闺女们迎面骑车而来。她们穿戴得花花绿绿的,说着笑着,不知为了甚。是不是在失笑他呢?不是。她们似乎还没有瞅见他。他规矩地让开道儿,但却很想叫她们发现他,发现他的一身新装。姑娘们渐渐驶近了,可仍在互相说着,笑着,不瞅他一眼。他有些急了,想主动搭几句话儿。但她们一向是看不起他的。他不想自讨没趣。可怎么叫她们发现呢,他终于想到了笑。他跟着她们笑起来了,笑出了声。然而,这几个姑娘还是径顾自个儿说笑,从他身边飞驰而过了,终究没有瞅他一眼。杨甲元顿感相当扫兴了。呸,小骚货们!不过,姑娘们留下的那一串笑,却仍是脆灵灵的，挺好听。田娥娥的笑，会不会也是这么好听呢？可惜他只见过她笑的眉眼，没听过她笑出声来。

杨甲元又碰到几个人。但人们似乎都不很愿意跟他多拉扯话，更扯不到他企望的话题上。他煞费心机地启发、诱导人家，问人家的媳妇长，说人家的娃娃短，还拉扯安家的房，吃饭的锅，缝缝补补的针线笸箩。可终于没有一个人明白他的用意：问问他说成媳妇没有！连他的一身新装，人们也并不重视。火烧着的欲望得不到满足，他相当沮丧了，甚至有点儿恼怒。唉唉。他还被一般人遗忘着哩。有谁去为他满世界传播一下消息，就好哩。

哈哈！又碰上这个疯妮子咧。她可不是忙人。看她今天又穿上那身革命化的灰干部服，头发也梳得挺光溜，是又出来做报告吧？

"彩云同志！等小汽车接你走吗？"

疯彩云立刻呆滞地盯住他，神情相当严肃。虽然疯了，却仍不失是一个俊秀闺女。

"牛鬼蛇神！"她猛然朝他喝道，"老实点！不许乱说乱动！"

"真的呀！苗书记刚打来电话，叫你去哩！"

"我再不上当受骗咧！你们都是纸老虎、叛徒、骗子！"

"不哄你！还敢哄你吗？你就要当大干部咧！"

"叛徒！骗子！骗子！"

"哈哈——你还不信呀？"

"打倒资产阶级！"

"哈哈——"

"打倒假马列主义骗子！"

"哈哈——"

杨甲元从撩逗这个疯妮子中，获得了一种复仇的快意。哈哈哈！叫你妮子把那好看的眉眼都长到脑门顶上，成天价朝天看！疯了也活该！而今爷爷也说成媳妇咧！比你妮子强得多！看你疯得呆眉滞眼，怕人哩。还穿着这革命化的衣裳！还说着这没味儿的过了时的时兴话。人家娥娥可比你强多咧！高个儿，白脸儿。头回见面，就跟咱喜眉笑眼的。还问冷问热哩！杨甲元自豪地觉得，今天他在这个疯妮子面前，占了新的强大的优势。他可以快意地撩逗她了。他像那茬老光棍们一样，对彩云这些俊气、风流、积极的年轻闺女们，是一律怀着一种仇视异性的变态心理的。她们越俊气、风流、积极，越跟他们无缘！疯了才活该哩。她们都疯了才好看哩。叫你们想得高，跌得疼！哈哈哈。

“彩云同志，你不信呀？那就拉倒吧。”

杨甲元要走了。但疯彩云却立眉竖眼喝住他：

“站住！牛鬼蛇神跑不了！”

“哈哈！我又不是姓苗的，叫我做甚？”

“资产阶级就在党内！我看得清清楚楚。我再不上当受骗咧！我正告你——”

“哎呀！告我个甚？去去去！”

“站住！叛徒、骗子死路一条！你不要跟他们跑！”

“去去去！”

杨甲元被这疯妮子缠住了！他脱身不得。现在他有些冷静了。他有力气，但不能在大街之上，去推搡一个疯妮子。而且，还是他先撩逗的她。唉唉。刚才做的是甚么事，撩逗她！她能理解他心窝里憋着的愉快吗？不能。她心里也憋着东西哩。是哩，在这个一般人都很忙碌的年根底，她倒跟他有些一样，都想逮住个闲人，倾吐各人心头憋着的东西。可惜，她不能理解他的愉快，他跟她的疯也无关。他没有骗过她，是那个曾经捆过他、吊过他的姓苗的公社书记骗了她。那人那二年愣宠她哩，宠得这妮子在村里红得扎眼！可到头来，姓苗的还是叫他侄女顶了她住大学的名额，又叫他外甥占了她提干的份儿。她就疯咧。也是呀，两次都验了体格，填了表哩，村里也开了欢送会，家里请人喝了酒。这可怜的妮子！她才二十来岁，正当青春妙龄，原也是村里数得上的俊秀妮子。姓苗的是早调走咧，可这娃还疯着，老这么疯说过了时的时新话。怪可怜的，已好几年咧。唉唉。杨甲元瞅着这个俊秀的疯妮子，忽然意识到他今天可以可怜她了！他受到了很大的鼓舞。啊啊。他今天可以可怜她了！唉唉。刚才做的是甚么损德事！撩逗、耍笑这个可怜的疯妮子！还哈哈哈！

“彩云闺女，走，快回家去！大年下的，甭叫人们耍笑你！”

“你骗不了我！我甚也不怕！上刀山，下火海，誓把青春献给‘文化大革命’！”

“你的病更重咧。快回家去吧！”

“你甭颠倒黑白！我没病。我的体格检查表盖着医院的图章，甚病也没有！”

“唉唉。大年下的。快回家去吧。”

三

杨甲元挣脱疯彩云，又碰到几个人。人们仍不愿跟他多扯话。他的启发、诱导仍未收效，还是没人问问他说成媳妇没有。他更有些沮丧了。他更觉得自己跟疯彩云有些一样，还被一般人遗忘着哩，还是不被人正眼看待哩。光棍，光棍！村里的光棍，是个怎么叫人心寒的赖名誉呀，是个怎么不值钱的人呀。人生的多少好事把他们遗漏了，许多坏事却疑心到他们头上。他们不愿意讨个老婆吗？他们情愿这么窝囊吗？唉唉。但杨甲元不再恼怒了。他已经可以可怜疯彩云了，而不是跟这疯妮子一样，只被人可怜。他只是在忍受暂时的寂寞。等他说成媳妇的消息传播开，叫人们吃一惊吧！嗬嗬。

前面的小巷口，有几个六七岁的小孩，吱吱哇哇，在围着放鞭炮。杨甲元忽然觉得小孩们的吱哇声，今天也这么好听了。他凑了过去。嗬嗬。娃们挺可爱！过去怎么就晓不得欣赏小孩的可爱呢？他眯了眼瞅他们，独自个儿又笑了。笑着，就不由蹲到娃们的堆儿里。小孩们却一齐拿小眼瞪他，吱哇着甚么，丢了他一哄而去。

“小龟孙们!”

这时候，从甚么地方传来了一阵很响亮的鞭炮声。小孩们更吱哇叫嚷着:“拣炮去！拣炮去!”循声跑了。

杨甲元尽管沮丧，可听着娃们的吱哇声，仍觉得挺入耳，直看着娃们跑进了小巷中一个挂着红布幅的门洞里。那红布幅立刻就强烈地吸引了他，仿佛跟他有甚么关系似的。他的脸色发红了，犹豫了一阵，到底还是朝那门洞走去了。

门洞口的红布幅、红对联和门洞里溢出来的欢声笑语，使他觉得跟自己的心境很相称。但他蹑手蹑脚跨进门洞后，却很怕人们特别注意他了。他怕人家看破他的心思。就这么着急吗？昨儿才说成个媳妇，今儿就来学习做新郎呀？嗬嗬。他悄然挤入人堆中，企望淹没在这熙熙攘攘的喜庆之中，好像他不是来观看新娘，只为了在人堆中挤一挤似的。

“甲元哥，你也来咧——”

坏哩！还是叫人发现咧。他红了脸，张皇去看时，原是新郎的妹妹。她端着茶盘儿，在给贺喜的人们散糖。人家客气地笑着，并没有一点揶揄他的意思:“吃糖，吃糖!”

他规矩地捏了两颗糖蛋儿，放一颗到嘴里，糖挺甜。主家对他也挺客气，还尊敬地叫他甲元哥！杨甲元相当感动了。他没有去想大凡办喜事的东家，对来客都一律是这么客气的。

“愣甲元！你咋也有心思来看新媳妇呀?”

“也想娶个媳妇哩吧?”

“不是听说你们队长老婆给你撺掇对象哩吗?”

“怪不得穿裹得这么齐楚，对上了没有?”

“呀呀呀，看把这货羞的!”

周围的人们到底也发现了他，撩逗起他来了。他只一味窝囊地笑着。但他心里却感到更获得了无比的满足！嗬嗬。他们到底发现了他的新装咧。到底问到他的心上咧。他到底有了资格,能来这红事宴上凑凑红火咧!多少年啦,他只参加村里的白事宴。眼泪鼻涕,哭天唤地,他是无所谓的。贡献了自己的力气,挣几盅苦酒喝,也不吃亏。可那披红挂彩、笑语欢声的红事宴,他就不愿去触景伤情。尤其不愿受人们揶揄。现在,他终于有了这个资格!所以,他分明知道自己表现得很窝囊,却情愿叫人们这么撩逗。这简直是他从未有过的一种享受!

可惜,人们不久便丢开他,又去议论新媳妇了。他虽然浓意未尽,却还是很快活的,甚至受到了莫大鼓舞,决心也去看一眼新媳妇。为甚么不哩?人人都看嘛。他又不是馋新娘,是鉴赏一下嘛。他已有了这个资格。

他挤上前去了。嗯。新娘挺俊。可跟他的田娥娥不是一样俊法。又像跟谁有些厮像。跟谁哩?哎呀!是跟疯彩云有些厮像!是哩,那俊秀的眉眼一模一样!他忙问跟前的人,新媳妇叫甚么名儿?有人竟回答:叫彩云!嘿呀,不是见了鬼咧?他去细瞅:那岁数、眉眼、模样?越发厮像了。只是,这新娘彩云却分明沉浸在幸福中,羞羞地埋着头,偶尔也偷偷扬起脸,忽眨几下那双藏满喜气的眼睛,快意地享受人们对她的欣赏。此时此境中的她,分明是跟他一样的,在心里憋满了愉快。而且她也是一身鲜色的新装,真正的时新货!她不是那疯彩云。他又细问跟前的人,果然同名不同姓,新娘是从河东娶过来的。两个彩云,又长得这么厮像,可人们为甚么没有发现?是人们把疯彩云遗忘咧,还是他的眼花咧?或许,这是梦见的。或许,这是甚么神秘的天意吧。

杨甲元正在胡思乱想,忽然间院里骚乱起来。有人在喝叫甚么,有人在哄笑。他忙扭身去看,不禁一惊:原来竟是那疯彩云闯进院内来!她已挣脱拉拽她的人手,跳到一条板凳上,叉了腰,拿了调,开始做报告了:

“贫下中农同志们!我们要以阶级斗争为纲,千万不要再上当受骗啦,要誓死捍卫无产阶级革命路线,批倒批臭孔老二,纸老虎,骗子……”

有几个人又去拉拽她。她立眉竖眼,怒喝道:“叛徒!骗子!骗子!”

有人哄笑起来了:“哈哈哈——”

杨甲元听到这笑，觉得心被戳疼了。他猛然产生了一股强烈的冲动：应该立刻把这可怜的疯妮子拽走，不能叫她冲了人家的喜，更不能叫她瞅见那个幸福的彩云，受刺激，受戳疼！他冲上去了。忘记了自己暂时还是老光棍，竟在众目睽睽之下，用他那双有力气的手，铁钳一般擒住这疯妮子的胳膊，将她拽下地来。

"走，走，走！我是姓苗的，我是叛徒，我是骗子！跟我斗争去！"

那疯彩云挣扎着，骂他，唾他，抓他，但还是被拽着走了。人们围看着，有人叹气，有人又在哄笑。杨甲元却毫未注意到这些了。他只在愤慨：老天爷也太狠心咧！这妮子都疯了，还叫她来此触景伤情，受刺激，受戳疼！唉唉。

四

杨甲元拽着疯彩云，一路也用那过了时的疯言疯语，跟她对答，忍受着街上人们的围看，哄笑，斥骂，终于将这可怜的妮子拖回她家来。

但一进院，却听见彩云爹娘在屋里吵架，还吵得挺凶。他拉着疯彩云忙闯进屋来。彩云爹娘冷不防见此情形，兀地怔住了。

"哎呀呀，把你个愣甲元！你真是灰得没样儿咧！"彩云娘立刻变了颜色，骂他道，"一个疯妮子，你欺负她做甚？"

"嘀嘀。六叔，六婶！"杨甲元忙真诚地笑笑，解释道，"彩云扑进人家喜事宴上疯闹，大年下的，我怕她受制，把她拽回来咧。嘀嘀。"

彩云爹冷冷瞪了他一眼，过去将疯闺女连推带喝关进西厢房里，心里觉得这光棍今日有些奇怪。他还有这份好心吗？而且，竟叫他们六叔六婶。往常，就是他那本家叔婶，这货也不那么尊称的。是不是又喝多了酒？可闻不出酒腥气。

"唉！这么大闺女咧，老这么疯着，人不人，鬼不鬼，咋办呀？"

彩云娘听了杨甲元的话，却伤心起来，落出了泪。

"哭顶个屁用!"

"你顶用！还说跑一趟，能大把大把抓回票票来，哼！差些些没讨吃回来！败兴货!"

"你懂个屁!"

"你懂，败兴货!"

彩云爹娘忽然又泼开来吵，显然毫不把杨甲元当有脸面的人看待。所以，他尽管慌忙劝架，却毫不济事。不过，他渐渐听明白了他们吵架的缘由。原来，彩云爹最近拿分了红的钱做本，也出外去倒贩药材。不料被公家课罚了一家伙，老本也贴进去了，几乎买不起回家的火车票。彩云娘原是等着男人大把抓回票子来，打点着过了年去给疯闺女治病的。男人狼狈而归，还不恼煞她吗!

杨甲元现在也很同情这个外姓六叔了。唉唉。谁不能课罚？偏课罚了这个恓惶人！六叔还顾不上发财致富嘛。捞几个钱，是急等着给那疯妮子治病嘛。唉唉。正当青春妙龄哩，疯得人不人，鬼不鬼。对别人的同情，使他心里酸酸的，猛然间就想出一个劝架的办法。他站到彩云爹娘中间，挺了挺腰身，努力显出有气魄的样子，慷慨地说："六叔，六婶！快甭吵咧，看伤了和气。缺钱用，到我那里拿上！缺多少？说话!"

彩云爹冷冷地瞅了他一眼。彩云娘却立刻变了欢喜的颜色。她晓得这条强壮的汉子，今年发力挣下不少工分，开红数目挺可观哩。她道："甲元，看叫你笑话哩！你不当紧用钱吗？不是听说队长媳妇给你撺掇媳妇哩吗?"

杨甲元心里越发美滋滋的了。他感到了自己的幸福，感到了救助落难者的愉快，感到了被别人正视的自豪。他快意地笑笑，便朝彩云爹更有气魄地说："六叔！甚时用，跟我到信用社去取！用多少，拿多少!"那口气，真仿佛他开着银行似的。

彩云娘又忙感激不尽地说："哎呀呀，元元！彩云病治好了，这辈子也忘不了你!"

彩云爹仍未吭声，但杨甲元却是被从未有过的光彩激动了。他竟对这一家之长说起进步话来：“六叔！往后甭跟上人出外胡跑腾咧，不保险！再说，咱个庄户人，也没人家那奸猾劲儿。还是队上靠得住，舍得卖力气就行。如今有工分，就有钱。”

“嗨，看你后生说甚哩！”六叔终于沉郁地说，“我也没节省力气呀！可送这疯妞子去治病，花钱不是小数目呀！我出外跑腾也是万般无奈。甲元，我这话是跟你说哩，”彩云爹忽然放低声音，“我看，往后队上怕又靠不上咧……”

“咋？”

“政策又紧呀。”

“不能吧？”

“唉，我哄你做甚？我在外头听说的，上头又有了新精神。政策不紧，我能挨了课罚吗？前那阵，我去寻队干部申请救济，也见他们在嚷吵甚么新条文，直说要扭，要变。”

“不能吧？”

“六叔哄你做甚？”

“那，那你们先等等。”

杨甲元说着，丢下彩云爹娘就往外跑。

彩云娘慌忙问：“元元，那钱不借咧。”

“再说吧，再说吧！”他头也不回地跑出去了。

“站住！牛鬼蛇神跑不了！”

真晦气！他跑出彩云家不远，就又叫这疯妮子迎面拦住了。这疯鬼甚时又逃出来咧？但杨甲元已无心来细想这些，只恼怒地喝道：“快给我滚开！”

“嘻嘻嘻。叛徒、骗子、纸老虎，原形毕露咧……”

“滚！滚开！”

“哈哈哈！叫你尝尝无产阶级专政的厉害……”

“去你娘的哇！”

杨甲元伸出他那富有力气的胳臂，一把将疯彩云推了老远。他又继续跑了。

杨甲元只顾慌慌地往队长家跑，他似乎把刚刚获得的一切愉快、一切满足、一切光彩，都跑丢了。脑筋木木的，只知道跑。耳边也仿佛只听见疯彩云那可怕的疯言疯语一直在追着他。

五

杨甲元气喘吁吁，跑到了队长家街门口，不料门扇紧闭，虚挂着铁锁疙瘩。

晦气！他抹了抹满头汗水，想去队部找队干部问个究竟，但觉得身上很疲累，直发软。去他娘的哇！由他们变去！老子操这份心做甚？再变回那二年去，爷爷也能混！大不了再打半辈子光棍！他的光棍脾气忽然又上来了。他不着急了，不跑了，又懒懒地在街上逛荡起来。

迎面，似乎又是那几个花花绿绿的姑娘们骑车返回来了。她们依旧兴奋地说着，笑着。杨甲元迁怒于她们，不再让道儿，故意踯躅在道当中。碰面的时候，她们一齐瞅他了，还互相叽咕着甚么，更起劲地笑了起来，在笑声中绕他而去了。“小骚货们，都疯咧！”他骂出了声。但听着她们脆灵灵的笑声，仍觉得是挺好听的。

他开始思考了。那六叔是不是在捉弄他呢？不像，那么，说的消息可靠不可靠呢？不能轻视。人家是从外头听来的讯！于是，他把六叔说的消息当作可靠的前提，进行自己的逻辑推理了：政策重新紧起来，队上的工分就又不值钱了；工分不值钱，他的力气也就不值钱了；他最富有的力气不值钱，他这个人也就不值钱了；他这个人不值钱，刚刚说成的媳妇也就不保险了……我的爷，形势严重哩。哎呀，他可真是个命赖人呀。大概这辈子命里就不该有媳妇。

杨甲元从政策推到天命，终于认定是无可奈何了。结论还是：去他娘的哇！爷爷反正能混。卖不成力气，还去医院卖血。卖了血，吃罐头，喝烧酒。反正爷爷能混。

但他毕竟若有所失，心灰意冷，脚腿发软，踯躅回家门口时，却发现他虚搭着的街门开了。谁进了他家呢？准是那些旧日的光棍伙计。前两天，他们就在勾扯他去淘宝。他有些兴奋起来。爷爷先跟这些货喝两盅，再跟他们去赌几轮。哈哈哈！他们不是说年下村里回来几个有钱的主儿吗？

他一脚踢开自己的屋门，闪了进去。但一瞅，就立刻愣怔住了。我的爷，在他的炕沿上，正坐着两个中年女人！一个挺俊气，脸面红润，眉眼染人，神色中带出几分喜气。相比之下，另一个就显得丑气、老面了：干涩的长脸，不协调地分布着吊眉，小眼，大嘴巴。只是此刻也在紧张地笑着。

杨甲元愣怔了片刻，猛然十分鲁莽地过去将那个俊气的女人拽到院里，火急地告她说了那严重的消息。

那女人听毕，顿时笑了，骂他道："把你个愣货！你是高兴昏咧！队干部是在研究扩大下放饲料地的新条条。他们是扭着要解放思想哩，倒把你个愣货吓的！"

"不能吧？"

"快进屋去吧！娥娥来走亲家，我生把人家拉来，叫再跟你坐坐，就高低等不回你来咧！"

"不能吧？"

"把你个愣货呀！"

"嘀嘀。嘀嘀。"

杨甲元终于又嘀嘀笑了。他正欲进屋去，忽然想到在刚才的红事宴上还排有谢媒公大人这么个仪式，便挺了挺腰身，努力显得有气魄地说："嫂子！家里有甚力气活，说话！"

"快进去吧，愣货！"

"对了。嫂子你再告队长哥，我明天还去淘茅粪！年根底了，旁人都忙……”

队长嫂却已扭身去了。

他望着媒公大人的脊背，终于踏实地意识到，自己真的要跨上生活的常规，活得像个人样儿了。现在，在自己的屋里，实实在在坐着他的未婚女人，那个二婚的丑女人。自然，他并不觉得她丑。他也忘记了自己已经三十七八，倒觉得他也正当青春妙龄。那么，他还要不要借钱给疯彩云呢？唉唉。不过，借钱的事得跟他的媳妇商量一下。对，得跟人家她商量一下！这个念头，也使他感到相当幸福。终于有了一个女人来同他一道安排生活了！

啊啊。阳婆真暖和，天上仍没有云彩，树枝上还没有生出绿叶儿。可麻雀吃得挺肥，就是不知道它们吱喳乱叫个甚。杨甲元局促地跨进了自己的房门。嘿呀，幸亏他那阵清扫了自己的光棍屋！

一九八〇年六月

仲夏的爆竹

一

梨树，满山满坡都是梨树。在红辣辣的日头毒晒下，只有它们不发蔫，一抹墨绿，精神得出奇。它们也在示威吗？它们也在发泄那反常的情绪吗？田里的秋庄禾都卷曲了叶儿，凄凄惶惶，像失了魂。一个个都是松包软蛋！

一个个都是松包软蛋。呵！这是黄书记近来常常骂人的话。她可没有被这样骂过。她从来没有被他斥骂过。快五年了吧？她一直是黄书记很满意的公社书记，是他一手培养起来的“五朵金花”：五个年轻女公社书记之一。他很满意她。然而，今天她这样惶惶地去找他，会不会也被他骂作松包软蛋呢？她虽然从黄书记那里学到许多做书记的气量，但今天却怎么也难以闭声不惊了。嘭——啪！噼噼啪啪……这声音是怎样突然从四面八方响起来的？最先她以为是谁家办喜事。五黄六月，办甚么喜事！那时她正在为清查不出第七个给报社写黑信的人而发脾气。是谁偏在这个时候放鞭炮？喜得个甚！这封黑信竟登出来了，像是对着她，也像是对着黄书记。但那声音却是愈响愈烈,愈响愈近了。嘭——啪!嘭——啪!噼噼噼,啪啪啪……似乎从四面八方向公社大院围过来了。她甚至闻到了硝烟味儿,看到了二踢脚爆裂之后散落下来的纸屑,悠然飘洒到院内来。发生了甚么值得庆贺的大事吗?是正在被她训斥的副书记老沈,出去打听回那么可怕的一个消息。呵!还说,昨天县城里,鞭炮响得更凶险哩。这个老沈!他竟也像得了甚么喜讯似的,一向正经的眉眼间,分明流露出压抑着的兴奋。她是有些觉得天旋地转了。准在这个被她斥骂作松包软蛋的老沈面前,失态了,像丢了魂的样儿吧?

日头真毒。她觉得自己的汗快要出尽了。身上稀软,没有一点力量。骑着的车子愈来愈沉重。呵,她是好几年不怎么骑车进城了,更不用说顶着五黄六月的毒日头。每次出门,只要打一个电话,县里就有小车来的。可今天,她没有打电话;那嘭——啪之声毕竟是太不寻常了。这声响似乎在向她围来。为甚要围她呢!是人们忌恨她吧?是哩。包括忌妒她出入能坐小汽车。每次,她咔嗒一声扭开小车门,或是砰的一声关了车门,人们是怎样眨巴着眼瞅她呀!还有平日里,那数不清的人来求她,见她,也似乎都是这么忌妒地、羡慕地眨巴着眼瞅她。就是老沈那正经、不动声色的目光,也是一种变态的忌妒呢。要不,今天何以会顿然流露出那压抑着的兴奋呢?但那消息是真的吗?前不久,黄书记还是镇定自若,跟她们爽朗地说笑,骂那些人是松包软蛋,说寒流就要过去了。“哈哈哈!又是告状,又是调查,又是登报,倒真红火。看能顶个屁事!我好赖也是个省委委员哩,好赖在全省有点影响哩,好赖在上头还有几个人哩。哈哈——”可那嘭——啪之声,却已从县城响到了乡下。呵!日头真毒。她竟没有想到戴一顶草帽。

呵。洋河涨水了。河水没过了滚水桥,哗哗流奔,那么湍急。上游又下偏雨了。偏心的老天爷呀!总是不肯给她的公社下雨。秋庄禾早旱得凄凄惶惶了。黄书记是要她今年粮产再冒尖的,以回击那股以梨压粮的鬼叫……没想到此刻河水涨这么深了。她扛起车子去蹚河吗?

"祁书记！稀罕呀。你也骑车进城呀？"

她猛地一惊。回转头，见到一张嬉笑着的后生脸。他也推着自行车。身后，还站着一个发羞的姑娘。她立刻藏起了忧焚之色，威严地瞅瞅他们，甚也没说。

"祁书记！你不敢过河吧？来，我背你！"

这后生笑得放肆。她又威严地瞪了他一眼。

"来！我先把书记的车子扛过去。咋？甭这么封建嘛！"

她忍不住怒喝道："你们是哪个大队的？"

"嘻嘻——祁书记，你忘咧？东——方——红……"他竟唱起来了。

呵！唉。原来是这个灰货。她有些记起来了。

那是七五年，还是七六年？是在水油沟大队，那晚村里演电影。村干部在麦场中不前不后处，空出一块地方，放下一把太师椅，恭请她看。《红灯记》，她原是不想看的。但这铺派，有些吸引了她。唉。那时，当书记的新生活，总是处处很吸引她的。在众目齐视之下，她终于大模大样地入座了，心里怪熨帖。然而，她毕竟看不出兴趣，挨到散场时，心里已有些发烦了。而社员们哗然而起，说笑嚷吵。她更有些烦气了，便忽然向放映员要来麦克风，厉声喊了句："喂！喂喂！不能安安静静、规规矩矩走吗？乱吵个甚！没风水！"麦场上立刻就安静下来了。她感到了一种快意。但正在她体会着自己所具有的力量，心里又很熨帖的时候，忽然听见有人怪声怪调地大声唱起歌来："东——方——红……""谁？"她不由自主地喊了一声。很快，村干部就循声扭过个后生来。她便看到了这张嬉笑的脸。"祁书记，《东方红》也不叫唱吗？"她恼怒得说不出话来，社员们却一阵嬉笑。

唉，今天偏又碰见了这个灰货！水油沟打不下多少粮食，却出产这号灰货。呵！这个灰货会不会是那第七个给报社写黑信的人呢？看模样，他是有文化的。黑信上不是说，她毁了清朝的梨树，修大寨田吗？水油沟就有清朝留下来的梨树。对！这个老沈！总是那么一本正经，却连个怀疑对象也没有摸到。为甚不清查清查这个灰货！

“祁书记！不敢叫我为你服务，我们就走呀。迟了，怕买不上鞭炮。”

她盛怒了。但又想到了那可怕的鞭炮声，觉得身上一点力量也没有了。

这后生已兴奋地脱鞋卷裤，扛起车子，踏上水流湍急的滚水桥。那一直发羞不语的姑娘，也跟着他，踏进急流。水没了他们的膝。可他们走得很爽利，激起了白色的水花。走了几步，那后生突然一把拉住了那姑娘的手，故意回头朝她喊道：

“祁书记——甭那么封建嘛！快过河吧，迟了，就买不上鞭炮喽！”

她愈加气恼了，但有些不能自禁地盯住了这年轻的一男一女，看他俩手拉手，涉急流而去。她忽然莫名地涌起一种孤独之感。

二

她也终于渡过了河，是搭了马车。车倌对她是挺尊敬的，主动邀她上车。车上有几个荆篓，包扎得蛮严实。她从那入鼻的清香中，猜到像是夏桃。是不是捎到城里去偷卖？她习惯地想追问，但没有问。因为车倌也在笑嘻嘻地不断甩着脆响的鞭子，啪，啪，啪！这声响总使她想到那可怕的鞭炮声。她是格外发烦了。

过了河，车倌又恭敬地邀她索性坐马车进城去吧：顶着五黄六月的毒日头骑车，多受罪呀！但她还是搬下车子，蹬了它而去。她很疑心这个笑嘻嘻的车倌，是在有意以鞭代炮，冲她爆响。远处，忽然又从哪个村里传来了清晰的鞭炮声，愈发显出了满目梨林的沉静。

呵！清朝的梨树。突响的爆竹。车倌的脆鞭。洋河涨水了。唉，脑筋乱了，乱极了。可在这纷乱中，那个突生的孤独之感，却越来越强烈了。她想到了自己的男人。他现在也会嬉笑着，买鞭炮放吗？呵。自从做了书记，她似乎也变成了一个男人，似乎已退净了女人的感情。他总是说，她心里已经没有他和娃，只有姓黄的。这个呆货！他也是在忌妒吧。他就因此而几次拒绝了黄书记叫他出来当国家干部吗？这个呆货，他总是不能理解她和黄书记之间是怎样一种崇高的关系。黄书记使她变成了一个不平常的人呀，变得那么迅疾，连她都来不及仔细欣赏一下自己突生的光彩！她本来也是村里一个平常的姑娘，也是常常好羞。她和她的男人羞涩地恋爱过。结了婚，仍常常发羞。可她突然被县上的黄书记发现了。发现了她的甚么？她不知道。有人似乎议论过：黄书记是为了凑“五朵金花”。是这样吗？她不知道。接着就是，入党、提干、做公社书记，不断到县、区、省的会议上，讲经验，得光彩。呵！这是怎样的荣耀呀。过去，她觉得来村里下乡的女工作员，就够神哩。现在，她突然竟比那些女工作员神多咧！呵！她是突然跌进了一个充满奇光异彩的天地。她变得如此显赫，如此富有力量，那羞涩的爱情是悄然暗淡失色了。她怎么能不崇拜黄书记？她在不知不觉中以黄书记的所好为所好，并模仿他的风度和气派了。她遗忘了女人的感情，而代之以一种超俗的狂热，将它倾注于黄书记。以至偶尔听人说，“黄书记脸上有几颗浅麻子”，她竟以为是奇谈怪论。等相机瞅时，却真有几颗浅麻子。唉。那可怕的爆竹之声却又是怎么突然从四面八方响起来的？她的男人也会放二踢脚吗？带着她的娃？

汗，仍在往外涌，也似乎是那么着急，匆忙。她真要蹬不动车子了。望望前面的路，仍未伸出绿色梨林夹着的川谷。今日这二十里路，竟变得这样漫长！日头更加毒辣辣的了。高蓝的天空，有几朵白云在远处悠闲地变幻着形状，却没有一丝儿风。不知从甚么地方又隐约传来鞭炮声！

前面那个匆忙赶路的男人是谁？她忽然望见了一个眼熟的脊背，不由有些发慌了。咋办呀？他大概也知道了那个可怕的消息，在此时此地，更会缠住她不放！她慌乱中，加劲蹬车，想迅疾超越他而去。

“哎哎哎，这不是祁书记呀？你站一站！站一站！”

坏哩。她奋力蹬车，不敢回头看他。只是愈觉无力了。

“祁书记！你站一站！”

她只奋力蹬车。觉得这呆汉已跑起来，就要揪住她的车子了。

“祁书记——你站一站！这下，该赔我的老婆咧吧？”

她仍奋力蹬车。他终于被她甩到后面了。喊声远了：“祁书记……我的老婆……该赔咧吧……”但她却被一种异常的恐惧所围迫。呵！她刚才是慌了，怕了。从来没有这样害怕过。怕甚呀？她是知道的，这个呆汉并不是烈性人。虽是在这野地里，他也不会打她。他来公社告状，总是蹲在你面前，怯怯地瞅你。他说不清楚要告甚么。问急了，他便扭着脖道：“咋？咋？我的老婆没咧！还问咋！”“赔我的老婆呗。咋！”就是这几句话。她曾经觉得他是那样呆笨，可笑，不够数。可现在，她对这呆汉却感到恐惧了。呵！怕甚呀？他的老婆又不是她打死的。那女人是自己喝了砒礵。这个心窄的女人，不过是因为村干部训了她。这呆汉说，还打了她。但谁知道真假呢。这女人在地里磨洋工，却还顶妇联主任的嘴。“咋呀？梨果都荒咧，连甜茭棒棒也不叫嚼呀？”妇联主任说她，她就这么顶嘴。这呆汉说，是在众人休息时嚼甜棒棒来。谁知道呢。可他女人顶嘴的话是有刺的呀。妇联主任组织众人当场批判她，也没错呀。批她，她还嘴硬，村干部把她叫回大队，教育她，也应当呀。她男人说，是把他老婆扭回大队斗争了大半夜，还打了她。回家来，就说她不能活咧。这个心窄的女人。唉！当时她这个书记，对村干部还是挺满意的。他们不含糊，手不软，敢斗。她甚至快意地觉得他们是在学习自己的斗争气魄。“不用怕！这女人又不是你们打死的。搞政治，还怕死个把人吗？她要寻死，我们有甚么办法？”出事之后，她是这么对村干部说的。在她第一次遇到这类事时，黄书记也是这么对她说的。不用怕？呵！她现在却为甚这样害怕呢！

三

嘭——啪！嘭——啪！

噼噼啪啪！噼噼噼啪啪啪！

县城里，鞭炮果然响得凶险，到处都是刺鼻的硝烟气味。满地都是鞭炮爆裂之后散落的纸屑。人，真多，像赶集一般。呵，就是在赶集。大街旁，广场边，这里那里，已经有乡下人在卖瓜果，菜蔬，扫帚，鸡蛋，猪娃儿，蒜辫儿……虽然零零星星，却的确是集。那可怕的消息是真的了？前几天，摆这自由市场，还是犯法的，要撵，要罚，要没收，要送回本村清查。今天，看那些人的眉眼，是有些自由了。难怪那个车倌总不断甩脆响的鞭子叫她听！

会碰见这个车倌吗？他还在后头。那个呆汉也还在后头。但会不会碰上那一男一女呢？她异常恐惧，怕被甚么熟人认出来。她连一顶草帽也没有戴！呵。这几年，她每次进城来，总是希望大街上的人们认出她来。每次坐在小汽车的挡风玻璃后面，总是企望人们看清她，认出她。今天，她竟这样怕人认出来！但街上这么多人却似乎谁也不想注意她。人们很兴奋，也很匆忙，似乎只顾兴奋地匆忙地放爆竹，甚么也顾不上了。她在恐惧中，又莫名地涌起了那孤独之感。

黄书记现在还会镇定自若吗？只需他哈哈一笑，她说不定马上就能充满力量。直到前不久他仍那么肯定地说：寒流很快会过去。"我就不信，多年树的红旗，能不学了！"他是省委委员，是全省有影响的县委书记。他在上面是有人的。她为甚要这么慌张，像丢了魂似的？她还是太嫩了吧？他见了自己这个样子，也会骂她松包软蛋吧？她除了崇拜他，还很畏惧他。谁都怕他呢。他骂起人来真凶，还用许多乡下的脏话。他整治人也很彻底。他硬，凶，狠。她怕他。他也喜欢人们怕他。她这些年，不也是很喜欢人们怕她吗？她崇拜他，她也企望人们崇拜她。难道是这种叫人畏惧的崇拜，使她觉得富有奇光异彩吗？

在显得有些沉寂的县委大院里，她碰见了办公室主任。

"老尹！黄书记要调走，是真的吗？"

"真的。"

"呵！"

"他被免职了。"

“呵！呵！他在吗？”

“昨天夜里就走了。”

“呵——真的？到哪去了？”

“回地委。先调回地委。”

“另分配工作吗？”

“谁知道呢。总得先做检查吧。”

“呵！这么着急就走了？”

“你没有听见吗？”

她知道他指的是鞭炮声。

“他也慌了？”

“他慌甚么？还是那股劲气。我看他要吃家伙。但谁知道呢？”

黄书记已经走了。他竟走了，在昨天夜里。昨夜有鞭炮声吗？老沈说，昨天城里鞭炮响得凶险着哩。可今天是已经响到乡下去了。她也会吃家伙吗？他是已经走了。

她木然地离开了显得沉寂的县委大院。尹主任似乎也没有留她。大街上，鞭炮依然响得很紧密。人，还很多。一个个仍然很兴奋，很匆忙。没有人顾得上瞅她。她又想到了自己的男人和娃。日头真毒，可她不觉得很热了，开始奇怪地觉得有些凉。汗却是还在往外涌。她没有力量再骑车了，怕撞倒人，或叫人撞倒。

“啊呀，祁书记！咋咧？身子不熨帖吗？”

唔。是那一男一女。男的还是嬉笑着，女的还是发羞。

“没甚。”

“祁书记！你脸色不好看。真的！”

“没甚！你鬼说个甚？”

“那就好，那就好。嘻嘻！祁书记，你听说了吗？黄书记昨儿黑夜是咋走的？嗐！化了妆，装了个老底户人！还从剧团借了假胡髭……”

“鬼话！”

“街上人们都在这么说呀！黄书记不敢去车站坐火车。怕叫人认出来，难招架。昨儿夜里鞭炮响得红火哩……”

“你还鬼说溜道？”

她喝了他一声。他却仍然嬉笑着，追着她，说：“嘻嘻。人们都这么说呀，还能都鬼说溜道吗？你知道黄书记为甚得坐火车吗？嘿，连县里的小车司机都不肯送他！后来，他买了两条金纸大前门，才好赖寻下个司机。这司机也鬼！只把黄书记送出咱县地面，就叫他搭票车走了。哈，白挣了两条大前门……”

她又瞪了这后生一眼，立刻骑了车，惶惶而去。

这灰货准是在瞎编，或是听信了别人的瞎骗。黄书记那么个有劲气的人，咋会像他们编得这么凄惶？

“祁书记！你站一站，我的老婆……”

坏咧！她又碰上了那个呆汉。这回是狭道相逢了，咋办呀？

“祁书记，你站一站……”

他是冲过来了。在这么多人面前，他是要揪住她了。她更觉得身上稀软、冰凉了。

一辆卡车开了过来。司机大声鸣笛，盖住了呆汉的喊叫。她便泼了命蹬车，好歹又甩脱了那呆汉。司机似乎伸出头骂她甚么来，她没有听清。她只看见自己的前车轱辘飞转着，不断碾过满地散落着的爆竹纸屑。在杂色的纸屑中，那梅红纸片是那么刺目。她忽然恐惧地觉得，那是血的颜色！

四

前面的路又伸进了绿色梨林夹着的川谷。没有人来追她。如火似的日头，已烧到头顶。高远的天空却似乎不那么蓝了。在墨绿的梨林后面，正在涌起很高的云垛，有些像无数攒动的人头，那么兴奋，那么匆忙。而田里的秋庄禾，却更卷曲了叶儿，凄凄惶惶，像失了魂。

热得奇怪。会下场雨吗？呵。洋河的水还没有落下去。这么远就听见了湍急的哗啦声。上游下了大雨，他们又饱得了一场偏雨。也会给她的公社下一场偏雨吗？唉唉，他已经走了，她已不必给他再创造“梨乡学大寨，粮食大增产”的经验了。她也不必怕他了。然而，他走了，也分明把她的光彩、她的显赫、她的力量，在突然之间全部带走了，就像她在突然之间获得了这一切那样。除了恐惧，她还剩下了甚么呢？喃喃。这是怎么一回事呀？这就是天旋地转吗？

没有马车过来了，她得自己扛起车子，涉水过河。水流湍急，行步不稳……

“祁书记——小心些！”

谁？是老沈。他来做甚？他已下了水，迎到河心来。

“嘿呀！水还真不小哩。当心些。把车子给我。来吧！你当心……”

他对她还是挺尊敬的。她却忽然感到自己在他面前摆不出一向那种气派了。身上稀软。水流很急。

上岸之后，她问老沈：“你也进城去吗？”

“不不。祁书记，我听说洋河发下水来咧。得去沿河各村转转，看组织抽水浇地没有。庄禾旱咧，旱得挺凄惶。”

“呵。那你去吧。我身上不熨帖，有些不熨帖。”

老沈脸上似乎怎么动了一下，就走了。是笑了一下吗？她没有来得及看清。但她为甚么要对他说自己身上不熨帖呢？这不是水油沟的那个灰货揶揄她的话吗！她准是更败兴得不像个样儿了。可那满目的梨林却精神得出奇。但哪一棵是清朝的梨树呀？老人们说，还有明朝的梨树。它们就没有遇到天旋地转吗？呵！有多少梨树倒在她的手下了……雷声。在墨绿的梨林后面，正在涌起的高高的云垛里，响起了雷声。

她木然地回到她的家之后，她的男人并没有发现她的异样。还有兴趣地向她披露了：那第七个给报社写黑信的人，就是老沈自己。

她木然地盯着他，甚么也没听见。

这时，他们的娃冲进门来，怯怯地瞅瞅她，就扑向她的男人，嚷道：“爹！快看我拣的炮！”

娃伸出的小手上，是几枚梅红纸裹着的小炮。

她控制不住自己了，终于惊叫了一声：“啊——血！”

村里甚么地方又爆响了一个二踢脚：嘭——啪！响得格外清脆，格外爽直。接着，有几声闷雷，从远处传来。

一九八〇年七月

门　面

一

我趴在炕桌上，无聊又无奈地写麻村的典型材料，很一阵了，总是听见房东大娘在院里跟谁说话儿。

“六十二咧？啧啧。要说，也小哩。多对付些吧。唉！早来一步，也能给你热热：火底儿刚灭了。”

“不咋，不咋。这也够……嗬嗬。我自个儿做着吃喝，也是冷一口热一口，惯咧。”

“就没成过家吗？啧啧。身子没甚毛病吧？多对付些吧。”

“咱就是眼窝赖，甚也不差。跑腿不愁楚！嗬嗬。跑了一辈子腿咧。”

“多对付些吧。南乡是肥富地面，也闹年馑吗？”

“咱自个儿没本事，跑了一辈子腿。”

“啧啧。好赖你吃熨帖，早来一步，也能……唉。”

“这也够……嗬嗬。”

听这情形，像是个要饭的老汉，可房东大娘却跟他扯说得这么亲近。

我禁不住，终于走出屋去看。天爷！这不是官庄的老丁吗？他佝偻着脊背，正将瘦小的头垂在手中的碗里，蔫蔫地进食。呀呀，我为甚么就没听出是他来？或许太注意了房东大娘的慈善，也根本没想到他会来麻村要饭：官庄在城南三十里，麻村在城北二十里。

"老丁！你咋在这？认得我吧？我姓席！"

老丁一惊，惶惶地退了几步，那深眼窝又眯了一条缝，瞅我："哦，哦哦。记得，老席，记得……"

他那蔫蔫的神态中忽然生出些精神来，仍像过去认出我时那样。

"你咋地，咋在这？"

"嗬嗬。老席，你知道我，不会做庄稼营生，评不下工……"

"你咋地……唉！老丁，进屋里歇歇！"

"不咧，不咧。老席，我是自家没本事，不是成心给官庄丢脸。你千万不能告他们说！"

"官庄减产咧？"

"没，没。还模范着哩。我跑这么远，就是怕给官庄丢脸。跑腿咱不惧乎。嗬嗬。"他像愈有精神了，又那么喋喋不休地说，"老席，你时长没去官庄了吧？还模范哩。大队的新宅院，还排场哩。就是春兰那妮，不经心。玻璃上的雨水道道，也不擦擦。东墙根底堆的那些些砖头瓦片，还在！嗐，门面地方，不经心咋行？"

天爷！他已到了这般地步，还想着那门面，怕给官庄丢人。可他哪里知道，他远路风尘来要饭的麻村，也像几年前的官庄那样，忽然模范起来了。

二

我认识老丁，是在一个夏天。天热得日怪。

头年，官庄的产量忽然往上冒了一家伙。这年麦季，夏粮又冒了一家伙。县里的领导说，官庄是新涌现出来的学大寨先进队，叫我去写典型材料。我就去了。

三十里路，顶着毒日头。到官庄时，已热得软瘫了。这村一向落后，我未来过。所以，寻到大队部时，想不到竟是一座旧庙。门前石阶高高，门楼的瓦楞上生有青青的蒿草。但院内却挺干净、清爽。砖墙都刷着白灰。庙房的窗户上安有不多的几片玻璃，倒也擦抹得十分明净。加之院内那两株苍翠的古柏，很给人一种清爽、庄重的感觉。只有庙堂屋脊、飞檐上的兽头之类，被敲掉了，显得有些发秃。唔，这里还是个好地方哩。

院里静无声息。正屋的几扇门都挂了锁。我只在西厢一个小屋前推开一扇门。屋里小炕上歪着个老头儿在打盹。他头脸极瘦，眼窝深陷，要不是手里的一柄破蒲扇在款款地摇，真看不出有任何生的动静。我正要唤醒他，他就先惊醒过来，霍地跳下地，深眼窝眯了一条缝，瞅瞅我，便忽然生出精神来，仿佛受了甚么激发似的。

"同志是刚到吧？快坐，快坐。嗬嗬，你看我！正还说不敢犯迷糊，就迷糊上咧。快先歇歇。天热，热得邪。同志来过官庄吧？我记得你。天真热！"

哈，这老汉竟记得我？可我的确是头一回来官庄。我说他记错了。

"嗬嗬，叫同志笑话咧。你看我，就是这好记性，赖眼窝！但凡见过的公家同志都忘不了，就是认不准。"

老汉的眼力似乎的确不佳。他准是常常认不出见过的客人，故这样先发制人。有意思。我细看他，的确很瘦，脊背有些佝偻，但现在却显得颇有精神。只是虽不断说天热，却仍穿得很多，青布夹袄裤，扎着绑腿，前胸更鼓囊囊的。他不像是村干部。

我说明来意，要见见支书。

他说头儿们到公社开会去了，后晌才能回来。叫我先住下，他就去派饭，号房。说毕，就迈着十分欢爽的步履，去了。

老汉的小屋里，光线很暗，闷热异常。炕上有铺盖，炕头有锅灶，风箱，墙上的神龛里放有瓶罐碗筷之类。他显然是在大队看门，跑腿，很像以此为家。对他，这倒也是一份合适的差事。

我走到院里来，在柏树下乘凉，想着这份材料不知能否写得顺利。可老汉转眼就回来了。笑着说一切都妥了，一会儿就送我去吃饭，吃罢饭就领我去歇息。笑容和言语中，很有些自得的意味，仿佛为来客派饭、号房，是一件怎样重要、复杂的事体，而他竟办得怎样妥帖、干练。

“老汉，你贵姓？”

“复姓皇甫，贱名贵丁。村里人都喊咱瞎贵丁，公家同志叫咱老丁。呀呀，你看我！还没问问同志贵姓！”

“我姓席。”

“啊呀，老席！你也是稀罕姓！我认得的公家同志，多咧，还没一个姓你这姓的，也没一个姓我这姓的！你也是稀罕姓！”看他这感兴趣的样子，好像由于我姓了不多见的姓，他的皇甫复姓也珍贵了似的。

“那我就也叫你老丁吧？”

“哎哎。老席！”他显然很满意这种称呼，脸上又有自得的笑意。

“老丁，你在大队，年长了吧？”

“年长咧！日本人手里，咱就在村公所当差。你看，多少年啦！那时，咱是个两头鬼，明侍候日本人，暗侍候八路军。年长咧。”

“呀，老丁。你也算个老革命哩！”

“快不敢说这！旧社会，咱剥削过人，也叫人剥削过。是两头鬼。”

“你还剥削过人？”

“老人手里留下一顶轿。村里娶媳妇嫁闺女，断不了赁咱这顶轿，咱剥削人家的赁钱花。可咱也断不了借财东们的高利贷，叫人家剥削。”

这些话，他显然颇觉有滋味，所以说起来仍有些自得，并不像在反省。在经过了“大革命”的横扫、“清队”之后，他还这样不避讳剥削之类，反用它来给自己的言谈添加色彩，我是有些奇怪了。大约那“大革命”在这落后的官庄还并不深入，只敲掉了房脊的兽头之类，未曾触及老丁一流吧。

不过还是避讳一些为好。可老丁却似乎以为我听得有兴趣,索性搬来两个板凳,同我坐在古柏的阴凉下,喋喋不休地扯说起来。他总是说他自己,既敢自夸,也能自贱。说他当差如何勤快,却又说年轻时如何嗜好耍钱,以致没娶下个老婆。说他要顶半个村长哩,却又说自己是个废人,不会做庄户营生。说他如何见过世面,却又说还没坐过火车。说他练就了两条铁腿,硬朗得很,却又说小肚一向受不得风寒。他撩起青布夹袄大襟叫我看:就是三伏天,他也裹着四层兜肚呢。还说,到冬天,要裹十几层哩。这大概是夸张吧,不过我的确看见了四层:红布、印花布、劳动布、毛巾布。我是有些同情这个孤寡的老差役了。但他由于我肯听他说自己,颇为欣欣然,像过了一种瘾。

我吃过派饭回来,却见他孤孤一人,蔫蔫地垂了头,在款款拉风箱烧火。但一见我,就有了精神,执意立刻送我去休息。给我号的房,离旧庙不远,也蛮净洁。他说房东也是公家干部家属,开通。我表示满意,催他回去烧饭。但他欢爽地走后,旋即又欢爽地返来,更佝偻着腰,背了一篓柴火。说这是闲房,炕发阴了,过过火,睡不出毛病。我又催他去了,但不久他又欢爽地踅来,提了一暖瓶热水和一根蒿草编的火绳。说热水是他烧的,省得麻烦房东;火绳是他编的,夜里点了,蚊虫不敢来。说完又走了。这回是拖沓着步履,蔫蔫地垂了头,没有踅回来。

官庄由于有老丁,我初来乍到却也觉得可意。只是,村支书虽还健谈,却说不出是如何先进起来的。对我的询问,常那么很怪地笑笑,说:“老席,你就看着写吧!”找人了解,也无收获。人们似乎还不知道官庄已经模范起来了。所以,这份材料,又写得相当艰苦。只有老丁仍抽暇跟我谈他自己,有点趣味。不过,他也只限于谈谈自己。此外,便是定时给我背来柴火,送来热水、火绳。还把邮差送来的报纸,及时拿给我看,然后捏着一叠信件,去送往各家。记得我离开官庄时,他忽然又失去了那焕发的精神,蔫蔫地说:“老席,还来官庄吗?咱们是熟人咧。嘀嘀。”

三

官庄却是很快红起来了，跃上全县学大寨的金榜。不知道是否与我写的材料有关？反正在转年秋初，我又奉命来官庄写新材料了。

但我这回一到大队，就立刻惊呆了。旧庙门前的高石阶仍在，门楼瓦塄上也仍生着青青的蒿草，可院内的庙堂房舍几乎全拆毁了，满地堆着砖瓦木石。连那两株苍郁的古柏，也伐倒了。就只有西厢老丁住的那个小屋孤孤地兀立着，很有一些败落气象。

老丁准是觉出有人进院里来了，佝偻着背，走出小屋。他眯着眼瞅瞅我，忽然就有了精神："同志是刚到吧？快进屋，快进屋。来过官庄吧？我记得你！快进屋。"

我知道他没有认出我："老丁，我头年夏天来过，跟你一般，是稀罕姓！"

"呀呀，是老才吧？记得，记得。"

"老丁，我姓席！"

"哦哦，老席，记得，记得。你看我，好记性，赖眼窝！这一年，来得公家干部也多咧，又经见了好几个稀罕姓。嘀嘀，真是百家姓！快进屋。"

老丁这回分明更显兴奋，是因为结识下更多的公家干部吗？走进他那孤孤的小屋，我问："老丁，庙房怎的拆咧？"

他立刻兴奋地说："老席，拆了庙，盖新大队呀。在村东头，新式排房，四幢，三十来间！还有客房，伙房！你们公家干部再来，就甭派饭，号房咧。嘀嘀。老也老咧，还能守几天新式排房。我寻思，搬过去，够排场哩，就是见天打扫擦抹，费时费劲。光三十来间房的玻璃，擦抹起来是一时半晌吗？不过呢，咱做得个甚？费劲，可到底排场！"

原是如此！这或许很好吧，至少因为老丁是这般兴奋。可我竟说："就是这庙，拆了可惜。"

"说也是哩。可如今官庄模范了，几乎见天有客人来。大队是门面地方，再扎落在古庙里，寒碜呀。拆庙那头几天，我还心里不受用。可细思谋，难活个甚？就是那两棵老柏树，伐了可惜。早年就听老人们说，这两棵柏树，是官庄的风水。”

风水不风水吧，那两株古柏，倒委实令人可惜。

这回老丁给我号的房，离大队远了，房子也逊色许多。他说，去年住过的那房，有公社领导住着，时长咧。叫我委屈点吧，再来时就能住新客房哩。他仍按时送来柴火、热水、火绳、报纸。只是由于他不仅要侍候我一个公家干部，也由于他还要尽职精心照看庙院里的砖瓦木石，显得格外忙乱。但他也显然越发精神了，步履欢爽、轻捷，佝偻的脊背也似乎有些挺直了。变化最大的，就是他不再跟我说他自己了。他显然有了新的精神寄托：他总是扯说新式排房。他还两次硬拽我去村东头，看那正在垒根脚的新宅，特别指给我看，哪里是新客房。在庙院里，我也亲眼见他几次跟队长一类的村干部争吵，变了眉眼：他不准他们拿走一块砖，一根椽！

“哈！瞎贵丁眼倒怪尖！”

“好容易哩，我是做甚的嘛！”

“借还不行呀？给你打借条！”

“那头工地上紧等用哩！”

“还差乎几根椽？我们是小队用。”

“县政府用，也得支书放话！”

老丁真绝咧。看那架势，仿佛在守护甚么圣坛。与其说他是一心为公，倒不如说他是虔诚地在迎接一个转折。由古庙迁入新式排房，他似乎也将开始过新的生活。可“新”在甚么地方呢？我看不出。他不过是更忙碌地打扫，擦抹，跑腿，“侍候”人。难道在那排场的新式宅院里做差役，他也会新起来吗？可老丁却的确是在虔诚地迎接这个转折。

这次写材料，村支书越发说不出甚。他似乎也没有很高的兴趣，直说：“老席，熟人啦！由你写吧。”他还说，如今官庄是公社书记的点咧，有个公社副主任常在村里替书记守点，叫我去寻他。在官庄几天，我也实在逮不住村支书:他也全力为兴建大队新宅而忙碌。奇怪的是,村支书对兴建大队新宅并不感兴趣,不像老丁那么兴奋。他向我诉苦:“缺钱短料,愁煞人咧!”我问他:“既如此,何必要拆庙?”他说:“这是公社的意思。如今官庄是全公社的门面,大队扎落在破庙里,像个甚?”

公社的意思,或许是对的吧。村支书的愁楚,也该同情吧。而我写材料的艰难,更是实在的。只有老丁,兴奋溢于言表,抖擞起精神,在迎接乔迁之喜。因此,这次我离开官庄时,老丁没有伤情,用那深眼窝瞅住我,大声说:“老席!甚时还来呀?再来,就到村东头新排房来,认得了吧?来新宅院找我!我准把你熨熨帖帖安顿在新客房里!”

四

我终于有机会再来官庄时,官庄已升为县里一位领导的“点”了。他说,最近地委要开交叉检查现场会,官庄已定作一个检查点,叫我去准备一个材料。“要弄出水平来!这个检查点就是全县的门面,不能在地委领导和兄弟县领导前面丢了脸!”我奉命去了。

这正是夏锄时候,天又很热了。到官庄时,累得浑身发软。可大队的新宅院却那么堂皇地焕发着精神,呀,果然排场!仅是那洋气的三开大门,就几乎可以抵得上县委会门面的气魄。精致的水泥洗砂柱,花哨的铁栅栏门,比那蒿草青青的庙门楼,委实新式多了。

但接待我的,却不是老丁,竟是一个相当俊俏的姑娘。她模样儿好看,说话声好听,眉眼像花儿似的笑着。她恭敬而得体地问明我的身份、来意,便引我到新客房里,请我洗脸、喝茶、吸烟,说我准热、累、饿,辛苦煞咧。同时就一阵风似的飞到伙房去报饭,飞到广播室去喊村支书。那殷勤之状,并不亚于老丁。新客房里,床新,被新,桌椅新。大队的新宅院,真是一切都新了。连这个俊俏的姑娘,也是新的。这倒也使人觉得适意。可老丁咋地啦?会不会有甚么不测的灾病呢?

这个叫春兰的姑娘又飞回来后，我忍不住问她："原先在大队的老丁呢？"

"下放咧。"

"下放？"

"下放到小队，劳动去咧。"

"为甚？"

"嫌他老、脏、落后呗。"

春兰又像花儿似的笑了。我心里却不禁有些酸酸的。老丁叫下放了，嫌他老、脏、落后。大约是摆不到这堂皇的门面上吧。他去年是那么兴奋溢于言表，抖擞起精神，做这新宅的新梦。还发愁清扫不好这许多房间，擦抹不净这许多玻璃。现在他是不必为此而犯愁了。客房的新玻璃的确也并不那么明净。可春兰姑娘却笑得像花儿一般。

村支书来了。他对我的到来，却似乎不很欢迎。他说如今官庄是县里的点咧，还下来找他做甚？我终于又忍不住，问他为甚下放老丁。

他像忽然生了气："下放还是好的哩，他早挨上批判咧！"

"为甚？"

"谁叫他成天价瞎说！'我侍候过日本人！''我剥削过人！''我有过要钱的毛病！'"

"嗐，你还不知道呀？老汉是说着解闷哩！孤寡一世，他不说这说甚？头年，老汉见盖新排房，高兴得像个娃娃。"

"谁叫他脸像核桃皮？谁叫他罗窝腰、瞎眼窝！老席，甭说咧，管这做甚？反正有你好吃好喝。伙房给你做上饭了吧？"

说罢，村支书就垂了头，去了，竟像老丁那样拖沓着步履。

我在这次写材料时，总不断想到老丁，恍惚觉得他的被下放，是跟我写的几份材料有些关系的。可庙院里他住的那个小屋，也拆除了。听人说，他搬到四队饲养室去住了。那房是土改时分给他的，一直叫队里占着。现在他下放回来，队里又腾不出，他只好跟牲口挤在一室。我几次想去看他，又觉于他于我都有不便，再说见见他，也不过给他徒然添些伤感，并不能将他重新上调。但在一天晌午，我终于见了他。

这天吃过午饭，想睡一睡，可春兰姑娘却又在放广播，金戈铁马，气势逼人。我只得逃出村外，沿大渠边的树荫闲走。好像已经走得很远了，我忽然望见老丁拖沓着步履，佝偻着脊背，荷锄蔫蔫而来。

“老丁！咋地才收工呀？我姓席！”

“哦哦。”他那深眼窝又眯了一条缝，瞅瞅我，虽有惶愧之色，却也习惯地生出些精神来，“老席，记得，记得。”

“你咋地才收工呀？”

“老席，我如今受批判哩。规定的地亩，锄不完不能回来。嗬嗬。受批判，也该。咱侍候过日本人，咱剥削过人，咱年轻时迷过耍钱，早该受惩治哩。要是早受了惩治，兴许咱能娶下个媳妇，立落个家。”

我真不知该说甚么了：“唉。热红晌午，快回村吧。老丁！”

“哦哦。早受些惩治，咱也不会是个废人。老席，你看我，瞎活了一世，嗬嗬。”他却显然不想走，拄了锄，喋喋地说起来。“瞎活一世，连锄头也不会耍。老席，耍锄头真有些讲究哩！黑虎掏心，两耳煽风，刨窝跌旦，呀呀，有讲究哩。老咧，批咱也学不会。早受批，兴许能学会……”

他又像过瘾似的，在跟我说他自己，显得更有些精神了。可他是分明更枯瘦了，像一株将萎竭的老树。脊背更明显地隆起，眼窝更深陷下去。那两条铁腿上穿着棉裤，青布夹袄的前襟也更鼓囊着，不知多了几层兜肚。

“老席，你是住在新客房吧？好住吧？”老丁忽然变了话题，愈兴奋地说，“那新式房多排场！官庄自古还没过这么排场的官房。就是春兰那妮，打扫擦抹得不经心。你见了吧？玻璃上的油漆道道，还有！院东墙根底那堆砖头瓦片，也摆了半年咧！大队是全村的门面地方，不经心咋行？唉唉。”

呀呀！他已是这般情形了，还顾着那排场，门面！听村支书说，为了盖这新宅院，去年全村的工值六毛开成三毛。而老丁，更是因有了这新宅而败落如此。而他却竟依然虔诚地顾着这排场的门面。我忽然想到自己官庄此行的任务了。不也是为了全县的门面吗？县领导看重门面，命我来弄高水平的材料。公社头儿也看重门面，叫古庙变了新宅。而老丁因新宅的门面而潦倒，却竟也看重门面。多么有魅力的门面呀！老丁就不能跟我抱怨几句这可怕的门面吗？他喋喋不休，又说了许多新式排房的事，却没有抱怨。临了，只瞅瞅我，说："还住几天吧？往后再来。有客房啦，好住！"说完，又忽然失却了精神，荷锄蔫蔫而去。

五

谁想到，就在他被下放后不到一年，竟来麻村要饭了。可麻村却也很快上了全县学大寨的金榜。一想到老丁，我就对自己所写的这许多装饰门面的材料，深感不安。

在这年全县学大寨群英会上，我遇到了官庄的支书，便又忍不住问他："老丁到北乡去要饭，你知道吗？"

"不知道人家会批判他吗？"他又有很大的火气似的，"先进队能去要饭吗！"

"可老汉是没办法呀。你们该管管。"

"咋管？我也快去要饭咧！"

"不能吧？官庄好赖是先进队。"

"先进队？哈哈！老席，这先进的牌牌，不知能不能退？"

"先进得不稀罕咧？"

"先进得后悔咧，后悔煞咧！"

"咋？"

"都怨咱肚肠小，脸面薄。起初，咱是落后得挨不了人家那骂，也眼红人家先进队那份荣耀。就赌了口气：先进，谁不会？有贼胆就行。嗐，果然容易！不用请，你不是来写材料了吗？可如今先进得……咳，图那门面做甚？还不如挨他们骂！”

呵，原来他也是为门面而先进的。县领导，公社头儿，村支书他，还有老丁，大家都信奉门面主义。最虔诚的却似乎是老丁，他并没有甚么贼胆，可因此而最潦倒的也似乎是老丁。村支书说的贼胆是甚么呢？我问他。

“哈哈！老席，我是瞎说哩，说着耍笑哩！学大寨，还能后悔吗？耍笑哩，耍笑哩。哈哈哈——”

“哈，嘀嘀。”我也只得跟他笑笑，但还是说，“可你总得照护照护老丁呀？”

“照护甚？瞎贵丁已经死咧。”

“死咧？”

“死咧。”

“咋死的？”

“老死的呗。”

“哦——”

“死了也就省得受罪咧。棺木也算排场。拆庙的时候，锯倒那两棵老柏树，我悄悄主了点事，早给老汉留下一副寿木，就算我贪污吧。装殓的时候，众人也没忘给老汉多穿裹儿层兜肚，受不了风寒。嗐，死了省得受罪咧。”

老丁死了。这回他是不再结记大队新宅院那排场的门面了。只是不知俊俏的春兰姑娘是否仍然像花儿似的笑着。

一九八〇年九月

铰辫子

一

晌午，齐七奇忽然被曹支书叫去喝酒了。酒桌上，支书不动声色地对他说："七奇，这几年你当团支书，当得不赖。党支部准备叫你当副支书，升一升。"

"真的？我怕当不好吧……"

"我跟公社打过招呼咧。甚时开干部会，宣布一下。"曹支书仍不动声色，甚至也不看他，"来来，干了这一盅。过一二年，我也让贤呀，你来给咱们干。"

"我？当支书……"

"你年轻有为。来，再喝了这一盅。"

没有喝下几盅酒，齐七奇便有些醉意了。这老鬼，倒拿捏得稳！可他还看不出来吗？他写的那几封匿名的揭发信，准转回公社来咧。他知道公社会有人叫这老鬼看信的。揭发的那些事，也只有他知道得那么多、那么详情！不请他喝酒，还等甚？哈哈。一切都按他所谋算的那样发展。他的前程，又跃升了一级。离他所追求的那个支书的位位，只有一步之遥咧。何况，曹支书已经说了：要让贤。

他齐七奇心计不笨——人们说对咧。早那几年，他在谋算自己的前程时，就看出门道来了：在村里当个有眉眼的干部，比做甚都强！村里再穷，还能误了干部们好活吗？看人家曹支书，细绵绵的白手，甚时缺过钱花？当支书没几天，十间新瓦房盖了起来，儿女们一个个穿戴得比城市娃还洋气。比那在外挣三四十块死钱的小干部、烂工人，不强多咧？再说，你就是想出去挣那三四十块死钱，也得干部叫你出去，你才能出去。村里再有本事的人，还不都捏在人家手里？叫你有本事，你才能有本事；不叫你有本事，你再有本事也还是灰猴儿一只！曹支书人长得不起眼，可村里辈数再大的、本事再绝的人，谁不得加敬人家！他齐七奇心计不笨，虽然不愁出息点本事，可哪如去做个决定别人有无本事的人，决定别人荣辱的人，决定别人命运、前程的人？

但那时，他齐七奇还是个没眉眼的后生。大队的头儿们谁能看上他？想巴结人家也轮不到他跟前！为了当干部，他曾经那么积极。可曹支书连句正经话都没跟他说过，仿佛还不认得他是谁家的子孙！谁想，就在他挺伤心的时候，偏巧赶上了修盖新大队部！那天夜里，他游荡回来，偏巧就瞅见曹支书扛了几根碗口粗的丈二椽，往家走！这还不是他福大呀？他灵机一动，猛然就高兴地狠拍了一下自个儿的脑袋。对咧！有法儿咧！看他曹支书还认得不认得他齐七奇是谁家的子孙！可一细想，又很害怕。天爷，这可是朝支书痛处戳！惹恼了这个全村的爷，可有他的好看受用！但那个法儿却又是那样地激动着他：试试怕甚？难道能把他开除成副社员吗？鬼还怕恶人哩。经过反复思量，齐七奇决定铤而走险啦。从那一夜起，他便暗暗盯上了曹支书。支书每往家扛一回椽，他便在第二天去找支书报告："支书，昨儿黑夜大队又丢了好几根椽。"如此数次之后，曹支书终于在一天傍晚对他说："七奇，走，到咱家喝盅酒去。会喝吧？"在酒桌上，支书叫他入了党，当了团支书！

他忘不了那是一个月光很明亮的夜晚。喝的是薯干酒，炒的是一盘鸡蛋。今天呢，日头红辣辣，喝的是高粱白，炒了四盘莱！只是，那一次曹支书还几次瞅住他笑笑，没有喝多少酒；这一回却不很看他，喝了许多酒，神色颇显疲惫。可齐七奇却在心里笑了，比那一次笑得更美气，更稳沉。

二

等一觉醒来，已经是后半晌了。酒劲还没有过去，一种异样的兴奋却很快就充满了他的意识。他把头伸到镜儿面前，仔细看自己的眉眼，越看越入迷。许久，他才发现，自己的头发长咧。对，应该到镇上，甚至是城里，去理个时新头，光眉俊眼去上升！哦，近来众人都说，村里的拐六保理发手艺比城里剃头铺也不差甚，何不叫这拐娃下辛苦给理理头？这拐娃是他领导下的一个老实团员，倒是心灵手巧。那二年，他叫他出黑板，总是那么顺从、那么认真，还画上那么好看的花边儿。这娃这二年学了剃头手艺，今年好像竟挑上剃头担子，到镇上耍手艺挣钱哩。如今干部们不咋管这号事咧。可剃头手艺能出息个甚？这六保又老实又拐，也就能侍候人呗，哪里还晓得想法儿叫支书请他喝喝酒？今日就好生侍候侍候咱这个副支书吧！

齐七奇带着酒腥气和那异常的兴奋，直奔拐六保家而来。可他正要进街门，猛不防就从脊背后头飞出两个妮子，毫不客气地挤过他，手牵手夺门而进。他只瞅见四条甩动着的辫子，还有留下的一串笑。

他不由有些发恼！可拐六保家院内，却是一片叽叽咯咯的笑声。竟有七八个姑娘妮子团团将拐六保围住。呀，嗡嗡嗡：拐六保竟置买下了电吹风，正给一个妮子吹头。一边跟众妮子惬意地搭话，一边还那么歪来歪去地摆动着他那颗小脑袋，俨然像个把式！

他去细看那个正被吹风的妮子，发现竟是谭木匠的闺女先芝！她那两条挺俊气的辫子被铰咧，在拐六保的舞弄下，头顶上正开着一朵菊花似的。呀，她铰了辫子越发俊俏咧，还那么又羞又喜地甜笑着。再看那围观的众妮子，一个个都拖着长辫儿。难道她们都是等着拐六保在头上画花儿的吗？

“拐六保！来，先给咱推推这颗头！”

齐七奇喊了一声。众妮子回头看看他，便立刻吱哇道：“排队！”“排队！”“排在我后头！”

拐六保看看他，脸上堆着笑，倒很客气地说：“是七哥呀！稍等等，稍等等。”

可先芝看见他，却随即收起了那又羞又喜的甜笑！

“吱哇个甚？我有事，有公事！”

“有事不早来！”“谁没事？”“排在我后头！”

齐七奇注意到喊叫“排在我后头”的妮子，原是平素挺绵善的翠平。可现在却这么泼！刚才夺门而入的准也有她了。他愈有些发恼。可众妮子却丢下他，又围住拐六保叽叽咯咯起来。拐六保也不再说甚，专神在给先芝吹头，先芝又那么又喜又羞地甜笑了！齐七奇相当不受用地待在众妮子的圈儿外，忽然发现拐六保的院里，种着几丛茂盛的西番莲，正开满艳丽的花朵。大红瓣儿镶着白边儿，像这些爱显露的妮子！哼，先芝，她喜甚羞甚呀？他来理发，是为了光眉俊眼去上升，她为甚呀？为讨人喜欢吗？准是！可是，那二年，他跟她搞对象，从全村众妮子当中挑中了她这个俊妮子，她也愿意搞，却总是那么呆！呆眉呆眼，不会羞，不会笑，不会说亲密话儿，不会搞恋爱！他白下了那么多功夫，甚至在曹支书面前替她爹“走后门”，允许谭木匠悄悄揽点活儿做，不批他的资本主义。可跟这呆妮子搞恋爱，真没味煞咧，他只好拉倒了，去另挑俊而不呆的妮子。说来也怪，俊而不呆竟终于难得。现在先芝却忽然不呆咧！但她是不是已有了新对象呢？

“我看，先芝铰个烫发头，准好看！”“就是，就是，越像城市妮子咧！”“越变得俊哩！”

众妮子这么叽叽咯咯地笑着，先芝也哧哧地笑起来，仿佛久欲畅笑而终于得了机会，也仿佛这么叽叽咯咯地笑笑，才浑身熨帖似的。都疯咧！齐七奇莫名地觉得这些笑是那么讨厌，冲淡了他的异样兴奋，冲走了他的酒劲。他催拐六保快些动作，拐六保一脸笑应承着，却仍然仔细地在给先芝吹风，真像每一根头发都要下功夫似的。这拐小子是不是想讨先芝喜欢呢？可众妮子也似乎在讨好这个拐子：夸他、赞他，叫他六保、六哥，一律忌讳了那个拐字！

先芝终于吹完风啦，但一个妮子却早抢坐了位位。其他妮子围住先芝，欣赏评论她的头。拐六保脸上堆起了笑，那么可意地端详她。她更羞羞地甜甜地笑！忽然，她的眼光碰上了他，那羞而甜的笑又立刻收起了。她扭头跟拐六保说了句甚么，匆匆抬脚走了。众妮子那么怪样地瞅瞅他，便又叽叽咯咯笑起来。

齐七奇心里冒起一股无名怒火，丢下众妮子，去追先芝。他追上了她："先芝！"

"做甚？"

"……"

"呀，对咧。我跟翠平一搭来的。我还得去等她，一搭走！"

翠平分明是与他擦前抹后来的，怎么会是跟她一搭来的？可她已重新返向拐六保的街门。

"先芝——"

她已夺门而入。

三

月亮升高了，很明亮，天气也不冷不热，是搞恋爱的好时辰。但一团斑驳的树影正遮住了谭木匠的街门，无数铜钱似的光点，零乱地在紧闭着的门扇上晃动。齐七奇推开了那门扇，门轴突然吱呀叫了一声，怪而吓人。

院里月光似乎比街里更明亮。先芝一家：她、她娘、她爹谭木匠，正围坐在院中的石桌旁。此外还有一个年轻后生，一个老女人。准是门轴那吱呀一声怪叫，他们都扭头在看他。

"是'气气'——？'气气'你快来坐吧！"

竟是那个后生站起来招呼他。这不是秃舌头二旦吗？对咧，听说这小子已拜了谭木匠做师傅。可这货连"七奇"也叫不准，叫成了"气气"！气气你！说不成句话，还这么殷勤！

"我走呀，你们坐吧。"

那老女人站起来告辞。先芝、她娘、她爹谭木匠，都立刻站了起来，留她留得那么亲热！那女人走了，大家都跟着去送她，连秃舌头二旦也去了。呵，那女人在称赞先芝了，也说她铰了辫子更俊咧。先芝更甜声甜气地嗔叫："三婶，看你——"

院里的月光的确很亮。可石桌附近那棵石榴树的影儿也那么光怪陆离，正遮住了一堆刨花。呀，她家也种着西番莲，跟拐六保院里的西番莲开着一样的颜色，大红瓣儿镶着白边儿！

他们回来了。"'气气'你坐呀！"又是二旦先招呼他。

"坐吧。"她娘说。"坐吧。"谭木匠也说。"请坐。"先芝终于也说，却不看他。

"不坐咧。我是有事来。有事。我舅家想割个风箱，寻不下好匠人，怕可惜了那根好楸木。又急着用！看谭五叔能不能先给割割？"

齐七奇忽然编出了这样的托辞，想看他们怎样表态！那二年，他的话对谭家是很有斤两的。他挑上先芝搞对象，谭家就更加敬他咧。他跟先芝拉倒后，谭家还挺不好活。但是，现在谭木匠竟摆起了架子：说手头还有几件当紧活计，急了不行！她娘更拿捏着说，刚才吕家三婶也是件急活计，得先紧人家。

"吕家三婶割甚呀？"

"给她大玄割新式立柜！"先芝娘神气地说。

大玄？就是那个刚住了大学的大玄？难怪他们对大玄娘那么热乎！难怪先芝对大玄娘那么甜声甜气！天爷，她是为这个大玄铰了辫子吗？

“大玄刚考上学校，急着用甚立柜？”

“他娘喜得坐不住咧，早给娃准备哩。给了谁不高兴？我们也替吕家高兴哩！”她娘也像高兴得坐不住了。

“除了这，还有几件当紧活计，急了不行。”谭木匠仍在摆架子。

这时，先芝不断摩挲着那菊花样的新式头，笑瞅月亮映在地上的头发影儿，竟像没有听见他说甚么，一味在跟秃舌头二旦低声嘀咕甚么，还笑起来，显得那么近乎！齐七奇终于忍不住了：“先芝！”

“做甚？”

“跟你说个事……”

“说吧。”先芝坐着不动，仍在摩挲头发。谭木匠老两口却忽然警惕地瞅他。秃舌头二旦竟仍在笑。

“出去说，先芝！”

“甚事？你说嘛。”

她仍牢坐着不动。倒是秃舌头二旦又先笑道：“先芝，‘气气’叫你去，你就去吧。”

“去就去。”先芝竟听了二旦的话，站起来径自走出街门。但一出街门，她就站住了：“甚事？”

“哦，呵，今晌午曹支书又叫我去喝酒来。”

“叫你喝，你就喝呗。”

“支书说，要提我当副支书。”

“叫你当，你就当呗。”

“支书还说，过一二年他也让贤，想叫我接替。”

“叫你接替，你就接替呗。”

“先芝——”

“做甚？”

"……"

"就这事吧？我回呀，黑天半夜的。"

先芝迅疾抽身闪入街门，门轴立刻又吱呀怪叫了一声，两扇门便关紧了。只有那无数斑驳的光点，仍在零乱地晃动。

四

这一夜，齐七奇失眠了。两眼瞪着窗户纸上的月亮影儿，咋也不瞌睡。要当副支书和随之而可能当支书所引起的兴奋，被先芝妮子给冲掉咧。她在他眼前披露着新的魅力，却不愿再顺从他，搭理他。告了她他要当副支书的讯儿，她也不愿跟他多说话。是记着丢了她的仇吗？可他跟她拉倒时，只是说他当团支书，得带头晚婚，又没说她呆。她准是跟大玄勾搭上啦！好个大玄，个儿愣，脚板大，一脸粉刺疙瘩，倒会引逗这妮子！为他铰成新式头，为他那么羞羞地甜笑！可跟他齐七奇搞对象，却总是那么呆眉呆眼！为甚呀？不就因为那愣大个儿住了大学吗？还有那个谭木匠……哼，得给这谭木匠、愣大玄施加点压力！但首先得证实先芝是否真的勾扯上了大玄，得想个法儿。

所以，第二天前晌，齐七奇便来到大玄家。由于要做副支书了，他自觉脸上多了许多光彩。但他看见大玄娘时，竟觉这老女人脸上也光彩了许多。而且对他只有客气，没有加敬。

"三婶，忙哩？"

"可不是。七娃你坐。宅院后头那棵核桃树，打了多少官司，总算落实回来咧。早年结多少核桃？如今成了干圪枝咧。好赖吧，总算落实回来咧。大玄也总算有出息，考中了大学。一高兴，我就叫把核桃树锯啦，给大玄割几件新式家具！就忙这哩，你坐呀？"

"三婶，大玄是有出息咧。我姨家村有个好妮子，想给大玄提提，叫我先来问问你们……"

“呀呀呀！这一阵，来给大玄提亲的人真要踢破我家门槛哩。可大玄自个儿早恋爱有现成对象！”

“谁？”

“他同学，一搭都考中了大学。”

呵，大玄早有了对象，不是先芝。他松了一口气。他没有坐，要走了。可吕家三婶却由于他也来提亲，越发觉得光彩了似的，跟他大扯起闲话来。他又有些莫名的不受用了。他没有显示出自己的光彩，倒给这老女人添加了光彩！哦，在吕家这堆着核桃枝杈的院里，竟也种着几丛西番莲，也是开着大红瓣儿、镶着白边儿的花朵！

齐七奇离开吕家，又想到了先芝对他的冷落。她是跟谁搞上了呢？会不会是拐六保呢？这拐子那么下功夫给她铰头发，她也那么又羞又喜地甜笑！她家跟拐六保家又都种着一样颜色的西番莲！不对。大玄家也种着这种西番莲。拐六保毕竟是个拐子！那会不会是秃舌头二旦呢？二旦除了舌头短，也生得俊眉秀眼的。她跟二旦那么近乎。昨晚他叫她出来，她坐着不动；二旦说了话，她就出来了！还有谭木匠，为甚偏偏收了二旦做徒弟？二旦有可能。若是二旦，更不愁给这小子些厉害看看！

于是，齐七奇便又来到秃舌头二旦家。他仍然用的是提亲的法儿。可二旦爹却告诉他：二旦他姨已给二旦说下媳妇，很俊，跟先芝长得有些厮像！而且，他在二旦院里，竟也发现了同样红白相间的西番莲花。真是日怪煞咧。那么先芝是跟谁搞上了呢？会是拐六保吗？在这天后半晌，齐七奇又去找拐六保推头了。但拐六保院里仍然挤着许多等候铰辫子的妮子。她们吱吱哇哇，叽叽咯咯，不肯让他先推。时不时地还要被她们耍笑几句，创造畅笑的机会。一连几天，都是这样。每天后半晌，拐六保挑着剃头担子，拐跶着从镇上一回来，村里的姑娘妮子们就一窝蜂似的涌过去，简直成了运动咧！是大队号召她们铰辫子来？没有的事。她们都有甚么值得高兴的事？她们是在起哄！看来，先芝也不过是参加了这个起哄。她没有跟谁搞上。果然，齐七奇也终于探听到，拐六保是跟翠平搞上恋爱咧,并不是先芝。只是他不明白,先芝为甚么变得不呆了,露出那么动人的魅力。正像他终于不明白她们各家为甚么都种了一样的西番莲:也是起哄吗?还是谁给各家都发放了一样的花籽儿?

五

齐七奇还没有等到拐六保给他推个光光俊俊的新式头,大队就开了一次干部会。会上,曹支书果然宣布了升他当副支书。可会后在村里并没有引起多大反响。只有少数人对他变得客气了,也主要是上些年纪的人。年轻人都不咋把这当一回事。谭木匠对他客气了一点,问过:"你舅家的风箱,寻下匠人割没有?"先芝对他却依然十分冷落。她总是将那新式菊花头梳拢得十分光俊,在人们面前羞着、喜着、笑着、说着,在那俊俏的外貌上,披露出内在的魅力。她现在这样儿,要是能跟她再搞对象,该多有味?但他终于不可得。他也终于不知道她为甚变成这样儿,为谁变成这样儿。可他也终于不肯罢休。

一天,齐七奇去见曹支书,希望支书能给谭家施加点压力。

"哎呀,七奇。"曹支书仍然不动声色地用疲惫的眼睛瞅瞅他,"现在的事,可不好说咧。闹不好,人家又要告咱们。"

"怕甚!"齐七奇火气很盛地说。

曹支书疲惫的眼光里闪过了一丝几乎觉察不到的满意,仍不动声色地对齐七奇说:"你年轻有为。过一二年,我也让贤呀,你来给咱们干。"

一九八〇年十月

请放宽心

那盏沾了灰尘的电灯泡亮着。总是红香头似的灯丝，现在有些发白了。已经深夜了吗？宽仁老汉记不得先前是不是睡着了。此刻神志清醒过来，只见那矮小的窗户外一片漆黑，四周死一般地寂静，是已经深夜了。幸而今夜没有停电。空寂的屋里很明亮，但这电灯的光亮，老汉总觉得是那么发寡、发冷，而且一动不动，死呆呆的。停电的时候，点起那盏破碟子改做的煤油灯，光线是柔和的、发暖的，灯焰不断闪闪忽忽，散发着活气。可他们总不肯为他彻夜点着这盏油灯。一见他昏睡过去，他们就吹灭了灯焰，使他常常醒于黑暗中。小杂种们，他已是这样咧，他们还心疼那些些灯油吗？等他闭了眼，再也睁不开之后，那就再也不需要一点光亮了。现在，他是又睁开了眼皮，看见了明亮的电灯光。可谁也不在他的身边，屋里死一般地空寂。他们又哪里去了？小杂种们！

“来宝。来宝！来宝……”

他用力呼唤，没有人应。自己的声音已是这样微弱了，分明比昨天更差。那个时辰快要到了吗？他不禁一降惊慌，只觉得真有一股凉气从脚跟升起。真的已经受够了罪，要跌进那长久的黑暗中去了吗？

"来宝！来宝！来……宝……"

仍没有人应。小杂种们，都哪里去了！他没有力气再提高声音了，甚至已没有力气呼唤了。从脚跟升起的那股凉气，好像已蔓延到大腿上。小杂种们，谁也不在他的身边！他的眼光忽然看见了放在炕沿上的那个粗瓷碗，那是叫他喝水的碗。可他是已经连水也不能喝了，饭更是早不能吃了。虽然他肚里仍觉得饥饿。他伸手去触这个对他已没有意义了的粗瓷碗。呵，就这么动作一下也是这般困难了，出了许多虚汗。快触到它了，他又使了更大的力气，终于将这个粗瓷碗推下了炕沿。它跌落到地上，摔破了，发出清脆的声响。在这寂静的屋里，这声音真响。比他那微弱的呼唤响多了。他们应当能够听到。但这摔碗声却又忽然在他心里引起了惊慌。呵，这是不祥的声音。人死了，出殡的时候才摔碗。他为甚要这样挣扎着，摔了自己的碗？是神使鬼差的吗？那个时辰真的要到了吗？

"爹！咋咧？"

果然有人应声了。接着，就见来宝媳妇匆忙赶进屋里。

"爹。你醒咧。"她瞅瞅摔到地下的瓷碗片，一惊，"爹，你想吃点甚么？我去做。"

"来宝，他，咋不来？"

"他——他熬得太乏咧，刚睡着。爹，你想吃点东西吗？我去做。"

"叫他，叫来宝，叫他来。"

"他——唔唔。爹，刚才有人叫他出去咧。他不在家。你想喝口水吗？"

"他做甚去咧？叫他，回来……"

"哎，我去叫他回来。爹，你想喝水吗？"

"去，叫他……"

"我就去，爹。"

来宝媳妇俯身拾起那些破瓷碗片，走去几步，又回首看了看，忽然返回来给老人掖了掖脚头的被窝，之后便走了。

宽仁老汉立刻觉得从脚跟来的那股凉气断了。脚慢慢暖和起来。这暖气渐渐升到腿上。哦，刚才准是把脚伸出了被窝。他安静下来，也感到有了些精神。他听到了院里来宝媳妇的脚步声和街门轴的吱扭声。她真的去叫来宝啦。可来宝做甚去咧？已经深更半夜了。红香头似的电灯丝都已发白了。这小杂种，做甚去咧？来宝媳妇也不告他说。不过不怪她，儿媳妇变得很孝顺了。在他病倒之前，她可不是这样的，脾气愣大，成天恼着脸，没有好眉眼。在吃喝上，抠得更紧巴。老是怕他这个死老汉吃喝得多了。就是对她的娃们，也抠得紧，生怕娃们吃喝多了长快了似的。她如今为甚变得孝顺咧？因为他快要死了吗？

嘀嘀。他的确是要快死了。还问他想吃喝点甚！他肚里一直很饥饿，可不能进食已经三天咧，他是在等死。从两个月前，他们把他从医院抬回村后，他就在等死了。大夫是怎样对他们说的呢？“把老汉抬回去罢。好吃好喝，看老人想吃甚，就叫他吃点甚吧。”这分明是叫他回来等死。好吃好喝，想吃甚就吃点甚！他只是觉得肚里饥饿，并没有奢望甚么好吃好喝。山珍海味，他不知道那是甚么滋味。猪肉白面，他又知道他们给他弄不来多少。就是能弄来，他也吃喝不到肚里：他得的就是不能吃喝的绝症！现在，是连滴水粒米也不能进肚了。那心口疼起来，他是连挣扎、叫喊的力气也没有了。他再也不能往炕沿上碰撞自己的头，来分散一点那难熬的剧痛。老天爷呀！为甚就叫他得了这种绝症？为甚叫他受这种罪呀？他这一生一世，造下甚么孽了吗？

宽仁老汉自从被抬回来，挺在这条炕上受罪以来，他就在不断捉摸自己的一生一世。将近七十个年头咧，细细查，慢慢想，没有查出造过甚么孽。他极其想查出一些罪孽来，好解释为甚么叫他得了胃癌这种绝症，为甚叫他受如此的饥饿和如此的剧痛，为甚叫他不能畅畅快快地死去。但他查不出。的确查不出。种了一辈子庄稼，吃了一辈子自己养种的五谷杂粮。除了走亲家，他没有吃喝过别人的饭食，这一生一世甚至没有下过一回饭铺。出门进城，必得带上自家做下的干粮，就是连一星点儿干粮吃渣，他也没抛撒过呀。可到临终，却叫他得了这不能吃喝的绝症！也许是因为他这一辈子太没能耐，太没功德吗？

唉唉。这一生一世，他记不得有多少个年头能不为吃喝发愁。小时候，似乎就肚大，总吃不饱，大了些，给人家做长工，破了命干，还是填不饱自己的肚。三十多岁咧，才好歹娶下个媳妇，可女人跟了他，也是吃不饱肚。女人前生养的几胎，都没抬举大。生下来宝，赶上了土改，有了自家的地亩养种，可打下粮食，又舍不得吃。粜得多，吃得少，想积攒点钱，再添置几亩地。一家人勒着肚皮，才添了头牲口，没等置下地，就入了农业社。这往后，分下粮食舍得吃了，可又总是饱一年，饥一年，还是不能放开肚子吃喝。就在六〇年，来宝娘连萝卜缨缨煮的寡汤水也舍不得喝，饿肿了全身，跌倒再也没起来。唉唉唉。他这一生一世太没能耐，太没功德呀。女人和子孙们跟了他，不用说享受荣华富贵，就是放开肚子吃喝，也没享受几天。他那叔伯五兄弟，从小出去学买卖，虽说也没发大财，在城里站了一辈子拦柜，可后半辈子到底挣下官粮吃。就是女人和子孙们，也人人都有一份供应粮吃。他是连这点能耐，这份功德也没有！这也是报应吧，临终，叫他得了这不能吃喝的绝症，饥饿与疼痛交加……

宽仁老汉想到这里，忽然觉得心口那地方又疼起来了，越疼越厉害，像刀割、像斧剁、像火烧、像油煎，像所有这些酷刑，一齐加于他的心头。那难以言状的疼感，扩展到全身，深入骨髓，蔓延至头发梢、汗毛尖上了！他没有力气挣扎、呻吟。疼吧。疼吧。他太没能耐了，太没功德了。疼吧。他只配受这样的罪！

老汉已经觉得，他怕挨不过这阵疼痛了，但他突然听到了一声响动。响得很轻，可他分明听见了。哦，像是开街门的声音，就是。又关上了，仍然响得很轻。是来宝媳妇把她男人叫回来了吗？他们为甚要这么轻手轻脚呀？怕惊动了他吗？可刚才来宝媳妇出去时，街门弄得很响。脚步声，只有一个人的脚步声，听不出是谁。下步很沉，像压着重担。谁？这沉重而急促的脚步使老汉警觉起来，是贼吗？不会。他家并没有甚么值得偷的东西。这电灯光也亮着。屋门响了。这很沉的脚步进了外屋。“哗啦——咚”！甚么重物落到地上了？接着有人舒了口气。呵，这是来宝的声音，就是！

“来宝！来宝！来宝……”

他呼唤着。但就在这同时，来宝媳妇说话了，她原来并没有真去叫宋宝，是哄他！

“背回这么多？不怕呀？你……”

“反正是偷。像你们女人们，捞摸那三穗五穗：不够娃们啃。查出来，十块八块罚！背它一麻袋，逮住也不怕罚：几百几千块，谁能掏得出？顶多叫他们捆一绳，完咧。”

“呀呀，你倒说得轻巧！把你捆起来，叫我咋办呀？爹眼看就——唉，刚才醒过来，在叫你……”

“我也是愁这哩。打发爹，没几颗粮食，咋办这一场白事宴？都快收割庄稼咧，还打着调调叫喊没见过的大旱，没见过的大丰收！丰收个蛋！看看庄稼那凄惶样，不呆不傻的，都悄悄夹着布袋钻进地里咧……”

宽仁老汉听着儿子跟媳妇说话，听到儿子说到这个“偷”字猛地抓住了他。或者应该说，是老汉衰弱的意识牢牢抓住了这个“偷”字。偷，偷，偷！嗬嗬。深更半夜，来宝这小杂种，原来是出去偷庄稼来，是去做贼来！老天爷，这不是损德造孽吗！嗬嗬。他也原是造过孽的呀！难怪叫他得了这绝症！难怪叫他得此报应！他原是吃喝过偷来之食的呀，难怪叫他得了这噎食症，得了这饥饿和疼痛交加的胃癌！他吃喝过多少偷来之食呀？说不清咧。说不清咧。不光是来宝这小杂种偷过庄稼，来宝媳妇也偷过。她跟村里的许多女人一样，把裤兜缝得老大老长，往回装庄稼。她下地总忘不了拿挑菜篮儿，野菜底下，少不了两穗玉茭、一把豆荚。他自己呢？也偷过。唉唉。他那割羊草的荆筐底下，也断不了藏几穗庄稼。他也跟上众人，刨山药蛋故意刨不净，黑夜再去往家捡。在场院做活，他也故意穿上大鞋钵儿，收工时踩进谷堆里，灌两鞋钵钵谷籽儿，踏拖回来……

唉。所有这一些偷来之食，他都跟他的子孙们一搭，吃喝下肚咧。还吃得挺香，竟不知是造孽！天爷，他往回查了自己的一生一世，竟没查出这个偷字！已偷到习以为常的地步了吗？天地良心！为人一世，再穷，再凄惶，再没能耐，也不能去偷呀！心口那地方疼得更凶了，像刀割、像斧剁、像火烧、像油煎、像酷刑，一齐加于他的心头。这难以言状的痛感，原是应得的报应呀！疼吧，疼吧！

但在这巨痛中，宽仁老汉竟觉得在自己衰弱的身体内正忽然生出许多力气来。他不仅翻过身来了，而且竟能用两条胳臂支撑起身子来。哪来的这些力气呢？可支起身来要做甚呀了？要往炕沿上碰撞自己的头吗？不。叫它疼吧，疼吧。

"不用说咧，快先把这麻袋藏起来吧。塞到菜窖里，行不了？"

"藏甚？偷的人多咧，看他们抓谁？"

"快瞅个妥帖地方藏起来吧！越是偷的人多，怕越会挨家搜查……"

小杂种们！他们要把偷来的赃食藏起来，藏起来还想往肚里填。还想损德造孽。他们也想得这绝症！宽仁老汉觉得自己身内生出了更大的力气。他用四肢把整个身子支撑起来了，开始向炕沿边爬去，爬到了！他居然喘着气挣扎着坐起来。他居然艰难地把两条腿放下炕，扶撑着炕沿，站，站起来了！他积聚起体内全部力气，要向里屋的小门迈出一步！然而，老汉只歪了歪腿，就猝然跌倒了，发出扑通一声闷响。

来宝和女人闻声急奔进来，竟吓呆了。

"爹！"

"爹！"

他们伏身呼唤，却见倒地的老人神志清醒，眼里闪着吓人的光，朝他们喊叫："来宝，小杂种……快给人家送，送回去……"

"爹！"

"爹！"

"送回去……送回去……"

他们把老人抬到炕上，让他重新躺好。但老汉眼里仍闪着吓人的光哩，他顽强地喃喃道“送回去”。来宝夫妇惊骇地望着老人的这种情状，不知所措：老人怕不行了。

“爹，你有甚心事，就说吧！把甚么送回去？你说吧。”

“送甚……小杂种……偷的庄稼……快送回去……快给人家……”

来宝奇怪地瞅着老人，不吭声。

“送回去……小杂种！”

“爹。今年庄稼旱成这样，可人家还在吆喊产量不减，贡献不少！不去捞摸点，咱们吃甚？”

“快，送回去……”

“爹。又不是咱一家偷，不呆不傻的，都下地捞摸去咧。”

“送回去……”

这时候，宽仁老汉又陷于那难以言语的痛感之中了。他听不见儿子是嘟囔甚么，只是凭借用力喊叫“送回去”来减轻痛感。此刻，他似乎觉得每喊一声，真能减轻心头的疼痛，比那往炕沿上撞头，还管用得多。

“爹叫你送回去，你就快送回去罢。”

来宝呆然地瞅瞅女人，发现她说这话的时候，使着一种痛苦的眼色。他似乎明白了甚么，对老人说：“爹，我这就送回去。”

“快送回去……”

来宝拖沓着脚步走了。哗啦啦，外屋响起了背麻袋的声音。屋门响了。院里有了沉重而拖沓的脚步。街门也响了，响声很大。

小杂种，真的是去送还赃食了吗？会不会又是哄他？但甚么声音也没有了。电灯丝愈加发白了。心口那地方似乎也不怎么疼了。

“爹，你想喝口水不？想吃点甚不？我去做。”

“我再不吃喝……那偷来之食咧……我得了报应……吃喝偷来的东西……吃成这绝症……这是报应……”

来宝媳妇现在终于明白了老人的心事。她忍不住，捂着脸跑进了里屋。

她哭了。宽仁老汉听到了儿媳妇低低的抽泣声,这哭声终于使他感到那个时辰真的快要到了。他死后,他们就要哭他了。唉唉,可他不值得子孙们哭。他这一生一世,太没能耐,太没功德咧。跟了他的女人和子孙们,不用说山珍海味,就是五谷杂粮,粗茶淡饭,也没能放开肚皮吃喝。来宝娘饿跌倒了。他和子孙们学会了偷,损德造孽,偷来填肚子。天地良心,他不值得子孙们哭。没有功德,却造下孽。唉唉。他是从甚么时候学会偷来?六〇年困难时期吧?是哩,已十好几年咧。虽说不是年年偷,可也是断断续续,吃不饱肚就偷。他生来是个老实人呀,原本晓不得做不仁义的事。早先队里年年叫他看田护秋哩。就是到了六〇年喝萝卜缨缨寡汤水的时候,他也晓不得从田里捎回几穗玉茭啃。他的女人饿跌倒后,众人是怎样骂他来?老实煞咧!地里的庄稼还不知道给谁长着哩,不趁早捞摸点等甚?你也等着饿跌倒吗?五八年多好的年成,可庄稼熟了不叫收割,叫去跃进,粮食烂在地垄里。去年还叫跃进,场院里打下的颗颗,还不够交跃进公粮!今年你还愣怔甚?老实煞咧!他就是挨了这骂,才开得了窍吗?可偷到底不仁义,现在总算得了报应。他不得瞑目,也不值得晚辈子孙们哭他一场咧。

来宝媳妇还在哭,哭得真伤心,不是虚情假意的,可他的确不值得这媳妇哭他。她跟来宝娘一样,从跟了来宝进得他们家门之后,就为吃喝犯愁、熬煎,愁坏了脾气,熬旺了肝火。这媳妇原是个要强好胜的人,跟了来宝,却总是过着这么凄惶的日子,也学会了偷庄稼。还出去讨过吃,唉唉。是哪年春天呢?口粮又接不上,甚么法子也想不出来咧。她换上一身干净衣裳,在要饭篮篮上,还盖上一条新花毛巾,像去走亲家似的。天天远路风尘,到那些僻生的村里去。那条新花毛巾,盖着空篮子出去,遮着实篮子回来。唉唉。这条新花毛巾,是罩着媳妇那颗强胜的心呀……

宽仁老汉觉得真有一股凉气从脚跟升起。可来宝为甚么还不回来?真的把那赃食送回去了吗?他必须等儿子回来。来宝他们总应该比他有能耐，有功德。不应该再吃偷来之食，得此报应，在离开这个世界的时候，受这样的酷刑。

“来宝。来宝……”

他的声音是越发微弱了。但有人进里屋来了，像听到了他的呼唤，是来宝媳妇。

她眼圈红了，不是假哭。

“来宝，回来，叫他……”

“爹，我去叫他！”

儿媳妇立刻去了。匆匆的脚步声，从里屋响到外屋，响到院里。她在跟谁说话？又有了脚步声，匆匆地返回屋来。是两个人的脚步。迎到来宝了吗？为甚街门没有响？

“爹！送回去咧。给人家送回去咧。”

果然是来宝。可他的神情很惊慌。

“你，送哪咧……说，谁收下……”

“队上。队长。”

“叫队长来……叫支书来……”

“爹。真送回去咧。”

“叫队长……支书……来。”

老汉的声音是更微弱了，但却睁圆了两眼，闪出更加吓人的光。

“爹！我去叫干部来。”

听女人这么说，来宝惊奇而慌张地瞅瞅她。她又给他投来痛苦的眼色，便转身匆匆去了。

宽仁老汉感到从脚跟又升起那股凉气，已达到大腿上了。那个时辰眼看就要到了。他集中起这一生一世最后残存的一点力气，又撑着两片越来越沉重的眼皮，等待队长、支书的到来。电灯丝好像更加白炽了，屋里真明亮。哦，这是甚么声音？这么昂扬，这么亲昵。对了，是公鸡在叫鸣。公鸡叫鸣了，天快亮了吗？他还能挨到天亮吗？怕不行咧。眼皮是这样沉重。可支书、队长还不来。时辰过得好艰难、漫长。他的一生一世,好像都是在这种艰难、漫长的时辰中挨过的。现在,快到尽头咧,仍然是这么艰难、漫长。来宝在愣怔甚么哩?这娃总是这么呆眉呆眼,越长越呆。小时候,这娃多精、多灵,还念过书。他该比自己有出息,有能耐呀。可回队里当了劳力,就越来越呆,也学会了偷庄稼。还傻大胆,深更半夜,用麻袋往家背!天地良心呀,这么损德造孽……这娃总应该有出息,有功德……他们为甚还不来呢?他就要支撑不住了。先闭上眼皮歇歇吧,太沉重了。不能,不能,这一闭上,就怕再也睁不开了。必须等他们来!

“宽仁哥!宽仁哥!”

似乎又经历了一生一世那样艰难漫长的时辰,在他强睁着的眼里,终于出现了一个忧焚的面孔,那么老,那么陌生,又那么熟悉。他是谁?是队长?是支书?不,队长,支书都比这人年轻。老汉奇怪而又不满地瞅住这人,记不起是谁。

“叫……支书!队长……”

“爹!占奎叔就是支书!又上台咧——”来宝媳妇大声对他说。

占奎。占奎。对,是占奎。可这人早下台了,早“黑”了。春天,还见占奎白天淘粪坑,黑夜受批判。他又上台咧?不能吧?

“爹!占奎叔是又当开支书咧!”来宝也大声对他说。

真的吗?占奎倒是好人,有能耐的人。占奎当支书,众人能吃饱,不用偷庄稼填肚子。可这人不知为甚。老犯错误,当不了几年,就叫下台。他真的又上台了吗?

“宽仁哥!我是占奎!”

“占奎……你上台……好。来宝……小杂种……又偷……麻袋背……”

“宽仁哥!我知道咧。你就请放宽心罢!”

“你……真知道……知道咧?”

“知道咧,知道咧。宽仁哥,你就宽了心吧!我知道,不光来宝一个人偷庄稼,人多咧。甭看这深更半夜悄没声,黑灯瞎火一糊片,可有谁能在家安安稳稳睡着觉呀？今年总产能打三十万也撑破天咧，可七十万的指标还不叫动摇！越不叫动摇，人心越慌。唉唉，多少年咧，总是用口号哄肚皮。宽仁哥，我知道，从六〇年起，咱多少老实巴结的庄户人，也学会了偷庄稼。我在台上干时，也训过罚过偷摸庄稼的社员。当了这几年黑鬼，我看出来咧：大多数庄户人担惊受怕，丢脸损德，去偷摸点庄稼填肚子，就是不遭干部批判受罚，他们心里也像火热针扎！可口号究竟不能当口粮吃喝。要是地面里的庄稼，真正是为养种它们的庄户人长着，谁还会去偷！宽仁哥，如若真像来宝他们说的，我还能重上台干，就是破上命，也要……”

宽仁老汉仍强睁着眼皮，但他已听不见老占奎这一番大动感情的话了。他只听到老占奎说他知道了来宝偷庄稼，就觉得最后艰难地支撑着他生命的那微微一息力量，忽然开始沉下去了。他挣扎着，想向老占奎检讨几句自己也偷摸过庄稼的罪孽，但已经来不及啦，他的舌头已开始发僵了，而心口的疼痛又复发起来。只是，这一回，连这痛感也很微弱了，连再受一次报应的酷刑，也来不及了。他只有顽强地支撑起沉重的眼皮，来最后享受这个世界上的一息光亮。可不知道宽仁老汉还能不能觉察出，在这电灯的白光中已有曝色悄悄曙入。外面，鸡又叫鸣了，那么昂扬，那么亲昵，也不知道老汉还能不能听见。

一九八〇年十一月

诱人的枣花香气

一

一到晌午，所有的人员，从头儿到工人，都匆匆奔往各人的村子，回家吃饭去了。大家都是吃村里的口粮、挣厂里工分的亦工亦农人员。只有他独独特别：吃商品粮，挣生活费。他是公社机械厂的特殊工人，可他不敢比大家有一丁点儿特殊。他卖力地、老老实实地、规规矩矩地干活儿。他不敢陪着那些庄稼汉同事们喘歇、吸烟，也不敢参加到大家的扯淡中去——不管是扯公社的大事，还是谈村里的赖女人。他说话少，干活儿多，见了谁也恭敬地一笑。谁也能支使动他。他努力使自己比大家低一等，虔诚地接受劳动改造。只有吃商品粮这点特殊，他没有办法。大家图省钱，谁也不在厂里起灶搭伙，他只得独自个儿吃小灶。虽然在这个小公社所驻的偏僻小村镇上连个粮站也没有。他每月要到几十里远的大镇上买粮，虽然那商品口粮除了百分之十五的面粉，便全是些他连见也没见过的杂七杂八的粗粮。他不懂怎么做，怎么吃，但他还是常常觉得自己很不配吃这些净米净面。他的庄稼汉同事们回村吃的是甚呀！所以，他做起来不觉得麻烦、孤单，吃起来不觉得粗涩、寡味。他是在赎罪呀，理当更清苦。

但这一天中午，他却忽然很烦于做饭了。为甚么呀？他不敢去想。他呆坐一阵，又出去转一遭。厂里的确再没有别人了，静悄悄的，的确只有他一个人了。去吗？不不。他小子想被专政吗？能照目前这样儿在此做一名工人，真是万幸了。千万不敢有非分之想！天爷，他是罪恶，白纸黑字，在档案袋里装着。敌我性质，罪该万死。能落个按内部矛盾处理，已是万幸了。发落到这个小县前，工宣队是怎么说的？"下去老老实实改造，帽子还拿在群众手里！"县政工组的干部又是怎样说的？"下去规规矩矩赎罪，否则我们也不客气咧！"真还客气呢，竟照顾他是个学工的大学生，分配他到了这个小公社的机械厂。虽是负罪之身，到底自由了。没有人监视他吃饭、睡觉、上厕所。没有人勒令他写检查、受审讯、挨批斗。厂里的庄稼汉同事们，竟放心地叫他干活儿，并不疑心他搞破坏。他还企求甚么呢？已经平平安安地过了一年多了。已经没有人特别注意他了。小村镇的生活已将他淹没起来了。这样多好！他害怕被人注意。他的五官、他的身躯、他的血肉，都已沦为那个罪恶的外在标志了。他不能乱说乱动。但这几天，他忽然产生了一种非分之想。他努力开导自己、责骂自己、威胁自己，却仍不能使自己安静下来。肚里饿得咕噜咕噜响，仍不想去做饭。他呆坐一阵，又出去转一遭。厂里的确再没有别人了，静悄悄的。的确只有他一个人了。去吗？不不。可时间却在一刻一刻过去。一天之中这唯一的机会，就这样又错过去吗？

他终于失去了对自己的禁锢！

他又在厂院里转了一遭，扎实地肯定的确再没有别人了，便小心翼翼地出了厂门，低下头，朝那里走去。公社企、事业单位所在的这条新街上，人已不多了。而他的确是以为村民们已经习以为常，毫不注目了。但今天他却是这样慌惶，总疑心人们都在注意他。遇到每一个人，都努力将头埋得更低。心意匆忙，却又步履迟疑。挨到供销社门市部的台阶下时，他已经很后悔了，不敢登上去。但有人来了！有人也朝这门市部来了。他已不能转身返回去了。那样更会叫人疑心。他一慌惶,登上了台阶,接着,便不由自主地推开了玻璃门。他进来了,终于进来了,现在,他是不顾一切地朝那百货柜台内面,望了一眼!

啊啊——她在。她在。她在。

就是这个她,自从那天中午他来买洗衣粉,看见了她,就使他暗淡的心境莫名地冲动了一下。这几天,每到中午,他便有些蠢蠢欲动,不可遏止地想再来看她一眼。是因为她生得俏丽吗?她的确很俏丽。可自从他沦为有罪之身,就几乎是本能地觉得,越是俏丽的女子,越离他遥远。她却莫名地叫他觉得有点儿亲近。多怪。是那天她对他笑了笑吗?她是不像别的女营业员那样冷眉冷眼,问他买甚么时,的确朝他笑了笑。而且,简直可以说笑得很妩媚。可她对其他顾客,也似乎部是这样笑的。她为甚么使他心动了一下,他不知道。他只是管束不住自己,想再来看她一眼。

然而,此刻店内却顾客不多。在她的柜台前,就只有一个老婆婆在买东西。不像上一次,有那么多买主,他可以挤在人们中间,看她。过去不过去呢?他很胆怯了。但他已在向她的柜台挪近:必须赶在那老婆婆离去之前,看她一眼。糟了,他刚凑过去,那老婆婆就转身走了!此刻,在她面前,就只有他一个人了。她会不会看出他的无礼目的呢?他更慌惶了,把头缩得更低,两眼死盯住柜台玻璃。

"同志,你买甚呀?"

她准是笑着问的,但他不敢抬头看她。是呀,他要甚么呀?竟没有预先想好。他的生活费是有限的,他也过惯了毫无讲究的日子。此刻真想不出需要买甚么。更糟糕的是匆忙跑来,竟没有带些钱在兜儿里!但他必须买点甚么。否则,更会叫她疑心。他紧张地把手伸到衣兜里摸索。

"同志,买甚呀?"

她的语气仍是和悦的,大约仍是笑着说的。但他必须有物可买,才能抬头看她一眼。天爷,到底摸到几枚钢镚儿了!此刻,他的眼睛正盯住了玻璃柜台中的软木暖瓶盖儿,不能再迟疑了,就买它吧,大约也不贵的。

“买个暖壶盖儿。”

啊啊，他终于可以抬起头来看她了！可她正低下头去，给他拿货。不过，她很快就扬起脸来，笑着，将软木塞儿递给他。到底望了她一眼！只是此刻他更加心虚了，仅看了她一眼，那么短暂的一眼，便匆忙又埋下头去。

“多少钱？”

“二分。”

他立刻摸出一枚钢镚儿，放到柜台玻璃上，扭头便走。

他匆匆迈出店门，匆匆赶回厂里，那匆慌之状，真仿佛盗得了甚么宝物似的，既欣欣然，又惶惶然，好在厂里仍然别无他人。他可以关起门来，偷偷欣赏那个软木塞儿，回味刚才的一番冒险了。啊啊，终于又看了她一眼，成功地看了她一眼。买软木塞儿！够机智哩。她笑得真妩媚。她说话真和悦。她生得很俏丽。她还有一种甚么魅力使他感动？可这个新来的女营业员，叫甚么名儿？从哪里突然来的？唉唉。他不需要知道这些。对她不敢有，也不能有甚么奢望。只是这么偷偷地看她一眼，他就满足了。看她一眼，就像是在没有色彩的境地里，忽然望见了绿绿的草地、蓝蓝的天空、清清的溪水。他被不可遏止地感动了。他只是想偷偷享受一下这被感动的愉悦。此外，就再无别的企求了。但这是万万不能叫别人知道的。他这样一个有罪之身，竟去偷看一个俏丽的女子，还得了吗？

在这种欣欣然而又惶惶然的情状中，他忘记了做饭。直到有人赶来上班，他才慌惶地把手中的那个软木塞儿藏匿到被窝底下，立刻去干活儿了。一下午，他干得挺带劲，不觉得饿。对每一个同事，笑得更恭敬、更殷勤。还跟几个人搭了一两句闲话。好在同事们并不注意他，没有发现这些异常。所以，到了晚上，他又一人独处时，便更踏实地认定：这次冒险的确成功了。他做了一餐细粮吃，吃得很香、很饱。饭后，竟破例地到村镇的新街上溜了溜。供销社门市部在后半晌就关门了，此刻更黑黝黝地兀立着，连些灯光也没有。但他还是偷偷朝那里望了几次，仿佛那里真有甚么草地、蓝天、溪水似的。不过，在这初夏的村镇里，到处飘散着的枣花香气，他是第一次闻到了。这一夜，那个宝贝似的软木塞儿，就压在枕头下。他睡得很香。

二

第二天晌午，他又坐立不定，蠢蠢欲动。

再去看她一眼吗？不不。他是想闯祸吗？不想老老实实、规规矩矩地改造了吗？他坚决管束住了自己，关了门，动手做饭，埋头吃饭。只想自己的罪孽，不想别的。但他终是觉得有些不自在，好像很气闷。

这样挨过了四五天，他再也撑不住了。好像公社机械厂低矮的围墙，将他密封起来了。外面飘散着的枣花香气，是那样不可遏止地诱惑着他。唉唉。他并不是贪图酸枣花的香气，不过仅仅想吸几口清新的空气！所以，到第六天中午，他又失去了对自己的管束：又去了，为了那一眼。

这一回，他预先想好了：仍买软木暖壶盖儿。这东西也不贵，用着用不着，不过二分钱嘛。而且，经过这五六天的不断欣赏，他发现这软木塞儿，要算是一种最佳的几何体呢。

“同志，买个暖壶盖儿。”

这一次，他是挤在几个顾客中，低头盯住柜台玻璃，主动先说的，他怕她认出他来。

她给他拿出来了，却不知道是否在疑心地瞅他。

“多少钱？”

“二分。”

他把早已捏在手中的一枚钢镚儿，放到柜台上，随之才抬头看了她一眼。不敢多看！他老实地只看了一眼，拿了那宝物就走。

他又成功了！她笑得仍旧那样妩媚，没有甚么异样。她没有发现他。她没有疑心他。啊啊，他已经有了两个软木塞儿了，两个都一模一样，都挺好看。而且,他忽然又发现,这新软木塞儿,都有一种挺好闻的香味儿,很像枣花的香气。

又过了五六天,他又有了第三个宝物,仍是形体好看,沾着枣花香气。他觉得自己的生活不仅有了色彩,有了香气,而且亦有了一种向前的节奏。他每多一个软木塞儿,便觉得是向前走了一步。那前面是绿绿的草地、蓝蓝的天空、清清的溪水,还有浓郁的枣花芳香。虽然他也知道自己分明不可能达到那里,甚至觉得他每向前走一步,那美境就要远退十步,但他还是愿意向前走。因此,他发生了更明显的变化。干活儿除了更带劲,有时竟不自觉地哼出几句曲儿:他原先就是很喜欢唱歌儿的。对庄稼汉同事们笑时,也自然多了。甚至会常常禁不住,也参加到大家的扯淡中去,说几句城市里的趣事逸闻。奇怪的是,大家并不惊异他的这种变化,没有对他产生甚么怀疑。他是更满足了,开始感到这个偏僻、落后、穷苦的小村镇很可爱。绿树,清风,鸡鸣,狗叫,都会使他感动。

三

他已经得了五个宝贝似的软木塞儿了,可这偷得的乐趣却突然被扰乱了。

他的同事们在一次扯淡中,竟也扯到了她,那个新来的女营业员!说她生得俊,挺洋气,可服务态度也好,对谁都喜眉悦眼的,不像原来那些妮子们,总是一脸哭丧相。她为甚么这么态度好?她成分高,是地主!听说这女娃也是在大地方念书念出来的,不是成分高,能来咱这野村小店站拦柜吗?

天爷,地主!她是地主小姐!他竟这么宝贝似的去偷看地主小姐!叫领导知道了还得了吗?他竟这么迷上一个地主小姐。这真是自己的反动本性在作怪吗?天爷,竟会这么灵验吗?他从来没有这么不可遏止地想偷看一个女子,可这个女子却偏偏是地主成分。在今日之前,他并不知道她是地主成分呀。竟会这么灵验吗？真是那反动本性在作怪吗？那么，在毕业前夕，他把印制主席头像的木刻版锯开，犯下弥天大罪，真是出于反动本性了？天爷，那件事发生之后。他简直吓得软瘫了，可他并不是有意要在老人家的像上动刀锯，只是有些舍不得丢弃这块挺好的五合板，锯开想做半导体盒儿。然而，这块神圣的五合板是分明被他割锯成几块了，一切已经无可挽回，在义愤填膺的工宣队面前，甚么罪孽他都承认了。那万恶动机、反动立场有没有吧，他犯这大罪，倒是有些像鬼使神差似的。他发昏了吗？活得不耐烦了吗？偏偏在毕业前夕，在工宣队占领之后，干下这事！现在，他如此着迷地三番五次去偷看这个女子，这个地主崽儿，不是又有些像鬼使神差一般吗？不不。他是信仰唯物主义的，没有神鬼，是那神秘的反动本性在差使着他吗？

从此，他便又呆神呆气埋头干活儿，老实规矩地接受改造了。一切又复凝固起来，失却了偷来的那色彩、那味道、那节奏。有几次，他想把那五个软木塞儿投进灶火里烧掉，但终于有些不忍。他像藏甚么赃物似的把它们藏匿起来。只有在夜深人静之时，才敢偶尔拿出来，偷偷欣赏那美丽的几何体，并把它们拼成一个梅花图案，闻那诱人的香气。真是怪了，村镇里的枣花早已谢落得无影无踪了，这些宝物却仍沾着浓浓的枣花香气。不过，这香气再诱人，他也不敢再去偷看她了。他囿缩于机械厂的围墙之中，老实地挨着单调的时日。天气却是一天天炎热起来了。蓝天上的白云，惬意地变幻着身态，互相追逐、戏耍。村镇里的树木，一日比一日茂密蓊郁。村外的庄稼也一日比一日绿得深重了。

这样挨过了一段时日。如果按那偷得的节奏度过，他可以再得到五个软木塞儿了。他不敢有这样的奢想。但他的食盐却是的确吃光了，必须到供销社去买。他绝不是去偷看她，的确是必须去买食盐。他愿意过赎罪的清苦生活。可食盐总不能不吃吧？

他不得不又到供销社去了。一路上，不断警告自己。埋头进了店门，直奔副食柜台，目不斜视，恭候别一个眉眼冰冷的女营业员给称盐、收款。赶快转身走吧！可又像有神鬼差使着他似的，怎么也控制不住自己了，还是扭过头去，朝百货柜台那面瞅了一眼。

天爷，她没有了！

他呆住了，忘记了对自己的警告，忘记了身在何处，忘记了戴罪之身。

“哎，你这人愣怔甚呀？少找你钱了不是？”

他吓了一跳，慌惶地拔腿便走。天爷，她没有了！哪里去了？调走了吗？生病了吗？她对他笑，叫人发现了吗？他一路上，一下午，一整夜，都在想这个问题。自我警告、责骂、恐吓，又无济于事了。啊啊，她没有了！

来日中午，他又被神鬼差使着，跑了一趟供销社。天爷，她真的没有了！

一连几天，都是如此。他每到中午，跑一趟供销社，可天天没有她。难道他忽然偷看见的那蓝天、草地、溪水，是梦幻吗？可五个软木塞儿却分明是真实的。他仍能闻见很浓的枣花香气。天爷，她究竟哪里去了？调走了吗？生病了吗？她对他也那么妩媚地笑，叫领导发现了吗？能向谁打听一下就好了。但他谁也不能去问。同事们再能扯淡到她的去向就好了。可他们终于不再扯淡她。他们倒是有几回问到他本人：“刘侉子，你病咧？哪不熨帖？”

“没病。挺好，挺好！”

啊呀，他准是神态很异常，竟引起大家的注意了。快不敢这样了。她已经没有了，没有了也好，免得他不能管束自己，再闯甚么祸。可她到底哪里去了呢？

四

也不知道这是跑了多少趟了，竟忽然又看见了她！

真是她吗？是她。是她。是她。

她换了一件雪白的短袖汗衫，还是那么跟人们笑着。脸色很好，不像是受过批评,也不像是生过病,倒是更俏丽了。

“同志,买个软木塞儿!”

他失去了警惕性,竟瞅住她说。她笑着给他拿出第六个宝贝。嗬嗬,她笑得是更妩媚了。

“买吗?”

“哦,啊,买!买!”

他失态地摸出一枚钢镚儿,放到柜台上,扭身就走,简直像逃跑似的。

真发了昏了!竟那么大胆地看了她那么长时间!对了,也没有问问多少钱,就付了那枚钢镚儿,分明像已经买过多少次了。她会犯疑吗?可到底又看见她了!天爷,她又突然出现了。到哪里去来?回她那地主家去了吗?嗬嗬,他不需要知道这些。她叫甚么名儿,多大岁数,甚么学校毕业,他都不需要知道。只要能看见她,就谢天谢地了。啊,他已经有了第六个软木塞儿了。这一个,竟比那五个更好看,沾着更浓密的枣花香气。

只过了三天,他便有了第七个宝物。又过了三天,便有了第八个宝物。

他又偷得了那向前的节奏,而且加快了。现在,他不但是感到了满足,竟觉得这是必不可少的了,就像他潜藏在水底,必须探出头来吸一口气似的。然而,愈是这样,他又愈心惊胆战。唉唉。竟这样迷上了一个地主小姐!总这么往她那里跑,准会叫人识破,抓获!所以,攒到第十个软木塞儿之后,他便开始下决心了:不敢再去咧。这是最后一次。他小子真是活得不耐烦了吗?但他还是又有了第十一个宝贝。啊啊,已经攒到十五个了。相当可观了。已可以拼成三个梅花图案了。真不敢再去咧。但他还是又有了第十六个。唉唉,真是狗改不了吃屎!他算是体会到这句话的正确了。人大概都是这样走向自己的劫难吧。他已经承受了那样不堪回首的惩处,发落到这个小村镇也改造了许多时日,而那如神鬼一般的反动本性,却仍是这样不可抗拒。可那软木塞儿,为甚么会有一股枣花香气呢?

五

“同志,买个暖壶盖儿。”

啊。这已经是第二十五个了,已经更加可观了,已经可以拼成五个梅花图案了。最后一个!真的是最后一个!再不来咧。再不来咧。他努力把头埋得更低,牢牢盯住柜台玻璃。

她照例给他拿出来了。

他照例抬头看她了。但这是最后一眼!啊,她仍笑着,笑得多妩媚。

“老刘,你在搞甚么试验吗?”

坏事咧!天爷,她知道他了,认住他了,还调查到了他的姓!坏事了,坏事了。

“哦,嗬。不,不是试验。是,是用……”

他慌惶极了,也不知道自己在说甚么。把早捏在手里的一枚钢镚儿,放到柜台上,拿过那个软木盖儿,慌忙便走。

这次是真正逃回来了。逃进了自己的小屋,关紧了门。坏事咧,坏事咧。她认住他了。她准识破他的鬼勾当了。她已经知道了他姓刘!是不是领导叫她注意他呢?是不是每次她都向领导汇报呢?他这笨驴呀!为甚么就一股劲儿只买暖壶盖儿?不能不叫人怀疑!这能算搞甚么试验?赶紧把它们扔进灶火里烧掉吧!否则,叫搜查出来,怎么解释呀?但他还是变换了几个地方来藏匿它们。不过从此他是再也不敢去跑供销社了。终日惶惶不安地等待着领导人来找他问话。

又一天天挨过去了。厂里,公社都没有谁来寻他。仍像往常一样,他不被任何人注意。只有厂里的庄稼汉同事们,又问了他几句:“刘侉子,不是又病咧吧?不熨帖,就歇两天。”一切都照旧平平安安。平安得叫他奇怪。是不是放长线钓大鱼呀?可挨到第七天傍晚,他终于又将自己关在小屋里,悄悄拿出那二十五个宝贝来,先数了几遍。不差。的确是二十五个。啊呀，二十五，这不正好是犯大罪时的岁数吗？一个不吉利的数字！可这个数目的软木塞儿，却正好能拼成五个梅花图案。

六

“老刘在吗？”

谁？坏咧！有人找他来了。偏偏在这个时候，刚在小炕上摆成五个梅花图案。他惊慌不已，急匆匆将这梅花打散，压到被窝底下。这太容易叫人发现了。早烧掉多好！

“在，在！请进来，请进来。”

他神色紧张地忙去开了门。啊呀，站在门外的，竟是她！

“同志，你……请进，请进……”

她进他的小屋来了。她做甚么来了？调查买暖壶盖儿的事吗？他是越发紧张了，一点儿也产生不了看见她的那种愉悦了。

“老刘，你，吃过饭了吗？”

“吃啦。吃啦。”

她倒还客气。可听她的语气，却不自然，好像也很紧张。她绷着脸，没有了那妩媚的笑。出甚么事咧？

“老刘，你，忙吗？”

“不忙，不忙。”

她在紧张地瞅他的小屋。坏咧，瞅住他的被窝了！她在门外是不是已经发现他的那秘密了？

“老刘，怎么不见你来买东西了？”

“啊，哦，也没甚么紧用的买。”

“你在搞甚么试验吗？老刘。”

“没没，没。”

她笑了笑，但笑得很不自然。她果然是来探问他的那鬼勾当。是领导叫她来的吗？她笑得很不自然。

“老刘,你屋里真热。”

“是热。刚做过饭。是热。”

“我走啦,你忙吧,老刘。”

“你再坐坐,我不忙,不忙。”

呀呀,他竟没有请她坐下。这么紧张！她准会更加疑心。

“不坐啦。你忙吧。我是来找你们厂的会计。没找见,再说吧。”

“会计回家去了。明天我告他。”

“不用不用,他知道。你不用告他,不用告他。”

她走了,也是急匆匆的。

哦,她是来寻会计。他松了一口气。啊啊,他又见到她了。她竟来过他的小屋了。她留下了一股香气,也很像枣花香气。可她为甚么那么紧张呀？出了甚么事了？是领导叫她来的吗？她是地主崽儿。谁知道她会安甚么心眼！她一定是紧张地想同他划清界限。但她还会来吗？他是的确再也不能去偷看她了。他屋里真热吗？出甚么事了吗？他要不要去主动坦白呢？是他不规矩,并不关她甚么事。今晚的月色却这么好。

一连几日,他都拿不定主意:是主动去坦白呢？还是再去偷看她一眼？不过,他预感到自己正在走近那不可抗拒的新劫难。

过了六七天,她忽然又来了。仍然是在他一人独处的傍晚。仍然是问他吃饭了没有？忙吗？为甚不再来买东西？而她的神色,不但越发不自然,简直有些乌云密布了。待的时间更短。走得更匆忙。

可她仍不断地来。那神情一次比一次叫他害怕:紧张、严峻、烦躁、发呆,语无伦次,甚至要窒息的样子。她分明被甚么痛苦折磨着、压迫着。她一定受到了领导上的压力。他的确是闯祸了！是他不规矩,不关她的事。应该主动坦白。先向她坦白清楚。可这鬼勾当,怎么启齿呀！他几次瞅瞅她,开不了口。现在他瞅她时,是再也看不见那草地、蓝天、溪水了,只有更深重的负罪之感。旧罪加新罪。唉唉。他干了些甚么事呀！

在一个秋雨淅沥的黄昏,她又来了。

“老刘,吃过饭了吗?”

“吃啦,吃啦。”

“雨下大了。”

“就是。下大了。”

“天要冷了。”

“就是。天要冷了。”

她不说话了。他也不知该说甚么。坦白吧!看她紧张得怕人,脸色苍白,站立不定,两眼却盯住一处呆望。坦白吧。先跟她说清楚,不关她的事。可怎么开口呀?

她却忽然哭了。

天爷,她哭了!

“同志,同志!”他吓坏了,决定坦白!“怎么了?出甚么事了?都怨我,你听我说……”

“不。建国,我知道我不应该来,可我,我不能不来……”

“不不。同志,”她连他的名字也知道了。他也听说了她叫李和平,是省电校毕业的中专生,可仍不敢叫她的名字,“都怨我,我有罪,你听我说……”

“建国,不用说了,我都知道。可我还是想来看你……”

“甚么,看我?”

天爷,她在说甚么?她想来看他?他也值得她看吗?听不懂她的话!他呆呆地瞅住她,只见她此刻脸色更加苍白,紧张得浑身都在颤抖。

“真的,建国。”

“不不。同志,我有大罪。我毁坏了一块五合板……”

“不用说了。我知道,都知道。可我,可我还是喜欢你这个人!”

她突然转身逃走了,钻进了那冷凉的秋雨中。

天爷,她喜欢他这个人!他是被她喜欢的人!他也哭了。他想起了一个已经陌生了的人：一个挺标致的小伙子，卷头发，白皮肤，高个儿。人们都说他像个混血儿。可他的血是纯粹的。他和大家一样，也是个普通的人，能吃能喝，会哭会笑。他也有青春年华，他也渴望一个称心的俊姑娘喜欢他。可他毁坏了一块神圣的五合板，亵渎了一个伟人。他的五官、身躯、血肉，都已沦为罪恶的标志了。他还能有人的欲望吗？

七

然而，他与她还是不可遏止地恋爱起来了。虽然是偷悄悄地、胆怯地见面。一个忧心忡忡，一个脸色苍白。没有甜蜜的话儿，没有妩媚的笑，但仍然能彼此获得爱的愉悦。他们从彼此的爱中，看到了自己仍然是一个人，一个值得在这个世界上活下去的人。

他们这种偷悄悄的恋爱，也终于被周围的人们发现了。令人奇怪的是，这个小村镇的人们，竟没有把他们的相爱，认真当作反动本性的相互吸引，倒是像对待庄户人家每一对新姻缘的诞生那样，也同样看作是人间喜事。由于他跟她对上了象，厂里的庄稼汉同事们分明提高了他的身价。“哈！刘侉子，真看不出你还有这能耐，寻下个多标致的媳妇！”“喜事甚时办呀？就在咱厂里办吧，大伙儿都搭一股礼，红火红火！”供销社那些冷眉冷眼的女营业员，见了他，也神秘地瞅他，有时还说几句耍笑话逗他，趁机吃吃地笑几声。公社机械厂和供销社两家的头儿，对此事的态度很一致：“找下对象，好事。都老大不小咧。谁也甭嫌谁，好生过日子。”连公社一位分管社队企业的主任，有一次也对他说：“刘建国，听说你跟供销社的李和平搞上对象咧？有的事吧？慌甚呀，好事嘛。往后更得好好改造。要成家立业咧，我们研究研究，给县上打个报告，看能不能给你定了工资。老挣生活费也不行呀。往后好好改造。”

啊啊。这偏僻、落后、穷苦的小村镇，多温暖，多可爱。往后是得好好改造。

因此,他又常看见了她那妩媚的笑。她也不断发现,他是值得她喜欢的人。有一天,他们终于把那爱的信物——二十五个软木塞儿,投到灶火里烧掉了。顿时,有一股很浓郁的香气充满了小屋。

他说:“枣花香气!你闻见了吗?”

她说:“闻见了。”

一九八〇年十二月

正月里

一

“天书叔，过年吉利吧？”

尹天书眨了眨眼，见大家的气色有些不对劲，便埋下脑袋，说：“也没甚么不吉利。”

“你初二就挨了骂！我见来。”

“谁骂来？老婆吗？”

他更埋下脑袋，不响了。众人却放肆地笑起来。

没有些儿风，太阳真暖和。正月里逢上这样的好天气，人家挤在阳婆弯弯，悠然闲拉慢扯，本是怪惬意的，再借几声笑，还能帮助消化肚里的油水。可一年下，晒太阳的人们就总是拿他来耍笑。众人对他是越来越放肆了。初二，他明明是挨了长寿的骂，他们不是见来？却还问：谁骂来，老婆吗？分明是耍笑他。连他女人也叫拉进来耍笑。真是太放肆咧！那长寿也是——大年下的，就那么扭着脖子骂。初二，长寿好像是来给他拜年的。可连屋也没进，只在院里绕了绕，就踅出街门，忽然瞅住那副红对子，骂开了:“得了三分颜色,倒想开染坊!”“跟驴屁股的把式,也想要弄文墨,就不闻闻各人身上的土腥气!”见人们围来看,骂得更凶了。他贴了一副甚么对子呢?不过是“春打六九头,年过正月一”。并不花哨。倒是月理那娃贴了一副很花哨的对子:“虎行雪地梅花五,鹤立霜田竹叶三”。长寿是在骂这娃吗?可大年下的,就那么扭着脖子骂。他心里不悦,却仍照例埋下脑袋去挨。只是,众人对此事竟不像以往那样,吐吐舌头拉倒,一年下,就总是拿这事来耍笑他!

“偷了爷的三分颜色,倒想各人开染坊!”

“跟驴屁股的把式,也想给爷耍文弄墨!”

这些人又在学长寿的音调了。走吧,回家去吧。可太阳真暖和,也没有些儿风。忽然之间,人堆儿不声不响了。他抬头去看,见是长寿朝这里来了。

“长寿爷,吃咧?”

“长寿爷,忙哩?”

“长寿爷,年下也不消闲两天呀?”

“长寿爷,也没空来喝咱两盅酒?”

长寿临近了,晒太阳的人们便不断飞出这许多问候。可长寿爷却仍旧匆匆走他的路,像哪里着了火似的,并不理这人堆儿。

“大正月的,甭老黑风着脸!”也不知是不是由于受了众人的耍笑,心里憋了些气,尹天书忽然丢给长寿一句这话。

这下可不好了。尹长寿立刻收住脚,瞅着尹天书,劈头便骂过来:

“好呀,你这货也挤在这里晒阳婆!也穿裹得怪体面,怪会撵时兴!你也快引上你女人去烫个卷毛头!你也快勾挂上你女人的胳膊进城显露显露!去呀!你去呀!我派拖拉机去送你!”

天爷,这又是骂谁哩?他虽然习惯地埋下脑袋来挨这骂,但更加不明白是在替谁挨。而且,竟又把他女人拉进来了。她一个五十几的老娘们,梳抓髻,也没几根头发咧,烫甚么卷毛头!他一个跟驴屁股的把式,能勾住女人的胳膊逛大街！但人堆儿里却早已发出哧哧的笑声，不像以往那样敛声静气听凭长寿发威。

“还美气地笑！不要皮脸的货！”

他并没有笑。长寿是在敲打众人。可人堆儿里仍有哧哧的笑。人们的确是放肆起来了。

“哈哈哈！天书叔，甚时引上天书婶去烫沙蓬头呀？”

“先勾住你女人的胳膊，在村里走一走！”

“也给天书婶买双高跟鞋穿！”

众人忽然放肆地鸹叫起来。他抬头看看，见长寿刚刚走了。这鸹叫之声是清晰可闻的。而长寿终于没有回头瞪一眼，只是更匆匆地远去了，像哪里着了火。

他心里憋着的气，忽然之间又冒出来了：“你们甭听那老煞神鬼叫！”

众人顿时有些惊奇了：他尹天书也骂长寿老煞神呀？

此话出口之后，他自己也很有些惊奇了。

二

他和长寿的交情，不是一般的交情。没换过结拜帖子吧，可交情比结拜还深。在陀罗村，他是唯一可以不以爷称长寿的人。你看那长寿在村中一路走去，谁见了也都要叫一声爷，这并非媚称。长寿的辈数确实是比谁也大。尹天书的岁数虽与长寿不差甚，可正经排起辈数来，也该称长寿为爷。但他独独享有豁免权，一向直呼长寿，伙计，甚而“嗨”一声了事。再则，从办农业社以来，陀罗村的一、二把手，就一直是他和长寿交叉着当。支书、社长，主任、支书，称号几经更改，他二人却搭档默契，一如既往。在这个四五百口人的陀罗社会中，他似乎也是唯一可以同长寿平起平坐的人。他二人之间，还更有一种特殊的默契。那就是：长寿骂他他不恼。长寿是个咬硬人。村里大事小事，看着不顺气，不必要施威，轻则扭着脖子瞪两眼，重则变眉煞眼骂一气。他呢，是个黏软人，总觉得离开长寿那股当爷的咬硬劲儿，拿不住众人。因此，也不知怎么一来，长寿遇到凡须喝骂施威的事体，就先拿他来开骂。这种骂法，虽也没有私下预谋过，但他心里就明白，长寿不是骂他，只是借他之身骂给旁人听。这骂法，倒一向挺灵验。无论是谁，一见这骂，便吐吐舌头被镇住了。多年了，长寿不管怎样骂他，以至累及老子娘祖宗，他也是埋下脑袋挨下去。有一回，在干部会上长寿骂到盛怒处，竟伸手扇了他一个耳光。他也情愿挨了。没有这咬硬的一手，四五百口人，能拿住吗？而于他自家，又有何损呢？长此一来，倒是众人怕了长寿，也怕了他。当干部，众人不怕你，咋行？而且，长此一来，他和长寿的交情是更日胜一日了。骂不恼，打不怒，这不是一般交情。

然而在这个正月里，他对挨长寿的这种骂：似乎也是忽然之间产生了那么几分委屈、郁闷，甚而是愠恼。这在他二人日久天长的交情中，是十分新奇的。他不情愿这样，却又不能自禁。是因为众人忽然对长寿的这种骂法表示出不恭，竟放肆地拿他来耍笑吗？是的，众人是忽然放肆起来了。他变成了众人消化油水的笑料。可长寿也是忽然骂得蹊跷起来。他不明白是替谁挨骂。初二骂对联就够蹊跷了，忽然又骂起卷毛头，勾胳膊来！这又是骂谁呀？是骂这些人消闲地晒太阳吗？可卷毛头跟晒太阳有甚么关系？又是在骂月理那娃吗？月理倒是正在跟村里好撵时兴的秀川妮子搞恋爱。长寿似乎有些见不得。可秀川也没烫卷毛头呀？

尹天书闷闷地离开晒太阳的人堆儿，去寻月理去了。

尹月理是陀罗村的第三号人物。这娃虽是个本分的绵善人，可心眼怪灵，还有些文化水。因此，前几年长寿就挑他做了副支书。一来撵了当时提拔青年的潮流；二来也是叫这娃写画点甚么，应付门面：陀罗村多年是模范村呢。提拔之后，这娃倒是挺对他二人的心思。对长寿爷、天书叔，堪称行必恭，命必从，是个正经后生娃。这样，在陀罗村的核心人物中，虽又添了一个新茬儿，却并未改变多年顺沿下来的领导格局：仍是长寿爷主事，天书叔帮衬，只加了一个月理娃写画。在他们三大要人的关系中，自然也仍是他尹天书能与长寿爷平起平坐。月理究竟是个娃。所以，此番他去寻月理，虽不尽是欲将胸中的委屈、郁闷和愠恼，泼向这娃罢，也是想拿当叔的气魄，将那蹊跷问个明白："你娃是不是撵时兴撵得出格了，竟使得我大正月替你娃挨骂？"

月理街门上贴的那副花哨对子，是已经撕扯得斑斑驳驳了。才初七嘛，新对子还没贴几天。是月理知道了长寿的骂，自己撕扯的？还是街上娃们淘气撕扯的？

"是天书叔！快进屋坐。"

月理仍是相当恭敬地迎接他。但他很快发现，这娃的气色果然不对劲，灰失失的，也像有心事。

"天书叔，喝碗茶水！"

"嗯。喝罢。"

"天书叔，晌午就在这吃。有酒，喝两盅。"

"不咧。坐坐就走。我是路过，进来坐坐。没事。"

"天书叔，过年吉利吧？"

你娃也这么问！初二就替你娃挨了骂，还问吉科不吉利！

"也没甚么不吉利。月理，我问你！你对象秀川那妮子，是不是也想烫时新的卷毛头？"

"没的事！天书叔，没的事！"

"那年下你跟你对象，是不是进城来？厮跟着在大街上——逛来？"勾挂胳膊，他终于说不出口。

"没有呀，没有！过了年，我哪也没去。秀川也哪也没去。年下，她病咧，软得出不了门，哪也没去？"

不是骂月理。又是骂谁呀？

"天书叔，咋咧？"

"不咋。"

"到底咋咧?"

"咋也不咋!"

他不愿向月理流露自己的委屈。

"天书叔,"月理怯怯地说,似乎也很郁闷,"你看,我今年得悠点劲儿干吧?"

"咋咧?"

"咋也不咋。"

"我看你是搞上秀川这对象,不想舍力干咧!月理,搞对象,甭那么太撵时兴了。咱庄户人嘛。你没看出?你长寿爷见不得那样!"

"天书叔,不是因为对象。我也老说秀川哩,甭那么花里胡哨,扎人眼。跟秀川恋爱,我也先问过长寿爷。他同意。"

"那是咋咧?你去年料理的三队,不赖呀。正月十五,三队不是还要上县领镜框呀?你是咋咧?"

"咋也没咋。"

月理有甚么心事,终于问不明白。自己的委屈,也无从泼出。他抬起屁股走了。月理照例恭敬地送出来。他问那红对子是谁撕扯的?月理说是街上的屎娃们撕的。可他见月理的气色分明很不对劲。

三

真是忽然之间不知怎么咧!陀罗村多年颇为和谐的领导格局,忽然生出疙瘩来了。长寿爷是那么蹊跷地骂他。他是那么不能自禁地生出许多委屈、郁闷和愠恼。现在,月理这娃也不知有了甚么心事,要悠着劲儿干!去年一年,这娃不是干得挺好吗?

去年正月里,一向模范的陀罗村,忽在县劳模会上落了榜。因为上次订了模范的新杠杠了:不论谁家,总产和收入双双超了历史水平,一律进城领镜框。长寿虽然仍是那么咬硬,可陀罗村却未能"双超"。多年了,长寿头一回没有进城为陀罗村往回背镜框。而在此前，凭着那当爷的咬硬劲儿，言之铮铮以声，行之颤颤以动，向来是十分顺手的：是闹跃进哩，还是上工程哩；是搞突击哩，还是掀高潮哩，都不愁挣不下模范。日久天长了，陀罗村便在县上占下了模范的坡道，年年少不了长寿去背镜框。冷不丁落了榜，长寿立刻脸长了。干部会上，他拧着赤红的脖子，发狠道："咱也解放思想，分开小队闹！"没用几天，果真将他一人主事的大队分成三个小队，并由他们一、二、三把手，分别兼了队长，一人把住一个队。那意思，显见是他不放心。"都使用奶功给咱闹！谁超不了，甭嫌我骂得难听！"长寿丢下这话，他尹天书和月理娃还敢含糊吗？去年一年赶趁下来，倒是月理干得不孬，这娃把着的三队当真"双超"了。他这个当叔的可败了兴：二队落了个"双减"！然而，也不知是因为长寿把着的一队也没有能"双超"呢，还是因为上头又有了新杠杠。小队"双超"，也给发奖，今年毕竟还有三队的一面小镜框领，总之长寿是没有骂他这个垫后的二队队长，只夸了月理两句。夸月理，他也并不眼热。这娃绵绵善善，倒真能料理好一个队，不赖。可这娃为甚么忽然又要悠着点劲儿干呀？怕扑在前头，他爷叔二人脸面难堪吗？真是个娃。嫩娃！多年了，你天书叔舍了皮脸，叫你长寿爷骂，你娃没见？

所以，在夜晚的干部会上，尹天书便打算说长寿两句。甭那么凶三诈四咧！谁没有皮脸呀？那么不明不白地呵骂，连月理都不敢放开劲儿干咧。然而，他没有觉察到，多年了，他还是第一次倾向于月理这个第三者，而不想保持那骂而不恼的默契了。

可是，他刚刚踱进大队部，突然就又遭到长寿劈头一通骂：

"甚么时辰咧，你这货才游进来！穿裹得倒怪体面，怪会撵时兴！你也快引上你女人去烫个卷毛头！你也勾挂上你女人的胳膊，进城逛逛去！"

又是这骂！这是咋咧？到底是骂谁呀？但他还是埋下脑袋去了。

"你去呀？我派拖拉机送你……"

此刻，在干部堆儿里，竟也发出了哧哧的笑，不像以往那样鸦雀无声。

“还笑！不要皮脸的货！”

他并没有笑。长寿是在敲打干部们罢。可到底是骂谁不要皮脸呀？他忍不住抬头瞅了长寿一眼。干部们立刻笑得更响了。笑甚么呢？笑他脸上带出的那几分委屈之色吗？

“你瞅甚么？瞅见卷毛头熨帖吗？不要皮脸的货！”

又是哧哧的笑。他终于耐不住了，那憋着的闷气，忽然又冒了出来：“我说，你快甭凶三诈四咧！有甚么，不能明说呀？”

干部们立刻不笑了。一个个惊奇地瞅住他，鸦雀无声。

那长寿爷更被这不寻常的忤逆举动震住了，赤红了脖子，说不出话来。

尹天书也开始后悔起来。

一直惴惴不安地待在一旁的三号人物尹月理，此时忙说：“长寿爷，快开会吧。”

长寿仍瞪住他的老搭档，有几分钟，却再没骂出甚么来。尹天书是早已埋下脑袋了，再没抬起来。所以，这晚的干部会，比往常开得更沉闷，也散得异常得早。

散会的时候，大队会计说：“长寿爷，三队去开劳模会，定谁呀？就月理吗？赶明天叫报名单。”

“你问问这神神想去不想去！”长寿忽然又朝埋着脑袋的尹天书喝了一声。

“长寿爷，”月理赶忙说，“快不用派我们三队的人去咧，忙不过来。大队不拘派谁去吧。”

“长寿爷，到底是谁？赶明天叫报名单。”

“谁想去，谁去！我主不了这事！”

长寿丢下这句话，也丢下众干部，扭着脖子走了。

四

干部会散了不久，尹天书便寻到饲养室来了，他知道长寿一定在这里。一年四季的多数夜晚，长寿都是休歇在这里的。他本不必在这牲灵窝儿里过夜，可他就是一年又一年在这里休歇过来了。他并不尽然是怕饲料被人偷吃，牲灵不上膘。他也不是好闻那驴粪马尿气味。尹天书心里酸酸的，悄悄溜进来，默默蹲到屋地上。长寿在牲灵槽那厢，搅拌着草料，喝骂着牲灵："辛辛苦苦抬举你们，一个个倒学会尥蹶子！"

"伙计，你要咋骂，就骂吧……"

长寿却不朝他这边哼一声。

"我也是一时憋不住。"

长寿仍不哼一声。

"你不知道，众人是怎么耍笑……"

长寿跳到他跟前来了，咆哮道："你不是有本事呀？也跟众人发发威！"

"可你到底是骂谁呀？"

"你不是也会撵时兴呀？"

"我？"

"想不到，你还真会厉害！"

长寿的脖子又赤红了。多年了，他二人还是头一回红了脖子。尹天书又埋下了脑袋。

这时，月理也悄悄寻来了，那么胆怯，那么规矩，那么不安。

"长寿爷……"

长寿已经挺到小炕上去了。

"长寿爷……"

长寿不动不响。

"天书叔。"

尹天书埋着头，也不响。

“天书叔。”

“咋咧?”尹天书终于吭声了。

“大队不拘派谁去吧,甭叫我们三队去人开会咧。快忙呀,人手不够……”

“先甭说这!”

“就定了吧,大队不拘派谁去吧。”

这娃是在说给长寿听吧?难道长寿忽然火气冲天,真是朝月理这娃来的吗?真是嫌这娃扑在前头“双超”了吗?可去年分队时,不是叫他们使用奶功超吗?那卷毛头,勾胳膊,又是从何骂起呢?

“快甭说这咧!”

“实话。天书叔,抓扯一个小队,我愁煞咧。这点儿脓水,你和长寿爷还不知道呀?”

这也是说给长寿听吧:要悠着劲儿干,不敢“双超”了?

此时,长寿霍地又跳到牲灵槽那厢去了,一边添料,一边呵骂:“不要皮脸的货!辛辛苦苦白抬举你们……”

长寿是在骂他们吧?尹天书心里虽不免有几分委屈,但也不禁又酸楚起来。多年了,长寿也是太辛苦咧。在这牲灵窝儿里,熬了多少夜晚?本是不必在这里过夜的。可就是把得这么紧,像对村中的大事小事一样。这也不是甚么歹意呀。那么咬硬,动不动凶三诈四,把众人当子孙呵骂,也不是甚么歹意。众人跟了长寿爷,没好到哪罢,也没赖到哪。白天黑夜,春夏秋冬,大家都顺序挨过来了,不曾少过一天,倒添了些镜框发光。许多年来,长寿熬了太多的眼,操了太多的心,生了太多的气。人一年比一年显老,饭量也一年比一年减少。成年顾不上走一回亲家,舍不得安坐下来看一回电影,也没穿过一件时新的衣裳……

尹天书此刻忽然对长寿涌出这许多绵绵情意,是朦胧地觉得他将不能再跟这老伙计保持那特殊的交情了?还是因为他二人之间那日久天长的交情突然受到了损伤?他倒是想来弥合这损伤的,但又不知该怨谁。因此，他心里酸酸的，很想再向长寿伙计表示一下自己对他们那交情的忠诚，却又没法表示。

他悄悄退出了饲养室。

月理也悄悄跟了出来。

“天书叔，我不想叫长寿爷生气。我忘不了长寿爷抬举我的恩情。我不想去开劳模会……”

此时，他忽然觉得月理已不是嫩娃咧。是的，这娃不嫩咧。

“天书叔，你再问问长寿爷，看我跟秀川的事，他到底同意不同意？”

“月理，你实话说！秀川那妮子是不是想烫毛头？”

“天书叔，没的事，真是没的事！”

五

太阳真暖和，也没有些儿风。又是晒阳婆的好天气。尹天书却是再没有心思蹲阳婆弯弯了。他应当到队里去看看，到他把着的二队去看看。为甚么呀？嫌众人太放肆，怕再受那难堪的耍笑？还是不想叫他的二队再垫后了？反正他是消闲不住了。

可在二队的场院里，也有一堆人在晒太阳。

“天书叔，过年吉利吧？”

喀，他们也这么问！他不搭他们的话茬，拿出队长的口气说：“好呀，你们倒会享福！”

“享甚么福？不挨骂就不赖咧！”

众人趁机笑了，笑得挺开心。

“天书叔，听说你初二就挨了骂。有的事吧？”

“天书叔，听说你要引上天书婶去烫卷毛头，也是有的事吗？”

“天书叔，听说还要……”

众人是笑得更开心了。

他可恼羞极了。真不明白众人为甚么忽然这么放肆起来。看他好欺负吗？看他窝囊吗？人们怎么忽然对他挨长寿的骂这般感兴趣了？他们是借耍笑他，来表示对长寿的不恭吧？现在是颠倒过来了。不是长寿借他发威，而是众人借他示威了。他成甚么角色了？尹天书忽然觉得，自己是这样的不被人们尊重！连长寿这老伙计也是不尊重他！那么不管不顾地骂了他许多年。他就没有皮脸呀？现在叫他怎样来领导这个二队呢？难怪去年落了一个"双减"！他开始意识到了：他需要的是人们的尊重，而不是怕。

"你们是鬼叫甚么！"他恼怒地吼叫了一声。

"天书叔，甭火嘛。你也给咱二队背回个镜框来！"

"也叫众人跟上你肥富一家伙！甭老是长寿爷那饿不死，也撑不着！"

"还得当子孙呵骂！"

"看人家三队，绵绵善善，也能双超！"

"怪不得长寿爷眉眼不好看……"

有人又在学长寿的音调了："偷了爷的三分颜色，就想各人开染坊！""你也快引上你女人去烫个卷毛头！"同时，众人是笑得更开心了。

因为长寿败了兴，他们竟笑得这么开心！尹天书被这开心的笑，更激恼了。他既羞感于自己的窝囊角色，却又不忍同众人一道去抱怨长寿。这开心的笑，他甚至觉得是有几分不公正的。为了大家的事，长寿毕竟熬了太多的眼，操了太多的心，生了太多的气。他舍了脸皮，挨了那么多冤枉骂，甚至累及老子娘祖宗，又是为了谁呀？在这开心的笑中，他也分明听出了人们对月理的好感，这也是不公正的！他和长寿二人不管怎样，也是辛苦了许多年咧，倒忽然叫人们哧笑！这娃才几天，反被人尊重、崇拜！难道月理真想拿三分颜色，自个儿开染坊？这娃已不是嫩娃咧！众人有些偏激地开心取笑，使尹天书感情冲动起来了，也使他与长寿之间那日久天长的交情，燃烧起来了。好呀，你娃才掌了一个小队的权，就火烧屁股似的，挑了个好撵时新的骚妮子搞恋爱！你娃才挣回一个小镜框来，就虎呀鹤呀地显露，梅花五，竹叶三，想得倒美！还装得挺像，悠着劲儿干，不叫长寿爷生气，不忘抬举之恩！

“哈哈个甚，不要皮脸的货！”

他竟也这么呵骂了众人一句，同时就冲动地离去了。一口气寻了几个地方，终于在村外的一块麦地里，寻见了长寿。在这正月的野地里，瞅见老伙计那孤孤的弯脊梁，他心里越发酸楚起来。多年了，长寿几乎每天都要到陀罗村养种着的地亩里绕一圈。他是跑了太多的腿，操了太多的心，生了太多的气。

“长寿，你说，卷毛头，勾胳膊，到底是骂谁呀？”

长寿只扭头瞪了他一眼。

“你是说呀，到底是骂谁？”

长寿仍不理他。

“我说，你是不是骂月理那娃？”

“我敢骂那小神神？”长寿果然立刻吼叫起来，“连你也不敢骂咧！想不到，你也真会厉害！初七，我亲眼瞅见他和那骚妮子勾挂着胳膊，朝河那边的树林蹓去了，还咯咯地笑，不要皮脸的货！你倒嫌骂得难听！你倒真会厉害！”

果然是骂月理这娃！这娃果然是太出格了！还说那骚妮子病咧，软得出不了门！

“伙计，我不知道这实情……”

“你就知道撵时兴！”

“你想咋骂，就骂吧。”

“我敢骂你？你厉害煞咧！”

他又埋下脑袋，听凭这老伙计骂。这一回，不是替别人挨了。但长寿却越吼叫越肝火旺，好像他尹天书比忤逆、出格的月理还不可饶恕。他又禁不住生出许多委屈、郁闷乃至愠恼来。你爷也是太咬硬咧！他埋下脑袋，凭你爷骂了许多年，只这一回顶两句，就过不去咧？难怪众人见你爷败了兴，那么开心！他终于又憋不住，冒出一句话来："你还有完没有？我的老煞神！"

那长寿立刻住口了，瞪大眼，赤红了脖子，半晌才说："完咧，完咧！从今往后，我要再骂你半句，把祖宗的尹字打颠倒！"

这话可太重了。在他二人日久天长的交情中，从没有抛掷过这样的重话。长寿真的不再骂他了吗？而他二人之间，一旦真的没有了那骂而不恼的默契，深厚的交情还何以来巩固呢？交情也完了吗？他怔怔地瞅住长寿。从这张熟悉的脸面上，他忽然发现：在那常见的火气和怒容中，竟也透露出几分愁色。

六

此刻，尹天书是独自个儿蹲在自家的小院里晒太阳了，仍然是风和日丽。他眯合着眼，在想甚么呢？

是因为忽然之间与长寿失之交臂而难过吗？不应该是。长寿那天虽然拿祖宗的姓赌了咒，但没过几天，就又在干部会上骂了尹天书："你个不要皮脸的货，进了城，稳沉些，甭那么没风水！"他知道这是骂给月理听的。因为长寿当时虽然语气仍咬硬，却分明是动员月理去开劳模会："你娃是拿捏甚么？是嫌镜框小呀？是想叫陀罗村再落榜到底？还是想叫请几班鼓来送你？去了，留心看人家到底是咋地双超的！"月理仍嘟囔着不去，长寿便扭头又骂开他这个老搭档了。长寿还骂他。他二人之间的交情并没有完。虽然，在长寿骂他的时候，干部们又哧哧地笑了。他心里也不免更生出些委屈来。

那么，他是仍然在为那卷毛头、勾胳膊感到蹊跷吗？那天长寿点破了是骂谁后，尹天书专门去了一趟那骚妮子家。可秀川妮子的确是病在炕上。那情形真是软得没法出去骚情，也不是沙蓬头，仍是两根黑辫子。他亲眼见了，不能不信。可长寿也是说亲眼见的呀？这爷见了鬼了吗？不过，他大概已经不去深想了。虽然不免觉得为这疑神疑鬼的事，白挨了许多骂，相当窝囊。

他是在谋算着如何吸引二队社员，赶紧往地里盘粪吧？月理虽然仍闷闷不响，可这娃把着的三队，社员众人已是忙乱着在往地里盘粪了。可他的二队，人们还在晒太阳。他着急了吗？他感到难堪了吗？他也想真正主点事了吗？也想在二队实行点时新法了吗？

也许，他甚么也没有想。只是觉得正月里的阳婆是暖热起来了。暖热得有些突然，又似乎暖热得不明显。庄户人身上穿裹着的笨厚的棉衣裳，不知是显得暖和了，还是发燥了。

不过看来，陀罗村多年顺沿下的那个领导格局，大概是再不能保持原来的景况了。不管长寿爷还一时怎样不能习惯于那不当爷的冷落，天书叔还怎样不忍割舍那挨骂而不恼的交情，月理娃也还怎样不免被那抬举之恩所束缚，大概陀罗村总要去撵点时兴罢。今年一年干下来，爷、叔、娃三人，谁将会再去上县背镜框呢？姑且设想，如果是天书叔超了其他两位人物，那长寿爷将再借谁人之身来表示他的不习惯，又借甚么事情来疑神疑鬼呀？那月理娃还会不会再胆怯、郁闷地悠住劲儿呀？果真如此，那也将是一个很有意思的新格局。

一九八一年二月

本家主任

一

新主任竟跟他同姓，也姓康。而且，乍一见面，猛就觉得这人的长相，不知甚么地方真有几分像他老二家的那个大小子，是那挺显眼的大下巴颏儿所带出来的笨气吗？

公社资格很老的炊事员康金贵，虽然一下子就从新主任身上寻出几处“本家”标记，但同时也不由生出些失望来：这人的长相就不赢人！原来听说要调一个时新的识字分子主任来，他想必是一个出奇的角色。谁料竟会是这副笨相？扁脑袋，寡瘦的脸，也挺黑，挺粗。还有那露笨气的大下巴颏儿！穿戴呢，亦不出奇。看那身制服，准是家做的。领儿松，袖儿紧，马褂儿似的，像村干部们身上的衣裳，看着就不入法。更叫他失望的是这人身上那股不展豁劲气，像个小媳妇似的！当了主任了，也不会兴一兴。众人叫主任，还有些害羞。羞甚么呀！

这天早上，众人都吃毕饭了，康主任才匆匆忙忙钻进伙房来。

“康主任，一早就忙哩。”

"不忙不忙。迟了吧?"

他猫腰朝板凳上吹了口气,似乎还怕脏了那身家做的马褂儿。但一坐下来,就埋头去喝稀饭,咬窝头,滋溜吧咂得挺香,可见口味也不高贵。滋溜吧咂得正美,他忽然像想起了甚么,忙从兜儿里摸出一包纸烟来。

"老康,抽根烟!"

"康主任,我好吸旱烟。"

老金贵客气着,接住了。一看,仍是大前门。他是已经吸过康主任的一支大前门了。主任刚到时,见了谁都忙着敬烟,又都是大前门。现在仍是大前门。这人表面寒碜,也许挣钱不少。

"老康,我在技术站,来下过几回乡,吃过你做的饭。大概记不得了。"

"记得,记得。"

老金贵是真记不得了,一点也记不得这个大下巴颏儿了。

"康主任,四十几啦?"他老练地岔开了话。

"四十六咧。"

"参加工作也年长了吧?"

"五九年。五九年。"

他想问问挣多少钱,却又怕太俗气了,便问:"老伴在哪上班呀?"

"嘿嘿。"康主任有些不好意思了,"也在农业社。这两年,在村里也不赖。"

哦,老婆也是农户,怪不得那么寒碜。像他康金贵这么个烂伙夫,老婆在农村,自然是没说的了。温书记的老婆也不是非农户,那是因为人家先娶媳妇后工作,没办法啦。念书念出来的分子,也没捞摸上个非农户吗?不是没出息,便是眉眼太不赢人。

"娃们呢?有出来工作的吧?"

"老大、老二,中学毕业咧,也都在村里劳动。老三是妮子,还上学。"康主任是更加不好意思了。

是够没出息啦。好赖吧,也不能给娃们活动个工作?连他这么个烂伙夫，还能把三小子活动到社办工厂当工人呢。是够没本事啦，怪不得那么寒碜。到如今这年月了，哪一个公家干部，还穿家做的衣裳。兜儿里装着的大前门，准是预备下敬人的。那就节省着敬吧，甭这么见了谁都往出掏。像他这么个做饭的，还怕得罪了吗？难道忘了是当了主任了？还像个小媳妇似的！

“在村里是也不赖。可究竟不如出来活泛、体面。不过呢，康主任，当了主任，往后也不愁这咧。”

“老康，你是不知道，我当主任可不抵事。愁煞咧！还不如在技术站熨帖。”

“嗐，有甚么可愁的呢！”

“老康，你是不知道，我真不抵事。”

看看这人！有甚么可愁的哩？好不容易轮上时兴他了，给提拔起来，就展展豁豁地当嘛。当不好，还当不赖呀？前几年，提拔上来的那茬嫩的、愣的，头发长眉眼俊的，瞎胡折腾一气，也没见那些娃们愁过。抵事不抵事吧，究竟敢拿书记、主任的架势。看看这人，来不来就愁成一圪堆啦。

康主任吃完饭了。

“康主任，尝尝咱这旱烟吧，敢吸吗？”

“嘿嘿。我还真是好吸这小兰花呢，劲儿大，又不上火。”

康主任说时，已从别一个兜儿里摸出卷烟纸来，抓一把老金贵的小兰花旱烟末，很熟练地卷了一根。丝溜丝溜吸了几口，又嘿嘿笑了一声，就匆忙走了。

哈，好吸旱烟！是舍不得吸大前门吧？够寒碜的了。

老金贵从本家主任身上，终于没有发现甚么异样的光彩，很扫兴。甚么识字分子、时兴人物，简直没有点稀罕头！他是经见过各式各样的书记、主任了。不管调走了他仍怀念的，还是人没走他就盼走的，是干红了升上去的，还是干砸了败下去的，他都觉得人家究竟有那么一种味儿，够那么个劲儿，不同于一般人。就是那几年时兴的那些嫩的、愣的、头发长眉眼俊的,也有那么一股夺人之气。这些人虽也在人未走已盼其走之列,但还是叫他觉得有些儿兴味的。他想象他们会怎样兴起来,果然会怎样兴起来;想象他们会抖甚么架势,果然也会抖甚么架势;想象他们会出甚么洋相,果然就出了甚么洋相。真有意思。可康主任却是太不可想象了。若是能斯文讲究一点,阔绰高贵一点,甚至若能訾文诈武,夸夸其谈,大惊小怪一番,酸里吧唧叫老金贵一声老大爷,他或许也不会这么扫兴的吧。康主任是太一般化了,太庄户人化了,太本家化了,叫老金贵寻不出些许有别于庄户人的异样光彩。甚至使老金贵都感到,自己在这位本家主任面前也占着某种优势。他很失望。

二

又是吃早饭的时候。大家都吃喝开了,康主任才匆忙钻进伙房来。又是猫腰先朝板凳上吹了口气,才坐下来埋头滋溜吧咂。

老金贵发现,本家主任每天起得挺早,起来便洗脸、刷牙。这也不稀罕。干部都会讲卫生,只是康主任刷牙洗脸,比别人用得劲儿狠,穷讲究吧。就像这人干净不干净都要朝板凳上先吹一口气。可洗涮完毕,就捏个小本儿,匆匆跑出去了。不知去弄甚么勾当。

“康主任,你见天是出去统计甚么呀?”老金贵想问问,便毫无顾忌地张口来问了。

“嘿嘿。也没记甚么。今天伏桃开花了,比去年早四天。”

“呀,这也统计呀?”老金贵终于感到有些稀罕头了,“康主任,我见香椿树也发芽咧。比去年早几天呀?”

“早六天。”

“咦。那野地里的甜苣呢,也发芽咧,早几天?”

“早九天。”

“哈!那夜蝙蝠哩?我前儿见夜蝙蝠飞来,是两只。在院里嗖嗖地绕了几圈,就不见咧。今年夜蝙蝠是也出来得早呀?早几天?"

在座的干部们都笑了。夜蝙蝠!老金贵也忒会别出心裁。不过笑得很拘谨,老康是新主任。

"嘿嘿。也早。早五天。"康主任也跟着大家笑了笑。

"康主任,统计这做甚么呀?作诗吗?"老金贵是越发起劲了,"春天来咧,桃花开咧,夜蝙蝠飞出来咧……"

大家再拘谨不住,畅笑开了。老金贵颇为开心。

康主任叫大家笑得不好意思了:"不是作诗。我不会作诗。不过,我也是记着耍哩。嘿嘿。这,人家正经叫物候学。我是耍哩。"

哦,本家主任原来是在弄学问。一听说是甚么学,老金贵在心理上就立刻产生了一种变化。如果说刚才他是半有稀罕、半有揶揄,现在呢,他就有一点神秘感了。哦,本家主任肚里有货呢,那还不快给大家露露。你不要说是耍哩!美美地给他们吹一吹嘛。他拿出更大的劲头,给本家主任叫起板来:

"康主任!你住学校就是学的这吧?"

"不是不是。这是业余爱好。从五九年就胡记录开了。年长了,也挺有意思。不过,我是耍哩。"

看看这人!还是说耍哩。四十多的人啦,倒会耍。抖开架势给他们露一露嘛,怕甚么?还怕大家能看得起吗?老金贵再次给本家主任叫起板来:

"这有甚么用呀?"

"要说,用处也大呢。首先,能科学地预报农事。比如,伏桃开花,该种莲豆。夏果和土地黄开了花,就到了高粱的最佳播种期。笨槐发芽呢,大麦该浇头水了。"

"那夜蝙蝠出来呢?"

这回老金贵不是逗乐了,而是想给本家主任的学问增加神秘感。可大家还是又笑了。不过,笑得又拘谨起来。显然大家听得有了些意思。老金贵没有笑，心里却挺得意。

“该种菜豆。春麦也出齐三个叶儿了。”

康主任虽然也跟着大家笑了笑，但分明也说得上了劲，鼻头儿上油津津地发了亮。老金贵是越发得意了。本家主任究竟不简单，表面一般，肚里有货，这样的人更不简单。所以，及至康主任说到物候学的另一用处，能研究气候变迁的规律，有人问了一句：“康主任，那你看看最近有雨没雨？快种高粱咧，旱得够呛。”老金贵是多么希望本家主任能给大家做一个漂亮的回答！大家呢，也更提起精神来，一齐瞅住康主任，听他说甚么。

“嘿嘿。看不出来。看不出来。”

看看这人！看看这人！好不容易叫起板来，叫他露一露肚里的货，却这么轻易地就款款败下场来。没有看见大家是那么眼巴巴要看他露一手鲜的吗？却这么轻易地就亮了底！不能说个大概吗？不能先玄乎两句，再说看不准吗？就是吹它两句，又怕甚么？广播里的下雨预报，也有不准的时候。太不可想象了。老金贵很沮丧。他甚至觉得康主任刚才吹的那些学问，也毫不神秘了。节气到了，花草就要发芽，虫蚁就要出来，该种啥就得种啥。庄户人谁不晓得！

在老金贵看来，大家是一下子都泄了气，埋下头去吃喝了。他特别发现，一直没有跟大家一起笑的温书记，这时忽然喝掉碗里的米汤，捏着半个窝头，走了。

温书记是扫兴了，还是高兴了？

他知道，调康主任来，温书记心里有些不熨帖：又时兴起识字分子来了，他们好像被冷落了。言语之中，常冒出些背了时的气来。总是说，这几年时兴来时兴去，就是时兴不到他们。时兴年轻娃娃时，他们是年纪大了。轮到老干部吃香咧，他们年纪又小了。时兴提拔村里的劳模时，他们没挣庄户人的工分。现在识字分子吃香了，他们又成了庄户人家的大老粗了。他们好像就只配给时兴人物们擦屁股。这倒也是实话。不过，老金贵也真怕温书记时兴起来哩。不时兴还那么厉害，时兴起来更了不得了。不得意了几年，脾气倒弄坏了，架儿也大了，口味呢也高贵了。老金贵是深感不好侍候了。所以，他是很想叫本家主任发些异彩出来，压一压温书记呢。可这位时兴人物竟是如此不出奇，反叫温书记得了意了。

果不其然。大家吃完饭后，老金贵正在收拾锅碗，温书记就推了车子，来对他说："晌午甭做我的饭咧。"

"又下乡呀？温书记。"

"回家呀，老婆也包了产了。回去帮老婆种几天地去。"

呀，正在春种的骨节眼上，又旱得这么厉害，书记要回家去？对了，温书记准是看出康主任也未必能呼风唤雨，成心躲了去，要看康主任的好戏！

"温书记，旱得这么凶险，你能歇心走吗？"

"甭做我的饭就是了，用你多说吗！离了我，人家地球还不转咧？"

温书记突然冲他发了火，悻然而去。

自家心里不熨帖，就会朝他这个烂伙夫发火、出气。老金贵心里很不受用。因此，他对康主任虽很失望，却还是站到康主任一边了。到晌午时，康主任也没有来开饭。人们说，主任下乡去了。看看！着急了吧？这一壶，是够本家主任喝的了。唉唉。能有一场雨，就好咧。

哈哈！真下雨了！正是夏果开花的时候，下了三寸雨。老天爷救了本家主任的驾了。本家主任还真有点福气呢。温书记该扫兴了吧！老金贵在得意之中，更加怨恨本家主任那天没有吹一吹。要是大着胆子说，最近要下一场雨，那不就神了！大家会怎样吃惊地看他！温书记是会怎样地瞪了眼！

雨后，老金贵发现温书记并没有真的回家去帮老婆种地，而也是下乡去了。他越发怨恨本家主任那天竟没有吹一吹。

三

天下雨了。春种，捉苗是没有问题了。但温书记好像仍然没精打采，真是扫兴了吧？你看，他又说要回家去了，去帮老婆种地，还计划点几亩甜瓜。老金贵没敢再多说话。

可温书记还没出公社大门，就叫人给拦住了。哈哈，是白村的老万喜。看他怎么走！

“温书记，你们到底管不管？”老万喜果然又握住书记的车把啦，“不管，我可要把二肉抬到县委去呀，我也不要这个儿咧！”

“你去找康主任。”

“旁人不行，我就找你！”

“老万喜！你是跟我打架来了，是吧？”书记发了火了，“叫你去寻康主任，又不是害你！”

老万喜嘟囔着甚么，竟松开车把了。温书记立刻上车而去。

坏咧！又有本家主任的好戏看啦。前那几年修水库，老万喜的二儿叫运输社的汽车轧碎了骨盆。当时判了运输社八百块钱。可光治病，就花了大队的一两千块钱。二肉还是残废了。现在呢，大队不管了。说他们不是受益队，白贴了工，还沾下这么一摊稀屎，叫找运输社。运输社叫找县上。说当年是县里叫他们去支农，白出了车，汽油钱也没讨回来，何况已经赔过钱。他们是集体所有制，如今生意不景气，发工资还愁哩。县里说，那水库是社办工程，还是去公社。公社呢，也没法。那水库是早淤平了，受益队也没受益，叫谁负担去？公社企业更不景气，穷得很呢。老万喜每来纠缠，只能给一点民政救济，加上几句硬话，打发走。可钱花完了，就又来了。如今包了产了，家里躺着这么个废人，又要吃又要喝，老汉也是愁哩。可康主任就会有办法吗？温书记又是成心看本家主任的好看呢！

老金贵很不安地去看康主任怎么招架。

老万喜见了康主任，气粗火盛，出言不逊。张口就是不要这个儿咧，由公家处置去吧！康主任呢，慌忙掏烟，绵绵地笑着说好话。老万喜见康主任这么软，泼劲儿更来了。虽然康主任的待客烟是早已降成绿叶牌了，老万喜还是泼说道："你们这个提拔，那个升官，好烟好酒缺不下，现成的票票不少挣！坑了人，就谁也不该管咧？"康主任却只会说："老汉你甭火，甭火嘛。"不叫他发火，他是把更难听的话也端出来啦。你越软，他越硬。本家主任竟晓不得这！老是慌慌张张、怯怯懦懦地笑着，只会说"咋能不管，咋能不管"。咋管呀？又说不出好法儿来。弄得老万喜是越发张狂了，直说要把二肉抬到县长家里去，抬到运输社头儿家里去，抬到温书记家里去。康主任呢，连说："快不敢这样，好商量，好商量。"怎么商量呢？又没有鲜招儿。老万喜是终于寻到一个出气的对象了。他将心里憋着的愁水尽情泼出来了。康主任算是受了罪了。他竟不会稍稍硬一硬！其他干部来喝阻老万喜，康主任还不让，到后来，老万喜竟讹住要把二肉抬到康主任家去。"你少吸根纸烟，就有他的吃喝咧！我是不要这个儿咧！"康主任竟半晌对答不上来：既不好意思拒绝，当然又不能收下养活这个废人。他自家还穷酸得卷小兰花烟末丝溜哩。真是！就不会说句硬话吗？给了温书记，几句硬话就把这老汉打发走了。就是给了他康金贵，甭看没文化，也不愁招架这老汉！

老金贵是实在看不下去了。他钻进伙房做饭去了。他感到憋气，感到失望，感到脸红。本家主任简直不像一个主任。

午饭已经做熟。那场好戏还没散。

大家都来吃饭了。康主任还被那老汉缠着。有人说，康主任叫老万喜来吃饭，可那老汉还不肯软下来，咬住是不放了。

直到大家开完饭，公社秘书过去厉声说："老万喜！你是来讹谁哩！"才算把老汉拽去批民政救济了。康主任呢，还等着要留老汉吃饭！可连老万喜批了钱出来，也分明有些不好意思了，唉唉了几声，就走了，没吃饭。

康主任这才有些灰灰地钻进伙房来，仍没有忘记猫腰朝板凳上吹那一口气。

"这老汉也是太放肆咧!"

"唉,咱也想不出好法儿来答复老汉,就叫他出出气吧。"

啊呀,拿一个主任,就去叫一个死老汉出气!真是够没出息啦。

老金贵端上饭来,是鲜韭菜猪肉馅包子。

"康主任,快吃吧。甭在乎这,碰上这人,谁也没办法。"

"唉,总得想个法儿。老康,就有包子吗?我不爱吃韭菜,见不得那味儿。有剩饭也行。嘿嘿。"

这人又来咧。甚么不爱吃!是嫌贵,怕花钱呗。唉唉。若不是这么没出息,于今能至于这么穷酸吗!

"康主任,没旁的,将就着吃吧。"

"那就吃这吧。也不饿,吃一个得啦。老康,你也快吃吧。"

不管怎样,人家究竟是个主任,竟叫人家将就着吃吧,已是很不恭敬了,何况主任是刚刚受了老万喜那一番折磨:他该发发火才对。可这人却仍是绵绵的。不知为甚么,老金贵此刻是那么希望本家主任能发发火。哪怕朝他喝一句硬话,瞪他一眼也好。受了那一番冤枉气,坐到这里却又穷得没能力多吃几个肉包子。烂伙夫呢,偏又强迫他吃。他为甚么不借这个烂伙夫发发火,出出气呀!看他吃那个肉包子,虽努力咬得很慢,装出不爱吃的样子,可分明吃得香哩。唉唉。你就把心里的火朝咱喷出来,在咱身上出出气,不也能稍微熨帖些,不也总算像个主任的样儿吗?然而,本家主任却仍是绵绵的!

老金贵不能忍受这种局面了。他想叫康主任发发火。他想刺激他发发火。再不发火,简直就不配当主任。他想到了一个办法。

看着康主任把那个肉包子吃下肚去了,他端来几个蒸馍。

"康主任,真不吃包子啦?"

"不咧不咧。真是见不得那味儿。"

"那再吃个馍吧。冷的,行吗?"

"行行。"

看他咬了几口蒸馍了，老金贵才说："康主任，现在老鼠多得反咧。厨房里甚么吃食也放不住，都叫它们糟蹋啦。剩点吃的，怎么捂呀盖呀，也不顶事。你看，昨儿剩的几个馍，又叫老鼠咬啦。"

哈哈！康主任果然没听出是谎报军情，立刻拿起馍来看了。

"这两个，还算好，没咬，只沾了些老鼠屎。我给抠了。"

康主任连嘴里的嚼动也停止了。

"怪肮脏人的。可扔了吧，又挺可惜。不干不净吃吧。"

康主任皱起眉结，脸色变了。

要发火了吧！本家主任虽然穷酸，可也挺会讲卫生。他怎么会吞咽下沾过老鼠屎的馍！可他仍在忍耐着，皱了眉，又嚼动了几下。但没有咽下去。停了停，又去嚼动。还是咽不下去。那就不会呸一声，吐了！不吐这个烂伙夫一脸，也该骂他一顿！然而，康主任却皱着眉结，又嚼动了一个回合，终于咕咚一声咽下去了。还是没有发火。之后，虽把剩下的馍在手里揉捏了半天，再没去咬，却终于没有发火！撂下碗筷的时候，只皱了眉说："老康，以后得注意卫生。"甚至还又请这么可恶的烂伙夫吸了一支绿叶烟。大概是觉得自己竟不能不干不净地吞咽老鼠屎，很有些不妥吧。

唉唉。如此这般，竟也不会发发火！给了别的书记主任，早不知戳戳出甚么话来了。老金贵虽然觉得，康主任在受了老万喜的气之后，又受了自己的折磨，挺不应该，但他是彻底失望了。简直不像个主任！后来，他虽又听说温书记是到县里开会去了，并不是回家。但他仍然觉得，温书记到底看了本家主任的一场好戏。

四

康金贵对于本家主任的兴趣是日渐减退了。甚至，很有些羞于同新主任同姓了。及至温书记将整顿社办水泥厂的难题又撂给康主任的时候，老金贵简直已经不屑去注意了。

等着再看主任的好戏就是了。那也是一摊稀屎糊糊,不沾他一身臭才怪哩。这厂子是早该关门大吉啦。产出来的烂货,标号低,价钱高。现在,谁要呀。可温书记总不舍得叫它下马。那虽是他在靠边站时奉时兴人物之命,操办起来的,可究竟是亲手侍弄下的一份家业,一砖一瓦都记得它的来历。就像自家喂养下的牲灵,分明老不中用了,也很难下手一刀宰了它。但康主任就敢将它一刀砍下马吗?他哪会有这等气魄?看他怎么沾一手臭屎吧。唉。这人就是走了臭棋,也不会发发火,只会款款地败下来,绵绵地认输。简直就没有一点看头。

老金贵虽说不想去注意康主任了,但每每见本家主任愁眉挽结,闷闷地摸出卷烟纸来,可可怜怜地吸那小兰花旱烟末,又不免产生些恻隐之情。

"康主任,愁也没用。干脆下马算啦!"

"温书记说,好几万块钱的家当呢,不能扔了。"

那好,就叫他愁吧。能愁出个锦囊妙计也算。可自家有那能耐吗?温书记是难为他哩,他倒当圣旨来办。老金贵愈感到本家主任简直不配他去同情。

但是,康主任愁呀愁地,竟然真叫他愁出一条妙计来了。他建议水泥厂转产配合饲料。温书记挺赞成。他心爱的厂子不必下马啦,许多设备能利用。产出来的饲料呢,不用愁卖,家家都喂猪嘛。四五个月能喂成一头猪,谁还嫌快吗?不过老金贵也看出来了,温书记心里仍有些不爽呢:这好办法怎么偏叫康主任想出来了?

好呀,好呀,本家主任到底露了一手厉害的招儿。这回该叫温书记喝点辣的了。

老金贵对本家主任的兴趣又陡然大增了。

"康主任,吃你那高级饲料,四五个月就真能育肥一头猪吗?"有一天,温书记、康主任和大家又一搭坐在伙房里吃饭,老金贵故意大声问道。

"嘿嘿。我还会哄你吗?"

“我看你是吹哩!”

“不是我吹,是人家研究出来的科学配方。”

看看这人,何必要说人家。老金贵就是故意叫他吹给温书记及大家听哩,他却偏把功劳推给人家。不过,本家主任总算是吹开了:甚么猪是先长骨架,后长肉,最后上膘啦;甚么差啥营养,就多给啥营养啦,甚么百分比,维生素,铜铁钙啦。哈哈,真玄乎哩。康主任吹得又上了劲,鼻头儿上油津津地发了亮。大家呢,听得更起劲。只有温书记不动声色,可心里不定怎么烦哩。

老金贵挺开心,只是觉得还不够劲儿。见本家主任一说完,便立刻惊叫道:“啊呀呀,康主任!到底不简单!不简单!”

但康主任却像被老金贵惊叫醒了,忽然猛省到自己有点儿忘形了似的,慌忙说:“还没试产哩,谁知能弄成弄不成。我也没学过这,更没抓过工厂,就怕弄不成……”

看看,又露出了那不识抬举的样儿来了。弄成弄不成,就不敢宣传宣传呀?忒老实咧。

形势发展挺好。本家主任倒真把他的科学饲料试产出来啦。老金贵很积极地拿来喂公社的猪。嚯,真神咧!两头克朗猪,像吹气似的长肉。这一下,本家主任总该兴一兴了吧?总该抖一抖主任的架势了吧?总该在温书记面前展豁一点了吧?有功劳在那里摆着哩!有实货在肚里装着呢!不是想难为他吗?哈哈,反倒难为了自家了!本家主任不是那么简单。兴一兴吧!抖一抖吧!吹一吹吧!嗨,真叫人泄气!康主任仍然只会美不滋滋地笑笑,只会正正经经地讲解。顶多是鼻头儿上油津津地发起亮来。有好几次,老金贵又给本家主任叫起板来,激他抖一抖。可他仅小有得意,笑笑而已,不肯多说。真是狗屎糊不上墙!好不容易露了一手,好生宣传宣传怕甚么?怕旁人能看得起你吗!给了谁,也不会这么老实。受了气,窝在心里。得了意,也埋在心里。心里能有多大地方?

恰巧在这当口,县委书记来公社检查工作了。这真是天赐良机呀!还不美美地给县上的头儿汇报汇报呀！可在陪着县委书记吃饭的时候，康主任又是愁眉挽结，尽说些不相干的愁事儿。温书记呢，在发牢骚。谁也不提配合饲料这事。后来，县委书记把他俩说得笑了，也仍不见谁提饲料之喜。眼看快吃完饭了，仍不见有动静。老金贵是再也憋不住了。

“夏书记，你还不知道吧？康主任抓出正经东西来咧！”

“啊？是甚么正经东西？”

“科学饲料呀！快倒塌的水泥厂，产出高级饲料来咧！三斤饲料，能长一斤肉！”

“是配合饲料吧？你们弄出来了？”

“嘿嘿。刚试产，不一定能弄成。”

康主任不好意思地说话了，平平淡淡。而且，竟又很快挽起眉结，去说别的甚么愁事。

老金贵是再也没有心思去替本家主任宣传了。他走了。他完全失望了。他终于觉得本家主任是太庄户人化了，成不了大气候。

五

没有等到水泥厂正式大量生产科学饲料，康主任就奉温书记之命，下到某村去解决某事去了。之后，抓治安，抓灭草，抓夏征，抓绵羊改良，抓计划生育，很快被淹没在抓不完的平常事务中。有抓美了的，有抓瞎了的，也有抓了等于没抓的。实在是平平常常，平平常常。没有闪耀出老金贵所期望的那种奇特光彩。或者说，这人终于不会去渲染那奇特色彩。所以，他那日不间断地统计花开花落、雁去雁来的要法，他那忘不了朝板凳上吹气的怪样，他那说到兴奋处只会鼻头上儿油津津地发亮的可笑，也很快在老金贵眼中失去了色彩。只有一点，一直使老金贵感到奇特，那就是作为主任，这人是太好侍候了，好侍候到了他不可想象的程度。因此，老金贵觉得，康主任作为主任，时兴了一回，竟是如此平淡无奇，实在没有兴味。他越来越觉得康主任太像他所熟悉的庄户人了,同时也就越来越不想承认那些本家标记了。

倒是温书记仍然使他感到有几分敬畏。他虽仍然感到温书记不好侍候了,但觉得这人毕竟像个书记。温书记虽然仍不免发牢骚,不免冒出些背了时的气来,但显然已不把康主任看得很重了。有一次,他甚至对老金贵说:“康主任可可怜怜。再有了招工指标,先照顾他一个。”

自然,老金贵每每见康主任拿廉价纸烟敬人,自家却摸出卷烟纸来,丝溜旱烟末;改善伙食的时候,又总是不肯放开肚子吃;身上的衣裳,换来换去,都是家做的不入法货。他也会觉得,康主任,可可怜怜。

一九八一年六月

滋 味

阳婆刚没在山那面，月爷儿就早早地贴在树荫之上了。大大的，像一张没有擀圆的饼，不过，眼看就要圆啦。满世界已经飘洒着一股很浓重的瓜果香气。地里的青毛豆夹儿早就可吃了。院里的葡萄呢，白朴朴一层霜，也不再酸牙涩嘴。可她的大川放了话：今年的葡萄，谁也不能动一颗。难道连月爷儿也不能敬一敬吗？

嘴里哼唧着甚么，她的大川回来了。

"妈，开饭！"

他回来，便总是这么一种口气，像个功臣，神得甚么似的。

"川儿，咋还不叫鲁县长吃饭？"

她的大川就忽然从石桌边跳了起来，走近西厢房，一边走，一边叫："老鲁，叫你去吃饭哩，我给捎来了话……"

看看！既捎来了话，不先去对鲁县长说，却一屁股坐倒，吼叫自家开饭。不是她提醒，许能忘了吧？张口呢，又是老鲁老鲁地叫。人家谁不加敬地叫县长呀？没风水！

嘻嘻哈哈，他跟鲁县长走出西厢房来。没风水货，又在拍鲁县长的肩膀！人家就不是县长，也是你娃的叔伯之辈。总是这么放肆。

“大川，夜间我没事啦，咱们再杀几盘怎样？你有空儿没有？”

“有倒是有，就怕你输不起。”

灰货，又去拍鲁县长的肩膀，还挤弄着撩逗人家的眉眼。

“鲁县长，就跟我们一搭吃吧！”

“不啦，老嫂。大川，等着我！”

“不见不散。”

鲁县长吃派饭去了。她的大川也吃喝起来。吃喝得挺香挺快挺多。只是依旧不跟她多说话。唉。

“川儿，十五，就真是不过了吗？总得略微操办一下吧？”

“妈，你要馋了，我给你买斤月饼回来……”

又是甚么话！

“听说鲁县长快走呀。咱总得留人家吃顿饭。”

“甭客气，老鲁不吃请。”

倔货！竟会这样死倔。

他吃喝完了，抬起屁股，又要出门去。

“川儿，你不是等鲁县长吗？”

“我知道。我一阵就回来。”

他又走了。她不知道他又往何处，做甚么去了。虽然她知道她的大川不会去做灰事，却又不能歇心静气下来。死娃！他是太不安分咧。前几年不安分，如今仍不安分。那时候，动不动就叫人家训他、批他、罚他，甚而捆他。她担惊受怕。他却不在乎，像喝凉水似的。受完制，照旧不听人家的话，不老实做活，不开会学习。他照旧时常出去外流，把队里分不下的吃的花的弄回家来。过时过节呢，白米细面啦、油啦肉啦，也总要弄点回来。她挺不安。他却说：“妈，歇心享受吧，不是偷的、抢的、拐的、骗的！”怎来的呢？他又不肯多说。她只好担惊受怕。现在总算好咧，有吃有喝有钱花了，他却仍不肯安分过日子。不去外流了，却仍是东奔西跑，跟他那几个相好的娃们，不知在弄些甚么勾当。她问，他仍不肯多说：“妈，你就歇心享受吧。”死娃！总是享受，享受，叫她享受。总是嫌她脑筋旧，晓不得享受，只会节省。好像世界上数他明白！可近来这死娃忽然又叫节省起来了。节省吃喝，节省花销，连八月十五也节省着不叫过咧，连院里长下的葡萄也节省着不叫人吃咧。就是鲁县长，他也不肯请人家尝尝鲜！倔货，这么节省着做甚呀？她仍问不分明。是节省着预备娶媳妇吗？那环儿不是早说了吗：情愿白跟大川，甚么也不要。唉。她的大川是那么专断地当了家了。她甚么也不知道，甚么也不叫她知道。

“大川，大川——”

看看，鲁县长已回来咧，这死娃还不见影儿！一阵就回来，说得倒好。

“鲁县长，你吃得真快。看大川这死娃，又跑咧！他说一阵就回来。真不知他鬼扑甚呢，我去吼他！”

“老嫂，不用啦。他会回来的。也不是甚么正经事，闲耍呢。”

鲁县长虽这么说，可她细看那笑脸，就发觉到底愣怔了那么一下。是有点儿扫兴，委屈，不乐意了吧？

“鲁县长，我去吼他！”

“甭啦，甭啦。闲耍呢。唔，月爷儿都快圆咧。”

“就是。鲁县长，就跟我们一搭过十五吧！”

“能吃上葡萄吗？”

“鲁县长，你就去摘嘟噜尝尝，可以吃啦。”

“敢吗，老嫂？嘀嘀——”

鲁县长笑着，回他的住屋去了，唉，鲁县长也看出她当不了家了。小祖宗，又跑到哪儿去咧！西厢房的电灯亮了。鲁县长又在办公了。唉。人家想跟你娃耍耍、歇歇，竟连个影儿也逮不住。不识抬举的货！

二

月爷儿越来越亮了，离树荫越来越高了。在显白了的月光中，更闻见了飘流着的瓜果香气。可仍不见她的大川的影儿！

死娃。还说一阵就回来，还跟人家说不见不散。又忘记了吗？但这是能忘记的事儿吗？当是谁呢！人家鲁县长够抬举你娃啦，你个土猴儿倒不赏脸。

那屋仍亮着电灯。鲁县长还在办公，劳心吧。唉。刚才，人家出来过一回咧，问："大川还没有回来吗？"她都不好意思回话了。鲁县长脸上虽然还是和悦的颜色，但那么大睁了一下眼睛，心里分明扫兴、委屈、不乐意了。今晚鲁县长没有出去开会，也没有谁来麻烦。当真是要跟那小祖宗耍棋呢。这死娃！

他是不是在有意冷落鲁县长呢？这个没风水的倔货！

给鲁县长号下她家的西厢房，她很觉得荣幸。来这么大的干部，人家不会到邋遢、落后的人家去号房。这是她家整洁、富足、进步的标志。唉，如今她家竟会有这种荣幸了，可她的大川却不当一回事。

"谁，鲁县长？妈，他是个副县长！就是正县长来住吧，咋呀？咱又不图沾县长的光！"

说的甚么话！谁要沾人家的光呢？一个县长肯来家里住，总不是不光彩的事吧？正县长、副县长，还分得怪清，就像跟人家县长们怎么惯熟！其实呢，他也没有见过人家。鲁县长刚到那天，他也稀罕地跑去瞅人家哩。

可转眼间就踅出来了，不在乎地说："妈，你看，不过是个矮个儿肉老汉。瞅见了吗？这人一口黑牙，一笑就露出来咧……"

"死娃！我又不聋，吼叫甚哩！怕那屋听不见吗？"

鲁县长，还有一伙公社、大队的干部，都在那屋，他就这么说。可着嗓门响亮地说。人们都是敬重地来瞅县长呢，他倒瞅见一个矮个儿肉老汉，还发现了人家的一口黑牙。真是黑牙吗？就像世界上数他眼尖！

从此，他就没风水地喊人家老鲁。老鲁长，老鲁短，扎耳煞咧。她骂他，他一些儿不在乎？唉。他对她不在乎，倒也罢了。如今来了一个县长，他也对人家不在乎！还得了吗？

那天，鲁县长瞅见他的棋盘了，想跟他耍耍。他竟说："敢吗？"

"怕甚么！"

"怕你输了不好看吧？"

世界上还有这么放肆的吗？耍开了呢，竟真摆起了大架势，噼里啪啦，在催撵鲁县长。还挤弄着鬼眉眼撩逗人家！一阵儿吼叫："老鲁你咋输不起？"一阵儿又拍手海笑："老鲁你真笨！"死娃！人家是县长，又不是村里你那伙野娃。可这小野猴儿竟真把鲁县长耍败咧。鲁县长有些不好意思了吧？他倒又鬼眉溜眼瞅人家，神得兴得能得甚么似的。

"鲁县长，你爱跟那死娃耍哩！"

"唔，大川的棋路不一般。"

"他有甚么不一般？他是从人家书上瞅来的！"

"唔——"

鲁县长竟那么意外地大睁了一下眼睛。

可不知咋的，鲁县长倒有些稀罕她的大川了。进了门，就问："大川还没有回来呀？"有了空儿，就喊："大川，来杀盘棋！"好跟这野猴儿说话儿，扯事儿，耍棋子儿。由他拍肩膀，说鬼话，没风水地撩逗。他就是能得甚么似的吹拍夸口，鲁县长竟也正经去听，像挺稀罕他那鬼说妖道。倒是她的大川仍然不稀罕人家鲁县长。不识抬举的东西！不敬重鲁县长就够可恶啦，竟然还常驳人家的面子，给人家难堪。有时鲁县长叫他耍棋，他会直愣愣地说："哎呀，老鲁，我没空儿，对不起咧。"说着，就跑得没影儿了。有时呢，正跟鲁县长扯说得热火，他会冷不防说："坏咧，老鲁！他们还等着我哩，失陪啦！"抬起屁股就走了。每当这种情形，鲁县长虽不说甚，可脸上总是有些被冷落的颜色吧？她是被冷落惯了，没甚么可说。谁叫她是娘呢。可人家是县长，竟也被他冷落，还得了吗？死娃，眼里连县长也没有吗？难道比县长还忙吗？鲁县长来了之后，这娃显见更忙乱咧，是故意在冷落人家吗？不识抬举的货！

有一回，她的大川不知又对鲁县长吹拍了一气甚么。鲁县长竟说："大川，你还真有些气魄呀。你给咱们出来当队长怎么样？老队长们有些不想干啦。"

"我？嗬哈——"

"咱是说正经的。大川，怎么样？"

"老鲁，咱可不行。"

"行，满行。你这一套谋算拿到队里，不比你们几个人闹腾有闹头呀？"

"当队长，我还没有梦见呢，嘻嘻。"

"我跟他们做做工作，你就出来试试，怎样？"

大川就忽然跳了起来，变了眉眼说："老鲁，快甭打我的主意！想叫我倒运呀？"说罢，抬起屁股就走，恼得甚么似的。

这可有甚么恼的呢？不爱当就算咧，不能好说吗？队长那营生，她也不愿叫大川干。像这么包几亩地养种，就不赖。有吃有喝有钱花，还想咋呀？可鲁县长也不是甚么歹意呀，人家是喜爱、器重、抬举你娃哩嘛，还犯得着变眉煞眼给人家难看吗？倔货。死娃！待他回来，她又骂他。他竟直着脖子叫："妈，我不是早说咧，咱不沾县长的光！如若众人选咱当队长，咱二话不说，鞠个躬就干。"

呀呀，这死娃还真有心思当队长呢！就这股劲气，不叫众人骂煞才怪。谁会选你这灰猴儿呀？队长们，从来都是人家公家相中才能当。不叫人家抬举，谁选你！趁早安安生生养种那几亩地吧，还想咋呀？鲁县长是多好的人，能看得起你娃，总是点光彩，恼甚么呢？

她到底觉得大川对鲁县长是太冷落了。大川忽然叫节省起来，也是在鲁县长来了以后。这也是存心想冷落人家吧？怕人家吃你喝你吗？死娃儿。现在有吃有喝有钱花，还不是人家鲁县长这些人物领导得好吗？怎么倒像跟人家鲁县长有成见似的！连自家院里长下的葡萄，也不肯剪几嘟噜叫人家尝尝。谁也不能动一颗，全要去卖钱。少几嘟噜，能值几个钱？死娃儿，怎么还不回来呀？就是在存心冷落人家！倔货，灰头，没风水！

三

月爷儿又升高了一竿。院里似乎越发明亮了，比黄昏时分还明亮得多。但那榆树荫、葡萄架、石榴枝叶，都显不出绿颜色来了。时辰不早咧。鲁县长的屋里，仍然亮着灯光。还在办公呢。老是这么忙着调查，办公，筹划。为了谁呢？唉。可这小祖宗还不回来！就是这阵回来，也不能陪鲁县长耍棋了：都该歇着啦。

她有甚么办法呀？她去寻过他，寻不见。跟他相好的几个娃们那里，都不见他。环儿家，也去过。环儿说他没来过。死娃，叫狼吃了吗？出甚么事了吗？其实呢，她也知道不会出甚么事。她是早担惊受怕惯了。惊怕之后，她的大川都会嘻嘻哈哈地忽然回到她身边。儿子像一颗铁豆儿，不安分地蹦走了，又会安然地蹦回来。她忧虑的是怕鲁县长受不住。人家又出来问过大川的消息，脸面上那种被冷落的颜色，分明是更重了。

也怪啦。鲁县长这次也有些认真了，三番五次出来探问大川的消息。是忍不住那冷落了吗？以往，每受了大川的冷落，虽说脸面上有点儿不好看，可转眼就拉倒咧。也是，人家一个县长，还能跟他一个土猴儿一般见识呀？可这回，似乎不肯轻饶这死娃。也是，人家是仁至义尽啦，何况眼见人家就要走啦，连这点儿脸也不肯赏，是太不仁义咧！

街门响了。是川儿吗？不是！

“大川回来了吗？妈。”

是环儿。这妮子，甚么时辰啦，又跑来。没过门呢，成天就“妈妈妈”地叫她，也是不安分的角色。

“没回来。谁知跌进哪口枯井去咧！”

环儿哈哈地笑起来了。

这妮子，动不动就这么哈哈地笑。笑甚呢？没风水。难道环儿是知道大川的去向而不肯告诉她吗？说不定。

"环儿，你真不知道大川做甚去了吗？"

"真不知道。妈，你急着寻他做甚？"

"我想他呢，想杀得吃他哩！"

环儿又吃吃地笑起来了。

"谁在笑呢，是大川回来了吗？"

看看，连鲁县长也叫这妮子笑惊了。鲁县长出来，准是看看没有大川，眉眼那么不入法地动了一下。好在这回没有抽身踅回屋去，在石桌旁坐下来了。

"鲁县长，环儿也是来寻大川。真不知道那死娃到哪儿扑死去咧！"

鲁县长抬了一下眉毛，还是笑着说："环儿，你来寻大川做甚么？谈恋爱？"

环儿又吃吃地笑起来。

"你们哪阵办喜事哇？"

"早呢。"

"怎么，也要学时兴样儿，恋爱够了才成亲呀？"

环儿更吃吃地笑起来了，笑得扭动腰肢，缩了脖子，捂住脸面，但却笑得那么响亮。

就知道笑，人家一说自家的女婿，就这么吃吃地笑。傻气！一个怪俊怪灵的闺女，就好这么冒傻气。她没有料想到她的大川竟会拣回这么个俊气灵秀的媳妇。可不是捡回来的吗？甚么也不要，情愿地跟大川。她是再不必为大川的婚事操心焦虑了。可她也没有料想到这环儿会这么冒傻气。旁人一说大川，就吃吃地笑。不管在哪儿，见面就一口一声"妈"地叫她这未来的婆婆。其实呢，白跟大川，也是冒傻气。如今她家也不是拿不出彩礼。可谁知道呢，反正是大川当了家了。她甚么也不知道，甚么也不叫她知道。

“环儿,你这样好。不要彩礼,自由恋爱,有出息……”

鲁县长是在说客气话呢,环儿倒一股劲地在笑,笑得脸都像一块红布了。笑,只知道笑。笑甚呢!她总觉得,环儿这么笑的时候,是沉醉在甚么事情之中,并不与她这个“妈”相干。她更有一种冷落之感了。她见鲁县长似乎也叫环儿笑得有些冷落了。唉。人家一个县长跟你说话儿,倒只顾自个儿傻气地笑,岂不知鲁县长正恼着你的女婿呢!

她忍不住啦,说:“鲁县长,快甭夸奖他们咧!说是不要彩礼,可大川那灰头成天教训我哩,老脑筋,就知道节省,积攒,晓不得享受!人家会花钱呢。你看,这些时那灰头又愣叫节省花销哩,连八月十五也节省得不叫过咧,谁知道人家积攒下钱要买甚么大价钱的时新货享受呀?”

环儿听着竟还是吃吃地笑!

鲁县长呢,却奇怪地问:“老嫂,还不知道大川的主意呀?”

“那灰头又想做甚?”

“他们搭伙买手扶拖拉机呀!”

“买拖拉机?”

她惊异极了。可环儿仍在笑。原来都知道了,就是她不知道。她真成了当不了家的可有可无的老不死了!她是大大恼怒了。

“妈,他跟我说过。”

“环儿,你们应当先跟老人商量商量嘛。”

“鲁县长,拖拉机,又不是鸡娃儿、猪娃儿、毛驴牛犊儿,个人也能抓回来养着呀?”

鲁县长只是笑笑。

环儿说:“还是鲁县长来了,大川他们才拿定主意……”

“这死娃,他也太能咧!世界上就数他能!”

环儿又吃吃地笑。

鲁县长却看看手表,皱了一下眉,说:“大川还不回来,时候不早啦。”

说罢，起身回西屋去了。

跟着，环儿也说："妈，时候不早啦，我回呀。"说完，吃吃笑着，也走了。

院里安静下来了。月华如水。她感到十分冷落。但是听不到环儿的那吃吃的笑声以后，她气愤不起来了。刚才的气恼是不痛快的，也是不由自主的，但似乎是踏实的。现在呢，只有空落落的冷落了。死娃，怎么还不回来呢？

四

直到月爷儿悬在头顶，她的大川才哼哼着甚么，悠然回来了。

但他只顾望着月爷儿打哈欠，却不朝西屋瞅一眼。那厢还亮着灯光呢，不知鲁县长仍在办公，还是在生大川的气。可这小祖宗，满不在乎，全忘记了吧？她又气愤起来了。谁也不放在眼里！她是更不在话下！连买拖拉机也不跟她说一声，就只是下一道令，叫她节省！死娃、灰头、倔货！

"川儿，鲁县长还等着你哩！"

他一听，忽然就拍打起自家的脑瓜来，叫道："啊呀——"立刻转身朝西屋跑去了，边跑边喊："老鲁，老鲁，你还在等我呀？"

他扑进屋去，还在吱哇喊叫。鲁县长好像淡淡地、短短地说了句甚么，听不真切。那死货仍在吱哇喊叫，不停地吱哇喊叫。可再没有听见鲁县长说甚么。不多一阵，她的大川就踅出来了。她很稀奇地在儿子的脸上看到了一种灰灿灿的颜色。不过他还是对月爷儿打了几个哈欠，就回自家屋里去了。

她追着他，气壮地问："你到底去哪儿扑来？"

他竟乖乖地说："也是下棋去来，嘀嘀。一出门，就碰见东头的四儿。他是回村过十五来咧，愣拉扯着去跟他耍。小子！咱这二年耍得少啦，倒叫他一连赢了两盘！我急咧，光顾赢他了，就把老鲁给忘啦，嘀嘀。"

"忘咧，说得轻巧！还嘀嘀！"

“妈，我去赔过不是啦。”

“就那么吱哇两句，就没事咧？人家是县长！”

“县长吧，咋呀？”

“哎呀，吼叫得再多点！怕人家那屋听不见吗？”

她无法再教训他了。她本想趁势多责骂他几句，特别要责问买拖拉机的事，但她甚么也不再说了。她的大川又神得兴得能得甚么似的了。她只好像对别的事件那般，心里唠叨，听任他去。唉。

第二天一早，大川竟跟没事一般，又老鲁老鲁地喊叫。鲁县长呢，好像也毫不在意，可似乎又比往常严肃一些。

晌午，吃派饭回来，鲁县长就突然说，后晌就回县里去了。不是说几时走还没有定吗？不是说还没有办完公吗？怎么忽然就要走了呢？鲁县长说，县里打来电话了。可谁知道呢？是不是叫那小祖宗气走的呀？住了半月，真不吃她家一顿饭就走了吗？这一走，怕再也轮不上来了。不能吃了她家的晚饭再走吗？不能。小汽车就快来了。人家是县长，走了请也请不来了。这可怎么好呢？

大川却不说一句挽留的话，竟像往常一样，丢下饭碗，又不知要到哪儿去。走出街门了，忽然又返回来。他抓来一把剪子，就去剪院里的葡萄。剪葡萄做甚呀？他不搭理她。只是专心在剪，拣着成色好、嘟噜大的剪。这时，环儿来了。是送给环儿家过节吗？环儿在笑。他仍甚么也不说。剪了十几嘟噜，不剪啦。他捧着葡萄，走进西厢房去了！一边走，一边喊：“老鲁，老鲁，那咱们就再见啦！”

她惊喜着，跟他进了屋。

鲁县长很意外，推托着不要。

大川吱哇喊叫道：“老鲁，当是巴结你这县长哇？嘻嘻，臭！不过，品种不好，酸哩！”

环儿又吃吃地笑起来了。

鲁县长又抬了一下眉毛，正要说甚么，大川就又吱哇道：

“老鲁，那咱就再见啦，我们还有事呢！”

“川儿，急甚么，你倒比人家鲁县长还忙！”

“大川，你以后做甚么事，得先跟你妈商量。搭伙买手扶拖拉机，怎么也不告你妈一声？”

大川那么鬼地朝她瞅了一眼，说：“老鲁，我妈不会恼我。”

还说她不会恼，只差没有把她气炸哩。可她的大川的这一眼，真的足以消除她的一切气恼呢。死娃！她笑了。可她的大川早已同吃吃地笑着的环儿跑走了。

没有了大川的吱哇喊叫和环儿那吃吃的笑声，屋里，院里，立刻就显得冷清了。不多时候，队长支书们都来等着送别鲁县长。又不多时候，鲁县长就坐上小汽车走了。大川剪下的葡萄，鲁县长只带了两嘟噜。她为她的大川很说了一番赔礼的话。鲁县长虽然笑得还有一点儿严肃，可似乎真的并不在意。问题大概不大咧。她不必为大川冷落了鲁县长而操心了。可拖拉机呢？究竟不是鸡娃儿、猪娃儿、毛驴牛犊儿，也能捉回自家养吗？她还是又为她的大川操心了，忧虑也好，气恼也好，担惊受怕也好，她似乎不能不这样吧，甚至可以说，她是有些愿意这样呢。否则，她准会觉得生活不充实，少滋味，没生气，空空落落吧？

一九八二年一月

外面的世界

一

饿的时候，盼着吃饱。忙的时候，盼着闲下。没过年呢，盼着快快过年。现在，肚吃饱了，闲下来了，年也过了，反倒觉着很有些儿没意思了。看看，猪圈也垫了，羊们也喂了，柴草归摞得挺齐楚，粪堆还不必再翻腾。院地呢，早扫光溜咧。还能搜寻些甚营生做做呀？院地中间的甬路上面不知还有坑儿凹儿没有？还有坑凹儿就好了，就可以弄些沙土来，填填，夯夯。但他左瞅右看，竟寻不出一处坑凹来。短短的甬路是平极了。不，路面有很标准的弧度，可寻不出坑凹，他觉得挺没有意思。

他出门去了。

村街上也没有多少意思，不过是永辈子都能看到的那种场景。小屎娃们在耍土，永远耍不够。年轻妮子们专好出来显露她们的新打扮，也没有个够。只是那新打扮更古怪，更扎眼咧。婆姨媳妇们更有拉扯不够的闲话。说是闲话，但还是会气得跺脚，或是笑得咧嘴，叽叽咯咯，有滋有味。男人们不多见，后生们多去撵红火了，也有藏起来红着眼耍钱的。年盛的汉们能寻下各人的事做。老汉们是钻到背风旮旯里晒太阳去了。

他也去晒太阳吗？没意思。今年正月天气暖和。肚填饱了，身上也穿裹得暖和，晒不晒不吃劲。拉扯老汉们的闲话吧，谁也不会跺脚咧嘴。无非是些老陈话：地墒不强，谁谁死了，儿孙不孝顺，棺材板越来越贵咧。可不去老汉堆儿里，他能跟上后生们去撵红火、看媳妇儿吗？

笃笃笛笛，是大卡车在叫，不是小汽车，不是大轿车，更不是拖拉机。他能听出来。村里谁家又招来大卡车咧？如今人们本事大了。可他爱管它是谁家招来的！就是，爱管它呢。只是，这汽车的笃笃笛笛，他听来觉得有那么点儿意思。是新奇吗？是眼馋吗？是听出点儿现代化气息来了吗？不是。他只是忽然挺想闻一闻汽车屁股后面的汽油味儿。

二

走得慢些儿。闲溜达呢，急甚？怎么倒能听见公路上汽车的笃笃笛笛咧？听来，过车正海哩。可这阵日头早上头顶啦，矿上下来的车，城里上去的车，都早该过去了。不该有这么多车了。

可不是正多！笃笃笛笛，嗡嗡隆隆，上上下下，大大小小，正热闹呢。他爬上前面的大坡，低头看去，嚯！振奋了吗？惊怪了吗？生出甚么感慨来了吗？不是。他只是在公路上那热闹的汽车流中，一眼就瞅见了一辆蓝色的小轿车。嚯，还有这种颜色的小轿车！是天蓝吗？是海昌蓝吗？是新砖瓦那种蓝吗？都不像。但那是一种蓝颜色，闪着光亮。他还真没有见过这种蓝色，也没有见过这种蓝色的小轿车。它那形状，也是他未曾见识过的。既不像一般小轿车那样中间高、两头低，也不像面包车那般方秃墩墩。他在这条公路上溜达了许多年头了，真还没有见到过这种车！等他赶趁到公路边上，这辆蓝得古怪的新式小轿车，是早已无影无踪了。

路口上，聚着村里的几个后生妮子。看见他，就围上来了。

"二牛叔，给拦辆车！"

“二牛爷,我们有急事!”

有甚急事?还不是进城去逛达。后生们寻着瞅好看的媳妇儿,妮子们去显露各人的新打扮!如今,各人本事都大啦,想搭车,不会自家去拦!他是早不在这里护树养路咧。公路上跑的汽车,他都生疏咧。小龟孙们,叫亲爹亲爷也不抵事了。

他没有搭理他们,沿着公路遛去了。十里慢坡道,笔直戳下去,一眼望到尽头。柏油路面闪着亮儿,像是有灵性的河水。那不断头的各式汽车,嗡嗡隆隆,笃笃笛笛,是河面上的浪头。就是有些分不清楚:是朝下远远滚去了,还是向上朝他涌过来?猛不防的,他竟生了怯,真生疏了。怎么会有这许多车呀?汽油味儿!好呛人的汽油味儿,已经不是那挺好闻的味气了。听人说,喜好闻汽油味儿,是肚里有虫。于今,他闻见汽油味儿真是不好闻了,怪呛人。说明肚里没虫了吗?虫们都叫填在肚里的油水挤走了吧。或许是汽油味儿变得难闻咧,也说不定。

但公路上的汽车是的确多咧。一辆接一辆,开过去,开过来。嗡嗡隆隆,笃笃笛笛,怪聒吵人。车多了,式样更多了。各种各样,奇里古怪。刚才,瞅见那辆蓝色的小轿车还那么惊怪。瞅瞅吧,这有多少他不曾见过的奇里古怪的汽车!不过,他究竟没有在近处瞅瞅那辆蓝得古怪的小轿车。它是爬坡朝西开去了。不知从哪来,又到哪去。是去那个大矿上吗?还有一百多里路跑哩,尽是山。也许不是到那个大矿上,是到外省,到更远的地方去。也说不定一阵儿就踅回来啦。多半呢,他是再也不会见到这辆车了。甭看公路上有这么多车在跑,那当中有多少是匆匆忙忙从他眼前开过去之后,就再也见不到了。可公路上,还是照样有川流不息的汽车来来往往。天下会有多少汽车呀?问得真古怪。谁能知道呢!

“二牛叔,嘻——”

“二牛爷,哈哈!”

小龟孙们,他们搭上汽车了。看美的那鬼样儿,朝他扬手,疯笑,吱喳喊叫。到底是本事大了。可他们那打扮也实在太奇里古怪!他们说:如今,人家外头都时兴这号打扮。鬼说哩吧?他应该看看,村子外头是不是真的变得那么古怪咧。

唔,这辆秃头长尾巴卡车的车号码儿,挺大。是哪儿来的车呢?记不得了。他听公家的人说过,甚么地方的车是甚么号码。但他记不清了。这么大的号码,大概不是近处来的车。它开过来了,真快,挺威风。是大地方的车吧?可车楼里,司机仍是穿着普通的油腻衣裳。另外坐着的两个人,也似乎是普通打扮。他没有看得真切,它嗖一声就开过去了,留下的汽油味儿挺难闻。但他相信,车楼里坐着的几个人是普通打扮。并不像那些小龟孙们,打扮得那么奇里古怪。但在这车流里,奇里古怪的汽车毕竟不少。天下真的变得古怪了吗?村里是包了地了。他一户包了十三亩六分地养种。多年来那么重要的工分,现在竟没用了。肚却是吃饱了。可同时呢,村里的小龟孙们也打扮得奇里古怪了。本事大的人也多了,发甚么财的人也有了。村子外面呢?

哎呀,一辆红颜色的小轿车!式样跟那辆蓝得古怪的小轿车一般般儿,既不是两头低、中间高,也不是方秃墩墩。跑得挺快,却没有多少机器响声。从背后过去,他都没听到机器响声。可这是一种甚么红颜色呢?枣红?柿红?猪血红?都不像,又是一种古怪的颜色。但它的确是红的,闪着亮儿,开过去了。越来越小了。被后头开来的大汽车挡住了。啊呀,怎么没有看看车里坐的甚么人,打扮古怪不古怪?

不过,他还是觉得挺有意思。竟然见到了两辆式样一样新奇的小汽车,虽然颜色不一样吧,但他有一种熟悉之感了。因而,也有一种满足之感了。今儿出来遛公路,挺有意思。

三

垫了圈、喂了羊、扫了院、担了水,他赶趁着做完了一切可做的营生。同时体味到:营生到底还是赶趁着做有意思。赶趁完了,便出门去了。去哪呀？还是上公路遛。旁处没意思。

今儿比昨儿早些。公路上正该过从近处出发的汽车，正该过他熟惯的车。可瞅了好一阵儿，也没瞅出一辆熟车。更甭说会有熟车朝他按喇叭致意了，都过去了吗？来来往往的车，像昨儿一样多。也像昨儿一样，各种各样，奇里古怪。他没有瞅出一辆熟车来，也没有一辆新奇的车特别引他注意。汽油味儿仍然呛人。可笃笃笛笛，嗡嗡隆隆的响声，却不怎么聒耳咧。

笃笃笛笛，这不断的笃笃笛笛，都不是按给他听的。也活该。谁叫他辞了这儿的职呢？两年了。两年没咋到这公路上遛了。那些熟惯的司机们，准以为他这个老汉死了。辞了职吧，就不再常来这儿遛遛？忙吗？是忙。忙着养种各人包下的那些地亩。可十三亩六分地，值得怎样忙呀！怎么就忘了到这儿来溜呢？那些熟惯的汽车司机们，对他挺好。但凡瞅见他在路边上，就要按一下喇叭，笃笃笛笛问一声。他朝他们扬扬手，人家就会站住。他也抽过人家的纸烟，吃过人家车上的外地西瓜，烧过人家扔给他的木炭。怎么就忘了人家呢？当然也不是因为沾过人家的油水，不该忘了人家。这是交情呀。他是谁？一个庄稼地里熬大的死老汉。人家呢，是走南闯北的好汉。这不是村里那种交情。唉唉。人家准以为他这个可怜老汉死了。其实他是吃饱穿暖猫在背风旮旯好活哩。

他很有一点儿感伤起来。他沿着公路朝下遛，仍然没有一辆古怪的车引起他特别注意。他只在寻找熟惯的车，可终于也没有瞅见一辆。唉，回吧。他有些扫兴了，不过，仍在朝前遛。

迎面开过来的一辆蓝头大卡车，忽然放慢了速度。机器有毛病了吗？笃笃笛笛。呀，这是朝他问候的那种响声。真是响给他听的吗？可这辆蓝头卡车，他并不熟悉。司机的头探出车楼来了。在朝他扬手，是在朝他扬手，是在瞅住他笑！谁呢？是个挺生的脸面。车开过去了。加了速，又跑得快起来。后面的车挡住了它。

谁呢？哪的车呢？哎呀，想起来了！是那辆南方来的车！就是。司机是小脸面，短鼻梁骨，这个司机曾经扔给他一瓶好烧酒。那时，他真还没有喝过那么好喝的烧酒，有股说不出来的香气儿。他不过是给这南方司机回村担来两桶水。当然，不是汽车缺了水，也不会在他跟前站。那是夏天，正热。给汽车灌上水，司机就那么随便地扔给他一瓶烧酒，说是旁人撂给他的。但没说客气话，嘟一声就开车走了。六七年过去了，他再没见过这车这人。他早以为再也见不上咧。哈，想不到今儿竟叫他又碰上啦，见上啦！也真够交情咧。六七年过去了，人家竟还能认出他这死老汉来，开慢了车、按喇叭给他听，伸出头来笑、扬手。他却愣怔着，没说一句话。大概连笑也没笑吧？

他朝回走去了。他相当满足，快乐。他又见着这个南方司机咧！他没有去过南方吧，却见过南方司机，还有交情。南方人也没甚特别，就是说话侉，难懂。对咧，他还见过许多地方的司机呀！口外的，关外的，湖广四川的，天津北京上海的。就是，不少呀！他没有到过甚么地方吧，却见过不少地方的人，还有点儿交情。还不简单呢。过去，怎么就没意识到这一层呀，总觉着自家可怜。真是！当然，人家这些天南地北的司机，也并不是瞅见他好看，停了车来拉交情。谁不是急着赶路呢？人家只有在倒了霉的时候，才会停下来。缺水啦、漏油啦、机器出毛病啦、开车人不熨帖啦，再不就是碰了车，轧了人。他帮不了甚的大忙吧，究竟是患难之交。是跟天南地北的许多人，有那么点儿患难之交。可过去，怎么就没意识到这一层呢？

今儿出来，也挺有收获。比昨儿有意思。

四

清早起了雾，挺大，到这阵也还不散。去不去遛呢？去！有雾，汽车开不快，也有看头。

听听，果然热闹吧？但他爬上前面的大坡，却没有望见一盏车头上应当亮了的黄灯。只有那笃笃笛笛、嗡嗡隆隆的响声，在一片灰蒙混沌中吵嚷、拥挤。不会出甚么事吧？

村口上，竟仍有村里的后生妮子们聚着。大雾天，也要到城里去逛吗？你能看见人家的甚？人家能看见你的甚？真是！他钻进雾气里去了，没有搭理这些小龟孙们。

雾很浓，连个日头影儿也瞅不见。远山，近村，地亩，人烟，也全瞅不见。浓雾中，汽油味儿也变浓了。汽车喇叭近处听来更像在吵嚷、拥挤。可公路上来往的车，却不拥挤，稳稳地、款款地开过来，开过去，如流似水。就这样忙，这样急呀？不能趁有雾，歇歇吗？公路上的汽车没有往常那么多，但似乎也并不显得少。

有雾，汽车是开得慢多了。但他已经发现，车虽开慢了，仍不能从容细看。车都是忽然之间开到他的眼前，未待看清，已钻进雾气里不见了。熟惯的陌生的，古怪的普通的，见过的没见过的，都忽现忽隐于一片灰蒙混沌中，是更不便分辨了。但他还是有点儿想叫哪个熟车熟人认出他来。朝他按按喇叭，扬扬手。不笑也行，起码知道他这个死老汉并没有死。那不断的笃笃笛笛，比往常叫得更欢，可没有一声是按给他听的。司机们都在专心开车，目不斜视。也是。这天气能斜视走神吗？一走神，就要倒霉咧，事故还不会小！快不敢走神。可要是谁能从雾气里把他认出来，那交情就更不寻常啦。鬼！快不敢走神。

家伙！一辆多么高大的汽车开过去了。可惜没看清拉的是甚。它钻进大雾里去了，只有喇叭仍响得凶险。拉的是外国机器吗？可惜赶上雾天了，没看清。去年五月，也可惜得很，误了看外国机器。看过的人都瞪着眼说：真凶险！一拉溜排开五十辆大汽车，大得像火车车皮。拉着甚呢？都是像小山似的外国机器，有的像瓜，有的像桶，有的像扇车，有的像磨盘，像甚么的都有。谁见过像山似的这类铁家伙呀？看过的人都这么愣吹。吹了好些天。可当时就是没人到后坡去叫他一声！他正在后坡撅着屁股锄地呢，咋也没想到竟会误了这么壮观的场景儿。他在这截公路上护树养路十好几年了，就没记得看过甚么有趣味的场景儿。淹在心窝的就总是一种味儿：觉得工分难挣，日头难熬。天天看着有那么多汽车拉着那么多财产，一味匆匆忙忙跑向一个甚么难以想象的去处，反正并不与他相干，真是单调极了。但他还得天天出来。不出来，能挣下工分吗？刮风下雨，三九三伏，都得出来。给队里护树，给公家养路，不怕得罪人，不怕受辛苦，都是为了挣工分。人家叫他当模范，他才不稀罕呢。不是有工分挣，他才不会天天出来受洋罪呢。天天看着有那么多财产从眼前拉过去，可他自家呢？所以，各人包了地，他是坚决辞职不干咧。不过，果若像众人吹的那样，外国机器也真够一看的！怎么偏在他辞职后出了这壮观的场景儿呢？

人们还说，这二年公路上断不住过坐着外国人的汽车。今儿能不能叫他碰上呢？可惜雾太大了。仍然瞅不见日头的影儿。人们说，外国人耐冻。十冬腊月，戴着皮帽儿，光着胳臂腿儿。天下真是甚的古怪人也有。不知村里的那些小龟孙们，是不是也要学这奇里古怪的打扮，练耐冻的功夫。他不会那么犯傻，只金贵脑头，不金贵胳臂腿儿。于今肚里油水大了，也不会那么犯傻。他还想多活几年。但今儿能不能碰上外国人呢？挺想亲眼见识见识。中国人，他是见得不差甚了。南方北方，关里关外，湖广四川，天津北京上海，差不多咧。就是还没见过外国人。可惜今儿天气不好。

就是。到这阵了，雾还不散。甚也看不清，甚也看不上。就只能瞅看清脚板底下的寸尺之地。脚板底下，是人行土道儿。土道儿上，坑儿凹凹不少。路基护坡呢？也不受看咧。路两厢的树，更显得挺可怜。算咧，回去吧，甚也看不清，只能听见笃笃笛笛叫得凶险。不会出甚么事吧？大雾天，可不敢出事。他可没有盼着人家出事。出了事，就是能跟外国人拉上交情，他也不情愿。还是大家都平平安安好。等等再回吧。他相信不会出甚么事，但还是等等再回吧。

今儿出来，甚也没有碰上，甚也没有见上，没碰上熟人熟车，没见上新奇景儿，也没见上外国机器、外国人。但他并不后悔，因为今儿有雾。

五

他天天都抽空儿到公路上去遛了。似乎有点儿身不由己，按捺不住，像戒了嗜好，又开了戒，瘾头比先前更大了。也有些像村里的那些小龟孙们，在村里憋不住他们了。他不出去，也觉得憋闷、不自在、没意思，总觉着会耽误了甚么，从此再也见不上了。

有一天，大队主任来寻他。

"二叔，听说你又见天往公路上跑哩。还想给咱护树吗?"

哎呀，他的心思怎么叫主任看出来了呢?

"主任，咱是去闲遛呢。不是想再挣大队那点工。那点工，现在值甚呀?"

"二叔，就是为这呀。这二年谁也看不起那点工咧。你不干了，长短寻不下个合宜人手顶替。公路上的树，林权证都发给咱啦。没人护，不可惜咧?"

"主任，咱是干腻了，想清闲活几天呢。长短不挣那工咧。"

"二叔，那十来年，你干得不赖，有功劳呢。再说，公路段上的人也挺想你，见了就问:'你们村那个二牛老汉呢? 得了我们的镜框跟奖金，就不给我们养路咧?'听听，挺想你哩，二叔!"

"说甚咱也不想干咧。"

"二叔，我也因没人护树，挨公社的骂哩。"

哈，主任竟这么求他，有意思。过去，他想常挣这护树的工，是怎样求主任呢。给公路段义务养路，还不是想保住这护树工吗? 现在颠倒过来了。有意思。就叫主任再求他吧。

"主任，咱包下地养种了，够吃够喝了，真不愿受那忙乱了。你去寻别人吧。"

“二叔,我还不知道呀? 树,你捎带着就护咧,不误你养种地亩。”

“主任,我真是不想揽这买卖。”

他果真又推托了一阵。主任几乎快要失望了,他才说:“那看在你主任的脸面上,咱写合同吧。”

主任因为终于能说服他,分明挺欢喜。所以,在合同上特别加了一条,逮住毁树者,课罚下的款由他三七抽份儿。

其实,他是更欢喜的。欢喜甚呀? 能看汽车解闷呀!

一九八二年二月

蓝色的童岭

一

他一连跑了许多村子。而且，按照郭书记的意思，重点是在山上的村子跑，没法骑车子，真够疲累的了。天热，不知流了多少汗，只觉得身上湿，口里渴。可他回到公社，立刻就感到有些冷落。

公社依旧没有多少人在，也不会有人来问候他，夸嘉他。他下去，他回来，似乎都是无所谓的。碰见了坐办公室的米虫儿，也只对他问了声："伙计，你回来咧？"并不管他渴不渴，累不累。回到自己的屋里，暖瓶是空的。而他知道，伙房只有在开饭时才有开水。去找谁讨一口水喝吧？算咧！他疲惫不堪跑回来，竟然还得讨水喝？不过他是不得不亲自去打洗脸水、报饭。伙夫见了他，也很无所谓。可他是口渴得更厉害了。就喝几口冰冷的生水吧？不能！他没有喝生水的习惯。从伙房回来，在门前碰见了女广播员。

"老金，你倒回来咧？哎呀，怎的还不来电！"

她好像朝他笑了笑。不，她分明也是无所谓的！那么随便问了他一句，就去关心她的电了。这女子，可她是新穿了一件绣花衬衫，领儿很奇特，颜色很鲜亮。头发梢儿也似乎多了些卷曲。是朝他笑了笑吗？不，她分明也是无所谓的。他洗罢脸，口渴得更难耐了。去跟她讨一杯水吧？出门，向东，走几步就是广播室啦。算咧！他躺倒了。床上的被褥潮乎乎的。哦，屋里有一股潮湿的霉味儿，真难闻！那冷落之感更沉重起来。从他调来公社的第一天起，便有这种冷落之感了。那天迎接他的，就是坐办公室的米春生——广播员叫他米虫儿，也只有米虫儿。

“伙计，你来咧？”

对他竟是这么称呼，而口气更是十分平淡的。跟着，就把他引到这间屋里来：“你就住这儿，伙计。”

对他的迎接，就这么完了，平淡到了极点！公社多了他这么一个人，竟然没有引起一点儿动静。大家问他一两句话，就去扯他们的事，似乎连看也顾不上多看他几眼。就是很费了几把劲，才终于将他调回公社的郭书记，也是极平淡地说：“唔，小金，你来咧。”越发显得顾不上跟他多说话。只有名儿奇怪地叫弟弟的这个女广播员，那天来到他的屋里，问了他许多话，也很瞅了他几眼。但又好几次莫名其妙地哧哧笑他，不知哧笑他甚么。临走，跟他说：“老金，我叫弟弟。广播室就在你东头，隔两个门。”

“叫弟弟？”

“对，哥哥弟弟的弟弟。”

“不带女字旁吗？弟字应该带女字旁！”

弟弟立刻又哧哧地笑起来。

他究竟有甚么可笑的呢？不过，在公社的所有人之中，似乎只有这个女子对他还有所关注。肯同他多说话，肯细瞅他几眼，肯来他屋里坐坐。又跟他住得这么近！这会不会是郭书记他们有意安排的呢？

他是清楚的。他之所以能够离开上马铺学校，并不仅仅因为他是个林业人才，主要的原因还是多年钻在那大山窝里，解决不了个人问题。都三十岁出头啦，还寻不下般配的对象！村支书老银牛虽然那么舍不得他走，却还是三番五次找公社郭书记:调他下山吧。郭书记呢,就去找县里的局长、部长、文教书记,直到第一书记。也是三番五次,费煞了劲,才终于把他弄下山来,当了公社的林业指导员。而一到公社,就叫他住进了这间屋里,离广播室这么近!这也是有意安排的吗?米虫儿对他说过,弟弟二十五六咧,还没挑下对象。可她知道不知道这个用意呢?她新穿了一件绣花衬衫。她的头发梢儿也分明多了些卷曲。她朝他笑了笑。可她叫他老金,还常常那么奇怪地失笑,仿佛他身上真有甚么可笑之处。对他也像是无所谓的。大家对他都无所谓得很。也许他们并没有那种精心的安排。屋里的潮湿味儿真重。口渴得越来越厉害。就去找弟弟讨一口水喝吧。不!她要是有意,就该主动问一问他,渴不渴,累不累。她应该主动端一杯水来。

“老金——”

哦,她来了。她真端着一杯水!她的茶杯真漂亮。那漂亮的杯套儿是她编的吗?编着一朵百合花。新穿的绣花衬衫也挺漂亮。她又朝他笑了笑。

“老金,给写篇稿子,行吗?”

呵,她没有请他喝水。也没有问他渴不渴,累不累。漂亮的百合花仍在她手里。

“哎,行不行?”

她低头抿了一口水,才把杯子放到他的桌子上。这女子!

“哎,行吗?”

“写甚么稿子——”

“写甚也行!发家致富,计划生育,文明礼貌,想写甚写甚。”

“唉。”

“唉甚呀?说定咧,写一篇!”

这就定啦?他并没有应承。可看她那神气,像领导,像老师。交代布置完了,无须他置可否。而且,她又仿佛在他身上瞅出了甚么可笑之处,哧哧笑将起来。只有觉得很可笑而又全然不把对方放在话下，才会这么笑！他到底有甚么十分可笑的地方呀？她不笑了，一扭身，肘将桌上的杯子碰倒了。水顺桌面流去，朝他的书物流去，可她却又笑起来。好像刚才还没有笑够，现在终于得了机会，放肆地，咯咯咯地笑起来！他只好自己去擦桌上的水。想到原来对这杯水的指望，他简直无法忍耐了。

可弟弟拿起她的杯子，把残留的水泼到地上，说："老金，说定咧，三天之内交一篇稿！"

说毕，她转身走了。没有一句中听的话，只留下了命令。这女子！

他仍渴得厉害。这渴望真不是滋味。

二

他完全没有想到，他的到来会如此惊动了整个上马铺！是不是全村人都围来了呢？是不是做了充分的安排呢？反正人挺多。男女老少，干部社员，都有。但秩序井然，规规矩矩。靠近他坐着村干部们。接着是小孩子们席地围坐了半圈儿。小孩后面站着姑娘媳妇。再后面是男人们。窗户的玻璃外面是老头老婆儿了。大家都专心地仔细瞅他，安安静静。只有干部们，也主要是村支书在同他说话，一脸真诚的笑容。这场景，他完全没有想到。他被发落到这里，这个大山窝里的上马铺，连一条大路也不通的上马铺，离开市镇那么遥远的上马铺，原是自认倒霉了的。

他来任教的这个山村小学，原来只有一名教员，因有历史问题，被开除回家了。人家便捉住他这个外地分来的林校毕业生去补缺。天爷，那将会是怎样一种可怜的生活呀？遥远，闭塞，艰苦，陌生，不必说了。全学校的教职员工，便只是他一个人。他是校长，是教员，也是勤杂工和炊事员！可他怎么会做饭？他还得对付学生娃们的造反吧？山村的野娃儿们将会怎样欺辱他呀！他想象错了。上马铺比他所能想象到的还要遥远，闭塞，贫瘠。上马铺小学比他所能想象到的还要不像一个学校。但是，他更受到了想象不到的尊敬和欢迎！

看看，为他开了欢迎会。郑重其事地，甚至可以说是相当隆重地为他开了一个欢迎会。大家安安静静地更专心地仔细瞅他，似乎要瞅出甚么奇迹来。第一天，他便被请到村支书老银牛家去吃饭。吃饭也很隆重，隆重到他无暇顾及是吃甚么饭食！支书一家所表示出来的那种过分却又是真诚的敬意和歉意，他真想象不到。从此，他就轮流着被请到各家去吃饭了。从干部排到社员，一天一家，都一样隆重，一样向他表示那种过分却又真诚的敬意和歉意。他有甚么可敬呢？他们又有甚么可抱歉呢？

但他是完全不必为做饭犯难了。老银牛说："金老师，你做不了我们本地的茶饭，就委屈点，凑合在各家派饭吧，嗬嗬。"他只管上课，其余都由村里来管。连他自己住的屋子，也有高年级的学生轮流来值日。全村人都尊敬地叫他金老师。在这个天地里，他再没有别的称号了。而他所教的那三十来个学生娃，对他恭敬还唯恐不及，哪里会造反？

他相当满意了。这个大山窝还挺好嘛，空气挺新鲜，环境挺安静。爬到山顶上，能望到山下的那条大河。河那岸，就是一马平川了。其实这里也并不遥远。可惜山上没有树林，都是童山秃岭。这里应该能长落叶松、云杉、桦树。山坡上是有土层的，降雨也不算少。

"支书，你们为甚么不种树呢？"

"种树？"

"在山上发展林业。有了树林，这里就会大改观呀！山就不会这么丑，村子也不会这么穷……"

"就是。金老师说得对！种树，该种树。我们山旮旯是枯焦地面，金老师有甚不如意的，尽管说，甭客气！"

"挺好，挺好呀！"

"金老师甭客气！"

他不知道村支书为甚么忽然又对他这样客气起来，再三认真问他，带着那种歉意。他提了提种树，怎么会触发起支书的歉意呢？此后不久，老银牛就把一个姑娘引到学校来了。

“嗬嗬，金老师。你一个人，我看挺受累。大队决定给你添一个帮手。这闺女叫水桃，就算是咱们学校的民办教员吧，嗬嗬。你是公办，她是民办，她归你领导。”

“我受甚么累呀？不过三十来个学生，还没有人家一个正规班的学生多……”

“是哩，金老师，咱这山旮旯是不能跟人家别处比。水桃虽说是村里细挑出来的，也不能跟你比……”

啊呀，老银牛一定是以为他嫌弃这个地方了。他提出种树，说这里山丑、村穷，完全是无意的呀！老银牛就给他派来了这个水桃姑娘！是用这帮手来弥补他们的歉意吗？这太过分了。可老银牛分明是很真诚的。他不能推辞了。推辞只能更加重他们的歉意。对上马铺来说，他竟会如此珍贵吗？

水桃是留下来了。她穿了一身新制服。她很腼腆。她十九岁，比他小了一岁。她只上过这所小学。她拖着两条长辫子。她说她还不敢教课，得先跟他学。她自然也尊敬地叫他金老师。她做的第一件事，就是在学校给他立灶起火，他不同意。她说这是银牛叔的意见。老吃派饭，怕他吃得不熨帖。他想吃甚么，她就给他做甚么吃。只是，他不是山里人，怕她也不能使他吃得称心。她腼腆地笑笑。

原来是叫她来做这样的帮手呀？她给他做饭、烧水，洗衣。她很勤快，也很麻利。她灵敏得很。不多久，她便摸清了他爱吃甚么，有甚么习惯，是甚么脾性，在想甚么，愁甚么，盼甚么。大队给学校新订了许多报纸。邮件也改投学校了。会计给学校抱来一台个儿挺大的新收音机。这都是她从他无意的言语中捕捉到了信息。他要是不免发点火，冒几句牢骚，叹息几声，她就更加注重了。但她却不跟他多说甚么。除了劳作，便是腼腆地笑笑。因为他坚持她应该教课，她便很用功地听他讲课。这分明只是为了他的意愿，而不是为自己，为大队，为学生们。

她简直是无可挑剔的！他甚至发现她长得很俊秀，似乎要算全村最俊秀的姑娘了。可他越来越觉得，她来到学校之后，他受到了一种无形的束缚。他就是咳嗽几声，她也会问："金老师，是不是病啦？"

三

难道郭书记把他调回来，就是为了训他吗？郭书记听得没有一点儿兴趣，好像是耐着性子在听他说话。还那么样地笑了几回，不知听出了甚么可笑之处。最后，竟拉着脸训了他几句！

"老金——咋地还不开灯？"

啪，灯亮了。弟弟给他拉着了电灯，嬉笑着站之那里，像乍亮的灯光那么刺目。这女子，偏在这阵儿跑来做甚么？可他脸上的那败兴、沮丧已来不及隐去、更换了。而且，该用甚么神色来更换呢？他也有些茫然不知所措。她一定看到他的狼狈相了。

"老金，吃饭了吗？"

"吃啦。"

"嘻——"

"你坐。"

"嘻嘻——"

"开始广播了吗？"

"正转播新闻呢。嘻，嘻——"

她嘻嘻甚么？她嘻嘻不止！她一定见他很狼狈。但她能这样放肆吗？公然嘻嘻不止！

"老金，挨训了吧？"

"谁挨训？"

"你还不知道呀？嘀嘀——"

她竟放开嗓门咯咯畅笑起来了，刚才那嘻嘻原来还是忍耐着的！现在是痛快地、过瘾地、十分惬意地在笑，仿佛他身上有甚么该挨训的地方终于挨了训，因此叫她心情大快似的！她这笑，是更加重了他的败兴、沮丧、愠恼之感了。她怎么能这样笑他！她要是真对他有意，就不该这么放肆地笑他。就是对他没那意思，也不该这么无礼地笑他。放在上马铺，她一定是他的学生了，怎么能这样幸灾乐祸地取笑他！

他变得严厉起来，甚至带出了分明的愠色："有甚么可笑的！你是笑甚么！"

可他的严厉反而令她笑得更来劲了。她到底是笑甚么？她分明觉得他极其可笑，又全然不把他放在话下。他却无法镇她、制她！幸而米虫儿进来了。

"伙计，郭书记叫咱俩搞个绿化规划。郭书记不好交代，咱得好生研究研究。你不是跑了许多村子吗？摸来不少情况吧？咱们抽空合计合计。合计妥了，你给咱动手写。行吧？"

"行。"

他这么一应承，弟弟立刻又笑起来。讨厌！

"那好。"米虫儿却不动声色，"伙计，郭书记不好交代……"

弟弟仍在笑。

"伙计，你比咱有水平，不过也不敢含糊。郭书记就是那么个人，不好交代。弟弟也知道。"

"我不知道！我就知道你鬼……嘻嘻。"

"看你说甚哩，人家就是比咱有水平咯。伙计，那就说妥咧。看甚么时候咱们研究？由你定吧，咱听你的！"

"行！"

弟弟又嬉笑不止。

"伙计，你有空，就叫我。不扰乱咧，你们谈吧，嘀嘀。"

米虫儿走了。弟弟又笑了一阵，才对他说："老金，快甭上米虫儿的当，再挨训！"

“怎么?”

“郭书记是叫米虫儿写规划,叫你协助也跟他学学。他打滑,怕挨训,推到你身上啦……”

原来是这样！米虫儿再三说书记不好交代,原是这个意思！叫他协助米虫儿,叫他跟米虫儿学？他只觉得有一股热辣辣的血潮猛然涌上颜面。

弟弟一定是瞧见了他的大红脸,不笑了,似乎很正经地说:“老金,你写的那篇稿子,不能用。”

“怎么？有问题吗?”

“问题倒没有,就是口气不对。”

“口气?”

“嗯,口气不对!”

“怎么不对?”

她分明又是忍耐不住了,放声大笑起来。这个小女子！到底怎么啦?就总是这么莫名其妙地、令人讨厌地,甚至是可恶地笑他！他的口气怎么不对呀？若在上马铺,她一定是他的学生了。她怎么能判了他的稿子？连她也觉得他可轻视、可奚落、可开心吗？书记可以训他,米虫儿也自以为比他强,这个小女子竟也能这么放肆吗？他还以为她对自己有意呢,鬼!她今儿是又新换了一件花衬衫。她的头发梢儿是又多了些卷曲。她身上也分明多了一种新型的香水味儿。她笑他的时候,甚至可以说比平时多了几分妩媚。可她,这个小女子,完全是在气他、耍他,拿他开心!

“老金,等会儿过来听独唱!”

“算咧,我累了。”

“李谷一的独唱!”

“算咧!”

“嗯?”

“我不想听!”

“过来,等会儿过来！不过来,我就来拽你!”

她丢下这句命令式的话，走了。她这是甚么口气呢？命令式，强迫式！他受不了这一套！这里的一切都叫他受不了。在这里，他成了甚么角色啦？郭书记叫他小金。他还小吗？米虫儿叫他伙计。谁是谁的伙计？而她叫他老金。他已经老了吗？太纷乱了。太多元化了。呵，在上马铺，大家都是一律叫他金老师的，并不这么复杂。

四

他已经习惯了。那么不知不觉地、毫不困难地就习惯了，习惯了做村支书的军师一般的人物。村支书老银牛一直叫他金老师，叫得分明比学生娃们还要恭敬、认真。而且，每每还要先呵呵笑两声，带出恭敬中的那种歉意。是为了补偿这歉意吧，又每每要那么直率地向他袒露自己的愚笨："呵呵，金老师，你看这是说甚哩？咱是瞎狗看星星，呵呵。"

他不再意外，不再局促，也不再厌烦。他拿过文件来看，告诉老银牛那上面是说甚么，而且不待再问，就接着说出了应该怎么怎么。无论纲上大事还是收购鸡蛋，他都能够说出应该怎么怎么。从国际官司到本村地脉，他都能够说出一堆道理。计划，规划，总结，典型材料，他也都能够写得来。连老银牛到一切正经场合说话的腹稿，也全由他拟定了。村里的大会小会都移到学校来开。全村的大事小事都要他参议举足轻重之见。他名副其实地成了全村的老师。老银牛真像是刘备得了诸葛亮，对他敬爱不已。村干部们很看重他对各人的评价，能得到他的几句夸赞，仿佛才是真正值钱的。村中的人们也爱叫他评理。年轻人无形中学起他的派头来了，闺女们请他判断怎样穿戴才算真正的时兴。他的学生娃们呢，一个个都幻想着将来能出息成他这么一个人。呀呀，金老师会音乐，会美术，还敢拆开收音机，而且竟然还常常教村干部们怎样怎样说话！他甚至已经到了这样一种程度：即使他把一件事情弄糟了，也只会使人们自怨自艾，绝不会想到他有可责怪的地方。

有一次，他向村干部们说起电视机来。那个时候，这东西在上马铺还是前所未闻的玩意儿，大家又听得啧啧入神了。

“嚯，天下还有这东西呀？咱也驮一个回来！”

“贵呢！”

“不怕！金老师，咱不怕贵，少分红，咱也驮一个回来！”

大家一致附议，支书毅然拍板，恭请金老师带人带款下山去驮。他费了不少劲，到底给驮回一个来。但是，在大家兴冲冲、急切切、眼睁睁的注视下，他舞弄了多日，指挥众人把那高高的天线杆儿，从学校院内移到山坡之上，又从这坡移到那坡，也终于未能放出小电影来。他不得不告诉大家：电波叫大山挡住啦，没法儿。大家虽很失望，却并不怨他，只怨自家的大山。

“唉，咱这深山旮旯呀，连金老师也没办法！”

“金老师真行，还能舞弄这玩意儿。就是咱这败兴地方没福气！”

于是，这件事便还是在上马铺引起了一次轰动，对他竟然还能舞弄电视的轰动。而这轰动，在他也早习惯了。

似乎就是在这次轰动之后，他发现水桃姑娘有些异常起来。她忽然也穿起素花衫儿，瘦腿裤子，把长辫儿也铰成了短刷子——这正是他判定为时兴的式样。她同他到了一起，却不再那么腼腆，而是紧张起来！似乎一见到他就慌，脸上不成颜色，手足无处置放，更不敢看他。她是怎么啦？他近来并没有怎么批评她。他以前批评她、教导她的时候，她是很虔诚地领受的。现在她已经教低年级的课了。他是不再做严厉的批评了。她为甚么这样紧张呢？

“水桃，你是怎么啦？”

“金老师，没事。”

她紧张地一笑，不敢看他，就慌忙躲开了。可放学之后，她却并不早早回家去，而是留下来替老通叔给他做饭。她是早已不再给他充任炊事员了。老银牛就给学校派来了老通叔。老通叔来到学校，是来顶替水桃，给他做饭，还兼打铃、跑腿、清扫卫生等杂务。水桃姑娘为甚么又要重操旧业呀？

“水桃，你怎么还不快回家去？”

“金老师——”

她显得更紧张了，像受到老师训斥的学生娃。他并没有训斥她呀？

“快回家去吧！”他尽量用平和的口气说。

“金老师，做饭，我比老通叔手艺强。”

她又紧张地一笑，仍不敢看他。

她到底是怎么了呢？

不几天，村支书老银牛来见他。支书的神色分明也有些异常，甚至也带着几分水桃姑娘那样的紧张。

“嘀嘀，金老师，跟你商量件事。”

“说吧，甚么事？”

“金老师，咱是粗人，不知该说不该说，嘀嘀。”

“说吧，说吧！”

“要是不该说，嘀嘀，就算咱没说！”

“到底是甚么事？”

“嘀嘀。”

“快说呀！”

“嘀嘀，金老师，你看水桃这闺女咋样？”

“挺好呀。”

“就是！我当初就是拣全村最好的挑的！金老师，那天我已经问过水桃咧，闺女挺愿意！就看金老师咧，只要你不嫌弃，就是一件大喜事咧！嘀嘀，我当初挑了水桃来学校，就有这意思。只要你不嫌弃，肯做咱上马铺的女婿，真是全村的福气咧……”

天爷，老银牛是说这事！真没有想到会是说这事！他有些发愣了。他们是要把水桃嫁给他。他是谁？而她又是谁？爱情呢？他所设想的爱情呢？水桃刚被派来的时候，他是注意过她。她腼腆，她俊秀，她很勤快，她很麻利。她对他十分尊敬，十分体贴。可他对这一切很快就习惯了，就像习惯了做村支书的军师，习惯了全村人对他的崇敬一样。水桃不过是崇敬他的一个分子。她不过是他的一个学生，他只教导她，并没有爱上她。他能爱一个学生吗？正规爱情，相爱双方须是差不多的。可她与他相差太远啦。他是一个老师，而她不过是他的一个学生。她却不懂这个，还挺愿意。老银牛叫她嫁他，她就愿意，这不成了包办婚姻了吗？哦，她忽然变得那么紧张，原来是因为愿意嫁给他。可因此而这么紧张，不更像一个怕老师的学生娃了吗？她不懂正规爱情，老银牛也不懂，出面包办这事。而且还是当初就有了这意思，早早就挑了水桃放在他身边，这不更带上童养媳妇的色彩了吗？他应当有正规的，与自己相称的、无比美妙的、很高级的爱情。

“金老师，咋样？就看你咧。水桃是我从全村细挑出来的，出身好，有文化，人也贤惠，生得也不丑，嗬嗬。只要你不嫌弃，就是上马铺的大喜事咧……”

“这事，不行……不行！”

他说出这话之后，才发觉说得不客气，甚至带出了几分恼怒。

可老银牛听了这话，却没有甚么特殊的反应，只唉了一声，说：“金老师，你不必犯难。我不是有话在先吗？就当我没提这事！我也知道，水桃不大般配你。咱这山旮旯拴不住……咱也不该把你拴在这山旮旯……唉，咱是粗人，你不会在意吧？”

老银牛反而在向他表示歉意了。他连忙说了些客气的话。老银牛虽然失望，却终是觉得很有些歉意。尤其叫他意外的是，水桃姑娘知道他拒绝之后，竟然没有气恼、怨恨、羞辱之类的情绪，照旧按时来学校见他。只是少去了那紧张感，而又多了一些甚么。甚么呢？啊，是对他的崇敬！不但仍然崇敬他，而且似乎还更加崇敬他了。他的拒婚，似乎也再次提高了他的声望。在大家眼里，他究竟是个不一般的人物。对此，他亦很快习惯了。

五

“老金，走！”

“去哪？”

“去河边看看。”

“看甚么？”

弟弟瞪了他一眼：“河里能有甚么？看鱼呗——快走！”

她又是这命令式的口气。他去不去呢？他的心情不好。郭书记又训了他。或许，那也不能叫训人。大家都说书记就是那么个人，太认真，太严厉，太不好交代。可到底是拉着脸，带着气在训他。嫌他废话多。那米虫儿就没有废话吗？

“啊呀，看你这人，还发甚么呆！快走——”

弟弟又跑进屋来，竟用大劲推了他一把！唉，这是甚么意思呢？

“我先走，你快来——趁今儿停电，不开机……”

她朝他那么一笑，便跑走了。这是甚么意思呢？唔，是约会他吧？约会他到河边！在这黄昏的时候！这完全是正规的恋爱呀！她果真对他有那意思？她真的爱上他了？可这当初是否也是郭书记他们有意安排的呢？有意叫他跟她住得这么近？管它呢，他得赶紧去。黄昏时候约会在河边！呵，要是公社的人们也能像上马铺的村民那样对待他，要是郭书记也能像老银牛那么敬重他，可就更好啦……

出了村镇不远，他就看见她在等他。唔，刚才只那么一小会儿，她就回屋又换了一件掐腰花衫儿。她的裤腿很肥，兜了风。头发的卷曲也很分明。她也像水桃一样，为了叫他喜欢，在努力打扮自己吧？看来，在公社的所有人中间，也只有她对他感兴趣……

“你这人，可真磨蹭！”

又是这种口气。可她的脸上是露着那么一种笑意的。不是取笑他的那种笑。她的身上也散发出那么一种新型的香味儿。他的心情好起来了,忘掉了挨训,忘掉了常常感到的那种冷落。

"老金,你看天气多凉快!"

"就是,就是。"

"你看庄稼长得多好!"

"是呀,是呀。"

他们正从一条田间小路向河边走去,两厢庄稼长得不错。不过,她似乎也没有注意庄稼,只一味仰脸看看天,低头看看地。她分明挺兴奋,似乎也有些儿紧张。

"老金,你来我们这儿也有些年头了,习惯了吧?"

"习惯是习惯了,就是……"

"就是怎样?"

他不好意思说出自己最近感到的冷落,还有那挨训的不痛快,支吾着。她见他支吾,却很激动了,红了脸,坚持问,他更支吾起来,不好说自家的背气。她不再问了,显得越发有些紧张。咦,她也这么紧张!像水桃一样紧张!她也那么崇拜他吗?他心里忽然荡起一种重新享受到被崇拜的快感。随之,也就产生了一种欲望,一种被压抑已久的欲望,那就是向自己的崇拜者讲解点甚么,教导点甚么!她是爱他的,她一定愿听他讲解、教导、指点。

可她忽然自己笑了一声。

"你笑甚么?"

她看了他一眼,是那么的看了他一眼,说:"笑你!"

"笑我?"

"笑你!"

她使劲说,又带上了那种口气,命令式的,还有顽皮的意味。可她已经没有那种紧张感了。她顽皮地嬉笑着,向他描绘起他的可笑之处来:总摆着老师的架儿,总用老师的口气,给谁也想当老师……

她说罢，便又放肆地咯咯笑着，跑了，向河边跑去了。

可他那忽生的欲望却骤然冻结了。呵，他原来是因此而可笑呀？真的可笑吗？不过有一点是真确的：弟弟不是水桃。她爱他，却也敢笑他！她并不像水桃那么崇拜他，可向他表露出了那么一种动人的意味。这就是正规的、高级的、美妙的恋爱吗？

“哎，快来呀——”

他不由自主地听从了这命令式的召唤，而且，似乎也是第一次体验到，听从这命令也是挺快活的。他赶到河边了。河水在余晖中静静地流去。这就是他在上马铺的大山上常常遥望到的那条河流。河那岸，便是一马平川了。他是早该有一种开阔的快感呀？他不由回首去望背后那些大山，它们已罩在蓝色的雾霭之中。是的，那山坡上是有土层的，降雨也不算少。那里应该能长落叶松、云杉、桦树。它们应该变成美丽的绿山。他不正在跟米虫儿弄这绿化的规划吗？却怎么反而会感到冷落呢？

“快看，有多好看！”

她又推了他一下。他忙去看她所指处，却不知是指天边的云霞，还是指云霞映在河里的色彩，好像都挺好看。而她分明更要好看。他很想表示点甚么，可终是苦于不会表示：对于这个既爱他却又敢笑他的对象，他不知该怎么动作才不会显得可笑。

一九八二年五月

今天在春天

前 晌

拉锯的时候，他的一条腿没有伸开到应伸的程度，便立刻挨了师傅一脚。这一脚，踢得并不重，却很无情。他的这条小腿，只是屈得稍微靠里了一些儿，并没有影响到用力、送锯，师傅就给了他一脚。他可能是带出了几分委屈，抬头瞅了瞅师傅，同时那条小腿已经伸开到应伸的程度了。但师傅就更加严厉地瞪住了他，仿佛要从他身上瞪出更多的差错和更大的忤逆不道来似的。他规矩地用心拉锯了。他已经习惯了师傅的这种严厉了。

他似乎又仍然不能习惯。师傅的这种严厉好像是日甚一日咧，动不动就朝他发威。不是瞪他，就是冷不防给他一脚。拉着脸训他，更是寻常。只差没有伸手打他了！可谁知道呢？师傅看他愈来愈不顺眼。做活的时候，早已不再跟他多扯闲话，只是不断一味挑剔他。有时候扯点别的话，又只是师傅一人说，不容他参加进来。“你懂甚么？”“谁用你多嘴！”“寡呀不寡，你操这闲心做甚？”呛得他只能听不能说。要是他不听呢，也会挨呛。“聋咧？”“瞌睡咧？”“又想对象啦？没出息货！”他简直有些受不了啦。不过，受不了也得受。他搭的不是公家的班子，不能像工厂那些学徒工，尥蹶子也照样出徒，转正、定级。他得跟师傅学手艺，学到手艺才能出来揽活儿做。何况师傅还是远近名声很响的名匠，收他做徒弟已不容易，受不了也得受。

“使这么大劲做甚？给你吃喝得太好，撑的？”

他在均匀地使锯呀？但他努力掩藏了委屈，不敢再露出半点儿来，也没有抬头瞅师傅。或许是他心里走神儿了，不觉把那受了的气使到锯上咧？他不再想甚么，一味专心拉锯。

“又瞌睡咧？想睡，就回家睡！年轻轻就这么好瞌睡，没出息货！”

他哪敢打瞌睡呀？做活的时候，他何曾打过瞌睡呀，他在专心拉锯。师傅又在说甚么，他没有留神听吗？

“如今是谁也不怕谁咧，谁也镇不住谁咧，谁也吓唬不住谁咧！真是。二旦今年在自留地栽了树，也没人管。干部们的本事也不知都哪去咧……”

这种话题，他是不能参加讨论的。但为了表示自己并没有瞌睡，他还是不由说了句：“栽树也不犯法呀？”

“鬼叫！”师傅立刻朝他吼了一声，“真能鬼叫！没人管了，都敢鬼叫，真是谁也不怕谁咧。你栽树，不瞎旁人的地吗？”

好像就是他栽了树！他不再明白地说甚么话，只偶然应一声，自己也不知道那声音表达甚么意思，只表明他在听，没有瞌睡。因为师傅还在发威，很发了一阵。像是借那话茬朝他发威，又好像不是。常常都是这样。他真不知道师傅如今还有甚么不称心的地方。成年能这么自由地出来揽工，正儿八经，理直气壮，谁也不能再整治他了。哪个月不挣一厚叠票子？东家的好茶饭还是白吃白喝。辛苦是辛苦，可过的是甚么光景？电视机都早搬回家去咧！是思想积极吗？他还不知道他师傅！多年外流惯了，没少受干部们的整治。这二年，见干部不管事了，每年该交队里的钱，还拖着不交呢,积极个甚?按照如今的时兴法儿,买了电视,往上就是录音机。师傅正拿主意呢:买不买录音机?甚么光景!还有甚么不称心的?对了,只有在说到录音机的时候,师傅才会允许他参加讨论,才会忘记发威,才会把他当有用的人,有文化的人。

“你说,录音机到底有甚么用呀?怎么又时兴那东西?”

“能录音呗。你说话,咳嗽,它都能把你的声儿录下来。二娘的,娃们的,都能录下来,一模一样的。”

“它倒是怪日能。可自家的声儿有甚么听头呀?”

“还能听戏听歌儿。”

“听戏有无线电。还有电视,能听又能看!”

“不稀罕,就甭买呗。”

“看你!你不是比咱文化高嘛。给咱拿拿主意,值不值买,伙计!”

“那是更上讲究的玩意儿。”

“这么说值得买?可自家的声儿到底没甚么听头……要是你,买不买,伙计?”

他拿甚么买呀?嗬嗬。不过,只有在这个时候,师傅才会亲近地叫他伙计,不那么厉害,像现在这样,厉害得叫人难以忍受。他不由又瞅瞅师傅的颜面,呀,会不会还踢他一脚呢?他该说:门市部又来了新录音机,使气氛温暖起来。算咧,他反正得忍受。说不定有一天,他也会考虑买不买录音机的问题。其实到那时,他用不着考虑,他不会犹豫,他知道值不值得。可现在他得忍受。

这忍受虽有希望,却还是太难忍受。他坐着的姿势是很合格的,拉锯的力气是很均匀的,可还是不断受到师傅的挑剔。站在上面掌锯的师傅,动作那么轻松,却不断把那无形的威压加强起来,施加下来,刺啦刺啦,仿佛在割锯着他身上、心里的甚么地方。“笨货!”“没长心吗?”“别断锯咧!”可还得锯那么多木料啊。

幸好东家来了。东家堆着一脸绵善的笑,有些匆忙,有些抱歉,走进来了。

“谭师傅,你看看,实在没法儿,又开会,顾不上来招呼你们,真是。茶水还有吗?凉不凉?怎么不抽烟?缺甚么不缺?歇了没有?歇歇,甭太劳累了,歇歇。有个会,走不开,心里挺着急。唾呀,都下了这么多料啦……”

东家绵善的笑,不停嘴的客气话,应该使气氛温暖一些了,可师傅仍不停锯,只是平淡地说:“老用,你快忙你的,这儿我们自己看,受不了罪。”

“应该照顾好,应该。干你们这活儿不容易,我知道。谭师傅,你真是不抽烟吗?那这位小师傅你抽!给,给给,你抽嘛……”

他只好停住锯,接过东家递来的烟。然而他同时就发现师傅早已递来颜色了。他立刻把那支烟别在耳朵上,赶紧又动作起来拉锯。

“谭师傅,你不吸烟,那喝碗茶吧?”

“甭客气,老田你忙你的。喝水我们自己看。”

“给你倒上啦,谭师傅!”

师傅仍在拉锯。刺啦刺啦,空气虽没有暖和多少,可有绵善的东家在,他毕竟觉得多了一点支撑。东家把那碗茶水端到师傅面前了。师傅终于停锯了,接住那碗茶。他几乎是不由自主地摸下耳上的那支烟,是好烟。这盒好烟东家早摆在那里了,他不能抽。现在,可以吸两口解闷解乏啦,真够憋闷乏累的。吃了早饭便不停地做,是在这样压抑的气氛里。然而,还未待他划着火儿,就觉着又冷不防被踢了一脚。师傅只抿了一口茶,就把碗放到一边,重新掌起了锯。他只好慌忙又把那支烟别到耳朵后面,动作起来。这一脚分明更轻些,可他觉得更无情。是当着东家的面啊!被踢到的地方,在隐隐作痛。

晌午

终于挨到吃午饭的时辰了。他那整整劳作了半日、不曾休歇片刻的筋骨,可以放松一阵了。那压抑的气氛也要缓和一下了。东家老田亲身来请他们去吃饭,堆着一脸绵善的笑。他们做活儿的地方,是老田分到的新房,离那现时住着的旧房也不远。可顿顿饭必是亲身来请,一路上说不完的客气话。每顿饭呢,也照例要炒几个菜。今儿桌上摆好的,又是一荤一素一盘炒鸡蛋,干干净净,恭恭敬敬,散来一股挺美的香味儿。

“谭师傅,洗洗手,趁热吃!累咧吧?准累咧!”

漂亮的洋瓷脸盆,不冷不热的清水,白净的手巾,绿绿的香胰子,是早预备齐了的。

可师傅说了声:“嗨,洗不洗吧。”就只在那清水里略略湿了湿手。

他也只好略略湿了湿手。他真想认真洗它一洗,洗手、脸、脖子,最好脱光膀子,洗个熨帖。可师傅不想熨帖,他也只好湿湿手作罢。他不想叫师傅再骂他一声穷讲究!

“来来来,趁热吃!也没甚么好吃的,甭嫌赖,吃饱!干你们这活儿,辛苦哩,我知道。吃饱,好赖吃饱!谭师傅,还是不喝盅酒吗?真是,也不抽烟,也不喝酒,真会过日子。那这位小师傅你喝!嗨,怕甚么!做活儿听你师傅的,吃饭得听我的。来,少喝两口……”

他慌忙谢绝了。师傅不喝,他怎么敢喝。

“那吃菜,多吃菜!咱这手艺还行吧?多吃!对了,开开收音机,听听有戏没有。小说广播。你们爱听吗?还是听戏。没有?再找找。嗯?有啦。正唱甚么?就听这吧?吃菜……”

东家老田,人家是县里一位副部长呢,还没有录音机。听戏还是无线电,挺旧的一台无线电。可人家多和善!比师傅和善多咧。绵绵的笑总堆在脸上,熨帖的话说起来没完。热待他们这乡下匠人,真像他们乡下人热待下乡干部,热接热待,好吃好喝,和和善善,熨熨帖贴,挺尊重他们。不光是老田。他们在城里干部家揽活儿做,谁家不这样?谁家像他师傅那么厉害?人,谁还不一样,都有脸,都有心,都愿意叫别人尊重。东家这么热待你,尊敬你,做活再辛苦吧,算甚么?人家尊重你的辛苦嘛,尊重你的劳动嘛。谁还怎么一定怕谁呢？可他还是不能不惧怕他的师傅。他不能放开自己，来享受这热待，这尊重。师傅慢慢地吃，他也只好慢慢地吃。师傅不多吃菜，他也不能多吃菜。师傅表情淡淡，他也只好压抑着自己。师傅能跟东家扯谈，他却只能默默。他是多么想跟东家老田扯扯呀！老田不是庄户人，是见识多的人，是在一个更大的世界里活动的人。跟人家扯扯，会新鲜、开阔、来劲。可隔着一个师傅，他只能默默。师傅不允许他多嘴。所以，虽然有热情的东家，有好饭好菜，还有戏文唱着，这气氛也并不温暖多少，轻松多少。只有疲累的筋骨休歇下来了，饥饿的肚里填进些东西。

他还想再往肚里填一点东西。特别还想再吃几口炒鸡蛋。东家的炒鸡蛋，挺香。可师傅已经放下碗筷啦，他也只好赶紧打扫了碗底儿。否则，师傅便会立刻给他一个颜色：没出息货！

东家又不迭地说着热热的话：就吃这点儿，不像干活认的饭量，喝茶吧，吸烟吧，再坐坐吧。师傅抹抹嘴，搓搓手，就告退了。他紧跟出来，把老田硬递来的一支烟又别到耳朵后面去。东家送出来，还一再说，下午又开会，顾不上招呼他们啦，没法儿，不缺甚么吗，甭太赶趁了，甭太劳累了，一串热热的话。

师傅却一路无话。他也只好一路默默。回到做活儿的地方，师傅就拿起解下的料，闭了一只眼去瞄。又要做活了，他多么想把别在耳朵后面的那支烟摸下来，点着吸几口呀！他不能。他不想再挨师傅一脚。漫长的后半天就要开始了。因为吸几口烟而受师傅磕打，那漫长的下午会更加漫长。当然，他不吸烟也不会使师傅变得怎样和善。可他还是把那支烟摸下来，撂到一边去了。同时就规矩地问了声："二叔，干吧？"

师傅立刻就瞪住他，说："用你催我吗？我要滑偷奸惯咧？"

看看，师傅反正是要发威的。

"就像我要滑偷奸惯咧！就像我是怎样可恶、可怕的一个人！还用这样呀？真是！"

家伙，又来了。这虽是他意料之中的，还是觉得太委屈。既不急着干活儿，他能蹲下来吸几口烟吗？那更不知会怎样劈头盖脸给他吃家伙呢。他只能呆立着，一边听师傅发威，一边看师傅一根一根瞄那些料。是在教他手艺吗？

“不炒菜，不殷勤，咱也不会耍滑偷奸！咱有甚么可怕呀？你说，咱就那么可恶呀？”

唔，师傅看来是在说东家，是嫌人家太恭敬他，太热待他，给他吃得太好咧！万幸万幸，不是在骂他。师傅这人呀，就是这样。一般东家叫他好吃好喝，待他热热合合，倒不嫌怎样。公家干部这样待他，就挺不乐意，总说人家怕他！分明是尊重他嘛，怕他个甚？就是有点儿怕吧，又生得甚么气？你劳动哩嘛，你付出血汗了嘛，你有出众的手艺嘛，不应该受到尊重呀？过去做活，谁管你的劳动、血汗、手艺？想克扣、想糟蹋、想整你治你，还不是由人家呀！东家也冷眉冷眼，瞪你、凶你，就乐意了吗？你掌握住劳动权啦，就是有点儿怕吧，又有甚的不好！他忽然悻悻然起来，大概是把对师傅不满也加进去了。他不由冒了句：

“人家是恭敬你哩，怕你甚？”

师傅立刻就瞪住他了，仿佛又要瞪出怎样的忤逆不道来似的。

“你懂个甚？你就会鬼叫！你才不怕我哩！你说，我就那么可恶吗？你说，我甚时耍滑偷奸来？我真要耍滑偷奸，他拿一个部长还没法儿治咱吗？真是，你才不怕我！”

师傅把对东家的不满转移到他身上来了。他不能再说甚么，他必须怕师傅。老田却不该怕师傅。又是这一套。公平而论，他的师傅的确是从不曾耍滑偷奸，不管是给怎样的东家做活，一般人家也好，当官的干部也好，都是极为尽心的。师傅的手艺也的确不凡，谁也没法挑剔。工钱呢，也公道。而且，师傅的活儿能赶上时兴。新式家具的图书，一本一本买。自家看不懂，靠他这个徒弟的文化来认字识图。他能被收作徒弟，也沾了文化高的光。城里户家都排了队请师傅做活，恭敬得甚么似的。怕不怕师傅，他说不清楚。但他是真怕师傅了。不怕不行呀，师傅并不管他有没有文化，受得了受不了。

师傅还在一根一根瞄那些料。他不知该怎么好。问一问做甚么活儿吧？又是徒弟催师傅。继续这么呆立着吧？准会骂他抽懒筋。更不用说划着火儿吸烟啦！此刻他是多么想吸几口烟呀。吸几口，狠狠吸几口，便会把胸中的郁闷同那烟雾一道喷吐出些来，但分明不能。师傅竟不吸烟，也不喝酒。没有这些嗜好，过日子当然好。师傅过去的日子也真过得不易。可师傅早说过了，他的师傅就不吸烟不喝酒。那他也该像师傅的师傅那样，照样不吸烟不喝酒吧？师傅做徒弟的时候，一定也是怕师傅的。所以他必须怕师傅，并不管他有没有文化。只是不知道，师傅做徒弟的时候，做不做现在的时新活儿。也不知道，师傅的师傅那时考虑不考虑买录音机的问题。

后 晌

下午真漫长。刺啦刺啦的拉锯声，没完没了，单调极了。刺啦到再吃晚饭，已是一个挺遥远的时辰了，怎么挨到他也考虑买录音机的那天呢？不过，真若有那一天，他就毫不犹豫。不为赶时兴，不为标志自家肥富，只为听歌儿。辛劳一天之后，听一听自家爱听的歌儿。那是轻松的、亲近的、舒展的音儿，不是这单调的、压抑的、漫长的刺啦声。可师傅似乎挺爱听这声儿，总是不断认真调弄它，仿佛要把它调得越单调、越压抑、越漫长越好。那师傅何必还要买录音机呢？这声儿天天都在重复，漫长无尽头。是不是只有在这声调中，才能把手艺传授给他呢？

下午，连绵善、热情的东家也不会来了。这单调的声儿连短暂地中断一下也不会了。啊，有人来了，不是东家，是师傅的一位姑表弟。还跟着一个生人，干部模样，挺胖，却也堆着一脸绵善的笑。他那么熟悉的绵善的笑。

"二哥,这是胡局长。在我们官庄下过乡,就住在我家,挺惯。"

"谭师傅,早听说你的手艺咧!来来,抽根烟!我跟你姑挺惯。真是好老人,老人再好不能咧。甭客气,来!怎么?不抽烟?真不抽呀?那这位小师傅抽。会抽吧?会抽就来一根!"

师傅停下锯来,不知是出于对胡局长的客气,还是看着姑表弟的情面。他趁势接住了胡局长递来的烟,也是好烟。胡局长已经划着火儿。他看了看师傅的颜色,还是就着火儿吸着了。啊。啊!不管怎样,他得吸几口,他得过过瘾。他得把憋闷在胸的甚么,吐几口出来。

胡局长吐着烟雾,是把一串串热话吐了出来:"谭师傅,今年四十几啦?嚯,正当年呢。我也在你们村下过乡呀,怎么没见过你?几队的?看看!就是没在你们四队派过饭!好村,你们村是好村。离城多近,地多肥!也包下去了吧?还是包了好。嗨,你这手艺,谁不晓得?老田怎么就能把你请到呀?正是做木器的好季节呀。他这料可不强!做几件?全凭你手艺好呀……"

"二哥,老胡也备齐料咧,想请你,趁这干爽的季节……"

"不好说。早排了队咧。排了半年的活计咧。"

"谭师傅,不着急,甭作难,看你方便。反正咱那活儿是托靠给你咧!"

"二哥,老胡的活儿,还是早些做,趁这干爽的季节……"

"不好说。早排了队咧。"

师傅并不给姑表弟多少情面,对胡局长也不怎么客气,一边平淡地应酬,一边又闭了一只眼瞄那木料。姑表弟似乎有些下不了台。胡局长却仍在吐着一串一串的热话。他呢,正好趁此机会大了胆儿吸烟。喷吐出几口烟雾之后,他果然觉得舒坦了一些。他已经想替相持着的三方圆一圆场了。然而,就在此刻,师傅好像忽然记起了他。一个严厉的眼色立刻丢了过来,跟着,就是一声霹雳:"抽懒筋!你就会抽懒筋!"

他几乎是下意识地立刻掐灭了烟支,连含在口内的一团烟雾也不敢吐出来了。但他心里却是不可压抑地涌起一股力量来。太过分咧!又是当着旁人的面凶他！他也是一个人，一个二十多岁的人，一个有心有脸的人，一个有文化的人呀！他坐到自己的位置上，重新握住锯，可有一条腿却忘记伸成应伸的姿势了。他没有意识到，可师傅早又踢来一脚，当着这两个人的面！心里涌起的那股力量是不可压抑了。他努力压抑住。他不能当着这两个人的面，给师傅难看。然而，此刻一个变化，却是更加刺痛了他！

目睹师傅凶他、踢他，胡局长和那位姑表弟，非但毫不吃惊，反而忽地增加了对师傅的敬畏！师傅的淡漠，不客气，乃至在重新掌起锯中所包含着的逐客之义，胡局长是都毫不在意了，反倒把一连串的热话说得更热合，更中听。尽管师傅没有应承甚么，胡局长还是更加坚定地把活儿托靠给师傅了。那位姑表弟对于师傅的不赏情面，也忽然毫不介意了。他们似乎一下子得到了甚么，证实了甚么。他们是挺满意地走了。啊！啊！他受师傅的无情磕打，他的委屈，他的压抑，他的痛苦，原是这样必要，这样重要呀！师傅之所以成其为名匠，除了手艺的高明，似乎还不能缺少这些。那么东家老田的绵善、热情、恭敬呢？是不是也把这些包含在其中了呢？他不敢想了，他只觉得刺痛。

“呀呀，这人就是胡局长呀？当年多厉害！如今咋也。软麻糖似的？真是谁也不怕谁咧……”

师傅又在发自己的感慨，全不把刚才对他的那番无情磕打当一回事。他更有些不能忍耐了。可他已经不想发作了。怎么发作呢？再说：“人家胡局长敬重你有甚么不好，凶你、训你，就熨帖了吗？”不是这么简单。师傅不满意胡局长的绵善、恭敬，像软麻糖。胡局长却由于师傅的厉害而更加绵善、恭敬。只有他受师傅的磕打，是那么必要，那么重要！他怎么发作呢？

“……干部都成了软麻糖，还要干部做甚？谁也不怕谁，还成其为世界吗？真是。你又这么愣使劲做甚？想别断锯吗？吃多了撑得？"

他努力叫力气使得均匀，可怎么也不能均匀。师傅不断发出训骂。这训骂,真是不可缺少的吗?没有这训骂,真会不成其为世界吗?师傅似乎是在维护世界能够成其为世界的一个支柱:老百姓必须怕干部,徒弟必须怕师傅。他曾经辩解过,可不管有理无理,师傅总给他一个有力的反驳:鬼叫!而师傅的证据,他也是无法反驳的。师傅说:你在自留地栽树,瞎了旁人的地,不该管吗?要是怕干部,谁敢这样呀?师傅说:你看工厂那些学徒工,一点儿也不怕师傅,能学到手艺吗?你不受磕打,能有甚出息!他无法反驳。也许世界真的并不那么简单。可他还是觉得,如今给乡下人这么多自由,到底好。干部绵善些,热和些,到底叫人感觉轻松、亲近。谁也喜愿,谁也应该受到尊重、恭敬。师傅这么踢他、骂他、磕打他,到底是难以忍受的。

东家田部长说是下午顾不上来了,却还是又来了一次,照例是忙地、抱歉地堆着一脸绵善的笑,照例是不断头地说了一串热热的话,也照例硬递给他一支好烟。师傅自然也是照例有些不悦。顾不上来,怎么还来!这是不放心,怕他们,这是有失部长的威仪。他呢,照例把东家递来的烟别到耳朵后面去了。可他忽然发现了:这么多天了,东家田部长竟始终没有叫过他的名儿,也没有称过他的姓氏,总是称呼"这位小师傅"。是尊重呢,还是早已忘掉他姓甚名谁咧?但愿是尊重,而不是将他看成师傅旁边一个模糊的黑影儿。漫长而单调的刺啦声又在重复着,可街上的门市部真的又来了新的录音机。

夜晚

再漫长吧,再遥远吧,吃晚饭的时辰还是到来了。晚饭之后,虽又照例做了一两个钟点的活儿,那么漫长的一两个钟点,可还是收工了。今天,还是过去了。他跟在师傅后面,蹬车驶上归途。

城里有灯光,街上很轻松,公家的门市关门了,个体户还在做买卖。而那么多人在悠闲地蹓马路,有男也有女。还有谁提着录音机,唱着轻松、亲近的歌儿。可师傅却在急匆匆地赶路。他也只好紧张地赶路。

出了城,发现了月亮。它爬过了路边的树冠,明亮得也那么轻松。树叶儿似乎比昨天又浓密了一些。干爽的春天是做木器的好季节。这季节也是温暖的。他想哼几句歌儿,轻松的、亲近的歌儿。可师傅在急匆匆赶路,他不能哼。

他心里正涨满了一种渴求。渴求甚么?说不清楚。但他是对这渴求之外的一切,都不那么计较了。今天,又够辛劳的了,可也算不了甚么。他甚至不觉得疲劳。今天,又够单调、压抑、漫长的了,又受了师傅那么多磕打,甚至在东家的绵善、热和、恭敬之中也发现了点叫人刺痛的东西。可这一切也似乎算不了甚么。难耐是难耐吧,手艺上毕竟又有长进了。怎样精巧地下料,怎样均匀地使锯,毕竟又有长进了。今天,并没有白过。所以,此刻他只想轻松一下自己。不能唱歌儿,不能说笑话儿,只能急匆匆赶路。赶回去做甚么?能去会一会他的对象吗?月色挺好。谁的录音机里唱过:再等你月儿圆。月儿已经圆了。小风儿挺可人。树叶儿更浓密了。今天比昨天更暖和些了。干爽的春天,也是温暖的。

“呔,你瞌睡了不是?”

他怎么会瞌睡呢?月色正好。他答应了师傅一声,表明没有瞌睡。可他跟着竟奇怪地打了一个哈欠。

“知道你就瞌睡咧!年轻轻就这么好瞌睡,真是!从明儿以后,咱还得晚回来,赶趁活计。胡局长那里,还得早去。这人,怎么软麻糖似的?早先多厉害,谁不怕他……”

他又连连打了几个哈欠。瞌睡真的袭来了吗?月色多好。

“快骑吧!趁月亮好,回去咱们出猪圈!”

出猪圈。还得给师傅出猪圈。他记得的,师傅家的猪圈似乎还不满,今晚不出也行。就是出圈,也不累的。师傅要动手,师傅家里的其他人手也要参加,并不全靠他,但他须得参加。这是规矩,传下来的规矩:徒弟须得替师傅家做活儿。师傅做徒弟的时刻,守这个规矩,师傅的师傅当年更守这个规矩。因而他也得如此。可今晚月色多好。月色好,正好可以出猪圈。

他不再打哈欠了。他又忍受不了啦?出猪圈,也算不了甚么。师傅还是师傅。师傅对他其实也不赖,除了教手艺,每月竟然还分些工钱给他。一般匠人似乎都是只教手艺不给钱的。师傅对他不赖,当着一些匠人的面,师傅还断不了夸他几句呢。师傅甚至已经在给他置办出师之后的一套木匠家具了。那虽然显得有些遥远。可毕竟有一天他会出师的。那今晚再出一回猪圈,又算得了甚么呢?可今晚,他是多么不想出猪圈?

谁的录音机里唱过:再等你月儿圆。今晚月儿已经圆了。可他却得去出猪圈。月儿还会再圆。可为甚么偏要今晚出猪圈呢?

"咋咧?又瞌睡咧?没出息货!对咧,伙计,那咱也抽空去挑一台录音机吧?村东头那老四,倒抢在咱前头,兴得神得甚么似的,先提了一架回来……"

出猪圈还用录音机来放歌儿伴奏呀?他不吭声。

"瞎,你帮咱拿拿主意呀?那真是更上讲究的时新玩意儿吗?"

"有能力买就买嘛,还用这么絮烦!"

"就是,提它一架回来!"

他出言不逊,师傅没有计较。只有在这时,师傅才不计较。那么他提出不去出猪圈,师傅会怎么样呢?

"算咧,你回吧。你想去寻你那对象,就去寻。你们这些娃们,没风水。还没过门呢,不知成天乱跑个甚!甭延误得太晚了,明天还得早起……"

呀,师傅咋猜对他的心思了呢?录音机还真是个好东西。师傅高兴了。他可以去会一会对象了,在这月明之夜。明天呢?明天也许更漫长。可明天也会更暖和。他有的是明天。

一九八二年十月

迷乱的街市

一

镇里只有一条热闹的街。这条街，现在是更加热闹了。连到了中午时候，南北两趟票车先后在村镇边的小站上停过之后，也再不能给热闹的街市增添热闹了。下车的旅客们涌到街里，简直显不出来了。更不用说还会有谁等候在街的两厢，寻找那外来的美人阔人看，或发现点甚么新奇来议论，像公开亲昵的男女，来逃荒要饭的侉子，新式样的发型，奔丧人的眉眼，刚时新的服装，押解着的犯人，没见过的花布图案，有小孩的盲人剧团，等等。火车隆隆而来，隆隆而去，窗户依旧会被震得抖动作响，但于街市的热闹，似乎再也掀不动甚么了。

她不相信街里已经这样热闹了。它似乎是猛不防这样热闹起来的，又似乎是在不知不觉中变成了这样。她新穿了一件西服上装，真正的大地方货，不是从镇里的地摊上买来的，也不是从县城的大楼上买来的，材料讲究、式样时新、价钱不贱！穿上身呢，不肥不瘦，不长不短，不艳不淡，再入法不能咧。她的头发也是烫卷了的，下身、鞋袜也是很般配的。西服大开领后面露了出来的，也不是棉袄襟、烂毛衣之类丢丑的东西。可她就没有引起甚么人的注意！甚至就没有谁认真瞅过她一眼。

都在看甚么呢？甚么也看，又像甚么也不看。摆摊儿的很多，卖甚么的也有。人也很多，穿甚么的也有。村里的闺女们甚么也敢穿！尼龙绸棉袄，雪花呢大衣，人造皮夹克，绷着屁股的长筒裤，咯噔咯噔的高跟鞋。大冬天，穿浅淡颜色。中式褂儿，还镶了花边儿，像唱戏似的。十八九二十来岁的闺女了，头脑上却按了顶月子里吃奶娃戴的那种绒线帽！她们真敢穿戴。她们不会穿戴！能见了时新货就往身上堆吗？还一个个像变了个人似的，兴了十分，神了十分，美了十分，咯噔咯噔在街上逛。叫谁看呢？叫后生们看呀？后生们也敢穿戴！也是呢制服，尼龙绸，皮夹克，绷着屁股的长筒裤，那皮鞋后跟也垫高咧，那红蓝柳绿的衣裳也穿出来咧。愣眉愣眼，土里土气，穿裹上这时新货，丑呀不丑？可他们也都像变了另一个人，兴得神得美得甚么似的在街上逛。叫谁看呢？叫闺女们看吗？人家闺女们不看他们。他们也不看那些不会穿戴的闺女们。他们跟她们不偷偷地看，不惊怪地看，不馋猫似的看，却敢站到一堆里说、笑、逗。没风水！街里人多呢，竟不在乎。这才叫没风水！这些没风水货不看她。

除了这些没风水货，街里人还多哩。人家没有胡穿戴，还是庄户人打扮，还是家做的制服褂儿，盖不住棉袄的黑袖口，还是老棉裤，还是条绒，还是花布，还是剪发头，还是白塑料底儿。可这些人也不看她！走过了食品站，食品站那个肉和尚似的屠宰手，没有站在门口看她。走过了信用社，信用社那个武大郎似的戴眼镜出纳，也没有出来跟她说话。走过了供销社的饭铺，饭铺的生意很兴隆，开票的刘老汉，跑堂的巩小四，还有面案上的大田田，也不见蹲在房檐下，吸烟、看她、叫她，像抽了洋烟似的兴奋地跟她说、笑、缠。走过了农机站，走过了机械厂，走过了理发铺，都没有谁站在那厢看她，更听不到背后那议论她的声音，只有很多的人，很热闹的嚷嚷声。已经走过了二大队的门口了。二大队跟她们四大队也不差甚，如今也不热闹了。二大队的那个改改，那个终于也没有能赛过她的改改，是已经跟上男人转成非农户，进了城了。过年时候，也不知回来不回来。住进城里，或许比她会打扮了？或许已赛过她了？也不知是哪些灰茬儿给她们起的外号，管改改叫“八五粉”，管她叫“头罗面”，真够灰哩。她比改改白净，难道只是生得白净吗？她更比改改会打扮，可她已经走了一条街了，仍旧没有谁认真看过她眼！

“二婶——”

谁呀？是她们四大队老计官家的闺女，毛眼儿。吔，毛眼儿刚从一个后生的车子上跳下来。后生是谁？二大队的小虎绪。对咧，这俩娃在闹恋爱，早听人说咧。呀呀呀，这是上哪呀？都穿戴得这么阔！小虎绪穿了件浑身都是铜扣疙瘩的翻领制服，是从地摊儿上买来的吧？早几年还拖着鼻涕呢，转眼倒成了个满脸粉刺疙瘩的后生了。满脸粉刺疙瘩，也敢穿这时新的制服？披挂了一身铜扣疙瘩，倒真神气起来了，威风地笑着，眼瞅住她，又像没有看见她这个人！

“二婶去哪呀？”

“去公社。”

毛眼儿也是挺得意地瞅住她，可分明又不是在瞅她。是叫她瞅她：咋样？咋样？不咋样！早几年还是个又黄又瘦的小丫头，现在竟也穿了一件红得扎眼的尼龙袄。这是一种甚么红呢？比水红深，比大红淡，比柿红艳，比枣红亮，红得撩人，红得发贱！这丫头的脸面也白嫩白嫩咧，眼毛长长的圆眼睛，也染人几分咧，还烫了个羊尾巴头。她肯这么瞅这丫头，这丫头却仍不肯瞅她，只是在得意，在炫耀，在显露，瞅不见她的新西装，瞅不见她的新打扮。美甚哩！怎么就没听说有谁也给你丫头起个甚么外号呀？

“我们进城去呀！二婶不捎点时新东西吗？”

“我哪有你们那闲心！我去公社呀，去寻寻谷技术员，问问咱那猪为甚不欢实……”

“二婶，叫他去给你看看，他也懂。”

“你们快走吧，不耽误你们。”

他也懂？他懂个甚？他连穿戴也不懂。一脸粉刺疙瘩，又披挂了一身铜扣疙瘩！可小虎绪仍神气地笑笑，跨上了车子。毛眼儿也染人地笑笑，跳上了后衣架，走了。走了，走了不远，毛眼儿竟把头脸贴到了那缀满铜扣疙瘩的时新制服上，咯咯地笑。没风水，这才叫没风水！缀那么多铜扣疙瘩做甚？那又是一种甚么红呢？红得撩人，红得发贱！走远了，车和人都不见了。他们终于没有看见她。

二

村镇里有四个大队。四个大队或许数她最白净。只是白净吗？四个大队或许数她最俊秀。只是俊秀，不会打扮，也不赢人。四个大队数她会打扮，这可是真确的，她敢自信，自信了许多年。

她嫁到这镇里没多久，就压倒了二大队的“八五粉”。她并不是有心要压她，她甚至并不知道镇里还有一个众人注目的“八五粉”。她只是因为做了新娘子，特别地把自己打扮了一番。这么特别的打扮，也不是为了给新女婿看。这是一个特别的机会，她不能不充分利用。她一向就喜欢打扮自己，并不知道是为了甚么。与其说是为了叫别人看，还不如说是为了叫自己喜欢。自然，她的打扮赢得了众人的赞赏，她会更欢喜。这证明她把自己打扮得好，自己感到了满足，而不是因为叫人满意。更不是像人们嚷嚷的那样，是为相好的打扮自己，她在村里并没有相好的。刚够结婚登记的年岁，她就嫁到这镇里来了。媒人说合，父母做主。女婿也并不精干，只是家底肥富些儿罢了。她愿意，还因为婆家是在这镇上，比不上城里高级吧，比村里可是眼宽多了。镇里有一条热闹的街，还有一个通到外面的小车站。她常到这镇里来逛这条热闹的街，除了花钱，还不断学些时兴回来打扮自己。再心灵手巧吧，眼不宽，也打扮不出水平来。因此，她要嫁到镇里了，特别地打扮了一番，拿镇里的水平打扮了一番，想像个镇里的新娘子，甭像山汉山婆那么叫镇里人寒碜。可些儿也没有想到，她会压倒镇里的俏状元“八五粉”！她竟然把镇里的最高水平偷到手了。

嫁到镇里，初初在这条热闹的街里走过的时候，她是多么惊怕呀？特别是到了后半晌，街里那些外来的人都走尽了，街面两厢那些店铺、单位、人家也都消闲下来了，大家移到门外房檐下，吸烟、凉快、扯淡、说笑话、交换新闻。这时候，她从街里走过，人们就会一齐直愣了眼睛来瞅她。仿佛她是怪物，是犯人，是疯子，是敞怀露肉的憨婆姨！

“吔！”

“唔！”

“这是谁？”

“听说是四大队的新媳妇。”

“唔！”

“呀！”

“谁家的？”

“老占堂家的二小。”

“呀！”

“吔！”

人们没有表情，只是一味直愣了眼睛瞅她。她有甚么丢丑的地方吗？她像山汉山婆似的显得过于寒碜吗？她不配到这世面大的镇里做媳妇吗？她不知道人们为甚么这样直愣了眼瞅她。她简直不敢上街了，简直不敢见人了。

可邻近的闺女媳妇们却不断地来寻她串门儿。来她婆家借东西，问事儿的人，也分明多起来了，有女也有男，有老也有小。大队小队的干部们，忽然也常来光临了。通知开会，分配活计，喊叫出工，都要进门来延误一阵，找些话茬儿说说，卷根旱烟抽抽。自然还要进她的新房瞅瞅。瞅新房罢了，怎么也要直愣了眼瞅她？

有一天，来串门的几个媳妇悄悄咬住她的耳朵说：“玉芝，你知道镇里叫你甚?”

“叫甚?”

“头罗面!”

“头罗面?甚是头罗面?”

“就是比八五粉还俏!”

“八五粉?甚是八五粉?”

她们只是叽叽咯咯地笑,笑里有神秘,有得意,有快乐,也有一种对她的羡慕。在这种嬉笑中,她终于问明白了。啊呀,她竟然压倒了镇里四个大队最俏洒的“八五粉”!人们直愣了眼瞅她,原来是因为她太俏洒了呀!

“你们镇里人真坏!”

她们只是叽叽咯咯地笑,笑里有神秘,有快乐,有羡慕,也有一种显见的得意。她们四大队出了“头罗面”,终于压倒二大队的“八五粉”咧!她不敢笑,可她是多么欢喜呀!她并没有想压倒人家“八五粉”,她并没有想来夺占镇里的头名俏状元。可“八五粉”是怎样个俏法呢?真叫她压倒了吗?她不敢去见“八五粉”,甚至仍然不敢上街去见人。但“八五粉”却寻上门来见她了。

“玉芝,怎么也不出门?”

“乍到你们镇里,怯生哩。”

“吔,你把我们都吓傻咧!”

“改改姐,你们镇里人真会欺生。”

改改在瞅她,从头到脚,想挑剔毛病呀?改改果然十分俏洒,脸面多白净,多水色,细眉大眼,红口白牙,眼毛长,鼻子巧,穿戴得也真鲜亮。呀,她真比这个改改还俏吗?改改还留着辫儿,下巴颏儿也有些长。吔,挺时新的花衫儿领口后面,咋叫那家做的红布背心露出来了?她挑出毛病来咧。改改呢?分明在从头到脚细端详她,却又装着不在意,愣是显出尊贵来。没有挑剔出毛病来,说了些姐妹们的亲热话,改改走了。改改还说到了在城里挣钱的女婿。本人比不过她,就拿女婿来比吗?她是多么欢喜!

改改果然俏得不寻常，可下巴颏儿毕竟有些长。长就长吧，这是天生的，可咋能叫那丢丑的红布背心露出来？再时新的衫儿，一露出里面那丢丑的东西，就寒碜咧！里面露出来的，实在比外面亮出来的还当紧。改改她竟不懂这？

她走在街里，不再惊怕了。想瞅，就叫他们瞅。想说，就叫他们说。真的，她在街里走一趟，没有一回不被人们瞅，没有一回不被人们说。两厢看她的目光，身后说她的声音，已经是不可或缺，也不会或缺的了。镇里的人们，除了瞅她，说她，更愿意跟她挨近、谈话、交往。食品站的屠宰手盼她去割肉。供销社的营业员盼她去买货。她不下饭铺，可饭铺的那些人愿意教她烧肉、炸丸子。她也不去信用社存钱，可信用社的出纳却愿意跟她谈论点票子的技术。农机站的拖拉机手，也愿意捎她进城。镇里还有一个小剃头铺，剃头铺也愿意给她铰发。她铰了一回头发，从此这个小剃头铺不再光给男人们剃头了，镇里的闺女媳妇们也开始进剃头铺咧。唔，先是改改来寻她铰头发。是看见她的剪发头比那辫子俏吧？她给改改铰了一回头发，镇里的闺女媳妇们就都来寻她铰头发。她进了一回剃头铺，她们就又都去进剃头铺。她穿了一件新衣裳，她们也都去做那种新衣裳。她买了一双新鞋穿，她们也不再穿自家做的鞋出门了。她围了一条白纱巾，她穿了一种尼龙袜，她缀了一样化学扣，也都会在全镇时兴开呢。

那是怎样叫她欢喜的时候。

三

公社在村镇的边上，是前几年才盖了新房。门面很排场，像城里的式样那么洋气。现在似乎也不很热闹了。

她来寻技术员老谷。公社的人叫他小谷。她知道他住在哪厢，可她却进了公社办公室。吔，办公室里只有一个老弓。多年坐摊儿的老弓，像个记账先生。记账先生，也曾经直愣了眼睛瞅她。

“老弓，忙哩？”

“你有甚事，郝玉芝？”

老弓抬头扫了她一眼。只扫了她一眼，而且，叫她郝玉芝！公家单位的人，如今都叫她郝玉芝了，不再叫她玉芝。镇里各大队的人，更改叫她老二家的，二宝媳妇，二嫂，二婶。叫她玉芝叫了多少年了，却忽然都不叫咧。不叫就不叫吧，在庄户人家中，姑娘嫁了人，她的名儿除了在同年姐妹中间还叫叫，旁人就早不叫了。玉芝这个名儿，她已经奇迹似的被大家叫了许多年，直到这几年才改了叫法，已经不寻常了。可她似乎还不能习惯，听来很不熨帖。唔，她还有一个“头罗面”的外号。这个外号，没有人当面叫过她，可如今也不见有谁提起这个外号了。叫她郝玉芝！她已经变成黑麸面了吗？

“我来找老谷。问问老谷，咱那猪咋都不欢实。书记、主任们都不在呀？”

“小谷在哩。书记、主任们不在。”

老弓仍不看她，也没有谁进来，老弓说话也挺清冷。公社的干部，她都挺熟悉。他们当干部是当干部，可跟镇里人也一样，都喜欢瞅她，说她，也都承认她俏，知道她是“头罗面”。那时候，会多，一开会，就少不了抽调她来铰字儿，贴会标，给开会的代表倒茶水。开会的代表也一样，也要直愣了眼来瞅她，好像比瞅讲台上的人物还带劲。书记、主任们，寻常也不跟她摆架子，碰见了，总要搜寻些话儿跟她说。下队里催撵工作，也爱在她家吃派饭。自然咧，她进出公社不受掣。批个车子机子也容易，就是得多耽误工夫，办事儿不费事，可说闲话，逗笑儿，却没个完。现在，公社的干部们不知都忙甚去了，没人瞅她、理她。老弓这个记账先生当年也一样，好跟她逗笑儿，如今却言语冷清，去寻老谷吧，老谷是新调来的，大概还不知道她是“头罗面”。跟她订了技术合同了，却仍是公事公办，连句家常话也不多扯。

进来了一男一女，又是嫩果子似的一男一女。吔，这小妮子也是敢穿戴的货，穿了一件雪花呢大衣，挺合适，挺俏，俏得都不像庄户女子咧。如今是从哪蹦出这么多俏女子？脸面挺白净，眉眼挺染人。

“你们来做甚？”

“登记！”

老弓问得仍然很正经。小妮子答得也很干脆，些儿也不羞怯。那小后生呢，仰着脸，大模大样瞅墙上的地图，也不在乎。没风水！

老弓也不在乎，冷清地验了介绍信，从柜里取出个厚簿子，翻，查。不像那时候，总要很起劲地逗一逗这些来登记的新对儿。

“不抵事。岁数不够。”

“够呀！明明够了呀！”

“差两个月。明年上半年来登记，下半年更好。”

“我明明是腊月生的呀！”

“阳历二月生的，没错。”

男的仍在看地图。女的挺着急。老弓呢，挺正经。这三个谁也不看她。她只好走了。小妮子挺俏洒，可嫁汉还用这么着急呀？没风水！小后生谁也不看，只看地图。与她甚么相干！公社的人都哪儿去咧？上街搜寻着看那些俏女子去了？老弓却一直挺正经。

老谷真在哩。可这人是新调来的，会欣赏她的西服打扮吗？

“老谷，忙甚呢？”

“唔，是郝玉芝。坐吧，坐。”

挺客气，不像老弓那么清冷。笑着看她，是看见她的新打扮了吗？

“老谷，你就知道忙！”

“不忙，不忙。”

仍笑着，仍看她。

“看累着身体！”

“没事。有事吗？”

是瞅着她的西服扣子。

"也没甚事。"

"唔。你的猪怎么样?"

怎么皱起了眉毛?她的扣子不顺眼吗?

"我就是来问问,咱那猪咋都不欢实?"

"是喂我们那饲料吧?"

仍盯着她的扣子。

"是呀,没喂旁的东西呀!"

"没事。我们那饲料里加有镇静剂,就像人吃的安眠药那种东西,懂吧?吃了睡,睡了吃,长得快。"

"你还是去看看吧。"

"好,有空我去看看。没事。"

"这阵没空呀?"

"最近实在没空,对不起。没关系,你放心回去吧。"

盯住瞅了半天她的扣子,还是公事公办。她竟请不动他!那时候,请书记、主任们也不过是一句话,如今,这个技术员也请不动咧。他不知道她是"头罗面"吧?他只瞅她的扣子,他已经又趴在桌子上了。

走吧,回吧。又刮风了,是夹着沙土的风,带着寒流的风。为叫这西服显得熨帖、顺眼,里头穿得是太单薄了,身上觉得冷。风沙也会肮脏了新衣、脸面、烫发头吧?真不该出来。

"是二宝媳妇吧,还打扮得这么俏洒?"

啊呀,是公社的武装部长回来咧,直筒子货,这么吼叫着说她俏!总算碰上个有眼窝的人啦。

"刘部长,去哪来?"

"刚刚从县里回来。你打扮这么俏洒,来公社做甚?"

"有正经事呀。请教谷技术员来,咱那猪不欢实。"

"这就对咧。好好发家致富是正经,再甭疯浪咧!挣个发家致富的好名誉……"

她满心欢喜，没承想刘部长竟给了她这么几句！疯浪？好名誉？发家致富都改了名誉了？还说她疯浪，还记着她名誉不好！她打扮得俏洒，谁叫你们要直愣了眼瞅呢？公社的门面，怎么也要赶时兴，照着人家城里的式样，修得那么洋气？

四

在这条热闹的街上，她可从来没有跟自家的男人一搭逛过，更不用说跟旁的男人咧。谁料众人封给她的“头罗面”那外号，却原来是一个不好的名誉！

她知道得太迟了，直到那回镇里来了许多工作员，她才明白。本来还像往常一样，在她家号了房，派了饭，还住来一个工作队长。但不知咋咧，没多久，工作队长忽然搬走了，工作员也不吃她家的派饭咧。这是咋咧？她跟队干部打听。他们只摇头，挺冷淡地说：“人家想住哪住哪，想吃谁吃谁，我们管不了。甭问咧。”工作队是整干部的问题来了，可她有甚么问题呀？又去问公社的书记、主任。书记，主任也变得严肃咧，说：“快甭问咧！快甭疯跑咧！快回去好好劳动吧！”到底是咋咧？她有甚问题呀？贪污来？单干来？投机倒把来？发家致富来？还是偷人抢人、杀人放火来？她去寻工作员。工作员没好话，只是撵她走。到底是咋咧？她怎么忽然变得没人敢挨近咧？她又成了怪物、犯人、疯子、敞怀露肉的憨婆姨咧？

她碰见二大队的改改。一问，也跟她一样。

“咋咧，嫌咱们咋哩？”

“作风不好呗。”

娘呀，作风不好！她怎样作风不好呀？脸面白净，打扮得俏，就作风不好呀？她急啥咧，气啥咧。可改改却不在乎。

“没事，工作队一走就没事咧。”

改改是有经验了，还是真的作风不好？她可是清清白白的。脸面白净，眉眼俊气，那是天生的呀。她往俏洒里打扮，是为了自己欢喜。谁叫他们要直愣了眼瞅呢？"头罗面"这个外号是他们封的，又不是她争的。没承想，他们倒把作风不好的赖名誉安到她头上了。就是他们！这作风不好的赖名誉，就是他们给扣的。工作队刚来几天，知道个甚？还不是他们汇报的！娘呀，他们这些人！平素那么直愣了眼瞅她，想着法挨近她，搜寻话儿拉扯她，处处优待，赞不绝口，可到了这个时候，却把这样的屎尿盆扣到她头上！

她干气没法儿。她只好换了素淡衣裳，只好低头挨训，只好老实劳动。走到街上，只好不跟人说话。

镇里也变得生冷了，谁也不跟谁多说话了。那条热闹的街，也显得不热闹了。可是到了中午时候，那南北两趟票车先后在镇边的小站停过之后，人们还是依旧要等候在街的两厢，从外来的人群中寻找一点甚么新奇来议论一下。似乎简直可以说，大家是比往日更盼望这个时候的到来，因为看的和说的是外面的人和事，不与本镇相干，可以放心一些了。在这当中，人们自然少不了要寻找那外来的俏洒女人来看、来说。看的说的，不仅有食品站的屠宰手、饭铺的跑堂、信用社的出纳这些人，队干部们也一样来看来说，公社的人也一样会按时出来等候。到了后来，连工作队中的一些工作员，也参加了这种等候、寻找、看、说。自然，他们显得是出来休歇、散步、化食。看、说，也自然是在他们的一堆。

她有些踏实了。渐渐发现人们也没有咋地矮了一截看待她。渐渐地又发现，街里那些屠宰手、营业员、跑堂、出纳，开始说她穿了素淡衣裳也俏洒，阳婆底下劳动也晒不黑脸。工作员也敢挨近她了，说点正经事，扯句家常话。

工作队一走，她果然还是她。走在街上，仍旧被人注目。走过之后，身后仍旧响着议论她的声音。经过这么一个回合，她分明感觉到，自己是更加被人注目了。原来是这样！她很有些委屈、不平、气恼、心寒。可她却还是精心往俏洒里打扮自己，而且大胆地从那些外来的俏女人身上学习新衣样，瞄取新水平，仿佛是要同她在镇里的更被注目相般配似的。她有些恼怒人们这样对她注目，却又舍不得不被这样注目。在她的生活里，这实在也是一份光荣，正像在队里在镇里，谁谁力气最大，谁谁人缘最好，谁谁手巧，谁谁嘴快一样。她不高兴人们给她扣的赖名誉，可还是想保住最俏洒这份光荣。作风赖不赖，反正自家清楚。所以，又来了运动，又来了工作队，她再次受到非难冷遇，被扣上屎尿盆子，她就不十分慌张咧。说她作风不好，谁见来？不就是因为她太俏洒了吗？说她甚么门槛都能踢开，甚么人都能迷住，甚么事都能办成，这就是作风不好吗？谁叫他们愿意呢？这不是公认她最俏洒吗？运动一来，就这么公认她俏！怕甚么？反正她是干净的不怕！就是糊她的大字报，办她的学习班，给她上纲上线，也不怕。她还是怕了，怕得心寒，怕得冤屈，怕得痛哭，怕得想死。可是大风刮过去，天气缓过来，她还是要往俏洒里打扮自己，而且是更加大胆了。

因为甚呢？她也不知道。她只是喜欢打扮自己。现在呢，又习惯了惹人注目，喜欢惹人注目了。她已经喜欢做"头罗面"了。在受过非难、冷遇、屈辱、整治之后，在经过了心寒、气恼、痛哭、想死之后，重新打扮起来，重新惹人注目，重新独领花魁，是想争回一点安慰吗？她不知道。她只是喜欢那样，正像镇里的人们喜欢欣赏她的俏洒一样。运动来了，人们把作风不好的赖名誉送给她；运动过了，人们又直愣了眼来瞅她的更俏洒的打扮，仿佛像唱戏一样，戏散了，没事了。他们似乎是不得不那样做，又似乎是不由得要那样做。这也正像她自己，不想打扮自己，却还是不由得要往更俏洒里打扮。她和他们都仿佛被甚么压抑着，又仿佛被甚么催促着，既惧怕，又喜欢。

唉，甚么时候，才能够放心地、尽心地、舒心地穿戴打扮呀？

五

风更大了，天更冷了。可这风沙寒气仍然冲不散那满街五颜六色的时新衣裳。如今,这些庄户妮子后生都放开胆打扮自己,都挑拣那最时新的穿戴往各人身上堆了。而武装部长却还没有忘记她那赖名誉!

她走了一条街了,没有谁看过她一眼。她精心穿戴的新西服,竟没有被谁发现。这是因为人们还记着她的赖名誉吗?

是她已经老了吗?她是一向被镇里公认为不见老的女人的。晒不黑,熬不老,越活越耐看,越看越会打扮。连镇里原来的小娃们,长大了,出外工作了,回来见了她还总说:"二婶,我们小时候记得你就是这样儿,现在咋还是这样儿?比我们还年轻!"那是怎样的时候。

是她不会打扮了?她成功地把自己打扮了许多年,比现在这些嫩妮子愣后生,她经验多咧。可她怎么就不再被人注目呀?

她又走过了二大队的门口。这里仍然冷清。那个住进城的"八五粉",是不是也跟她一样,已不再惹人注目?又走过了机械厂。又走过了农机站。唔,农机站已经改成饲料厂了。他们的猪饲料里,原来加有安眠药。又走过了饭铺,风这么大,生意仍然挺兴隆。饭铺里的开票的、跑堂的、掌炒瓢的、领面案的,是都忙得顾不上出来了,还是饭铺里也坐满了时兴男女?连食品站也走过了。胖得过分的屠宰手也很忙呀?等她来交售那些肉猪的时候,他会不会还优待她呀?

一条街,她已经快走了一个来回了,仍旧没有引起一点儿动静。人们在注意甚么呢?好像甚么也注意,又好像甚么也不注意。满街的人,满眼的时新,时新的衣裳,时新的打扮,时新的人群,时新的脚步。真是,连走步的样儿都讲究时兴了。可如今到底是在时兴甚么呀?是时兴尼龙绸,还是雪花呢?是时兴短大衣,还是长筒裤?是时兴西服袄,还是中式褂?是时兴肥,还是时兴瘦?她看不清,拿不准,逮不住了。她挑了这一种西服穿,难道是挑错了,没能赶上时兴吗?

那时候,那许多年,她是从来能看清、逮住、赶上时新的。只要每天看看从票车上下来的外面旅客,她就能把自己打扮得叫全镇人直愣了眼瞅她。那一回,改改跟上男人上了一回省城,回来的时候拿了一块新扯的花布来眼馋她。可一见她,改改的两眼也直愣咧。

“吔——”

“咋咧?”

“你——”

“我咋咧?”

“省里才刚刚时兴——”

多叫人开心!改改新扯回来的那种刚刚在省里时新的花布,她已经做成衣裳,穿在身上了。那是怎样的时候!虽然那不过是一种蓝底白点儿的花布,可就是这种花布,那时也要很时兴一阵呢。那时候的时兴,是那么明确,那么划一,那么突出,那么长久。她只要抢先一步抓住,就能叫别人直愣了眼睛。如今却不知是咋咧,她是再也瞅不清、抓不住、赶不上时兴了。在这条如此熟悉的街市上,分明是满眼的时兴,却又很难说出是在时兴甚么。

“二婶,二婶,你碰见小刘没有?”

又是哪个闺女?是她们四大队老福喜的丫头,引娣儿。看她那慌张样儿,就像把甚么宝贝丢咧。是寻小刘。小刘是谁?嗐,是这丫头的对象刘二臭吧?寒碜不寒碜,也小刘、小刘地叫!这也是赶时兴呀?

“你是说二臭吧?”

“看这人,跑哪咧?”

吔,引娣儿是穿了件甚么衣裳呀?老虎皮似的,吓煞人。真是甚也敢穿,尽是拣离奇古怪的穿!一个姑娘家,穿了一身老虎皮,能俏吗?还真俏。已经慌张地跑远了,那背影也俏。

唉,在这条熟悉的街市上,怎么就忽然间蹦出这么多俏洒的小女子呢?抬眼就能看到。本镇本队,外村外队,都有那么多俏洒女子蹦出来,一个个鲜花儿似的,一个个嫩果子似的,一个个画上画出来似的。这个引娣儿,那个毛眼儿,还有到公社登记的那个腊月生的小女子。实在说,都够俏哩,一个赛一个,一个个又都那么骚情,一个个也都不肯瞅她!她们也都是在一心等待着叫别人去瞅自己的那一份时兴，那一份俏洒，那一份骚情吗？都只顾叫别人瞅自己，而顾不上来瞅别人吗？

一条街，她走了一个来回，却终于像她不曾出现一样。因为甚么呀？她也终于不分明。如今，她是甚么也看不分明了，五颜六色，离奇古怪。可那时候，她虽然被冤屈、受肮脏，却毕竟那么辉煌地被众人注目了许多年。“头罗面”，没有人再提到了。

风沙更大了。满街还是那么多人。满眼还是那不可抓住的时兴。她迈进了家门。哦，猪饲料里原来是掺有安眠药。这也是时兴吗？

一九八三年三月

陈家轶事

先前(至少在几十年以前吧),几家寨一带的庄户人,是极少穿新衣裳的。因其鲜少,一旦有新衣上身,人们就觉得相当别扭。于是,这一带便生出一个挺特别的习惯:偶有新衣做成,都要先打上几块补丁,尔后才能比较安然地穿了出来。连此地的小财主、大姑娘,多数也循此例。

在今天看来,新衣儿打补丁,岂不是化崭新为陈旧吗?但在庄户人那物质异常贫匮的年月里,补丁倒的确也是对新衣的一种保护。在心理方面,似乎也因了习惯于旧而惶然于新,不免就拉来了旧,给新送一程路吧?

如今,几家寨的庄户人,穿新衣裳显然不算一回事了。远有比新洋布衣裳更新的东西,涌了进来。村西首的陈家,忽然之间,便有红沙发、呢子褂、牛皮鞋,梅花表,甚至是兜屁股的风骚裤,涌进家里来了。

这些新东西,恐怕无法打补丁了吧。

爹

儿媳妇不知是要表现一下孝顺呢,还是想表演一下她的裁缝手艺,竟同时给他也做了一件黑呢子制服褂。

呢子褂,祖宗!他咋能穿呢子褂呀?不用说他一个老底户人,就是儿子那小庄户人,也穿不出去。可这小子还要二百五脾气,说呢子太赖,像麻袋片;说婆姨手艺也丢人,制服做了马褂。家败鬼!他试过。做成了,他试过一回,挺合适嘛。就是太时兴咧,他咋穿呀?老厉害也说:“行咧,你这辈子也有件值钱衣裳啦。我给你叠好放到箱柜里。得记住,买回颗臭球来熏着!”是得用臭球熏着,熏着他的衣裳。穿不出去,也是他的衣裳。

可试着穿的时候,他咋觉得这褂子挺沉呢?呢子褂嘛,能像洋市布夹袄那么轻呀?听说呢子褂挡风隔寒。这大概就是因为它沉。沉,就厚。厚,就挡风隔寒。老羊皮袄就挺沉。可他觉着似乎比老羊皮袄还沉。沉得多,呢子褂,难道就这么沉呀?穿着它,准会累得慌。可惜他只试着穿了一回,只穿了那么一小阵儿,光觉着沉,没试出累不累人来。应该再试一试。但老厉害已经把它压到箱柜底下去了。她厉害得很,他不好张口。等碰上能穿的机会,再试吧。碰上甚么机会,才能穿呢?

平素,又是土,又是粪,不行。穿着旧洋布衣裳,老厉害还嫌他身上的粪土多哩。地下的沙发也不叫挨,炕上的漆布也不叫坐,只能靠着炕沿蹲着。他是这么蹲惯咧。穿上呢子褂,就不能这么靠住炕沿蹲了。不这么蹲,老愣愣怔怔地立着、坐着,怕也受罪哩,不熨帖。就是叫他穿,平素也不能穿。

碰上亲戚叫他去吃喜糕,能穿一穿吧?也不行。腊月里,娃他舅家办红事宴,请他去吃糕。媳妇说:“爹,还不穿上呢子褂去?”可老厉害却没放话,更没有揭开箱柜。就是给他揭开箱柜,愣叫他披挂上,他也不穿。都是亲戚六人,还不失笑煞他?一个跟牲灵的把式,穿那么时新、那么值钱的呢子褂,显露个甚?当上公家干部咧?变得咋不高贵咧?都是亲戚六人,还不知道他是谁?千万不能穿。

大年下,是穿新的好机会。村里人人都穿新哩,趁此良机,穿它一回,行吗?他不是图新图俏。老汉家咧,还俏个甚?他只想试验一下,那呢子褂到底是怎么个沉法。小一辈的儿子、媳妇、闺女,都动员他穿。老厉害也放了一句话:"想穿你就穿。不嫌烧,你就穿!"他哪想穿来?不过是想试一试,看它到底沉不沉,并不是真要穿。他没有穿,年下只穿了一件新棉袄,里外三新的新棉袄。也幸亏没有穿。年下村里穿呢子褂的,倒不少。可都是年轻后生、干部领导,在外工作的公家人员。他是个甚人,村里老老小小谁不知底?倒弼马温似的穿上呢子褂,不是装胖吗?幸亏没有穿。

正月里,叫他去县上开致富会。哈,这倒真是碰上机会啦。上县开会,就是去光荣哩。既叫他去光荣,穿上呢子褂,也不算装胖了吧?小一辈又动员他穿。老厉害这一回真放了话:"还不穿上你那件值钱的衣裳?甭一身粪土,叫人家笑话!"好哩,这一回可能穿它了。开五天会,穿它五天,到底沉不沉,一定可试出来了。不知会不会给他照相。穿上呢子褂,照出相来,也不知还像他不像?穿不得!还是穿不得。他在甚么画儿上见过人家那大模范,都上了画儿了,人家头上还照旧箍着庄户人的白羊肚子手巾,身上还照旧穿着庄户人的黑洋布夹袄。他算多大的模范呀?刚叫他去光荣一回,就烧得穿上呢子褂!县长们才穿呢子褂哩。他想跟人家县长比呀?他能跟人家县长比吗?快不敢穿。还是穿着庄户人的黑洋布对襟袄去吧。

直到立了夏,他才终于碰上一个真正可乘的机会,他要下新州去了。听说新州有个治痿疮的好手,打一针就抵事。他这陈年毛病,不治也要不了命。可倘或能治好,致富不就更利洒咧?快要锄地了,这毛病犯了会误事,去一趟吧。新州又没有熟人。他认不得谁,谁也认不得他。穿上呢子褂,没有人笑话他了。生不拉茬,他们知道他是谁!反正他穿着呢子褂。对,就趁此机会,闪着穿它一回。

但这一回,小一辈没有动员他穿。老厉害更没有放话。这可咋办呀?咋办?穿!机不可失,时不再来,好容易才碰上一个可乘之机。拼上挨老厉害几句训骂,也得穿。

音调须打点硬点:“我说,给咱揭开箱柜!”

“还带多少钱呀? 你是去跑买卖呀?”

音调还得硬点:“揭开箱柜!”

“再给你添俩,好叫小偷肥肥掏你一把!”

“我又不是要钱。”

“要甚?”

“嘿嘿。”音调软下来了,他不知觉,“怕一早一晚,冷哩。”

“立了夏了,能冷到哪?”

她甩给他一件夹袄。

“这不抵事!”

又甩给他一件棉袄。

“这也不抵事!”

“那你披上老羊皮袄去!”

“嘿嘿。”他又笑了一声,“呢子褂!”

“吔,闹了半天,是烧那呢子褂! 也不看看,现在谁还穿那东西?”

她不给。是他的音调不硬。

“拿出来!”

“你倒会厉害。”

“快拿出来!”

“你吃人呀?”

老厉害果然厉害。他果然挨了训。不过,到底把它要出来,装到提包里去了。先装到提包里,不能穿。本县地面,难保会碰上熟人。装进提包,谁也看不见。只是,提包果然沉重了许多。这东西,咋这么出分量?穿上它,真会累煞人了。

下了汽车,下了火车,到了新州了。市面挺宽阔,人也挺众多。不过,他认不得一个人,也没有一个人认得他。穿吧,到了穿的时候了,终于到了穿的时候了。

咦,挺合适,果然挺合适。可咋不沉重咧?就是觉得热。穿了多年老羊皮袄,也没有这么热过。这东西,果然挡风隔寒。不过,热是热,他却觉得自己忽然变了一个人了!首先是变得排排场场起来:腰板得挺着,肩膀得端着,腿脚也不由在照甚么规矩迈动。他这不是在拿甚么架势吗?他相当奇怪。再就是他觉着自己变得胆大了:大胆地瞅人,大胆地问路,大胆地坐到饭铺吃喝。这也叫他相当奇怪。他不是村里的他了吗?他变成谁了?成了公家人员,成了干部领导,成了年轻后生?简直像成了县长了!哈哈,呢子褂可真是个好东西,它值钱,穿上身人也能变得值钱了?就是太热,一头一头出汗。出汗怕甚?庄户人不怕出汗。好东西,是个好东西。

他把自己变成另一个人,也就分明觉得别人也将他当另一个人看待了。这里那无数的陌生人,还挺看重他哩,对他挺感兴趣哩。谁见了,都要看一看他。在村里,在集市上,众人可不稀罕他。在新州,这种新的自我感觉,叫他挺快活。他在宽阔的市面上悠悠然逛着,不断揩着汗,享受着作为另一个人的快活。

不巧的是,治瘘疮的那个好手出差去了,他扑了一个空。扑空也好,可以在新州多住几日,享受享受。就怕延误多日,回去不好交代。算咧,回吧。陈年毛病,不治也要不了命。这一趟,也够本咧。穿了一回呢子褂,体验了一下这挺叫人难忘的快活。呢子褂,除了热,其实也不算沉重,就是能把人变成另一个人。可惜,在本乡本土不能穿,尽是熟人。一见熟人,就想起原来的自己了,想变也变不了。

上火车的时候,他不得不脱下它来,装进提包里,甚么时候,他还能再来一趟新州呢?

儿

他买的也是牛皮鞋呀,价钱也不贱呀,穿上脚,咋就没人家那嘎嘎嘎的响声呢?

那响声,响得多威风。电影里的军官,就是那响声:嘎嘎嘎!花了这么大价钱,还没买来那响声,那威风呀?该怨村里的土道儿。在土道儿上,咋能踩出响声来!屋里是青砖墁地,也踩不出响声来。非得人家那洋灰路油漆路呀?嗐,这皮鞋原来是胶皮底,跟拖拉机轱辘是一路货。胶皮货,不出响声。踩在地上,扑踏、扑踏、扑踏,跟家做的布底鞋也不差甚,还算甚么皮鞋!这双鞋,没买称心,踩不出响声来,有甚穿头呀?

开拖拉机进城,常碰见有人穿那带响声的皮鞋。看人家那鞋帮鞋面吧,跟他买下的这双也差不多,就是不知人家那鞋底儿是用甚么硬头货做成的。又不能吼住人家,请人家抱起脚蹄蹄来,叫他看个明白。那不愁挨两巴掌。电影里的军官,好人的军官,赖人的军官,都不抱蹄蹄,只是嘎、嘎、嘎,踩出满地威风。这响声,实在叫他心爱。可舍得出价钱,也买不来呀!城里大楼上卖的皮鞋,全是胶皮底,拉倒吧。老实开自个儿的拖拉机吧。刚开拖拉机的时候,还威风了几天。嘟嘟嘟,走南闯北,挺美。现在,拖拉机比马车还多呢。嘟嘟嘟,到处惹人讨厌。汽车嫌他们碍事。警察嫌他们呆笨。城里人更嫌他们聒吵得慌。皮鞋在洋灰马路上踩出嘎嘎嘎的响声,就不聒吵人呀?嘟嘟嘟,叫人讨厌。嘎嘎嘎,有多威风。他想嘎嘎嘎,嘎嘎嘎不起来嘛。

他媳妇却说:“新新一双皮鞋,也不去钉副掌吗?”

钉掌?哈哈!她这就冒山气咧。既出得大价钱买皮鞋,还怕磨鞋底呀?怕磨,就甭买嘛。钉掌,那是穷规矩。家做的布底鞋才钉掌哩。穷嘛,买不起鞋嘛,怕磨鞋底嘛。能买得起皮鞋咧,还像布鞋似的钉掌,笑话。不怕人笑话!如今,他也走不了几步路。成天嘟嘟嘟,有胶皮轱辘替他磨鞋底哩。他只想嘎嘎嘎,威风威风。咦,钉了掌的鞋底儿,不是也有响声吗:吧嗒,吧嗒,吧嗒。唔,钉掌,倒也是叫皮鞋带响的一个法儿。就是拿一双新新的挺贵的牛皮鞋去钉掌,不会叫人笑话吗?山汉!给老山鞋钉惯掌咧!再说,叫皮鞋带出老山鞋那种吧嗒吧嗒的响声,也不中听。试试吧。响得不中听，就甭穿呗。或许，还得看自家是迈甚么步伐哩。照旧迈庄户人那种步伐，自然是吧嗒吧嗒啰。要是迈人家军官那种步伐呢，不能嘎嘎吧吧，至少也会带出嗒嗒嗒的响声。嗒嗒嗒，比不上嘎嘎嘎，总比扑踏扑踏强。试试！

哈，城里钉掌的老汉并没有失笑他，还相当热乎。老汉说，这是正经牛皮货，得钉一副皮鞋钉。不怕贵吧？呀呀，原来有专门给皮鞋钉掌的皮鞋钉！穿皮鞋的人，原来也怕磨鞋底呀？人家是图听那响声哩。他也是最好听那响声了，嘎嘎嘎！好好好，不怕贵。能贵到哪呢，比皮鞋还贵呢？不过是几盒纸烟钱。

哎呀，这是咋咧？他并没有成心迈人家军官那种步伐嘛，倒嘎嘎嘎地响起来了！他绕着掌鞋老汉的摊儿转了几圈。果然嘎嘎嘎响得挺美。不用他成心学军官步伐，自家的两只脚板就不由得迈成军官步伐了，嘎嘎嘎，踩出威风来了！

他拣起随脚穿来的那旧鞋，抬手就填进拖拉机的工具箱里去了。跟着，便又绕着拖拉机转了几圈，嘎嘎嘎响得叫他满意极了。他索性把拖拉机开到一个可以停放的地方，熄了火，兴致浓浓地在洋灰马路上走起步来。他甚么也不注意，只全神听自家脚下带出的那动人的响声。他终于踩出响声来了。在这响声中，他分明觉得自己被一种神奇、有力的节奏所统治。嘎嘎嘎，腿脚舒展了，腰身舒展了，膀臂舒展了，脖颈舒展了，五官眉眼也舒展了，连浑身的血脉，似乎也在这种神奇的节奏中，舒展地在流动。哈哈，军官原来也不难当。军官的威风，原来在他身上也能生出来呀。要能成天这么走步，多美。可惜，他是开拖拉机的，一天也走不了几步路。

咦，这皮鞋咋会这么亮呀？亮闪闪，明晃晃。这可不好。响声好听，亮得不好。这么光亮，有甚用呀？看他的衣裳，不是尘土，就是油腻，要这么光亮做甚？光亮得跟他太不般配，光亮得叫他怪不熨帖，光亮得太惹人注目。电影里的军官们也是这样光亮吗？没有这样光亮吧。他没有注意过光亮不光亮,只听见过那响声。响声挺迷人,把他迷住了。街上那些带响声的皮鞋呢,也亮吗,有点儿亮,都没有他这么亮!亮得不好。光亮得叫他不称心。

这一天,他的拖拉机拉了一回石灰,捎了一车炭。好好好,皮鞋的光亮不见咧!光亮上罩了一层白灰,又盖了一层黑炭末儿,它想亮也亮不出来了。可嘎嘎嘎响声依旧。响声依旧,就好。他不稀罕那光亮。嗐,踩在村里的土道儿上,照样能踩出威风的响声来!

这响声,惊动了陈家大小。他们一齐都来看他的脚,似乎一眼就发现了牛皮鞋上的黑白了。黑天打洞的,他们倒眼尖。

爹摇了摇头。

妈狠声骂了句:"作孽!"

媳妇说:"你就不是穿皮鞋的身手!"

妹妹说:"皮鞋不亮,还不跟布鞋一样?"

只有他那小妮儿说:"爹穿上皮鞋,真响!"

是呀,挺响。他们咋就听不见响声呢?

不管他们怎么反对,这带响声的皮鞋,从此是不下他的脚板了。那嘎嘎的响声,那神奇的节奏,他是离不开了。离了这响声和节奏,他的腿脚简直就不像是自己的了:扑踏、扑踏,那是老汉们的步伐吧?至于那光亮,当然是日渐暗淡了。不久,除了白灰黑炭,更有泥浆油污覆加。这倒好咧。盖住光亮,爹妈媳妇妹子也就不再对它十分注意。村人路人,对它也不再注目。他却可以放心地全神贯注地来听那响声:嘎嘎嘎。

媳

"骚货!"

她不由也附和了一句。隔壁邻右的几个女人却似乎得到了鼓舞。她们的门前闲话便升上高潮了。

“都说那货作风不好。”

“不冤!”

“我信!”

“骚货。”

她还是这句话。不过她也相信那货作风不好,受人指戳,不冤屈。她们这一茬媳妇,就那货风骚,竟然穿了一条兜屁股的风骚裤!在村里,怕只有那货敢穿这种新式裤。她看过几回咧,那新式裤的材料,其实也不强,跟洋布似的。她新扯回来的那块裤料,才厚实呢,有价钱在那里管着嘛。颜色跟那货的色气差不多。她绝不是比着那货的色气买,是相中了这裤料厚实。

“骚货。”

“不冤。”

“我信。”

“除了那货,谁能穿出这种败兴裤来?”

高潮过去了,各人回各家去了。她又拿出那块新裤料,挺心爱。质地、颜色,都叫她挺心爱。把它铰成甚么样式,才更叫她心爱呢?反正不能铰成旧样式。也绝不能铰成那货穿的那种风骚样式!除了那旧样式和这风骚样式,不知还有甚么新样式。这风骚样式,也不知是咋个铰法。她绝不是想穿这风骚裤,只是想研究一下它的裁剪法。它的裁剪法挺有点意思。咋就那么巧,裁铰得刚刚贴住腰腿,不肥不瘦,不松不紧,不大不小,刚刚正好,连一点皱折儿也穿不出来。她的裁缝手艺已是相当可观咧,连呢子褂也能做了。她能做这种风骚裤不能?想必难不住她。可做它干甚?她能穿吗?她绝不穿。叫她穿,她也不穿。她只是想试试自己的手艺。裤腰、裤裆,不知该缩回几寸。大腿瘦小腿肥,也不知该瘦多少肥多少。可惜没有个现成的样儿,叫她研究。去寻那货借来比画比画吗?总骂人家骚货,怎么好意思去借?叫隔壁邻右的她们知道了,也会骂她。那叫男人进城去买一条回来吧?男人倒肯买,就是婆婆不好交代。那老厉害怕也要怀疑她作风不好吧？拉倒吧。

不过，她碰见那货时，仍不免要瞅瞅那新式裤。当然，她是带着研究的眼光瞅，要皱了眉毛，要显出不感兴趣的神色，还要显出是无意之间瞅了瞅。但这样瞅法，便有些不得要领，不很真切，朦朦胧胧的，研究不出甚么头绪来。也因为不很真切，她更产生了几分神秘感，觉得那裁剪法不同寻常，挺值得她去一试身手。她的裁缝手艺已是相当可观咧，不信就裁缝不了这东西！

那天，她又拿出那块裤料，在那里比画。自然也只是比画而已。

她那刚上学的小妮儿瞅见了，说："妈，老是给你自家做新衣裳，也不给我做呀？"

"死妮子，你的新衣裳还少吗？"

她骂了一句，同时就忽然想到——对呀，给这小妮子试着做一条新式的风骚裤，不就行了吗？小妮儿穿，不会有人骂风骚，却可试试她的手艺咧。也不必糟蹋她那块挺厚实的裤料了。这是个好主意。去扯一块布来，也还扯那种颜色。先不能去扯布。风骚样式，到底怎么裁缝，还不得要领哩。那不能叫男人进城去给小妮儿买回一条现成货吗？对，买回一条现成样儿来，就好研究了。给小妮儿买，也不怕谁说闲话。就叫男人去买。不，她去。她坐了拖拉机，亲自去买！

咦，城里还真有卖的呢。城里街上，穿这种风骚裤的，还真多哩。城里人，都风骚。就是挑拣了好几家，也没挑下那种颜色。没那种颜色，就旁的颜色吧，反正都是新式裤。小妮儿穿呢，没那种颜色，将就了。

傍晚回到村来，她没有来得及研究比画，就给小妮儿穿上身了。吔，这小丫头子，真也有几分风骚起来了。不过，一家大小，谁也没有意见，没有反感，没有骂。

小姑先说："呀，死妮儿，挺像个城市娃咧！"

男人接着说："就是，像个城市妮子咧！"

公公说："都不像俺娃咧！"

连婆婆也说："俺娃打扮起来，还怪俏！"

第二天，小妮子穿了风骚裤去上学。隔壁邻右的她们见了，也一致说：像个城市娃。

都说像个城市娃。那她把那块裤料也做成这风骚样式穿上，人们会说她像个城市媳妇吗？她并不想风骚。她只想打扮得新式一点。城市媳妇，当然比庄户媳妇新式。她那块挺厚实的裤料，是崭新的，挺贵的，不能再铰成旧样式。可除了这风骚样式，她在城里也没有再发现别的新样式。她留心瞅来。就瞅见许多风骚裤！

她把小妮儿那条新式裤，研究来，比画去，很快就弄真切它的裁剪要领了。嗐。其实比旧式制服裤，也稀奇不到哪，尺寸上有点儿变化就是了。一样有腰有裆有裤腿，一样是排料、裁铰、缝针线。她的手艺，做这新式裤，不会愁煞。她几次排了料，画了线，可都没有下了剪刀。

女

她想要的新东西挺多。她最想要的，还是一块明闪闪的手表：梅花牌手表。

村里，她们这一茬闺女，已经有十一个戴上明闪闪的手表咧，而且全是梅花牌。虽然，她们多半是订婚之后朝婆家要的彩礼，可到底是梅花表呀。梅花手表，多光亮，多气派，多叫人心爱。那一年，她和她们一样，都围住公社主任瞅人家那梅花表，可现在，她们一个个已能伸展胳膊，捋起袖筒，将酒盅儿大小一个明闪闪的圆圈儿，露出来了。在阳婆底下，明亮得还刺眼哩。她们露出来叫她看的时候，神得兴得美得乐得像当上女干部似的："看，我也是梅花手表！那不是梅花——看人家刻得多像、多巧！"

真是一朵五个瓣儿的梅花，刻得像，刻得巧。她已经看过十一朵这种梅花咧，一模一样。是一个模子里脱出来的，还是照一个样儿刻出来的？反正一模一样的。她能伸展胳膊，捋起袖筒，亮出第十二朵这种梅花来吗？到那时，她也会神得兴得美得乐得像甚么似的吧："看，我也是梅花手表！跟你们一模一样的梅花手表！"

只是，她还没有寻下婆家。她也不想来不来就要人家婆家一堆东西。她种木耳卖下的钱，早够买一块梅花手表了。花自家挣下的钱买梅花，那才更神更兴更美更乐哩，就是爹妈不乐意。

爹说："你又不是公家人员，戴那做甚？"

妈说："想戴，等叫女婿给你买！"

嫂子不表态：她也没梅花。

哥哥却痛快："拿钱来，我给你买！"

爹妈不同意，她也得买。再延误，戴梅花的第十二名，就不知又被谁抢占去了。除了梅花，旁的新东西甚也不买，还不行呀？她横了心了，决定大闹一场，非买不抵！还好，她只恼眉悻眼了几天，摔门踢板凳地抗争了几下，每顿饭也只少吃了那么几口，还没有蒙头躺倒，还没有出走舅家，甚至还没有来得及抛洒几颗泪珠儿，事情就告成功了。她哥装了一把票子，嘟嘟嘟进城去了。

她转恼为喜。因为恼得不够程度，喜得便有些轻而易举，叫她觉得不够意思。吔，她这就要戴上梅花手表咧？今儿傍晚，她哥嘟嘟嘟回来，她就是第十二个戴上梅花的人咧？不能太高兴了。她哥有点二百五，不会把钱丢了吧？不会给她买回旁的手表吧？她是一再叮咛了，就买梅花表，一定要买梅花表，必须是酒盅儿大小的梅花表！可谁知道他听进耳朵里去了没有？她明知她哥有点二百五，却没有好生叮咛他，把话打硬，说死。就是，她叮咛得不够强硬，一些儿也不强硬。她越想越有点儿担忧。她该亲自跟了车去才对。要是给她买回块不是梅花的手表来，那可就糟咧，灰咧，败了兴咧，空欢喜一场咧，白斗争了一回咧！不是梅花，还咋伸展胳膊，捋起袖筒，在她们面前亮呀？"哟，你不是梅花！""不是梅花，还来跟我们比甚？"她真是愈想愈不安，愈想愈担忧，愈想愈害怕了。本来就不够猛烈的欣喜，全化作忧虑了。

这一天，她哥却回来得特别晚。她好不容易把他等回来了，他带回来的却仍是那一把票子。

“忘咧？你把买梅花表的事儿忘咧？”

“人家城里没那货。”

“你哄人！”

“哄你做甚！跑遍各家，都没那货。”

“我不信！那人家咋都能买回来？”

“真没那货。买上海表不行吗？”

“不行！”

“北京表？”

“不行！”

“海牛（鸥）？”

“不行！”

“日本货？”

“不行不行！”

“骡（罗）马呢？骡马挺好，走后门才能买来。”

“我要骡马做甚？不行！”

“嗐，还有一种女人表，黄澄澄，挺美，只有扣子那么大，也是外国货。”

“不行不行！”

“还有新式电子表，几点几分，有现成洋码儿叫你看……”

“不行！我就要梅花！”

“你才是，担山不换肩，死求一计！世上好表多哩，就认梅花！”

“你才二百五哩。不看人家都是戴梅花吗？”

“那你也寻个女婿，叫他买！”

“你是眼红，不想给我买！”

真叫她失望极了。焦心伤神地等盼到半夜，却等回一肚子气。她哥真是二百五。他真有心思给她买旁的手表。不是梅花，还戴它做甚？海牛、骡马，咋去跟她们的梅花比呀？幸亏没给她买回来。或许城里真的没货。好货才缺哩。这更可见梅花宝贵，人人都想戴它哩。她是横了心了，非梅花不买，非梅花不戴，非要有一朵跟她们一模一样的梅花不行！她要全力奋斗一场。

这一回，却不是轻而易举了。首先是那等盼的耐心，就叫她受了大罪了。天天问她哥，天天都说没有货。她也进了几回城，回回失望。这中间，她们那一茬闺女却又有两人戴上了梅花表！十二、十三名，已叫她们夺走了。她们能买来，她咋就不能？这激发了她的斗志，也加强了她的焦虑。第十四名能争取到吗？不能光指靠她那二百五的哥，得多想门路。寻了几个后门，却都不硬。这些人未能助她夺到第十四名，还劝她不一定非买梅花不可，竟说梅花也不见得就最好。他们准是受了她哥的煽动。不说各人的门路不硬，倒说人家梅花不好！梅花不好，他们给拣一车来？她是铁了心了，非梅花不买，非梅花不戴，非要有一朵跟她们一模一样的梅花不可！

好咧，好咧，这一回终于如愿了！她终于买到梅花啦！她舅家一位表哥，终于从他们那供销社给她搞到了一块梅花表。虽然到此之时，她夺得的已是第十七名了，可她终于也有一块梅花表了呀！

她们那一茬闺女聚到一搭，又在比梅花的时候，她终于也伸展胳膊，捋起袖筒，亮出了自己的这朵明闪闪的梅花！啊。啊。她们是梅花，她也是梅花！真像是一个模子里脱出来的，真像是照一个样儿刻出来的，一模一样。她终于和她们一模一样了。

“哎，你那秒针儿尖尖上，怎么带着个红点儿呀？”

“可不，有个红点儿！”

“就是。我们可没有。”

“我们的全都没有！”

她仔细一比，可不是有个红点儿！咋就会多了一个红点儿呀？她还没有想起这梅花表是拿自己挣来的钱买回的，还没有焕发出比她们那彩礼梅花更神更兴更美更乐的激情来，就发现了这个红点儿，跟她们不同的红点儿！多么叫她遗憾，竟然比人家多了一个小红点儿。多了一个小红点儿，毕竟不是一模一样，多么遗憾。

妈

父子们也不知是谁谋的主意，忽雷闪电似的，就从城里驮回一对红沙发来。他们说，才几十块钱。不是哄她吧？全是用红平绒包裹着哩！平绒不是好平绒，又稀又薄，有点儿像土布。可好赖是平绒，全是平绒。平绒的颜色更鲜灵尖艳，红得烧人。

庄户人的屁股，有多金贵呢，也兴坐这软软绵绵的座儿？还包裹着红平绒。平绒倒是耐磨，可到底有些金贵，颜色也太鲜灵尖艳了，红得烧人，咋看咋觉得烧人。一进屋，眼睛就叫它吸住了，不看也得看。看着看着，就不知不觉好像不是站在她自家的屋里了。她好像也不是原来的她了。她原有腰疼的毛病，站久了，腰难受。坐在草拍儿上，坐久了，也腰困。坐进这软绵的座儿里，准会舒坦。可她现在站着瞅它，腰却不疼了。她不是原来的她了吗？成了只会享福的闲人了吗？

可她哪能闲下来享福呀？她的工夫才金贵哩。猪呀鸡呀，都是优种，难侍候呢。粮食也存放得太多了，得不停地翻晒，撵老鼠。一家大小，穿的盖的，尽是新的，更得她操心监护。她做的茶饭，也总不如大家的意，还得不断跟他们生气。现在，却又给驮回这么一对东西来，分了她多少神，占了她多少工夫！光是愣了神看它，就不知会占多少工夫。说不定会误了侍候她的猪和鸡，会误了撵老鼠，会误了拉风箱，会误了跟那些大小爷奶奶生气。她的腰已经不疼咧，还要它做甚？看着就叫人分神，看着就觉着烧人，看着就不顺眼。放它的地方，原先是摆着个陈年的旧躺柜，也不鲜艳，也不软绵，看着不会分神。黑灯瞎火，也能摸见柜里的东西。她早把它摸熟咧。可它现在被抬到存放粮食的厢房里去了。厢房里老鼠多，叫老鼠啃了咋办？早该给它思谋一个妥帖的地方了。可她没有工夫思谋，刚要思谋，就被这红得烧人的东西吸住了。这东西太分神，太耽误她的工夫。耽误工夫就叫她相当不安了，却还得为它生气！

那死老汉从地里回来，沾着一身一屁股土，难保还沾有粪哩，可就照直那红平绒窝里儿钻。她紧招架慢招架，他还是把那粪呀土呀，往红平绒上蹭。就不知道平绒吸土吗？可他就是记不住。吼他，骂他，变了眉眼凶他，都不抵事。仿佛那红平绒也吸人哩。她一转眼，她一松神，他就被吸进那红平绒窝儿里去了。一个庄户死老汉，卧到那红平绒上，可就更不顺眼咧！他那粪土身手，难道比红平绒还金贵呀？老东西。

那小爷，比老东西还难招架。开拖拉机回来，一身油腻，一身灰尘，泥土猴儿似的，也照样往红平绒上跌。还跌得大模大样，理直气壮，全不像他爹那样，是趁她不备，偷偷摸摸。小东西跌进平绒窝儿，算是难撵咧，像扎了根了。她骂他、吼他、求他、哄他、拉他、踢他，他愣是不动窝。吸溜吸溜，要抽完几根洋旱烟，呼噜呼噜，要睡上一大觉。想睡，不能挺到炕上去吗？睡觉不上炕，还要那炕做甚？红平绒上，难道也能睡觉吗？

还有那个小祖宗，比他那爷老子还昏。四五岁个吃屎娃，也知道这红平绒美。自从驮回这东西来，屎娃儿就离不开它咧。成天就只在这红平绒上滚、爬、跳，哪也不去咧。院里的土，街里的泥，再也迷不住他了。小屎娃倒不傻！平绒当然比泥土金贵、熨帖。可他在泥土里滚完，又到人家平绒上滚，昏煞咧，憨煞咧，一点也不明白。打他，骂他，他只会丢了魂儿似的哭号。越不叫他挨近它，他越是要欺负它，好像它那上头有糖有蜜有西洋景儿哩。她管也管不住他，媳妇却给得罪了，倒像她这吃屎娃比那红平绒还宝贝！

唉，要为它生多少气。为甚要驮回这么一对惹气的东西来呢？真还不如劈了柴烧了炕哩。

吔，这倒也是种好法儿。她见人家村干部家的沙发，铺着条大毛巾哩。咱也去买两条回来！平绒挺金贵，毛巾也得拣好货买。也买人家村干部那种画着老虎的大毛巾。

供销社里还真有那毛巾，画着老虎的大毛巾。先前跑供销社，她怎么就没有早发现呀？早发现了，还会生那么多气吗？花了好几块钱，买回来了，两条崭新的画老虎的大毛巾。咦，正好，正好能把红平绒罩住。鲜灵尖艳的红平绒是瞅不见多少咧，可老虎却龇牙咧嘴瞅住她不放。一进屋，就被这两只畜生瞅住她不放。饥啦饿啦？厉害得还吃人哩！她那鸡呀猪呀，还侍候不过来呢，现在又得侍候这两只畜生？坏咧。她那小孙儿属羊哩，铺上这龇牙咧嘴的老虎不吉利。她多么糊涂，花了好几块钱，没买回个安神来，却买回个不吉利来！扯下来填到箱柜里去吧？白花了好几块钱。铺着吧？不吉利。左思右想，不吉利。左思右想之间，更占去了她不少工夫。

可卧上这龇牙咧嘴的两只老虎，却也仍然吓不倒那三个爷。老东西往那老虎身上蹭粪土，是分明胆大了。她训他，他有了理了："毛巾吸了土，能洗涮。"新新的毛巾，怎么能洗？小爷呢，骑着老虎打呼噜，不仅更放肆了，而且是更舒坦了。那属羊的小孙儿，非但不怕，反倒偏偏特别喜爱这不吉利的老虎，摸它、逗它、捶它、打它，越发离不开它了。崭新的毛巾呀，比那红平绒还新呀，怎么就能这样糟蹋它？而且，它也不吉利！

她左思右想，拼上金贵的工夫左想右想，终于又想出一个更妥帖的法儿来。她寻出替换下来不久的一床烂被面，一撕两半，罩到那新老虎上去了。这下可好了，龇牙咧嘴的老虎不见了，鲜灵尖艳的红平绒更瞅不见了，只有烂被面。它早已褪色得不见颜色，它补着许多补丁。它也早叫她看惯了，看得不待看了，因而它也不再吸引她的眼睛了。嗯，媳妇还曾叫她把这床被面糊了鞋底，幸亏没听媳妇的。看看，不是派上正经用场了吗？她安下心来了。谁知，罩上这旧被面，其效果反倒更加出乎她的意料。老东西竟也像小东西一样，大模大样歪在那上头打呼噜。小东西干脆伸了两只赤脚片，蹲在那上头吃饭。小祖宗呢，更昏：大着胆子就往那上头撒尿！

真该劈了柴烧火！她最后想出了一个比烧了火更好的法儿来。趁小一辈人不在家，她喝令死老汉，将这一对东西搬到厢房里去了，吊起来，防潮、防鼠。为了防尘，旧被面仍然罩着，只是在旧被面外头，又罩了一层塑料化肥袋。

小一辈人回来追问。她不容商讨地说："过时过节，来了贵重客人，再坐。你们的屁股，没那么金贵！"

不过，这一对东西所占据的地方，仍旧空着，并没有被那只旧躺柜重新占据。她觉得会有贵重客人上门的。她的家已经有些变了。她也有些变了，那腰就似乎真的不疼了。只是，她仍然少不了要生气。

一九八三年五月

家外的柳堤

一

女的戴着一副挺大的眼镜儿,有几分俏。要是没有那眼镜儿,这女子的脸盘会窄得难看煞人!男的倒粗眉大眼的,就是那张嘴也太大了,一咧开,真占了半张脸了。两个都不是俊相,穿戴也不算鲜。可两人相互厮靠得也是那么近!厮靠着,说笑着,来买她的菜了。

这对人,是来买她的菜呢,还是故意将那亲密劲儿表演给她看呢?一个要买芹菜,一个要买青椒,争吵不下。可谁知道是争吵呢,还是在眉来眼去地耍逗呢?争几句,笑一笑。笑得那么傻又那么甜,那么放肆又那么美气,那么没情由又那么有滋味。她就在跟前站着呢!周围人稠眼杂呢!可这对儿人全然不管不顾,一味争着笑着,眉来眼去,耍耍逗逗。这有甚可争呀?不会预先商量好?不会芹菜、青椒各样都买些儿?

逢上这种场景儿,她爹准会逗人家几句,喜眉笑眼的,好像挺欣赏人家的这种表演。其实不过是想讨买主高兴,多卖几斤菜。她爹才不开通呢,甚时引着她妈逛过大街?就是在村里一搭走,还总得拉开几步,倔倔地走在前头。那她自己就开通吗？今儿她爹不在。她也去逗这对人儿几句吗？扎眼煞咧！好像再没有背静处亲热咧，偏得在这人稠眼众的地昝表演！看那劲头，真是忘了她就站在他们眼皮儿底下了。连买菜也忘了吧，就只顾耍逗、亲热！她该呛他们几句，要买就买，不买拉倒！

她当然不能这么呛人家。这对儿人终于也不争咧。女的说："那咱们甚么也甭买啦。"男的说："那咱们各样都买点儿。"那女的就忽然用肩膀撞了一下男的，惊喜得甚么似的，瞅住男的说："还是你的主意好！"这算甚么好主意？她早想到了。谁还想不出这主意！一个要芹菜，一个要青椒，那就各样都要点，简单极了。可这对儿人竟像想出了甚么锦囊妙计，惊喜得碰肩膀。真是！芹菜、青椒，各样买了些儿，走了。这对儿人终于走了。没有跟她争价，他们自个儿倒争了半天。争得多没风水！可争过之后，那两人分明是更亲密了，分明是挤靠得更近，说着甚么更有滋味的话儿，走了。

她是又卖出几斤菜，可心里很烦。不像她爹，不管怎样，每卖出几斤菜，就高兴。她高兴不起来。她真不愿意进城来卖菜咧。城里太叫人心烦，五颜六色，拥挤吵嚷，汽油味儿，连阳婆也是那么烦人。还有这大街上的对儿！她一抬眼就总是看见这逛来逛去的一对儿一对儿。怎有这么多对儿？都是从哪儿蹦出来的？再没有背静的地昝去咧，专专都到这人堆儿里来挤！一对对都还挤靠得那么近。有的干脆就挽着胳膊，或拉着手儿。人稠拥挤，怕挤丢一个吗？分明是专专厮靠得那么近！厮靠得这么近，说话儿时头脸却还要往近靠。说些甚么话儿呢？人稠广众的，是说话的地昝吗？可不但说不够，还笑不够！甜笑，娇笑，嗔笑，嬉笑，扑哧一笑，恼了又笑，拍手跺脚弯腰疯笑。就是不见有谁羞！扎眼煞咧，烦煞人咧。她不想瞅这景儿。可一抬眼，就是一对儿一对儿的，仿佛满街就只有这对儿们，也仿佛这对儿们都在故意将那亲热劲儿表演给她看！

收摊儿回村去吧，可菜还没有卖完。现在卖菜不那么容易了。成晌熬着，熬着看那一对儿一对儿人表演！收摊儿回去，她爹会不高兴。菜放蔫了，就少卖钱哩，妮子。可他不会来熬着吗？他还忙着侍弄菜园。钱嘛，她能可着心花，但得在这摊儿上熬着，看那对儿们表演。娘呀，这对儿人是来买她的菜吧？斯靠着过来了，指指点点，说说笑笑，眉来眼去。羞煞人咧！走了。谢天谢地，走了，蹭到别的摊儿前去了。她讨厌这种买主，可还得熬着。阳婆也讨厌，磨蹭着，晒她的菜，晒她的脸。晒黑了吧？村里的妮子们总说，她的脸晒不黑。鬼！晒不黑才怪。她戴着新式凉帽儿，也挡不住会晒黑脸。

他又来了。工程队的司务长。咧嘴笑着，他朝她的摊儿走来了。他也爱咧着嘴笑。不过咧开嘴并不那么大得难看。年轻轻当了司务长。可司务长怎么又是合同工？

"哎，有甚好菜蔬？"

"你不会看！"

她怎么用这种口气？跟人家挺惯熟呀？他是常来买她的菜。他买菜，简直是回回直奔她的摊儿来。他粗眉大眼，可嘴并不大得难看。他准是个能耐人。没能耐，人家会叫他当司务长？可她不知道他有对象没有。不知道。怎么好意思问。怎么想问这，没风水的！

"又都剩下烂菜咧！"

"谁专专留好菜蔬等你！"

又是这种口气，好像怎样惯熟了。他的口气也不对，分明不是烂菜。是在跟她耍逗吗？她怎么竟也接上茬儿，耍逗起来？她的脸皮也厚咧？人稠广众的，不羞！

可他正瞅住她，咧着嘴笑。笑甚哩？嘴并不大得难看。牙不齐楚，却挺白。呀，她也正在瞅他，不敢笑！

"买几捆芹菜吧。"

"青椒多好！"

她怎么也跟他争吗？她一定羞得红了脸了。

"好，那就再买些青椒。"他没有跟她争。他怎么会跟她争呀？她猛然觉得自己似乎变坏了。她低头正经给他称菜。他仍在说甚么要逗的话,她没有搭茬儿。她只想赶紧回村去。

他也走了,挺麻利地带着那芹菜、青椒,骑车去了。在拥挤的街上,利索地穿来绕去,看不见了。能看见的,仍然是那些扎眼的对儿!

她勉强又熬了一阵。菜卖完,早哩。收摊儿吧!她果真收了摊儿,骑车往回奔了,心里烦,在这拥挤的街上穿来绕去,更麻烦。这么多人,这么多对儿!可她在人缝儿里骑车,也挺麻利咧。骑车的对儿们,都挺麻利。那个司务长,骑得更麻利。能看出,他是个精干的人。就是不知人家有对象没有。怎么问呢?问这做甚!

二

出了城,人稀咧,没有那些扎眼的对儿咧。再走,就只有汽车、马车、毛驴车,还有树棵、庄稼。她可以痛快地骑车赶路了,心也该静下来了。可城外是太静了,静得叫人觉着生冷。野外的风挺凉快,野外的阳婆也不毒。可她这么早早回来做甚?城里正热闹。她走了,那里并不在乎,照旧热闹,照旧拥挤,照旧嚷嚷吵吵。那些对儿们也肯定照旧在表演。表演得那么没风水。他呢,司务长,正在安顿晌午饭吧?跟旁人也那么要逗不?干渠大堤上的柳树,却是悄没声地呆立着,总那么呆立着,她从小就见它们那么呆立着。冬天落光了叶儿,夏天又绿得鼓胀起来。柳堤弯弯,伸到远处,那就是她的家了。白天出来,夜晚回去的那个家。是她大了,还是家小了?她觉得家是越来越窄巴、憋屈咧。这么早早回来做甚?回来这么早,她爹会动脾气吗?

她一进门,她妈却说:"正好,回来得正好!"

正好甚呀?屋里走出一个人来,是叔伯五叔。他瞅住她便不放,有些疼爱,也有些威风。爹、妈,也不断瞅她。这是咋咧?

妈说:"萍儿,先歇歇!"

爹说:“卖了不少菜。”

五叔说:“萍儿真能耐咧。”

这是咋咧?都客气起来了。爹不忙着去拾掇卖剩下的菜,妈不忙着数点卖回来的钱,五叔也没摆村干部的架子,倒都恭敬起她来了。

妈说:“晌午,你想吃甚?”

爹说:“脸晒黑咧。”

五叔说:“萍儿原先多绵善!”

准有甚么事哩,都沉着气扯淡。

“妈,咋咧?”

妈忙说:“没咋。”同时呢,便拿眼去瞅她爹。脸却有些红了。

她爹接住那眼色,也忙说:“没咋。”说时,便忙把这眼色又递给了当村干部的五叔。

她叔伯五叔接过眼色,忙嘿嘿一笑,便又去瞅她妈。

转了一圈儿,甚么事呢?这么神秘!不是给她说婆家吧?

她妈终于点明了,果不其然:“萍儿,你五叔是来给你提亲哩……正好,你正好回来咧。”

“是六队老秦家的二小。”她爹赶紧接住说,仿佛壮了胆。

“秦家二小愿意来倒插门。现在公家提倡这。”五叔到底是村干部。

秦家二小,原来是给她提秦家二小。这还至于那么神秘?人家那些对儿们,人稠广众的,全不在乎。全不在乎,是太没风水。可秦家二小,又有甚么神秘?他嘴也不大,眼大;他鬼精。他爱跟妮子们疯,但没有跟她疯过。她太好羞了,总是远远躲着后生们。她总也不敢问问那个司务长有了对象没有。

妈说:“我看那娃不赖,挺精。”

爹说:“就是,那娃心灵。”

五叔说:“人才也不差,比他哥俊。”

她就心笨吗?除了好羞,她也不差,她也不丑。村里妮子们都说,她像电影里的谁,她们就好疯说。可她用不着戴那时新的大眼镜儿遮丑。要不,那个司务长怎么总来买她的菜呢?

妈说:“你俩属相也合。”

爹说:“咱也不稀罕彩礼。”

五叔说:“倒插门是讲文明,破四旧。”

城里的对儿们,文明吗?没风水!秦家二小,小名儿叫臭臭,也不文明。大名儿叫来喜,来的甚么喜!他鬼精一个人。是看上她家肥富了,还是看上她的俊俏了?她可不会疯耍。她都不敢问问那个司务长叫甚么名儿,只知道姓刘。

妈说:“萍儿,你甚意思?”

爹说:“娃脸嫩。完了你悄悄问。”

五叔说:“不着急。婚姻自主,各人拿主意。”

“那先跟他谈谈再说……”

呀,她怎么竟脱口说出这话?看三位长辈,都被她的这话惊住了。一种表示出乎意料的眼色,又从她妈那里,依次传递向她爹她五叔,转了一圈儿。呀呀,她的脸皮也厚了吧?她应该羞红了脸。应该捂住红脸跑进房里。应该吭气。她也变得没风水咧?她的脸热起来了,一定红了。刚才,那么一大阵,三位长辈给她说婆家,就没有脸红呀?

“对对,你们先谈谈。婚姻自主嘛,不兴包办。”五叔到底是村干部,说了这么几句,带出几分惊喜。

爹也忙用惊喜的口气说:“对对,你们先谈谈。”

妈也接过惊喜,红了脸说:“叫你五叔给你们定个日子。”

爹说:“对对,挑个好日子。”

五叔说:“谈恋爱,没挑日子的规矩。我看,咱抓紧,后天前晌吧,咋样?”

爹说:“对,抓紧。”

妈说:“衣裳现成。”

"前晌得卖菜,没空。后晌,今儿后晌!"

她不知怎样又脱口冲出这一句。说出之后,她跑进屋里去了。脸有些烧,但她并没有用手捂住。三位长辈不知又吃惊没有。她变坏了吗?

三

堤上挺背静。只有渠水哗啦,鸟儿雀儿叽喳,树荫儿挡住了阳婆。树顶上衬着天上的云彩。柳堤弯弯,伸向远处,瞅不见一个人,只有他跟在她背后。

怎么老跟在她脊背后头?她走得太快咧?不快呀。再走慢些。堤上的小路不宽。他赶上来,就会跟她挤靠到一搭吧?没风水。不能这样挤靠她。可他仍在背后跟着,拉开几步距离!

"哎,走不动咧?"

她回头瞅了他一眼。他的脸不黑,挺光俊。比城里那些男娃也不差。眼大,嘴不大。嘻,穿了一身新衣裳,多不熨帖,把人都箍得发僵了,平常那点机灵劲儿都箍得不见了。五叔引他来她家的时候,她一眼就瞅见了箍在身上的这新衣裳。嘻嘻,弼马温似的。她没有换衣裳。她妈吼叫,她也没有换。谈哩,又不是相亲。看他那不熨帖样儿!可她爹妈、五叔还那么隆重地、神秘地瞅他。

五叔说:"嘿嘿,都不是生茬儿,你们进房谈吧。"

爹说:"对,我们到厢房歇着。"

妈说:"屋里有茶叶水。"

太隆重了,太神秘了。屋里怎么谈?她说,她们到村外堤上走走。他们虽然赶忙表示赞成,却掩藏不住惊怪、神秘、不好意思。呵,幸亏她没有说到城里去转转。头一回谈,还是先到背静的堤上。到背静的堤上,他咋也为难?老跟在她后头!不是挺会跟妮子们疯耍吗?她又回头瞅他一眼。她竟这样大胆咧?可他却有些慌了,忙朝四下里张望,仿佛在做甚么坏事。放心吧，没人偷看！还怕柳树吗？

“你做甚营生呢？”

“喂鸡。”

“优种吧？”

“二八八。”

“哎，你不能快点儿走呀！”

“去哪呀？”

唉！他还不知道去哪？这出来是做甚，他还不知道吗！又不是自找对象，两人想挑明，困难煞咧。这媒人父母都早替他们挑明了，各人都清楚这是在做甚。还问去哪呀，能去哪？哪也不去！

“进城去！”

“进城？进城做甚？”

她扑哧一笑。这一笑，挺快活。她站住了，等他。他踌躇起来，不敢过来，又不敢站住。她又一笑，等着他。他终于过来了，跟她并排走到一搭里。柳堤上的路不宽，但谁也没有挨着谁，这也可以了。他的脸挺光俊，她的心有些跳。柳树都挺粗。渠水流得多匆忙。

“哎，你常进城吗？”

“也进。”

“喂鸡有甚意思？”

“就是。”

“你哥在做甚？”

“盖房。”

“晌午吃甚来？”

“面条。”

“我就不爱吃面条！”

“嗯。”

他跟她争争多好。她又瞅瞅他。嘻，弼马温似的！可他那机灵劲儿哪去咧？这也可以了。柳堤弯弯，伸向远处，小路不宽，可还长呢。就是他太僵了，像被甚么箍着。不能跟她疯耍几句吗？平素，在地里，在场里，在开会的人堆儿里，他怎么就敢跟妮子们疯耍呀？这么僵蹶蹶的，为甚还要到这背静的柳堤上来？是她变坏了吗？

他突然倔倔地走到前面去了，又跟她拉开了距离。咋咧？没有人呀？只有柳树。唔，前头堤坡上，有个放羊的娃。一个屎娃，而且还远哩，怕甚！

“咱往回走吧。”

他已慌着踅回来咧！慌成了那样，真像是在干甚坏事。放羊的娃还远哩！就是叫那屎娃看见了吧又怕甚呀？她又扑哧一笑。但这一笑，却不快活。他也不笑。他还没有笑过。他只在倔倔地往回走，把她撂在了脊背后头！背静的柳堤上没有人。可他反倒那么怕见人。怕甚呀？有媒人说合、父母赞成、正经谈哩，有甚见不得人的！柳堤上太背静了吧？明儿跟他进城去。太急了。可他不是挺会疯耍吗？他愿意倒插门。他鬼精。他也挺光俊，就是千万甭穿这身新衣裳咧！

“哎，明儿咱们进城去！”

“进城？进城做甚？”

她只笑笑。是甚么样的笑呢？肯定笑得不像城里的对儿们那样自然。

“行。前晌？后晌？”

他像明白了甚么意思，露出了放心的表情。明白了甚？他到底心灵。

“我去叫你。甭穿这身衣裳，怪扎眼的！”

他竟倔倔地走了。走下柳堤，走上大道，朝村里走去了，仿佛应该做的事，终于做完了。她有些扫兴。但这是头一回。她太急了吗？

回到村街上，就有几个妮子拦住她。她们一连声问她去哪来？挤眉弄眼，叽叽咯咯，就像忽然逮住她做了怎样神秘又怎样出格的事！她们竟这样灵敏呀？村里对这样的事，就总是十分灵敏，灵敏得邪咧。来不来，她们就知道了。她们追问得那么起劲，一定以为她跟他在那背静的堤上，怎样疯耍来！疯耍得怎样见不得人，又怎样叫人羡慕！唉，难怪他那么发僵，那么怕有人看见。她们怎么就没有去看看他跟她是怎样正经、怎样僵板呀？她忽然来了气。有了气，就大胆了。

“你们没有看见呀？跟他到堤上走了走！”

“咋走来？”“说甚来？”“来喜可不是老实货！”

唉唉，问得真起劲。真爱操这份闲心，讨厌。回到家里，三位长辈都一齐迎上她来，不知说甚好，只是那么瞅她！神秘里有怪异，喜气中有羞意。这真是一件太大的事了，太隆重、太神秘、太显眼、太敏感。大家都不约而同一齐伸过脖子来，死死盯住她，明儿还跟他进城吗？

四

各人骑着各人的车子，都是新车子。可他没有她骑得利索。还是一个后生！快，该有快的美气，车轮在飞，可谁也快不过谁，只把爽快的笑声儿丢在车后。慢呢，该有慢的意思，款款儿骑，可谁也落不下谁，只在慢声细语告诉。人家对儿们骑车都是这样。他却好像刚刚学会骑车！他换了衣裳了，却仍是一身新的，紧僵僵地箍着。她也换了衣裳了，不知他瞅着顺眼不？怎么不说话呀？

“清早吃甚来？”

“蒸馍米汤。”

“我不爱见吃蒸馍！”

“爱吃甚？”

“面条儿！”

他不说话了，似乎在想甚么事，挺正经的事。今天，他不那么慌张，羞怯了，很正经。她找见他时，一眼就瞅出他的神色跟昨儿不一样咧，很正经地在那里等着，像等着去上工似的。呵，这就对了。正经事嘛，怕甚慌甚羞甚？他到底不是呆货。今儿会跟她疯耍吗？只是不要太出格了。她会羞得不知所措。可他骑车技术不行,快了跟不上,慢了闪在前。他在想甚么哩?那么正经。

“哎,慢些儿骑。赶趁甚呀?”

“先想好,看进城买些甚……”

“想买甚就买甚!”

“行。”

他是在思谋进城买东西呀?或许是在寻思别的。别的甚么呀?跟她疯耍的鲜点儿吗?不像,他挺正经。可城里那些对儿们,表演那亲热劲儿也是挺正经的。他分明有点儿兴奋。他到底在想甚么呢?天还不热。天上也没有云彩。柳堤还能望见,不过已经远咧。庄稼正发旺。路上总有人,还不断有马车、汽车、拖拉机。但也不算多,哩哩啦啦不断就是了,哪有城里拥挤?也没有对儿们。只有几对乡下的对象们,赶趁着过去了。也不说笑,闷声往城里赶趁。他怎么也闷声不语?路上又没有多少人!她不由得骑快了,利索地飞前去了。回头瞅他,笑出声来。他在赶她,却不咋理会她的笑,仍然挺正经。那正经是踏实的,又像压抑着甚么,怕露了出来。是到城里才露吗?

“你看庄稼多好!”

“今年雨水稠。”

“时新的东西真花哨……”

“看买些甚,先想好。”

他怎么总是说买东西!不知道她天天进城吗?好像她没有进过城!望见城了。城里都是对儿。进了城,他就不会这么正经了吧?

真奇怪。城里大街上,怎么没有多少对儿咧?只有拥挤的人伙车辆。也不像往日那么拥挤,但他已经骑不快咧。他的骑车技术不行。在这拥挤的街上,更不行。快去存了车吧。

“骑车不快吗?”

“碍事!”

她大胆地说了这两个字。碍甚么事呢？他却没有注意这俩字，竟说：“丢不了吧？”存了车，咋会丢？就是丢了又算甚！真是。他还是把车铃盖儿拧下来，装到衣兜儿里了。他是精，还是傻？

街上的确不够拥挤。他没有被挤到她身边来。他怎么就不怕她被挤丢了？她只好向他靠近。她的确大胆了。可他似乎更正经了。他简直是在专心赶趁一件甚么活儿，匆促、卖力、认真，连柳堤上那点拘束、慌张、羞怯的劲儿也没有了。他只顾躲着人伙，寻空儿往前赶趁，才不管她靠近不靠近呢！

“哎，你是急笃慌忙救火去呀？”

“不是先上大楼吗？”

“急甚？”

她又靠近他，将脚步放得更慢。可他仍没有一点儿羞怯的意味，也不跟她说点儿甚么，只在专心走路，像在干活儿，干那没滋味的活儿。而且，总是不断地给人家让路，叫那些不相干的人从她和他中间穿过！也不看看人家那些对儿们是怎样逛吗？真是怪了，对儿不多，都钻到哪儿去了？只瞅见过几对，厮靠得不远不近，说笑呢也平平淡淡，很快又淹没在人伙中了。他大概也没瞅见，他也没有去瞅。他在专心走路！乖乖地给人家让路！他的机灵劲儿都哪儿去咧？她真应该拽住他的手，不叫那不相干的人从她们中间穿过。她还没有这个胆量。一对儿人，一对儿人迎面走来了，厮靠得不够近，说笑得也不够亲热。可他瞅见了吗？她碰了他一下。

他立刻站住了，说：“咋，先进这个鞋店呀？”

他还是结记着买东西！他们的确正走到了一家鞋店门口。他的眼挺尖，可就是不瞅她。唉。进鞋店就进鞋店吧。她要了一双布鞋，极普通的布鞋。

“好看吗？”

“你看吧。你相中了，咱就买。”

看看，他远远站着，不来同她看，不来同她争。

“走吧。”

“咋不买？买皮鞋也不怕，咱带的钱够！”

带的钱够！他真的是一门心思进城来买东西呀？给她买东西！谁用他买东西！街上挺拥挤。怎么拥挤起来了呢？对儿也多了。满眼都是对儿。可他呢？他还是很正经。他不是挺会跟妮子们疯耍吗？

“哎，你怎么愿意倒插门？”

“愿意就是愿意呗。”

“为甚？”

“你家人家好呀。”

“谁好？”

“都好。”

“咋好？”

“老实。会过日子。”

他又去给不相干的人让路了。他才老实呢！他原来是看上她的老实了！他才老实呢！她不再向他靠近了。叫众人把他挤丢了才好哩！这是走到哪儿咧？会不会碰上工程队的那个司务长呀？

“快走呀，快上大楼呀！”

上大楼，买东西。他才老实呢，老实得出奇，老实得恨人！他是因为她，才这么老实吗？他算看错人咧！

“你想去，你去！我甚也不买！”

“咋咧？钱够呀，咱带的钱够呀！”

“钱够，你去买，你想买甚去买甚！我，我替我爹卖菜去呀……”

“你爹不是没进城吗？”

他独自走了。不知是上大楼去了，还是回村去了。不过他没有忘记把她的车铃盖儿递给她。他钻进拥挤的人伙中不见了。她还曾经担心，他会想出甚么鲜点儿疯耍，叫她羞得不知所措。

五

这真是忽雷闪电似的！说媒，见面，进城买东西，连头带尾不过是一天时间，就急雷闪电似的趁赶着来了。还时时盼着来喜能跟她疯耍！她真的已经变得这样坏咧？她十分吃惊。她十分后怕。她羞愧得不敢见人了。一个闺女家，一个绵善、老实、害羞的闺女家，竟这么忽雷闪电似的赶趁，村里还不炸了？她是从哪偷来这么大的野胆？她真是变坏咧！

她早早就进城去卖菜。很晚很晚，到了人们瞅不清她的脸面的时候，才回来。她害怕见人，更害怕人见她。城里的街市上，人依旧很多。但那些人不认得她。她可以深深地躲藏在他们中间。她只是躲藏在他们中间，此外是甚也不看、甚也不想咧。那满街亲密的对儿，她是看不见了。那五颜六色，拥挤吵嚷，汽油味儿，那烦人的磨蹭着不动的总想晒黑她的脸的阳婆，她是感觉不到了。连那个总爱来跑她的菜摊的司务长，她是也认不得了。她只认得村里那一张张熟悉的脸。她只看见这一张张熟悉的脸，一齐都露出了吃惊的、恼怒的、鄙视的、讪笑的、开心的、尴尬的、责备的表情波涛。她只感到像被撕破了浑身的衣裳那样可怕。啊呀，她是做了一件甚么事！

可父母还是要见的。在父母面前，她更觉得羞愧难当。她怎么竟会这样出格？她怎么竟会出了这种格？千万再甭跟她提起那件事咧。可父母几乎每天都要提，都要问："你跟来喜的事，到底咋咧？我们得给人家回话。"父母为甚么总要追问呢？是已经看见她把那心里的坏过分露骨地亮出来了吗？"你们甭问咧，你们甭问咧！"是的，千万甭问咧。她跟不跟来喜，应承不应承这门亲事，她是早已顾不得去想咧。她只在害怕怎么就忽雷闪电似的亮出了自己心里的坏？村里人会怎样看她呀？他们又会怎样羞她呀？从此，她会怎样被他们视为赖货呀？

那一天，父母的又一句追问，却叫她更加害怕咧："萍儿，你见天这么早去晚归，除了卖菜，还迷着做甚？"

啊啊，果然是看见了她心里的坏！可她早去晚归，除了卖菜，还是卖菜，千真万确并没有再去坏！她只是远远躲藏到了城里。她只是怕见人，更怕人见她。她哪里还敢再坏呀？可谁相信呢？她既然已经那忽雷闪电似的亮去了自己心里的坏，谁还会相信她早出晚归不是再去坏？忽雷闪电似的亮出了自己的坏，紧跟着又这么早出晚归，这不是更叫村里的人们相信她是一个赖货吗？天爷，她竟不能再躲藏起来咧！她必须出来受众人的羞辱。这也许是她应该受到的课罚。躲藏不了，罪有应得。谁叫她偷了那野胆？谁叫她把心里的坏亮了出来？谁叫她心里有那坏？

可是，一切都没有发生。她所想象的那一切，她所准备着要承受的那一切，都没有发生。

村里没有炸了。村里咋也没咋。人人见了她都跟素常一样，该说甚还说甚，不多瞅她几眼，也不少瞅她几眼。人们还不知道她这事儿呀？不能，不能。这种事儿在村里是最灵敏不过了，像风一样快，像电一样灵。

知道了。人们是知道了。她的本家长辈中，已有人向她提到这事了！可只是问了几句。也只问亲事成了没成。而且，那神色、那口气、那目光，都是很正常的，很平常的。邻近的媳妇们，也叫住她，问几句，笑几声。可她们那神情言语，笑声笑样，似乎都是挺亲热的、挺快乐的，不像有反感、恶意、冷眼。干部们，尤其是媒公五叔，更表示出一种很开通、很赞赏的态度。只有村里那些妮子们，仍然围住她起劲地追问。可她们似乎也不是在羞辱她，真像是对这事儿感兴趣，问一问，乐一乐。哦，连村里的后生们也忽然开始跟她疯说几句甚么了，但分明也没有甚么歹意。还说，有甚么事需要他们卖力气，就说话，很真诚，很仁义。啊啊，这是咋咧？这是真的？难道是村里人们都原谅了她这个绵善、老实、害羞的可怜闺女咧？还是如今在村里，倒插门加这忽雷闪电，也已经算不得甚么了？那万元户、二层楼、摩托车、沙发、电视机、录音机，都还算下得甚么呢，她这忽雷闪式，又能算得甚么？

不！不会这么便宜，不会这么轻易，不会这么走运。这一向是村里最敏感、最神秘、最重大、最严厉的事了。怎么会这样没有一点动静，没有一点异样，没有一点风波？人们是假装呢！对，人们都是在假装哩。都装假成那样，像没事一般。他们是怕她受不了。他们表露出真情来，她一个绵善、老实、害羞的闺女，一定会受不了，说不定会出甚么事、会寻死上吊吧？可见人们掩藏着的真情，该是多么可怕！可见人们在心里是已经把她看成了一个怎样的赖货！不能看人们都这么显得像没事一般，不多瞅她几眼，也不少瞅她几眼，他们心里还不知在怎样羞她、笑她、瞪她、骂她呀！

人们呵，还是把那真情表露给她看吧。不管怎样可怕，她都准备了承受。谁叫她偷了那野胆？谁叫她那么忽雷闪电似的亮出了自家心里的坏？谁叫她心里有那坏？都这么假装着、掩藏了那真情，岂不知她是更加承受不了呀？

她在等待着、寻找着村里人们掩藏了起来的那可怕的真情，盼望着能早些从那一张张熟悉的脸面上，看到吃惊的、恼怒的、鄙视的、讪笑的、开心的、尴尬的、责备的，那一切应该看到的表情波涛。可她总是等不到、寻不到、看不到。

她照旧天天进城去卖菜。每当快进城时，她总不由要回头去望望那弯弯的柳堤。柳堤已经远去了。只有弯弯一抹绿云，浮在庄稼的绿海上，远不像前方城中的大楼、烟囱那样分明。可她却能清晰地瞅见那柳堤，它是仍像她从小看惯了的那样呆立着，那么严厉，那么敏感，那么沉重，那么神秘，不由不叫她心惊肉跳。

一九八二年八月

灵芝草

一

远远地看吧，这里的山也是蓝的。越远，越蓝，蓝得跟那无边的蓝天一样神秘莫测。可近了一瞅，就没有看头了。车水洼，并没有水，只有一架连一架的山。车水洼的山，似乎也不是宝山。往里走四十里，虽然仍旧是山连山，可人家那山上就有林子了，绿森森一片连一片。光是脊檩、椽子，能出产多少？往外呢，不出二十里，人家那山下就有炭咧。叫窑黑子不好听吧，可人家那小煤窑究竟是聚宝盆呀。平川的汽车、拖拉机，日夜嘟嘟嘟来往不断，全是来给人家送钱哩。一样都是山，就是偏偏困了车水洼。山上没长林子，山下挖不出炭来，连能刨片薄地的沟坡也不多。满世界都是干巴的石头，没有多少色彩，没有多少生气，没有多少灵性。这石头，连烧石灰的材料也寻不出。不过，车水洼这个村子还是在这山石中立落下来了，一代传一代，绵延不断。到了现在，计划生育也同样卡得紧。

他倒没有计划生育的义务。他是个光棍儿，已经四十七八了，不好娶啰，也不想娶啦。一个人过活，就挺自在。山上娶个女人不容易，娶回来的女人都挺厉害。他自在惯了，受不了女人的管制。他放了一辈子羊，从十三四就放羊。放羊铲要得很出色，有百步穿“羊”的功夫。放羊狗很听他的话，对他很仁义。羊更听凭他调教、驱使、打骂，永远睁着那绵善的黄眼睛，向他致敬。狗跟着他，羊跟着狗，走遍了一架连一架的山。不管它怎个陡，怎个险，怎个遥远，都能任意去转悠。他如走平地，跃上跳下，攀缘升腾，自在极了。吆着羊一上山，那便是他的天下了，没有甚么能够拘束他。脚踩山，头顶天，伸手能逮住云彩。放眼往下望，能把村子瞅成巴掌大一片；人啦、牲灵啦，就更叫他瞅成虫蚁似的小黑点儿了。纵声打一声哨，四面八方都会响应。连天上那刺眼不能细瞅的阳婆，也不过是他看时辰的一个钟表。他自在惯了。

不过，他现在已经不放羊咧。羊群都下放到户。村里也有了养羊专业户。他最有资格当这种专业户。可他细思谋了一下，拉倒咧。揽下一群羊，又养又放，太麻烦。他一向是只放不养，只给队里、户家放羊。白天吆出来，黑夜撵回去。现在要白天黑夜都揽到身上，还不把人拴死呀？拉倒吧。宁可去当窑黑子。一天下一班窑，票票到手了，人也没事了，也挺自在。下窑的人多呢，哪就会偏偏往死砸他？他扔了放羊铲，当了窑黑子了。公社出面提倡，他们车水洼跟下梢出炭的二沟村订了合同，允许他们入股挖炭。公家扶持着叫他们发财哩。他当然也想发财。放羊自在是自在，就是发不了财。下煤窑，又自在，又发财，正适合他做这营生。有人怕砸死，他不怕。

爷！窑底下可不成个世界。黑咕隆咚，晒不上阳婆了。晒不上阳婆，还成其为世界吗？风，山上那种风也没有了。山上的那种风才叫风。春天里，它刮得叫人讨厌，可还是把草芽儿刮出来了。秋凉后，它刮得也叫人心焦，不过能把树叶儿刮红，也有个看头。窑底下，没阳婆，不刮风，黑咕隆咚，叫人不知春夏秋冬，分不清东南西北，看不出天高地远。巷道，掌子面，都是这么窄巴，只觉得窑顶压着头顶。压在头顶上的，就是山，就是他看惯了、跑惯了的山吗？它远看是蓝的，近看是灰不拉叽的石头和绿生生的草木。现在,都变成黑咕隆咚一片,压到他头顶上了。它要稍一松劲,打个瞌睡,可就把他压扁咧!

窑下的规矩也太多,不能想咋就咋,并不自在。活计也苦大,一身一身出汗。一排活儿干下来,哈哈,各人的头脸就不是自家的了！尤其是那两只眼珠子,能白得吓煞个人。伙计,下窑挖炭,可不如上山放羊美。放羊是你踩着山,下窑就是山踩着你了。

可二沟的窑黑子们,还愣神气,看不起他们车水洼的人,看不起他们车水洼的山。

"嗐,你们村咋叫了个车水洼？哪有水呀？我们可常见你们车水洼的驮水毛驴。天一早,就来我们二沟驮水吃!"

"早先有水。"

"清朝,还是明朝？是梦见有水吧？"

"早先就是有嘛。"

"早先有炭吗？"

"现在也难保没有,没查出来呗。"

"哈哈。你们村还是没选好风水。看我们二沟,跌在金银洞里了！炭,海哩。你们来挖吧,我们不在乎。"

"你们村的闺女,不也尽往我们二沟嫁吗？邻村上下,互相支援嘛。"

"就是。不用几个月,保你们都挣个'罗马'戴戴!"

"看,'罗马'!"

"真格的'罗马'!"

"全是'罗马'!"

家伙！二沟的窑黑子们齐声吆喊着"罗马",都一个个伸出胳膊腕来,亮出一个明闪闪的小圆圈儿来。窑底下太黑了,这一个个小圆圈儿就明亮得有些邪,似乎带点宝气,又像各人的那对白眼珠子那么刺目,也像人人头顶上那盏明亮的灯那么引人。他们车水洼的人,头顶上也顶了一盏明亮的灯了,一对眼球子也变得分外白亮了,可他们的胳膊腕上却没有这明闪闪的东西。在这黑咕隆咚的山肚子里，人家有三样显亮的圆圈儿，他们少了一样，人家多了一样，也就多了一份神气。看二沟这些窑黑子们，是怎个说话，怎个瞅人，怎个伸出胳膊腕来显露那明闪闪的圆圈儿呀！

"看，'罗马'！"

"真格的'罗马'！"

"全是'罗马'！"

太欺负人咧。但他们车水洼的新窑黑子，是再无人对答了。不再说他们先前有水，也不再说会查出炭来，只是睁了一对白眼珠子，瞧人家胳膊腕上那明闪闪的圆圈儿。他也在瞅。鬼！这小圆圈儿比山上的阳婆小得多了。山上的阳婆多明亮，也照样能看时辰。他忽然冒出一句话来：

"伙计，你们二沟不出产灵芝草吧？"

"灵芝草？"

"灵芝草！"

"那你们车水洼也不长呀！"

"长！"

"吹，吹哩。我们咋没听说过？长在哪，也引我们去瞅瞅！"

"你当是这炭哩，遍地都是？遍地海长，还能算灵芝草吗！"

他镇住二沟的窑黑子了。他们缩回胳膊腕，把那个明闪闪的东西藏起来了。他们也睁着一对大眼，来瞅他了。灵芝草，还真灵。

二

他也没有见过灵芝草。但他知道，他们车水洼的山上长灵芝草。

他开始上山放羊的时候，是跟着他远房的一个三叔。三叔是个快活人，甚也不愁楚。嗓子有些哑，可一上山就哼哼唧唧地唱。虽有三叔这哼哼唧唧的唱，他还是觉着阳婆难熬，肚子快饥。一上山，羊那牲灵就寻着吃草，这坡吃到那坡，这山吃到那山，不停地吃，总吃不够，仿佛它们的肚子永远吃不饱,就如同他的肚子,吃了就饥。三叔的唱,不能吸引他,他只被羊吃草吸引。盯着它们啃草,听着它们嚼草,看着它们的肚皮鼓凸起来。他也是一只羊吧?他也得不住嘴地吃,才会不饥吧?羊都不会说话。他抽它们一鞭,它们只会踮着肥笨的尾巴跑几步,又低头去吃草。他打一声呼哨,它们只会抬起头来,拿那绵善的黄眼睛瞅瞅他,便又照旧去吃草。他总是觉着孤闷,觉着肚饥。三叔不爱听他诉苦,更恼他说孤闷,肚饥,只顾那么悠悠地磨嗓子。在这寂静的山上,三叔的哑嗓音像山路那么没有远近,像阳婆那么懒散磨蹭。山上的石头缝里,长不了多少草。放一天羊,得跑多少路?从这山跑到那山了,阳婆却不跑不动。他也不想跑不想动了,更不想说话了。羊的秉性,山的秉性,在不断传染给他。他要变成不会说话的羊,不会跑动的石头了。可三叔放了许多年羊,怎么还那样快活?不知孤闷,不知肚饥,哼哼唧唧唱个不停。

有一天,三叔忽然给他讲了一件事。

"顺娃,你还不知道吧?咱这山上,长灵芝草哩。"

"灵芝草?甚是灵芝草?羊能吃吗?"

"憨货!灵芝草是带宝气的草。咱村西头,不是有个没有人住的烂宅院吗?那院里早先住着个姓陈的老汉。他年轻时总上山来砍柴。一回,不经意,脱了手,一家伙砍住自家的小腿拐咧!这可不是耍的,说话血就湿了鞋袜。疼得他呀,也不顾山崖陡石头硬啦,就势跌倒在地,缩成一团,扑棱扑棱滚起来。不知滚了多远,忽然间,你说咋咧?他觉着不疼了,些儿也不疼了!爬起来一看,血也不流咧。再细瞅呢,爷!咋连砍破的血口子也寻不见咧?寻不见了,连点伤疤也寻不见咧!他站起来,使劲跺了跺那腿脚,咋也不咋咧。好啦,好得跟好腿一般般了!"

"那是原本就没有砍住吧?"

"鞋袜上的血糊糊还没有干哩,他愣怔了半晌,才瞅见,天爷!他正站在一道崖沿上,再滚几步,就抛崖跌下万丈深渊咧。"

"吔——"

“他回村跟人一告诉，老人们说，那是他乱滚中间，伤口碰住山上的灵芝草了。”

“唔——灵芝草，就这么灵呀？咱这山上还长灵芝草？长得多吗？”

“憨货，多了还叫灵芝草！”

“那灵芝草长的是甚样儿呀？”

“白的是绵羊，黑的是山羊，还用问吗？带宝气哩，谁瞅不出来！”

“那三叔你瞅见过吗？”

“我？”

三叔又磨起他那哑嗓子来了，不说看过没有。他终于也没有问出三叔是否见过灵芝草。

不过，他从此便不再觉得十分孤闷，常常肚饥了。他被灵芝草吸引去了。吆着羊一上山，羊开始吃草，他开始寻草，寻找灵芝草。灵芝草，真是太灵了，灵得都邪了。那么吓人的一道伤口，沾一沾它，眨眼就好咧，连点疤也寻不见了。它会是个甚么样儿呢？三叔只说，白的是绵羊，黑的是山羊。它的枝叶总该是绿的吧，它的花朵总该是红的吧，它的味儿总该是香的吧？它的宝气，不知会怎样耀眼！开始，他是匆忙地去寻找那些形态奇异的草木。从这坡寻到那坡，从这山寻到那山，还专拣那些陡峭、险要的山壁、崖垴去找。每天跑的路，是大大增多了。可他不觉得路长，不觉乏累，只想跑，只想动。因为他总感到那灵芝草，就在前头甚么地方等着他哩，恨不得即刻就一睹那耀眼的宝气，那不知会怎样壮观的模样儿。他怀疑不少草木，又怀疑不会这么容易叫他寻着了。他拿来许多草株，叫三叔看。三叔都能说出一个平常的名儿。还告他，哪是羊能吃的，哪是有毒的，羊中了毒又怎么解救。三叔似乎并不知道他是在寻找灵芝草，或许认定他就不会寻到灵芝草。

他不服气。山上既然有，他一定能寻到。只是，既然那么宝贵，也就不会轻易找到。要找，但不能着急。他冷静下来。他开始辨认山上的每一株草，从认得的到不认得的，从奇形异状的到毫不起眼的，从羊能吃的到羊不吃的，十分诚恳，十分仔细，十分卖劲。他吆着羊，在山上慢慢地转悠，悠着劲儿寻找，就像三叔悠悠地磨嗓子一样。可他不再觉得时辰难熬了。阳婆在不知不觉中移上头顶，又落下西山。天黑了，该撵羊下山了，明天还能寻找。明天也不见得能寻到，不那么容易。

他寻到了一种寻找的快乐。日出东山，他吆羊上山。羊吃草，他寻草，挺好。他已经查看、怀疑过多少种草木咧？苦苣、臭蒿、野艾、石竹竹、地萎萎、铁皂篱、臭金莲、牛枝草、山丹花、酸枣、野葡萄……山上没有多少土脉，还真长了不少草木哩。他怀疑每一种草木的时候，都会觉得它挺有些儿灵性。在这样苦焦的山圪梁上，沟坡底下，石头缝里，背阴旮旯，它灵秀地活着，青枝绿叶，鲜花丽朵，得了甚么宝气吧？可惜他大多能叫出一个令人丧气的名儿来，多姓那酸、苦、臭、野、山、石、牛这类姓，不算贵，没宝气，跟他们山里庄户人太靠近。白的是绵羊，黑的是山羊，真是这话。灵芝草一定比他见过的、认得的、熟悉的这些草木分明不同。他似乎已经能够想象出灵芝草是怎样一个模样了。他似乎已经见过、认得、熟悉它了。它一定比山上所有的草木都要尊贵，都要灵秀，都要鲜活，都要高大，都要芳香。他愿意这样想象。他愿意这样寻找。他觉得快乐。他甚至有些不愿意很快就寻见它。

他也有败兴、丧气的时候。憨货！他算个甚么人呢？他要能寻见灵芝草，世上人人都能寻见了，家家都能供养起来了，还能等他来寻找？他是一个命赖的人。爹妈早死咧，跟着三叔当放羊小子，他想见灵芝草，人家灵芝草怕不想见他吧。他真憨，他真痴，痴心妄想，拉倒吧。但不寻灵芝草，他便又觉得孤闷，肚饥，时辰难熬，山路遥远，甚至像少了个灵魂儿似的，真憨憨痴痴起来，日子不是种过法，还是找吧，反正也不误放羊，反正也没有旁的营生解闷。反正也并不指望真的能寻到它，自己寻着解闷。倘或碰上好运气，能寻见呢，他也不想伤害它，他也没有伤残想叫它医治。他不想沾它的光，发它的财。他还放他的羊。他只想瞅一瞅，亲眼瞅一瞅，看它到底是怎样壮观。他是更诚恳、更仔细、更卖劲地去寻找了。通常的时候，他是悠悠地去寻找的，听任阳婆从东山移到西山，听任南风转成北风，听任春天走向秋天。

三

车水洼能养种的田亩，都是挂在山坡的薄地。这薄地也不多。可车水洼也有一户地主。他揽一般庄户人的羊放，也揽地主的羊放。他常进这地主的宅院，却没有进过院里的房屋。这房屋的山墙后墙，也是石头垒的，朝南的一面就表着青砖，房顶也铺着青瓦，挺阔。可人家没请他进去，他也不想望。瓦屋是挺阔，但里头也不长灵芝草吧？有甚稀罕。

那一年，平分了地主的田亩、羊群、房产。他也分得了一份田亩，几只山羊。他没有分到房产，不过有机会走进地主那几间瓦房里去瞅了瞅，真也没甚么稀罕。就是墙壁白点儿，窗户明亮些。再就是那炕围上画着些红蓝柳绿的画儿。阔嘛，自然请得起匠人画炕围。画得再花哨，那炕还不是一样叫人躺倒了睡觉。瞅着那红蓝柳绿的画儿，能解乏吗？又不是灵芝草，挨一挨，就沾上宝气咧！

鬼！那炕围画上，真有灵芝草呀？

这是地主家那个小莲叶说的。他不知怎么一来，就又跟人们拉扯到灵芝草上去了。是分了田亩羊只高兴吗？跟人一说话，就不由会扯到灵芝草。憨货，就不怕叫谁起了心思，上山给他拔走吗？他总憋耐不住。这一回，是叫地主家的小莲叶听走了。

“灵芝草呀？我家炕围上就有！”

八九岁个小妮子不是哄他吧？她爬到炕上，指给他看了。

鬼！那是灵芝草吗？枝没枝，叶没叶，像朵带尾巴的云彩似的，算甚么灵芝草！这带尾巴的云彩倒是挺好看，画在炕画的正中央。不是灵芝草，怕不叫它占这正中央。还闪亮哩。那就是宝气吧？可怎么没枝没叶呀？不普通。也许是灵芝草结的灵芝果，结的也不普通，像朵带尾巴的云彩。

它是甚么颜色呀？绿不绿，黄不黄，桐油颜色。炕围上，全罩着一层桐油。可惜。这炕围画是太陈旧了，甚也看不清了。不过他终于知道了灵芝草就是带尾巴的云彩！

他把自己那一份田亩典给人种，依旧揽羊放牧。放羊还是放羊，却今非昔比了。他不会再跟着三叔，而是自立门户了。他也胆壮了，不再觉得孤闷。当然，也不肚饥咧。身内总憋满了劲，爬山跑路，如走平地，如喝凉水。山上的阳婆，也顺了他的脾气。睁眼醒来，它正好上东山；有些困乏了，他又正好想回村了，它便赶紧跌下西山。挺叫人顺心，更叫他开心的，还是终于知道了灵芝草的模样儿。伙计，这下可好了，好上山去寻找了，带尾巴的云彩！只是还不清楚它是甚么颜色。既然是草，它一定是鲜灵灵绿莹莹的颜色。天上的云彩带尾巴不带尾巴，都是白的、灰的、黑的，早晚也有红的，就是没有绿的。鲜灵灵绿莹莹的云彩，那该多受看！听说值钱的玉石，就是绿莹莹的。宝贵嘛，绿莹莹的是一种宝贵的颜色。他碰见过这种云彩吗？过去是有限不识泰山，碰见了也不认得。憨货。

他又重新开始寻找灵芝草了。现在可不是为了解闷，也不是瞎猜胡摸了，他认得它了。十分的诚恳、十分的仔细，又加了十分的热情。一坡又一坡，一山又一山，崖壁沟底，阳坡阴坡，明里暗里，树棵下草丛里，石缝中路边厢，人常去处羊不去处，甚至是鸟兽不去之处，也去瞅了瞅。没有，还是没有。当然，他仍然相信，灵芝草不会轻易找到。但他也渐渐发现，现在的寻找已不像从前的寻找那么叫人快乐了。从前有眼不识泰山，他可以怀疑一切草木，在怀疑中更能做许多想象。这想象，挺醉心，叫人快乐。现在，知道了它是带尾巴的绿云彩，这寻找就只有叫人丧气，看见所有青枝绿叶的草木都叫他丧气。他不敢寻遍所有的山畔了。因为这样他还可以想象，想那灵芝草或许正在一个他所未到之处闪着宝气哩。

晌午，他肚皮迎天躺在山上解乏的时候，会瞅见那神秘莫测的蓝天。蓝天上，有时会飘来几朵带尾巴的云彩。这云彩中，会有一两朵跟地主炕围上画的灵芝草一模一样。可惜它是白的，像绵羊羔儿一样白，既不是桐油颜色，也不是绿莹莹的。就真是绿的，它也太高了，沾不着，挨不住，摸不出咋个细绵，闻不见咋个芳香。云彩有时也会跌落下来，贴住崖头，可那时它是雾蒙蒙一片，没有模样，没有颜色，抓不着，逮不住。灵芝草，难道是天上跌下来的云彩吗？远看是白的，跌下来或许变绿了，就像远看山是蓝的，近了就现了本色了。

憨货！他还是有些憨吧？灵芝草怕不是人人都能寻见的。大概得有福分、有功德的人，才能碰见吧。他有福吗？早早死了爹妈，当个凄惶可怜的放羊小子，有甚福气。也难说。他如若不是个可怜的放羊小子，能平白分给他一份田亩吗？这不是福气是甚？功德呢？功德可搜寻不出来。他没害过人，可也没救过人；他没做过损德事，可也没做下积德事。他偷吃过三叔家的东西！三叔收养他，他却偷吃人家的东西，损德货。难怪他想见灵芝草，人家总不想见他。得赶紧积德哩。

先得把众人的羊放好。羊多绵善呀。羊都不会说话。他不能欺负它们，羊鞭羊铲，吓唬吓唬它们就是了，不能真给它们吃家伙。他也该像羊那样绵善。他不能去耍钱，不能染上嗜好，洋烟不能抽，旱烟也不能抽，酒也不能喝。也不能抽懒筋，当了二流子。更不敢跟村干部顶碰、吵嚷。他把地亩典出去，村干部骂过他。他拧着脖子跟人家顶嘴，不该顶嘴。村干部叫去开会，也该去，不能天一黑就肚皮迎天挺尸打呼噜。还有甚么积德事可做呢？修桥修庙，他还没有那力量。车水洼，也没有桥。庙倒是有一座小庙，可村干部开会，已不叫迷信了。先绵善了再说吧。遇事、待人、处世，都要绵善。

在绵善中，他的日子过得挺顺溜。因为日子过得顺溜，他也渐渐不去想那灵芝草了。

四

可不知为甚么，他渐渐地管束不住自己了。日落西山，放羊回来，碰见村里的女人,他总想多看人家几眼！看这赖不赖？

赖货！他咋就变成这样一个赖货咧？碰见个女人,就馋猫似的想瞅人家,真损德。他明知这是损德,可总不由自己。绵绵善善刚积了点德,就憋耐不住做起这损德事来了。上了山,他就后悔,毫不客气地骂自己,甚话难听,就用甚话骂！下了山,碰见女人,又不由要馋猫似的瞅人家。他是跟上鬼咧,鬼使神差不叫他积德,不叫他见灵芝草。

是哩,他要寻见灵芝草,准能说成个媳妇了。他早该说媳妇了,可外村的闺女,都不愿来他们车水洼。本村的女娃们,也尽往外村看！谁还能看见他？家产没家产,田亩也归了大伙了。人才呢,众人都说他丑、憨。但谁也不提他知道灵芝草,都是眼窝浅的货。他拔一根灵芝草走下山来,她们准能看见他了,说不定会怎样刁抢着叫他做女婿呢。灵芝草,就是这么灵嘛。可要寻见灵芝草,就不能做损德事。要不做损德事,就得娶回个媳妇来。要娶回个媳妇来,就得先寻见灵芝草。爷,绕来绕去,还是绕不出去！

他下了狠心,要管住自己。不抵事！碰见女人,还是馋人家,她们准是告到村干部那里去了:村干部把他当赖货骂了个灰。他没有顶嘴,觉得该骂。不过,也觉得她们太尊贵咧。瞅一瞅,能瞅少了她们的甚么呀？

在她们当中,就只有地主家的小莲叶,不怕他瞅。是因为她家养的那三只绵羊,他也给放牧吗？她家是成分高,不过已经打倒了。田亩羊群早给平分了。住的那画有炕围的瓦房,也归了别人了。她爹也叫管制起来了。福也享了,罪也受了。山上大哩,三只绵羊能吃几棵草？小莲叶叫他多瞅几眼,也少不了甚么。她还小哩,才十二三岁。村里十二三岁的女娃,都寻下婆家了。她呢？

“小莲叶,你寻下婆家没有？”

“没。”

“你想寻怎么个婆家？”

“有炕围画儿的人家。”

小地主妮子，也是个势利眼！看他把这话告了村干部，不把她爹斗争个灰才怪。当然他不会去告。小妮子，告发她做甚？不过，他真要能盖成新房，也一定画个灵芝草放在炕围正中央。

村里的女人，渐渐不再吸引他了。他只被小莲叶吸引。她不怕他瞅。她能看见他。她也不小看他。清早，他去吆羊；傍晚，他去送羊，她却跟他说话儿，笑，高兴地说话儿，绵绵地笑。她对他挺绵善。她家的那三只羊，也挺绵善。三只羊中有一只半大羊羔儿，毛色格外白，白得像天上的白云彩。他就管它叫灵芝。他放的羊，都有名儿，可还没有过这么好听的名儿。它远远跑在山垴上，还真像一朵带尾巴的云彩，只可惜是白的，不是绿莹莹的。那就给它染点绿颜色吧。他真给这只灵芝羊羔儿染了一大片绿颜色。这样，他在山上放羊，就有东西可看了。看着看着，灵芝羊羔儿就真成了带尾巴的绿云彩了，鲜灵灵、绿莹莹。小莲叶也说："这羊染上绿颜色，俏咧。"

再俏吧，到了小寒节令，也得杀它。杀了它，还有新羊羔儿顶上来。只是，换一茬新羊，他说媳妇就更难了一分，小莲叶嫁人也更近了一步。他盖不起新房，也画不上灵芝草。他那四面石头垒墙的小屋，是叫柴烟熏得越来越黑了。不过小莲叶对他还是挺好。仍然跟他说话儿，仍然对他绵绵地笑。而且，似乎比先前还更爱瞅他了，瞅得仔细、有味、发羞。爷，这是咋咧？原先是他想瞅她，现在却成了她想瞅他了！他有甚么瞅头呀？一个放羊汉，成年在山上叫风吹日晒，又丑又憨还又赖。可她就是爱瞅他。

"莲叶，你寻下婆家了吧？"

"你甭问这！"

问得她眉眼不好看了，准是不称心。也是，自家成分高，还想嫁有炕围画儿的人家，这不是自找心烦吗？寻个人家就是了。没寻下婆家以前，想瞅他，她就瞅。他不在乎，瞅不走他的一根汗毛。叫她瞅一瞅，倒还能给他多一分快乐哩。当然这话不能跟她说。

"哎，往后有甚针线活，拿来我给你做。可甭叫人看见？"

她这是甚话？很低，很羞，很好听。他真是积了德了吗？他是在山上碰住灵芝草了吗？他快乐极了。

今年雨水稠，山上的草木格外茂盛。难道灵芝草也长出来了？但他上了山，没有去寻找。他怕再去一找，它又飞走了。灵芝草或许是不能找的，只能在不知不觉中碰一碰它。灵芝，莲叶。莲叶，灵芝。她咋不叫灵芝？是她指给他看，那是灵芝。她就是灵芝。他有了灵芝了。

他的日子又过得顺溜起来了。傍晚放羊回来，他悄悄跟她见面，她偷偷给他做针线。清早吆羊上山，他只是悠悠然跟着那些绵善的羊群转悠。他不再寻找灵芝草了。他只觉得那灵芝草，正鲜灵灵绿莹莹长在山上一个甚么地方，伴着他，护着他，为他散发着宝气和香气。他又可以想象了。这想象分明比先前要甜美、开心、实在，也更要紧。灵芝草，可不敢再飞跑了。它要飞跑了，人家准会立刻逮住他和她偷偷摸摸，准会开会斗争他和她。就这么伴护着他，不敢再飞跑了。

那一年，村里忽然来了许多工作员。一开场，就把她爹斗争了个灰。他不敢再跟她见面了。但到了收场时，倒给她爹脱了地主帽，改叫农业劳动者了。不知是因为她爹那老地主挨斗争不恼呢，还是沾了灵芝草的光？他正高兴呢，莲叶却急笃慌忙嫁到二沟去了！

没良心货，到底还是势利眼！她是寻下有瓦房、画炕围的人家了吧？炕围正中央画着灵芝草吗？鬼！哪有甚么灵芝草，只有没良心货。哈哈，他可真憨。在世上活了半辈子了，才晓得自己真憨。他们车水洼的山上，哪有灵芝草？世上也没有这东西！瞎活了半辈子，竟相信有这东西。去哄小屎娃们吧，他是再也不信咧，世上的草都是有枝有叶的。哪能像带尾巴云彩？云彩都在天上哩。

活了半辈子，他头一回敢把那痴心寻觅的灵芝草否了，便又感到了一种快乐。他不去管莲叶嫁人那回事了。他仍然放他的羊。他忽然觉得那一架连一架的山，都有些变了，变得有了色彩，有了生气，有了灵性。那自己都能叫出名儿的草木，也似乎忽然鲜灵灵、绿莹莹起来，对他亲近、仁义、绵善。他放牧的羊群，更忽然对他异常亲昵起来。甚么灵芝草，它能喂羊吗？它能烧火吗？它能腌菜吗？

只是这快乐有些不能叫他习惯。多年来，灵芝草在他心里所占着的那块过于神秘、过于神圣的地方，现在是空出来了。他觉得快乐得有点儿空洞。所以，山似乎又很快变成了他所讨厌的山，山上的草木也很快变成了他早看腻的草木了。它们太熟见了，难以叫他去做想象。而缺少了那一向的想象，阳婆就又难熬了。

所以，在有意无意之间，他还是不免要朝车水洼那山的各处瞅它几眼：是不是会有个带尾巴的绿云彩在那厢悄悄地闪着宝气呀？

五

在二沟的煤窑里，他虽然在有意无意之间仍不免要提起灵芝草，可已经没有多少心思去想它了。他的心思多半都被头上的窑顶吸引去了。家伙，它要稍微松一松劲，可就把他压扁了。就是拿来灵芝草，怕也难叫他起死回生了。多大一架山黑咕隆咚悬在他顶头上！不过，日复一日，山并没有松劲。他白脸下窑，黑脸上来，带回一身臭汗，甚也没有少。倒是真没多久，他就多了一叠票子了。二沟的窑黑子们说：够买个“罗马”咧。骡马不骡马吧，他倒不着急。他早已不是后生小子了，急着戴那明闪闪的小圆圈儿做甚？他忽然起了一个心思：拿这一叠票子不知能不能买回根灵芝草来？

哈哈，他是怕了那悬在头顶上的大山了吧？他才不怕哩。山，也仁义哩。你不惹它，它害你做甚。千年的崖头砸赖人嘛。他只是想亲眼见见灵芝草。寻了一辈子也没有寻见。现在有了票票了，买回一个来瞅瞅，还不行吗？能亲眼瞅瞅，就是被山压扁，也不冤了。

二沟的煤窑上，听说有一个甚么也能买回来的采购员。不知能不能买回灵芝草来。他吞吞吐吐去问那个采购员后生。采购员后生竟毫不惊怪，相当痛快地说:“灵芝草,那不愁!”

这后生不是要笑他吧?拿票票真能买一个回来呀?

“真能买?”

“我哄你做甚?就一样,老汉,得肯出价钱,不能心疼票票。”

“那自然。比骡马的价钱咋样?”

“哈哈,用不了。老汉,我看给你买几瓶灵芝酒吧,喝着又美,又能治病……”

“咱不会喝酒。呵呵,还是麻烦娃你给买回根灵芝草吧。”

“行。”

这后生答应得挺痛快,就像买骡马、买烧酒、买穿戴、买米面似的。世上真有卖灵芝草的吗?这后生不是闪骗他吧?采购员都是闪闪骗骗,吹牛皮货。闪骗了他的票票,倒没甚,就是怕白欢喜一场。这辈子他也没有旁的嗜好,就是想亲眼见见灵芝草。寻不见,买不来,那就再没有指望了。这辈子也活得没个意思咧。

好小爷哩,采购员给他买回灵芝草来了!

那天,他刚从窑底下爬上来,黑炭人似的,浑身也没二两劲儿了。可就碰见了采购员后生。都有几十天不见这后生的影儿了,他都以为是闪骗了他的钱了。采购员把一个塑料袋儿递到了他的手里。

“给,你要买的东西。”

甚么东西?这就是他想见的灵芝草呀?塑料袋里,是一个牛皮纸包裹着的东西。

“老汉,不好买,真不好买!不是咱跟人家有关系,有交情,买不出来。人家培养这东西,都是泡酒,出口叫外国人喝。你买这东西治甚么病?”

“嗬嗬。钱够吧?”

“找下的钱和发货票,都在里头包着。老汉,你是咳嗽气短,还是有肝炎心脏病?人家说,灵芝治这病。”

“能止血治伤吧?"

“啊呀，止血不止血，可没听人家说。治高血压兴许差不多吧。它还能补，公家叫强壮剂，就是补得叫人想睡觉，想吃饭，不怕冷，有精神。可你得叫大夫配成药。老汉，干啃它可不抵事！”

他结实地谢了采购员几句，正想剥开牛皮纸看它一眼:多少年了，就盼着看这一眼哩！但一想，这不是地方。叫众人围过来，你抓抓，他捏捏，抓捏坏了还了得？回到寄住的房东屋里再看。不，还是回自己的村里去，回车水洼他那小黑屋里去。关紧门，再剥开看。好好看，看它一个够。

他捧着这个塑料袋儿，就急笃慌忙往车水洼奔，忘了自己还是黑炭似的一个人，忘了肚皮中还是空囊囊的，忘了汗淋淋的身上已不剩二两劲儿了。倒越赶趁，身上越来了劲儿了。恰巧他是夜班下窑，现在正是阳婆东升的时候，明明亮亮，清清爽爽。远远望去，他们车水洼的山，正蓝哩。他在那山上寻找了一辈子了，想不到现在已经把它捧到自己的手心里了。多年寻它不见，恐怕还是他有眼不识泰山吧:没有亲眼见过嘛。三叔只告他说，白的是绵羊，黑的是山羊。那实在是太含糊了。三叔大概也没见过。可惜三叔已经去世，见不上了。莲叶家那炕围上画的，也模糊不清。画儿太陈旧了，只有桐油颜色。谁又知道她家当初请来的那个画匠，画得像不像呀？在二沟，他见过莲叶，经常碰见。她成了一个瘦婆姨咧，十分厉害，也一样凶乎男人，虐待婆婆。而且变得挺丑了，一点也不像她原来的长相。脾气能变，那鼻子、眉毛、眼也能变吗？幸亏她名叫莲叶，没叫灵芝。可这灵芝草个头不够大嘛。咦，摸着也不软和，不像云彩，也不像草木的枝叶。闻一闻，也没香气。或许是牛皮纸底下还衬着甚么硬材料保护吧。不敢赶趁得太猛，猛不防跌倒了，失手把它摔落到山坡上，就滚下深沟里去了，又不知能不能寻找到哩。不敢慌张，不敢冒失，不敢太高兴了。

小杂种！牛皮纸里头就包裹着这么一个东西？这叫甚么灵芝草！小杂种，他是受了采购员小杂种的闪骗了。给他包裹回个这东西来，还说不好买。这东西，到哪拣不回来一车来！还给他找回钱来，有零有整，安顿得蛮像一回事。还开回一张发货票。小杂种闪闪骗骗，到哪弄不回这么一张二指宽的条条来？咦，纸条儿上还盖着个鲜红的圆图章。这是公家的图章。公家不会闪骗他吧？但这就是灵芝草吗？左看右看，远看近看，拿到窗户跟前看，走到阳婆底下看，怎么也看不成带尾巴的绿云彩！既没带尾巴，更不像云彩，倒像是一个叫谁啃了几口的发面窝头。窝头也不是净面窝头，像掺了糠，像发了霉。颜色呢，既不鲜灵灵，也不绿莹莹，像沤糟了的木头的那种颜色，连人家那桐油颜色也不如。准是采购员那小杂种闪骗他哩。他是大失所望了，随手把它撂到了炕头上。他忽然觉得肚饥、困乏、瞌睡、少精没神起来。

小杂种，还说这东西能补，补得叫人想睡觉、想吃饭、不怕冷、有精神。那就啃它一口试试。老汉，啃它可不抵事。他才不啃哩。糟木头似的，扔给羊，羊也不啃。哈哈。都说这东西宝贵，原来就是这么个宝贵法呀？叫人想睡觉、想吃饭、不怕冷、有精神，这也能算宝贵？他不吃灵芝草，也能吃、能睡、经冻、有劲！他在世上活了几十年咧，从来就总是觉着黑夜的觉不够睡，不拘在哪，放倒就着，睡得又香又美。他的肚皮里头，更能放货。不管茶饭好赖，都能填下去。苦苞谷糠能顺下去，大油大肉也不愁咽不了。受冷冻呢，那更是他这放羊汉的本事。山上的风有多冷，他怕过吗？十冬腊月，裂着胸口，露着血肉，咋也不咋。身上的精神和劲气，哈哈，那有的是。填那么多茶饭，睡那么多觉，它不转化成精神和劲气放出来，还不憋死了？这有甚么宝贵的呢？

他请识字的人，给他看了发货票。他又郑重地找了一回那采购员后生。他甚至拿着那个塑料袋儿，专门跑了一趟公社医院。他终于证实了这糠窝头、糟木头似的东西，正是灵芝草。它的宝贵法，也真如那小杂种告诉他的那样。

哈哈，灵芝草原来不过是这么一个东西。原来不过是这么一种宝贵法。三叔把它说得那么玄乎。车水洼唯一的地主家里，把它画在炕围正中央。画得那么美，像带尾巴的云彩，还罩上了桐油。众人也是一听说它，就直愣了眼睛。连二沟那挺有本事的采购员，也说不好买。公家还拿它泡酒，出口叫外国人喝。他自己更那么憨、那么痴地寻找了一辈子，真当它是甚么宝贝呢。原来，它那宝贵之处，他自己身上都有！他不咳嗽气喘，也没肝炎心脏病，更能吃想睡，不怕冻，有精神，有力气。可这也能算是宝贵的东西吗？或许真宝贵哩。要不，灵芝草怎么会那么宝贵？啊呀，他自己身上真有这么宝贵的东西呀！寻找了一辈子，那宝贵的东西原来就在自己身上。

他把那灵芝草很慷慨地送给公社医院了。他们说，很需要它。他呢，是完全被自己吸引去了。他有生以来还是头一回这么被自己吸引。他快活极了。他有生以来头一回这么快活。哈哈哈，寻找了一辈子的宝物，原来就在自己身上。在自己的血肉里，在自己的筋骨里，在自己的肚肠里，在自己的生命里，在自己的灵魂里。他真像服下了一服灵验无比的强壮剂，忽然觉得自己强壮无比。那黑咕隆咚的窑下有甚么可怕呀？那悬在他头顶的山。有甚么了不得呀？它踩不扁他，他倒不愁把它撑起。

多少年来灵芝草在他心里所占着的那块地方，现在是被他自己占去了。只是，他仍然不免有些不能习惯，有些舍不得叫他自己占了这块过于神圣、过于神秘的地方。他自己竟也值得那么宝贵吗？

一九八三年五月

前 院

他要出门去。条件反射似的，他不由寻思：会碰见前院的老姑吗？而今儿，他惧怕见到老姑，是分明更甚于平日的。不知老姑会怎样敲打他！

唉，他家怎么就住在后院呢？

他家住在后院。每要出门去，如下地做活，上街花钱，求医抓药，走亲访友，听戏看电影，开会见干部，尤其是天天到巷里那公家的自来水龙头下面，挑甜水吃，都得从前院通过。人不能不出门。不出门还不憋死了？可街门却在前院，后院没有出路。出了门呢，还得回来。一出一进，就得从前院经过两次。可活在当今之世，一天出一次门，那是万万不够的。就是不花钱，不生病，不交际，不娱乐，甚至也不开会，只一味闷头做活，那也得三出勤：出三次门哩。出三次门，便得六次经过前院！还得加上来回挑几担甜水的次数。人也是不能不吃水的。人真要能不需水吃，那倒也好了。他至少可以少经过几次前院，少见几回他的那位姑祖母！

住在前院的老姑，已近七十高寿。头发早白了，稀了，脑后的抓髻自然也小得多了。牙齿也脱落了许多颗。可老人家依然硬朗如初。那晒了一辈子阳婆的面颊上，仍有光泽可见。眼皮松了，可眼睛仍然很亮，很有神。他是最怕她的这亮而有神的眼睛了。瞅他一眼，扫他一下，有意无意，或喜或恼，都会叫他不由得发怯发虚。仿佛她不是他的姑祖母，而是能把他看个透的神灵！不过，他的老姑是早已无甚兴趣瞅他，问他，说他，训他了。他每向她问候致敬，她几乎不予搭理，即使有时叫住他，问几句甚么，也并不瞅他，只瞅她手里的活，只瞅她的猪、她的鸡、她的石榴树。不是怕她瞅吗？可这般不理不睬，他更觉有一种无比的压力。听说，从他落地起，老姑每见了，必要抱他，亲他，逗他，拍打他那胖屁股蛋儿。真是这样吗？他不知道。跌落到这个世界之初，他还不会记事：他太笨了，天生的笨。从他能记事开始，老姑倒的确是每见了，必要拦住他，看他，逗他，问他，笑他，瞪他，训他，骂他。这中间，包含着对他的亲爱、关切，厚望，自然也有不满。常常不满。他长得越大，似乎越多了不满。可这不满，分明是由厚望而生的。后来呢，却似乎连这不满也渐渐没有了，只剩下了不理不睬。老姑对他是完全失望了吧？这压力可是太大了。

但近来，老姑忽然又发现了他。他每从前院经过，便要受到她的询问，教训，呵斥，瞪，骂。

"小海，这么大人咧，还傻愣着做甚？就寻不见个正经门路，出息出息？"

"小海，你看人家对门的小旺，跑一回北路，能拿回多少？现在是甚么时候了，还这么起不了山！"

"哎呀呀，白是个全活人，不残不瘫，还不如街上那算命的瞎子、磨刀的哑巴、摆摊儿的拐腿！"

"唉，真跟你那爷老子一般，不中用煞咧！天生的窝囊种！"

"站住，听我跟你说！"

"慌甚，谁能吃了你？"

"还没寻下个门路？"

"还是傻愣着呀？"

真是太叫人害怕了,比不理不睬还可怕。这中间,还包含着对他的亲爱、关切、厚望吗?分明只有不满了,分明是彻底把他看透咧。是呀,现在是甚么时候了,他还这么不中用!他只能这样不中用下去了。

他已经延误了一阵,想等老姑从前院先走了。她在街口摆摊儿。可她很自在,很从容,很神气,并不早早出去,也不熬得很晚才回来,仿佛是有意等候在前院敲打他。阳婆却是已经很高了。前院后院,左邻右舍,都已经安静下来。那匆忙的,嘈杂的声响是早移到街市里去了。连院里树枝上的鸟雀们,似乎也鸣唱戏耍得乏累了,都散向不知所在的去处。老姑大概也出门摆摊儿去了吧?

他离开后院,开始小心地向前院穿插。没有甚么动静。还好。但仍须小心。老姑住着的那三间瓦房,门闭着,可没有锁!她还在呀!赶快穿插。不能,越慌张越会把她招出来。小心地、装着不紧不慢地迈过,可还是有点儿慌张泄露出来了。老姑没有被招出来,已经出门去了吧?阳婆已经很高了。他不敢朝那窗户张望,需要加快脚步,又须把脚步放得更轻。吱扭一声:老姑的门终于还是开了!原来她还在呀?还在等候着敲打他。他也去跑了一趟北路,可他甚么也没有抓回来,只倒贴了许多盘缠。老姑不知会怎样数落、责骂、羞辱、指戳他。他真想拔腿逃走。不能跑。越跑越得吃家伙。

"小海,才下地呀?"

哦,是表婶。他松了口气,答应了声甚么。答应甚么来?不知道。他只是不由回头瞅了瞅老姑的那三间瓦房。老姑显然不在咧。可这三间瓦房十分威风地耸立,似乎也在嘲笑他。这房已经不新了,可威风未减呀。还有前院那神气的猪圈、鸡窝,那兴旺的石榴树,也不由叫他沉重地感到了自己的无能。快走吧,走出这前院!

他走到了街门之外的小巷里。这小巷却又是一个死胡同。出这小巷,必经街口。老姑就在那街口摆摊儿。已经不卖茶水了,摊儿大得多了。她说有一二百种货咧，他看那货物都不起眼，可有这一二百种货物，她是更神气了，可以更神气地对他泼来那不满了。他仍旧傻愣着，寻不到一个可以发迹的门路。老姑却有了一二百种货物摆摊儿。

怎么从那街口穿插过去呢？在那人稠众广的大街上，老姑也常拦住他，问，训，瞪，骂，毫不留情地把他的无能揭露在大街上。那是更叫人害怕的。

可谁叫他是一个无能的人呀！

老姑说，他的爷，便是一个再无能不过的人了，已经老大不小咧，还无能力成家立业。她念着他是自己唯一的一母同生的兄弟，帮衬着将她婆家的后院典给了他，撺掇着给他娶了媳妇，安了家。她们的生母早死，都一道受过继母的虐待。可他怎么就会被虐待得那么无能了呀？她多么希望这个亲兄弟，能顶天立地，威武荣耀地立于人世。她用了多少心思，花了多少心血，费了多少力气，又生了多少怨气。可他终于还是一个无能的人，凄凄惶惶，窝窝囊囊，了了一生。竟在盛年之时，吐血死了。

这个县城也许太小了。四面八方都被庄户人围着。连城里也住满了以出城种地为生计的庄户人。县城就这样被挤缩得很小很小了吗？就在这个很小很小了的县城里，他的爷也没有能显露出甚么来。老姑说，她这个无能的兄弟，打过铁、卖过饼、学过买卖、扛过麻袋、摆过凉粉摊儿、收过废铜烂铁，干过不少营生。啊，在这许多营生中，他的爷要是能在其中一种营生上立落住，干下来，干到解放，干到公私合营合作化，他家也不会像现在这样仍是个农户了。如果是非农户，他也许就不会像现在这样无能了吧？可惜，他的爷在哪种营生上都未能立落住，干长久。不知是无能呢，还是在老姑的压力下，要寻那顶天立地的去处？寻来寻去，还不是终于又立落在庄户院里！出城租地种，窝窝囊囊，凄凄惶惶。直到他能记事之后，老姑每提及他那爷，还有无限不满，无限怨气：“你那爷，太没出息！世上还有这样没有出息的人呀？”

可老姑家,至今也是农户呀?

不。老姑可不是寻常人。他从能记事起,就从爹妈那里、亲戚那里、左邻右舍那里,知道了老姑不是寻常之辈。只可惜她是一个女流。大家都说,老姑若不是女辈,就了不得了。怎么了不得呢?仿佛是会成为大字号的大掌柜、大单位的大领导、骑马领兵的大将军吧,那就是顶天立地了。他一直很相信这一点。他从小就很敬畏老姑。他家能立落在这个后院,就是受了老姑的恩泽。而在前院,老姑的确也是个大掌柜、大领导、大将军。他没有见过老姑父。也没有听谁说过故世的老姑父曾有甚么功业。可老姑的雄心、魄力、威严,他是从小就亲眼见了的。在前院,从谋甚做甚,到吃甚穿甚;从开会表态,到媳妇生娃;从置地盖房,到捉猪娃儿,都全是老姑说了算。她真有权威。

她真成就过甚么大事业吗?他似乎还没有经见过,也似乎没有听说过。

不过,直到现在,大家都还认为老姑是可能成大事的。他也很相信这一点。对了,老姑翻新了那三间瓦房,实在也是大事业了。那还是在政策那么紧巴的年月。那还是老姑靠在街口卖茶水,积攒了钱财。为了成就这个事业,前院从早好几年就不吃细粮、不点夜灯、不穿新衣、不烧煤火了。那是怎样有效的领导!

可在后院,却没有这样的权威!他跌落到这个世界,就是他爹当家。在他的印象里,他爹也是一个无能的人。他从小就看惯了他爹那么不断地遭受老姑的训斥,责骂,羞辱,指戳。他爹小的时候,不知是否也曾被老姑抱过,亲过,逗过,疼过,不知是否也曾被老姑寄予过亲爱、关切和厚望。只听他爹常说,老姑是他唯一的亲姑了,是世上最疼他近他的人了。可老姑也常说:“你那爹,跟你那爷一般般儿,太没出息!世上还有这样没出息的父子?”

他爹的确是只会死守在后院,老当下地挣工分的农户。庄稼营生甚也会,就是甚也没有当过,没当过干部、没当过模范、没当过红人、没当过能人。连排队分粮领草，也没当过排头。这样不中用的人，在家里怎么会有权威？老姑就常常当着他们一家人的面，训他爹，骂他爹，羞他爹，怨他爹。在前院后院、巷里街里，把他爹的无能揭露无遗。

是老姑把他爹的权威损害了吗？

还是他爹太无能了吧。看看，他还没有娶媳妇成家呢，他爹就把当家的大权让给他了。是甘认自己无能，退出了家政舞台了？也是，他爹耳聋了。年岁也并不很大，忽然就耳聋了。跑了几回医院，中药西药都不顶事。反正还能吃能喝能做活，不治了。也许，耳聋了，变得痴眉呆眼，便可以免受老姑的那训，骂，羞，怨了？老姑的确是对他爹完全不理不睬了。于是，便发现了他？他就是这样接了他爹的班，来承受老姑的不满，来接受她的教训，责骂，羞辱，指戳呀？

快走到街口了。老姑就在街口摆摊儿。要是没有生意，她会立刻发现他。她耳不聋、眼不花。她的眼睛很亮，很有神。她在当街数落他，揭露他，也同样毫不留情。但已经不能再延误了。这一关，总得过。他天天都要过这一关。天天都是过了一次又一次。可他还是不能习惯如喝冷水。能躲过，还是好。

当街人很多。老姑的摊儿前，不知有没有生意。现在还看不见那摊儿。再往前迈两步，就能看见了。可要是那边没生意，老姑也就看见他了！迈不迈过去呢？

当然得迈。他像每过这一关时那样，习惯地在自己的头皮上、脸皮上，皱起了一层硬甲，准备接受老姑的敲打。同时，就在他的心里，塑造起自己那个无能的影像。唉，他真是像他爷、他爹那样无能。他迈出了这两步了。

啊！老姑的摊儿前有生意哩，还围着不少人呢。他快步走出街口，匆匆越过大街，迅疾钻进了对过的小巷，转眼就隐身在小巷深处了。走这条小巷出城，虽然要绕远，可城又不大。绕几步路，算得了甚么。他可以走得快些。不必多久，就出了城了。

哦，今儿运气还不赖。

他并不会常常都这样幸运的。老姑的摊儿前，不是总围了这许多人。通常，她的生意是清淡的。一二百种货，都是些甚么呢？扣子、发卡、钩针、颜色、小荷包、玻璃丝、绣花的绷子、织毛线的竹针、老汉们用的旱烟嘴、小娃们弹的琉璃蛋，没一样值钱的东西。可老姑很神气、很得意、很气派，仿佛真是个大字号的大掌柜了。

他曾经斗胆问过一回："老姑，咋不摆些值钱的东西卖？"

"小海小海，说你憨，你真憨！"老姑分明更加得意了，仿佛他的这一问，更能使她无愧得那么神气。她又不屑一顾地瞪了他一眼。"你是看老姑的生意不起眼呀？你睁眼瞅瞅，但凡摆在我这摊儿上的，哪样是公家门市上有的？公家没有，咱就不愁卖。一分钱的扣子，咱卖二分。一二分钱不起眼，买主谁会计较？可咱就能得对半利！一二十块钱的东西，你卖三四十块，谁买？咱东西不值钱，可利大呀？你还是识字的人，还是念过书的人！真跟你那爷老子一般憨！"

他问得真是憨。他的憨问，又在老姑面前暴露出他的无能来了。是呀，他还是念过高中的人哩！

可他念书的时候，每从前院经过，那是多么快活呀？老姑对他充满了亲爱，总爱拦住他，跟他多说几句话。看住他，也总爱说："嗯，还是我们小海！落地的时候，老姑听见你那几声哭，就不一样。"也总说，他比他爷、他爹，生得白、生得胖、生得俊、生得灵。因此呢，就断不了会悄悄塞给他一个白馍吃、炒一把黄豆装进他的衣兜里、摘几个她十分金贵的石榴赏给他。年下的压岁钱，也会额外地多几个。甚至就在平常时候，高兴了，也会显得很不在意地递给他几个零钱儿："小海，上街买颗糖蛋儿解解馋。老姑给你的，甭舍不得！"这中间，除了亲爱，分明是寄予了厚望的。但是，不知为甚么，每当他得了好分数，或是受了老师一点表扬，回来向老姑报喜，她老人家笑是要笑一笑的。笑了之后，却要带出几分疑惑、几分讽嘲、几分不屑之色，瞪住他，说："吔，我们小海还真能哩。小馋货，是想来哄老姑的白馍吃吧？"于是，满心欢喜的他，便不由有些发怯发虚。老姑那很亮、很有神的眼睛，莫非看透了他的甚么？老姑在数落、羞辱他爹的时候，常常离不了一句话："三岁看到老。从小我就看见你是甚材料咧！"他是甚么材料呀？老姑是已经看透了吗？

他果然没有能安然念几天书，开会，游街，练武，劳动，贴标语。最多的，还是老师引着他们去支援队里劳动。老姑竟然很得意。瞅住他那被晒黑了的脸皮说："看看，我看你就是这命！上书房，不还是学劳动？"他真怕了老姑那能看透一切的眼光了。虽然他也念到了高中，念到了能够拥挤着去争考大学的时候，可他还是不由得要发怯发虚。他多么想能够拥挤进那威武荣耀的大学之门，叫老姑大吃一惊；他是跳过龙门了呀！可是他一经过那前院，一站在老姑面前，就不由得在自己心里塑起了那个无能的影像。上考场的那几天，老姑又像先前那样，对他充满了亲爱，甚至精明地到不知哪个公家人手里，借来一块手表给他戴。可在叮咛，嘱咐，夸赞，企望之后，却又带出几分疑惑，几分嘲讽，几分不屑之色，瞪住他，说："嗯，我们小海还蛮像个考功名的架套哩。小憨货，快甭在老姑跟前装胖咧！"他鼓起的劲儿，不觉得虚软下来了。坐在考场里，不知怎么了，总也甩不脱那个思绪：他是谁？他是坐在这个过于隆重的考场里的考生呢，还是站在老姑前院的他那爷老子的子孙？

他没有跳过龙门。他没有能叫老姑大吃一惊。好容易，老姑是早把他看透咧。她对他充满了不满，却也并不意外。是哩，他只配回到后院，来顶替他那爷老子的门户！政策松宽了。老姑给他点拨、指教了多少门路，传授、灌输了多少经验，又施加了多大的压力？可他依然不中用！他是更加相信了：在他这样的笨人跟人家那样的能人之间，是有一条分明的界限的。正像前院就是前院，后院就是后院，这个界限很难跨越过去。好容易哩！若能轻易跨过，他那爷老子早跨过去了。他们就那么愿意受老姑的数落、责骂、羞辱、指戳吗?

他受不了老姑的这般数落、责骂、羞辱、指戳,也去跑了一趟北路。他依然败兴而归。北路也不是笨人的世界。那里也只有能人才能显露出来。他甚么也没有抓回来。老姑自然不会意外,可她会怎样敲打他,会怎样把那不满和羞辱朝他倾泻来啊!就是在这大街上公开敲打他,怕也不会叫她解气,真恨不能叫全城人都知晓他的无能。

幸好他是顺利地通过了街口。

出了城了。

城外不再拥挤,安安静静,空气新鲜,阳光充足。土地松软。天很蓝,山也很蓝,都是一样的蓝,却蓝得有一条分明的界限。田也很绿,树也很绿,却绿得分明不同。矮苗儿就是矮苗儿,高枝儿就是高枝儿。天就是天,地就是地。他是只该待立在这松软的田地上。过去,扛一张铁锨出来,就能挣一份工分。现在各人有一份田亩养种,吃穿是不很愁咧,可他仍然冒不了尖,不会伸手就抓回一把财宝来。他仍然没出息。

也许,城里农户的田亩太少了,越来越少了,一人才均拉屁股大一片地。地都被公家建设和人家非农户占走了。农户们早就在嚷吵,公家快将他们转成非农户了。转成非农户,公家就会给他们安排工作了。他是最盼望这一天了,盼得最痴心了。他是笨人,祖传的笨人,只有靠公家的安排,才或许会有些儿出息。可这似乎又是神话,遥远的神话。那些跳过了非农户这龙门的,还不是全靠了自己的能水儿?非农户者,能人也。农户嘛,无能的笨蛋呗。连老姑家的子孙们,至今也还是农户哩,何况他呢?养种田亩,春种秋收,还是他的本分。可田亩毕竟太少了。他家那一份田地,都不够他那耳聋的老子一人耕种。他天天出来,不是白耗油吗?可不出来,他又能做甚?城外虽好,却也没有多大地方叫他待立。农户都想往非农户里钻挤,非农户又在挤缩农户的地亩。在这严峻的拥挤中,他怎么立足呀?他们祖孙三代,都拥挤不过别人。

天爷,这就是他家的那一份春麦吗?怎么变成一片草毡咧?擀了草毡了，草苗混成一片绿，难分哪是苗绿，哪是草绿。唉唉，他真不该去跑这趟北路！甚也没有抓回来，白贴了许多盘缠，白误了许多工夫，这一份春麦也给荒咧。怎么就这样晦气呀？哦，前那些天，落过一场不小的雨，春雨贵似油哩。可这场雨水却荒了他的这份春麦。他那爹做甚去了？一点也不当家了？他爹又在乱跑着治耳聋，以为他能从北路抓回大把票票来。看看做下了甚事！屁股大的一份田地，还给荒咧。若叫老姑知道了，还不羞煞骂煞他们父子！

他不由趴在那草毡上，数起那杂草来。他量了一尺见方一个方块，一株一株数了一个精确的数字。他又量了一个方块，又数了一个精确的数字。他仿佛是终于寻到了一件自己可以胜任的营生来做，完全沉浸在这数点杂草之中了。数得很认真、很仔细、很卖劲，甚至可以说是很有趣味、很兴奋、很快乐！在这数点杂草中，他似乎把草荒本身、把他的无能、把他所时时受到的压抑、把他那令人敬畏的老姑，都遗忘了。一块一块，一分一分，就这样数下去吧，越数越利洒，越数越得法，越数越精确。他也越来越兴奋，越来越快活。终于有一声汽笛的尖叫，把他惊醒了！是哪个工厂的汽笛呢？可他这是在做甚？疯了吗？趴在地里数杂草！给谁瞅见了，准会以为他疯了。给老姑知道了，准会把他剔剥了！这是怎么咧，他为甚么要数杂草呢？他很惊异。是因为他念过高中，会数数吗？神经病！也许他被老姑敲打得真有些神经不正常了。屁股大一片田地，还给荒咧。数得再精确吧，能顶甚事！快锄回去吧，扛来锄头，锄吧。没法锄了，草苗混咧，没法下锄了。拔吧，回去把全家动员出来，拔吧。使不得，那还不惊动了前院的老姑，也使不得。改种吧？也还是太丢人！麦苗已生三叶，眼看就要拔节了。毁了改种，就得少收一季麦。野草多是灰菜，有四片叶咧！看看，又做下了怎样的窝囊事！就是少吃一季麦也能忍了，可老姑这一关怎么过呀？旁的能耐没有吧，连地亩也不会养种咧？那羞辱是难以想象的！

除草剂。他猛然想到了除草剂。当今之世，似乎是有除草剂这种东西的。他没有见过。他也没有见谁使用过。可他想到了除草剂。除草剂一喷，那野草转眼就会死了吧？他想到了除草剂！他竟也能想到一个奇妙的新法儿！这不仅能挽救丢人的败局，说不定还能证明他并不十分很笨哩。他立刻朝城里跑去了。

可是，他一走进那拥挤的城内大街，便立刻又仿佛站到了老姑的面前。在他心里，又不由塑起自己那无能的影像。他又发怯发虚了。

新法儿。他也用新法儿找过对象。他曾经自由恋爱过一个对象。对象虽然也是城里的农户，可毕竟是自己恋爱下的，多少能证明他并不十分很笨吧。老姑很欢喜，甚至对他都有点儿另眼相看了。

"嗯，还是我们小海！"

"这美，这体面！靠你那不中用的老子，甚时能给你说下个媳妇？"

"小海，也跟人家姑娘相跟上，到大街上逛逛，甭怕羞！"

"小海，你也去寻个背静地方，跟人家姑娘告诉告诉，和气些、灵泛些、展豁些！"

老姑还真开通。

他头一回引着对象经过前院的时候，老姑十分亲爱地拦住人家，从头瞅到脚。

"吔，多标致，多体面的姑娘！可比我们小海强多了。"

咦，老姑咋这么说呀？难道他跟这姑娘不般配吗？当时，他只不过是有这个念头一闪，并不很在意。可说来也怪，这个不般配的念头，却是再也甩不脱了。在那姑娘面前，他努力显得般配，可就越发心虚地觉得自己很不般配。不知是否叫那姑娘看出了他的这一份虚弱，反正他跟人家是没有怎么热起来。老姑呢，却在天天催问。

"小海，你给人家姑娘买甚么东西来？憨娃！哪怕给人家姑娘扯身衣裳哩。扯身衣裳给她穿上，她就是你的人咧！"

难道老姑已看出来了：那姑娘不保险咧，快花点钱把她拴住？事情不这么简单吧？可他还是遵照老姑的指导，扯了一身弹力呢，送给那姑娘。

她却不要，坚决不要。而且，竟大大地生气了。从此，他的这一段自由恋爱，就结束了。至今他也不知道失败的真正原因。大概就是因为他跟那姑娘真的不般配吧？

他没有能把那姑娘拴住，老姑似乎也并不意外，但却是怎样可怕地数落他呀：他竟然也想撵时兴！竟然也想自由恋爱！竟然忘了自家是谁！她数落了很久。他终于也相信了，大概他真的不配用时兴法儿去找对象。

那他也配用新法儿来灭草吗？

他不为赶时兴，不为在谁面前露一手，不想否定他是笨人，只想挽回那过于丢人的败局，只想少受老姑的几分羞辱，还不行呀？

施用除草剂，应该到公社农技站去问问。可由于老姑无情的揭露，城关公社的干部们也全知道他是一个不中用的笨人了。谁还会正眼看他呀？那就去县农技推广站问问。敢去吗？那里的人并不知道他是笨人还是能人。反正不敢去也得去。

他去了。穿过大街，迈进大门，走上大楼。咦，这楼远远看挺高大，走进来却忽然觉着不大咧。呀，接待他的公家同志还挺客气。哦，听了他的询问，那同志还挺高兴。

“可以可以，怎么不可以呢？作物在幼苗期，使用除草剂十分有效。杂草是些甚么种类？注意了吗？”

“尽是灰菜。百分之九十二都是灰菜。”

“唔，你还计算来？好，好。那灰菜出土整齐吗？注意了吗？”

“绝大部分都有三到四片叶儿。”

“唔，你观察得挺细。好好，好。那杂草的密度，就是稠稀，能大概说说吗？”

“我数来！一尺见方里平均有野草二百七十九株！”

“嗬，还挺精确呀。看来，你还挺懂这方面的知识嘛！好好好。那一平方米就有杂草……”

“就有两千五百一十一株野草。”

“啊，你算得也挺快！好。小伙子，完全可以。你施用二甲四氯，喷撒十天之后，杂草就会基本上枯萎了。小伙子，你对科技讯息还挺敏感嘛。除草剂，在你们城关公社还没有人施用过呀，我们也才在全县布了几个点，示范推广。看来，你还懂点有关知识，还精确地调查了杂草的情状。你钻研过吧？”

啊！想不到在这楼房里，他竟能受到这位同志的夸嘉。他想到了除草剂。他爬在草毡似的麦地里，仔细清点了草株。他的确是在甚么书上，看过介绍除草剂的资料。他也许并不像老姑所看透了的那样不中用？不。他面对那草毡似的麦地，只是焦急、惧怕，只是想到了自己的无能，只是想象着老姑将会怎样数落、羞辱他，哪里曾想到除草剂的知识？而且，他是先那么发神经似的数点杂草，后来才想到除草剂的呀？发神经似的数那草株，是为了摆脱心里的惧怕吧？他常常也这么发神经似的看那些书啦报啦，看得甚也忘咧，多半是想摆脱心里的羞辱，暂将那个无能的自己忘却，暂得一阵安宁。这有甚么值得夸嘉的呢？除草剂，真还不知是怎样蹦出来的哩。它蹦出来，也完全是为了应付老姑。

可这位同志却对他这么和善、这么亲热、这么感兴趣，问了他许多话，夸嘉了好几次。还答应：近日内，如果天气晴朗、暖和、无风，就去帮他喷撒二甲四氯。记下了他的姓名、住址。还说，如果效果好，就在城关公社做个示范，总结个小材料，印发印发，广播广播。

他也说了许多话，而且可以说是相当精明地说了不少精明话。这也使他很觉意外。自己的这精明，是从哪儿蹦出来的呀？大概也是因为这一份精明吧，这位同志挺看得起他，答应帮他去灭草，还要总结他，广播他。那么，凭着这一份精明，他除了养种那太少的地亩，可不可以也去干点别的有出息的事业呢？可不可以也去跟别人拥挤一下呢？

从那楼房里走出来的时候，他已经忘记自己是谁了，也没有感到街里的拥挤。只是看了看天气，天气的确是晴朗的、暖和的、无风的，是适于施用除草剂的天气，也是叫人快活的天气。

直到快活地走近通往他家的那个街口时，他才发现了老姑的摊儿。条件反射似的，他立刻便又紧张起来了。还好，那摊儿前又围着些姑娘媳妇。他匆忙钻进了那条熟悉的小巷。在小巷里，他又感到了几分惧怕。迈进街门，走过老姑的前院，他是已经想起自己是谁了，也想起了春麦地亩里的草荒，想起了老姑的厉害。

唉，呀，看看做下了甚事！除草剂能救了他的驾吗？十天才能见效。可十天是太长了。他应该趴在那草毡上拔草，老老实实地拔，加班加点地拔，偷偷摸摸地拔。说甚么也不能叫老姑知道了。白跑了一趟北路，又荒了麦地。这是做下了甚么事！世上还有他这样不中用的人吗？他可真是个祖传的笨人！

他匆匆穿过前院，回到了自己的后院。

一九八三年四月

雪　路

一

想象总是离开实际很远。这里的寒冷，看来并不如他所想象得那样严酷。同天津相比，同他家乡相比，冷是冷多了，可他并没有觉得怎么困难便承受住了这里的寒冷。住过的两处招待所，一处是楼房，一处是平房，屋内都挺暖和，同室外形成很强的反差。而室外，他也敢去，能去，能完全自如地去溜达。在牙克石林管局招待所等候分配，他到室外的街面上蹓逛了两回。至乌河林业局听候再一次的分配，他也到户外的小镇里蹓逛过。户外的寒冷，他同样能承受得了。全身的血液一直在正常地流动，这么寒冷的空气吸进肺里，仍能不断化为一团又一团的热气喷吐出来。手脚也灵敏着，鼻子、耳朵也没有冻掉。如果被冻掉了一件，他只要求能将它泡进福尔马林液体里，留作纪念，他似乎曾经这样想象过，想象得太严峻了。他没有被冻僵，更不会被冻死。他也想象过被冻死的情景：因为异常的寒冷，尸体会很好保存，能够从容运回他的家乡。只是父母恐怕会哭得很恓惶。走到了极端的想象，他不知道想象怎样就走到了极端。他远没有死去。在中国最北部的深山老林，至一九六九年最寒冷的一月份里，他正常地坐在雪野的爬犁上，远没有死去。

爬犁在前进，前进在大约也是爬犁在雪地间压出的一条窄道上。除这窄道之外，一切都被大雪封盖着，完整而又沉静，看不到些许被破损的痕迹，活物留下的痕迹。野兽和土匪也是活物吧，可怕的爪印和可疑的脚印同样看不到。土匪不会有了，那是在威虎山里才有。在林管局和林业局，给他分配工作的政工干部都说，这隆冬季节正是林业的大忙时期，赶快下去报到。可他怎么看不到大忙着的人呢，连野兽和土匪也看不到影踪。没有土匪，不敢再说有土匪。他也根本没有说甚么话。他是很想说点甚么，问点甚么，只是努力几次，都失败了。这位赶爬犁的工人，总不理他。任他问甚么，任他怎样问，恭敬地、谦卑地、和颜悦色地、讨好巴结地问，都不理他。他不明白这是因为甚么，大概因为他是个大学生吧。他明白大学生已经名声很臭。不过，这位工人老大还是终于叫他搭上了爬犁，虽然很不情愿，再三一口回绝，冷漠地不肯听他恳求，烦躁地不肯睁眼看他。他和自己的两件行李终于搭上了工人的爬犁，已经不错了，不说话就不说话吧。爬犁在雪野前进，这应该足够了。他不会冻死在这沉寂的雪野上吧？总是不可挣脱地要做这极端的想象，大约是不能说话的缘故。他还是想说话。为了不被冻死，他得说话。

“同志，咱们甚么时候能赶到林场？”

没有回应，仍然不理会他。

“同志，听口音，你也是关里人吧？”

没有回应，只有沉寂的雪野。

“同志，那就是森林吗？”

工人老大仍旧坐在他的前面，没有动静，没有声息，仿佛冻僵了似的。又想到冻僵。工人老大喷吐着大团的热气。马也喷看热气。他自己也同样吸进冷气，吐出热气。离冻僵还远呢。

那是森林，大兴安岭的森林。森林也被埋在了雪堆里，只依稀能望到些黑色的枝梢。那不是雪堆，是山峦吧，大兴安岭的想象也有些远离实际。冻死、冻僵，更想象得远离了实际。他不会死在这里，才二十四岁，血气正旺，只觉到双脚有些冷，真冷。负责毕业分配的工宣队员说，下去改造几年，还会叫你们回来。这话是在分配之后才对他说的。分配之前，工宣队员们都很凶。他们的人数也很多，驻进各系各班的工宣队，比学生还多。因为他们是照最高指示来"掺砂子"，不多不成砂的。做了这样的砂子，所以都很凶。负命训他的那一个砂子，也很凶。不过，人还算漂亮，苗条的高个儿，大眼，黑中泛着稍许金黄的头发。她是衬衫厂的"砂子"。很活跃，爱在开会时人多的场合说话，凶里也透露出一种异样的兴奋。男生们叫他美丽的砂子，爱弄些"披荆斩棘"之类的圈套叫她上。他没有设过圈套，只承认她又凶又美丽。就是她对他说，下去改造几年，还会叫你们回来。眼看他们这些学物理的黏土要如鸟兽散，她似乎也有些不舍的样子。留恋着在人多的场合说话吗？他现在也是多么想说话，同一个又凶又不美丽的人说话也好。

爬犁在前进，虽然是这么缓慢，但同沉寂的雪野、雪岭、雪林相比，它还是那么叫人感到安慰。只是不知道甚么时候才能到达林场，到达林场还会不会再分配他到一个未知的去处。仿佛已经相当长久了，他一直处在被分配之中，一直在向未知的归宿奔波，就像永远也不会到达似的。直到冻僵冻死，就终于到达了吧。不会冻死，只有双脚冷得厉害。出关的列车，不记得走了几天几夜，只记得永远在吭哧吭哧地爬行。从牙克石到林业局，又坐了火车，分不清是坐了一天，还是一年，只觉得越来越寂静，越来越寒冷，爬犁是真正在爬行，似乎不如火车爬行得那么吃力，可更是在向未知的寂静和寒冷深处爬去。不知还会爬行多久、多远。已经到了中国的最北端，大兴安岭北面，该是西伯利亚。西伯利亚，是流放十二月党人的地方。他不是十二月党人，是在十二月被流放。在一九六八年的十二月，被工人阶级流放。工人阶级中，有一个美丽的砂子。他并没有去武斗，他只学了几年物理，物理中的无线电，无线电中的电子。电子和十二月党人都会被流放。十二月被流放，一月还没有到达。哪一天？在哪里？到了新年，终于记不起来，他只记得他还没有结婚。

他还会结婚吗？他还没有见过这样洁白的雪。

二

"同志，你看，那是甚么脚印？是野兽吗？你看……"

工人老大没有回答。

"同志，快看，甚么脚印？是虎，东北虎吗？

虎的爪印该比这大，他想。

"是熊吗？"

熊掌似乎应该比虎爪还大些的。

"是狼吧？有狼吗，同志？"

在家乡，冬天的狼，雪天的狼，是可怕的。工人老大却仍坐着不动，更不回答他。他只发现了自己几乎是在惊叫。这位工人一定在心里嘲笑他罢，可那分明是野兽的脚印，不会是人养着的狗。只有这动物的脚印，不见人的足迹。似乎还是新留下的脚印，很清晰，有棱角的，从不远处的林子里走来，直到离爬犁道很近的雪地，然后向一道很平的凹处走去了。那大概是一条河吧。他是害怕了吗？他的确是在惊叫。也许是在惊叫终于看到了野兽的踪迹。土匪呢？土匪不会有了，他的头脑还是清楚的。

负着沉重积雪的森林和森林背后那平缓的山峦，已渐渐向他们所爬行的这条道路挤过来。道路显得愈加狭窄，弯弯曲曲伸向了更不可知的深处。灰色的天空，那么沉重而低垂着压盖下来，仿佛已压着了森林的顶梢和山峦脊背。已经望不出多远，可道路仍在无尽地在向前延伸。挤了过来的森林，沉寂着更弥漫来一种未知的神秘的可怕的气息。爬犁正爬近了一个封闭起来的空间，仿佛越来越彻底地在与世界隔绝，武斗和电子，大字报和八路军，最新指示和阶梯教室，还有手纸篓糊成的高帽子，名称不雅而名声不小的狗不理,高音喇叭,用铅密封着放射性铀的地下室,女生,砂子,水上公园……一切都被隔离到那个遥远的世界去了。

他说:“去水上公园吧?”

她说:“去百货大楼吧。”

他说:“去劝业场吗?”

她说:“得去图书馆。”

他们说:“她是谁?”

他说:“同学,中学同学。”

他们说:“嗨,是恋爱吧?”

他说:“不是。”

她说:“你们去哪‘四清’?”

他说:“你们学校也去吗?”

她说:“写信。”

他说:“写信。”

她说:“你为甚么要造反?”

他说:“你为甚么要保他们?”

他们说:“她为甚么不来了?”

他说:“还来。”

他们说:“她还是老保?”

他说:“也造反了。”

只是,她终于再也不来了。

双腿也开始冷起来。不是才开始,是早已冷得发木了,他不想相信这是真的。也许,那是因为坐久了而发麻的。他要相信自己能够承受得住这里的寒冷。寒冷一直在从衣领口、袖口、裤腿、衣襟这些所有的缝隙向他的热身钻来,无孔不入。他相信自己体内的温度还是三十七度,奇冷的空气从肺里交换出来,还是一团一团的热气。他还裹了一件挺沉的皮袄,劳动布面,山羊皮里,有十来斤重吧。这是七叔借给他的。七叔在家乡的水库看工棚，守夜，公家发了一件皮袄。七叔说：“你老子太恓惶，先穿上我这件公家皮袄上任去吧，你有了貂皮大氅再还我，不敢扔了！”七叔是堂叔，他不记得七叔曾经长过头发，总是秃光光地亮着那颗脑袋，冬天也那么秃亮着，鼻梁上还点有汗珠，喝大碗盛了的汤饭时，秃头上就要冒热气。耐寒耐冻，若是他们家族的血统就好了。父母和本家长辈，谁也没有说：“你去那深山老林做甚？”对出关流放，他们没有阻拦，没有惜别，更没有担心他会冻死。只有母亲说：“可不要在外娶媳妇！”就那样，他回家乡，回他那云中河边的村子，匆匆住了四天，便离去了。匆匆地借了皮袄，平静地离去。没有谁流泪，也没有谁去送行。就像他们在学校如鸟兽散时，各人寻来稻草，搓了草绳，捆了行李，就个个悄然流放四方了。没有热烈的锣鼓，也没有光荣的红花，更没有感伤的眼泪，似乎注定是要去承受寒冷的。鼻子好像已经没有多少感觉了。为了怕这工人同志嘲笑，他没敢戴上口罩。不用手去碰它，鼻子也许还不会掉下来。他不能相信这一份寒冷已经超过了自己的想象。

“同志，还有多远，离林场还有多远？”

不回答他。

“同志，现在几点啦？现在是甚么时候啦？”

只能听见他自己的声音。自己的声音裹着自己的热气，还很洪亮的。

“过了十二点了，有一点了，呵——真快！”

他更用力地喊叫了一声，自己的声音很有力。这声音在游行时领着喊口号，也蛮可以的。可惜他从来没有喊过，虽然那时是谁想喊，谁就喊。完全判断不出现在是几点钟了。没有手表，也没有太阳，灰色的天空仍是那么沉重，而雪光映着的林间谷地，仍然像一早启程时那般明亮。十二月就开始的无尽的旅程，使他早已失去了判断时间的知觉，只觉得一样的漫长，一样的久远。时间也被隔离在那个遥远的世界里了？

连他自己也没有想过怎样能留在那个世界。对于分配，对于这种几乎是在分配他们的命运，谁也没有造反。不仅仅是因为工宣队太凶。谁都知道，他们必须通过这样一次被分配，对各自命运的分配。他记得，在接到大学录取书的那一刻，最先的冲动，就是想到自己再也不会回到这云中河边的村庄了。那是一种脱胎换骨般的冲动。一年土，二年洋，三年不认爹和娘。不，他不会忘记村里的爹娘，可也不会回到爹娘的村庄了。也许，正是为此，他才决心造了反吗？造反，原来同学电子一样，都是为改变自己的命运吗？他好像忽然有所顿悟似的。可命运却把他抛到了这个行在雪野的爬犁上，一切都远去了，爹娘的村庄远去了，电子也远去了，连恋爱也没有成功。毕业前夕，虽然被掺进了砂子，可同学中间仍在匆促地寻求配偶。那样的气氛，他仍没有成功。她终于不再来了，他终于不知道因为甚么。

“同志，你们，这是甚么在吼叫，野兽吗？”

工人同志仍不回答，只有甚么野物在吼叫，从左边的森林里传来。

“同志，是虎？还是狼的？是熊吧！”

工人同志还是不回答，仿佛真的冻僵了。只是呵出的热气依旧能看到。瞅着那一动也不动的脊背，他忽然觉得这位赶爬犁的工人老大，很像是一个农民，他熟悉的那种关里的农民。

农民还是农民。

双腿是真的冰麻了，鼻子更不敢去动它。他想承认这里的寒冷超过了自己的想象。

三

坐在这位很像农民的工人老大背后，他开始发现这里的寒冷分明有一种可以触知的硬度。不仅是裸露在外的脸面早已感触到了被寒冷摩擦着的疼痛，就是那么厚重的皮袄，似乎也传来了被寒冷摩擦而产生的阻力。寒冷似乎正将像形的空气也凝结成坚硬的固体了。爬犁进得艰难起来，那么强壮的马在吃力地喘着气。过分洁白的雪色，那刺目的反光似乎也带着硬度。

内地都说:冷天冷在风里。那北风,那寒冷,就是从离这里不远的西伯利亚吹去的。所以在他的想象中,这里一定会充满狂呼怒吼的、掀天撼地的寒风,它咆哮、奔涌、攻袭,压过来,盖下去,你在挣扎中被冻死了。可这里并没有风,一切都是沉寂的、静止的,天地,山峦、雪野、森林,寒冷凝结了一切。只是,他还是想见识一回想象中的那种风,狂呼怒吼,掀天撼地。空气也会凝冻吗?那时间呢?这多像,又多不像物理学命题。血液还在正常流动。

爬犁忽然停下来了。马被冻僵了吗?马仍在喘气。工人同志跳下了爬犁,环视了一下沉寂的雪野,便离了道路朝右蹚雪走去。

“同志,怎么啦?”

爬犁的主人不理他的喊叫,径自踹雪而去,那步态,很像关里盘脚坐惯了的农民。他要去做甚么?

左边,路几乎贴着了山坡,坡上的落叶松,一棵棵挤拥着刺向低垂的天空,但干枯着无有绿色,也寂然也有声息,只偶尔有树顶的积雪跌落下来,使幽森的林间深处更显幽森。他惶然回头望去,右面,像农民似的工人老大,却已影踪全无。他不由慌慌地跳下爬犁。他并没有听到野兽的嚎叫,如果听见了,他会丧魂失魄的,他的双腿分明仍坚硬地站立着,虽有几分僵硬。

“同志,你在哪——”

他喊叫得还是很有力。完了,终于要达到极端了。可他甚么声息也没有听到。他所看到的,也只是一片洁白,从没有见过的一片刺目的洁白。不,还留有脚印。他沿着那脚印奔跑了过去,觉得自己体内的力气还有,还充裕着。他也会突然消失了吗?他奔跑得很快?他还不知道她为甚么不再来了。原来,这里是一道悬崖,不算高,也不算陡。但跌落下去,也会出事。已经瞅见了,是他,工人老大,正连蹚带滑朝崖底去了。

“同志,怎么啦?”

仍没有回应,他松了一口气。他不知道她为甚么不再来了,他不知道将要到达的林场是不是也像一个村庄,他不知道那么美丽的女工为甚么会那么兴奋。他在雪地里跺着脚,又变成了原地跑,又捂住嘴。

他说:“你也敢用香水?”

她说:“不是香水。”

他说:“外语太占时间。”

她说:“还有团干部,总叫去谈话。”

他说:“已经学会了理发。”

她说:“去水上公园吧。”

他们说:“你能去保密厂。”

他说:“怕比入团还难。”

她说:“走吧。”

他说:“走吧。”

她似乎就没有说过甚么亲热的话。

他说过吗?想说,似乎也没有说过。她似乎也想说,没有说过。刚有大字报的时候,看得人很多,但谁也不说话。男生、女生、教授、团干部、华侨同学、外国留学生,都挤在一起看,但谁也不说话,谁也不看谁,只看着悬在饭堂的大字报。激起了许多的话,但想不到说。辩论,第一场辩论,他记得那些敢上台说话的人,嗓子都嘶哑了好些天。都没有说话的训练。上课,几乎用不着声带,除了发难发的外国语音。所以,谈恋爱也不会谈亲热的话。教授们大多不会说话,听他们的课,总去回想别的,吃鱼、恋爱,还有忆苦思甜会,自专道路,发生了武斗,大概因为谈话能力太差。说不清楚,干脆打罢。中国向何处去?捡了这么大一个题目。怎么能说清楚。不过是想说说话,运动一下声带。谁也不知道胸膛里憋着怎样一团气流,只是想让它冲出来,推动声带颤动。恋爱也是这样吧,不知憋了怎样一股力量,想去见她。见到了,并不知道该说甚么,该做甚。

他们说:“又去谈恋爱?”

他说:“不是。”

他们说:“那梳头做甚么?”

他说:“已经学会了理发。”

他们说:“怎么不见她来了?”

他说:“会来的。”

她终于再也不来了,不知道为甚么。不知道已经甚么时候了,不知道他是到了甚么地方,不知道这位工人老大滑下崖去做甚么,也不知道将去报到的林场是否跟农村一样。他看清了,雪地上又有野兽的脚印,很清晰,又很凌乱。在林边的雪地上,现在只有他自己,没有别的声息,也没有风。他仍在渴望那种狂呼怒吼、掀天撼地的风,他更想说说话,甚至是呼喊几声。呼喊甚么话呢?同志,怎么啦——

还没有喊出,工人老大同志已经爬上崖来了,没有一点声响。爷!

“同志,那是甚么!同志……”

同志不得理会他的惊异,扛着那个东西朝爬犁走去。那是半支鹿吧?但比鹿要小得多,没有鹿角,也没有鹿身上的花纹。它只剩下一只半腿,半条后腿,它也已经僵硬了……是这位工人老大留至此处的猎物吗?它更像是被甚么凶兽撕裂的残体了。

工人把这残体扔上了爬犁,爬犁就又前进。

“同志,这是鹿吗?”

“同志,它是怎么死的?”

“同志,它……”

工人老大又复坐在前,就如并未发生此事似的。他的眼睛却再也离不开横置于他脚边的这半只死鹿了。它很像鹿,但只比羊稍大些,也有像山羊一样的皮毛,却是显深的金黄色。被撕裂的惨状很可怕,但头上面部的表情却仍然很驯良、很平静,就如活着的鹿和羊的那种神情。惨死前就没有挣扎吗?也许是先被猎人打死,又被野兽撕裂吧。但谁也不会把猎物丢在雪野吧?他不忍看它,却不能将视线移开。

四

“不怕冻死你!”

工人老大忽然吼了一声。这是一路上对他说的第一句话,但他不知道是甚么意思。要有风暴了吗?那种狂呼怒号、掀天撼地的寒风,要从西伯利亚刮来了吗?世界仍然没有声息,森林也像凝冻了的雪堆。他倒似乎已经适应了寒冷,正涌起一种莫名的渴望,但绝不是在渴望被冻死。

工人老大跳下了爬犁,已经在跟着马行走,是叫他也下地行走吧?他立刻便跳下了爬犁,踏上雪路。运动能够产生热量,他该想到这个道理。不过,他已经不再担心自己会被冻死了。踏在雪路的双脚和双腿,丝毫没麻木和僵硬的感觉,只觉得还很有力,仿佛是蓄之已久的一种力量。双脚踩踏着雪地,发出一种很脆的声音,简直有如金属般动听。比起马蹄的声音,听去令人鼓舞得多。这匹很强壮的马,分明已经疲累了,爬犁是在艰难地行进。在他看来,工人老大似乎也走得并不轻松,好像在埋怨甚么,那步态是更像盘惯了腿的那种关里庄稼人的情状。那半只死鹿似的野物,横在爬犁上,驯良得像是睡去了。他渴望地奔跑起来,他也渴望能不停地说话。

“同志,还远吗?”

“同志,甚么时候啦?”

“同志,你是关里人吧?”

“同志,这是鹿吗?”

同志,你也造反了吗?他几乎想问这样一句,没有问出口来。他并不是个像样的造反派,只是大家都造反了,他也跟了宣布造反。不过,至决定的那一刻,他还是觉得涌起一种莫名的兴奋和冲动。那兴奋和冲动并不怎么同刘少奇和校党委很相关的,不知道同甚么真正相关。同恋爱吗,同电子吗,同不想再回到云中河边吗?不知道。久蓄着的一股力量,不知道是一种甚么力量。是父亲一辈子也没有说几句话所遗留下的力量吗？是从七叔不长头发的光脑袋上冒出的那股热气吗？踩踏在沉寂的雪路上，发出了金属般的声响。他其实也可以去喊口号，也可以登台去辩论，可以入团，可以进保密厂，可以参与制造导弹，也可以用他的名字来命名一条物理定律。他渴望见识一回狂呼怒号、掀天撼地的寒风。他已经不再害怕这一份寒冷，却仍然不能适应这一份寂静。他还不愿意忆苦，不愿意当着同学，男女同学，还有教授、讲师、助教，去诉说自己父亲的恓惶。他们说，还得流泪。他不愿意，他不能入团。他想奔跑起来，奔跑起来那金属般的声音会更加动听。

马越走越吃力。他托住爬犁，开始推着它走。不是可怜这马，他觉得自己还有力气，正在涌起一股力量。听说，人在将要冻死的前夕，便充满了睡意，那是血液和意识已开始凝冻的症状吧。他的意识还异常得活跃，分明异常活跃。血液也在正常流动，热气从肺里一团一团喷出来，爬犁已经滑行得快多了。惨死的鹿安宁地睡在爬犁上，它大概不是鹿。天色似乎暗下来了，快近夜晚了吗？雪色仍然很亮。洁白的雪使时间也失色了。他没有见过这样洁白的雪，但他不喜欢这雪白的颜色。雪白，使甚么也不存在了，但是他自己还存在着。他在推着爬犁，爬犁滑行得快多了。

"同志，天快黑了吧？"

这位工人老大为甚么总不说话呢？也像父亲那样，是个不善于说话的农民吧，还是为了保存最后一份热量来对付寒冷？跟父亲下地做活，一整天不会多说一句话。也许，她太了解他的恓惶的过去，很难以制造出一种浪漫的气氛。不知道。雪路的两厢，都是森林了，他们爬行在狭窄的一条走廊中。天色分明已晚，走廊仍无尽头，雪光倒更显明亮了几分，而寂静却也更深重了几分。为甚么一整天了，没有一点风呢？金属般的声响。他可能要出汗了，出了汗便会有热气从身里冒出来。

他说："走吧。"

她说："走吧。"

他说:“你的信像工作汇报。”

她说:“你来的信太多。”

他说:“你火线入团了?”

她说:“是的。”

他真想说,怎么才叫爱情。

她总是正经地笑。

他们终于不再自己理发,他们终于敢穿上翻毛皮鞋。

他喊过口号吗?他因为辩论哑过嗓子吗?他徒步走到白洋淀,徒步走过汀泗桥。长满茅竹的大山,是一片青翠。那一份狂热,也是由于难耐的沉寂吗?寒冷在晚暮中更增强了硬度,他觉到了被严寒摩擦着的疼痛,但却没有丝毫的睡意泛起。意识仍在活动,仍异常活跃。所以,他仍不担心会被冻死,难耐的仍是这一片过分的寂静。

“同志,快到了吗?”

工人老大仍不回答他。他忽然想到,即使在寒冷中到达了,那里也许仍是一个沉寂的世界。他应该冷静下来,在雪色一样的单调中,在世外一样的沉寂中,只能做一件事了:记住自己,记住自己的存在。是的,他还从来没有像在这寂静的雪路上这样多地去想自己。

他更用力去推爬犁,爬犁在艰难滑进。工人老大也来推它前行了。雪路还望不见尽头。两厢的森林已化作一团陡坡。他未能真正冷静下来:仍在渴望到达。

一九八六年十二月